蓮花楼《れんかろう》 一

Mysterious
Lotus
Casebook

藤萍 Teng Ping［著］

浜見凪 Hamami Nagi［訳］

目次

《主な登場人物》

李蓮花（リーリエンホワ）　六年前に突如、江湖一の名医として現れた男。牛馬で引いて移動できる「蓮花楼」という建物の中で暮らしている。

方多病（ファンドゥオビン）　武林で有名な方家の長男。李蓮花と共に事件に関わる。

紀漢仏（ジーハンフォー）　仏彼白石を束ねる人物。

雲彼丘（ユンビーチウ）　仏彼白石の一員。かつて李相夷の軍師を務めていた。

白江鶉（バイジアンチュン）　仏彼白石の一員。対外関係や雑事を担う。

石水（シーシュイ）　仏彼白石の一員。鞭の使い手。

霍平川（フォピンチュワン）　仏彼白石の門人。最も武功に長けている。

李相夷（リーシアンイー）　麗しい美貌と、得意とする剣術「相夷太剣」で江湖を震撼させた。「四顧門」を設立するが、十年前、敵対する笛飛声と戦い、姿を消した。

笛飛声（ディーフェイション）　邪教「金鴛盟」の門主。李相夷と死闘を繰り広げる。

《用語集》

世界観と組織

江湖（こうこ）　法や秩序が緩く、自由で混沌とした世界を表す古語。

武林（ぶりん）　武芸者たちが所属する社会。武術や流派が中心となり、明確な秩序や規律が存在する。

少林（しょうりん）　中国三大武術流派の一つ。剛健な動き、全身を使う攻防が特徴。

峨眉（がび）　中国三大武術流派の一つ。体の柔軟性を生かした戦い方が特徴。

武当（ぶとう）　中国三大武術流派の一つ。気を活用したなめらかで流れるような動きが特徴。

欽差（きんさ）　皇帝の全権委任を受け、重大事件を処理する大臣。

丐幇（かいほう）　物乞いたちによって構成されている江湖の一大組織。

武術用語

武功（ぶこう）　身体的な技術だけでなく、内力など総合的な武術の技術や実力を表す。

外家（がいか）　肉体的な強靭さを追求する鍛錬法。気や精神を鍛える内家とは対照的な性質を持つ。

内力（ないりょく）　体内を流れる気のこと。

真力（しんりき）　極限まで精錬された内力。

心法（しんぽう）　外界から気を吸収したり、自身の気を効率よく循環させたりすることで、内力を鍛え上げる技法。

経穴（けいけつ）　気と血の通り道とされる経絡にある特定の部位。「ツボ」のこと。

軽功（けいこう）　体を軽くして高速で移動する功夫《カンフー》、またはその技。

一刻……約二時間
半刻……約一時間
一尺……約三〇センチメートル
一丈……約三メートル
一里……約五〇〇メートル
一斤……約五〇〇グラム

蓮花楼　一

装　丁◎宮川和夫
装　画◎処　豊和

第一章
碧窓の幽霊殺人事件

玉穆藍（ユームーラン）　玉城の城主。崑崙山の玉鉱山を持つ富豪。
玉紅燭（ユーホンジュー）　玉穆藍の夫人。
玉秋霜（ユーチウシュアン）　玉穆藍の娘。
宗政明珠（ゾンジョンミンジュー）　玉秋霜の婚約者。宰相の孫で、官僚。
雲嬌（ユンジアオ）　玉秋霜の親友。

常州城《じょうしゅうじょう》、小棉《しょうめん》宿屋。

六月十七日、午前零時。

鶴行《かくこう》隊商の頭を務める程雲鶴《チョンユンホー》は今、金品の入った十六個の荷箱を運んでいる。出発してから今日で二日目、道中はいたって平和だったが、始終気を張っているせいで疲れていた。宿の寝台に横になり、一度は眠りについたものの、不意に目が覚めた。

真っ暗な部屋は静まりかえっている。ふと気が付くと、外から誰かの歌う声が聞こえてきた。こんな夜中に人の歌声？　しかも、なぜか音程に違和感を覚える。まるで、舌のない口で歌っているような……

程雲鶴《チョンユンホー》は、寝台の正面にある窓を見つめた。

暗闇の中、窓には青緑色の光が点々と浮かび上がり、時折遠ざかってはまた近づいてくる。今も遠くから漂う歌声は、まるで生者には理解できない悲しみの歌のようだった。

かれこれ四十年近く武術を磨いてきた者として、程雲鶴《チョンユンホー》の気配を察する能力は江湖《こうこ》一とは言わずとも、十分達人の域に達している。しかし、彼の耳には、人の立てる物音が何一つ聞こえてこなかった。

わずかに開いている窓の隙間から、風がサーッと吹き込んでくる。揺れる青緑色の光を睨《にら》みつけながら、程雲鶴《チョンユンホー》の脳裏に「幽霊」という言葉がよぎった……

一、吉祥紋《きっしょうもん》蓮花楼《れんかろう》

屏山《へいざん》はこれといって特徴のない小さな町だ。珍しい名物もなければ、著名人ゆかりの地というわけでもない。江湖に点在する多くの村のように、村人たちがやせた田畑を耕し、濁った川から水を引く。話題になるような出来事もほとんどない。だからそんな町で何か事件が起きようものなら、たちまち人々の間で話題になる。それが怪事件ならなおさらだ。

　ことの経緯はこうだ。六月十八日早朝、いつも通り屏山の住民たちが起き出してくると、一夜にして街道沿いに見慣れぬ二階建ての建物が一棟出現していた。しかもなかなか立派な建物で、住むには十分な広さがあり、木造の壁面には豪華で精巧な蓮の花と祥雲の模様が彫られている。

　住民たちが議論しながら観察していると、建物の両端には車輪がついており、底が地面からやや浮いていることに気付いた。つまりこの建物は牛か馬に引かれて、ここまで移動してきたということだ。その場にいた誰もが驚き、感心したが、なぜ夜中にこんなものを街道に置いたのかと首をかしげた。もしや町の土地神様を祀《まつ》る社にでもするのだろうか？　土地神様の社も長年放置されているせいで、今やすっかり朽ちて、焼香に行く者もいない。

　しばらくの間、町中がこの建物の話題で持ちきりになった。それから三日後、鶴行隊商で荷運びをしている者がたまたま帰省し、噂の建物を目にした。するとその者は大いに驚き、「吉祥紋《きっしょうもん》蓮花楼《れんかろう》が現れた！」と叫んだ。そうかと思うと、そのまま踵《きびす》を返し、再び「吉祥紋蓮花楼だ！」

と叫びながら、実家にも帰らず、走り去ったのだ。

そんなことがあったので、この建物は見た者を惑わせる「幽霊屋敷」と言われるようになった。

だが、さらに七日過ぎると、あの荷運びが隊商の人間を連れて戻ってきた。そこで人々はあの建物が幽霊屋敷などではないことを知る。

むしろ幽霊どころか、実に縁起のいい建物だった。そう、この吉祥紋蓮花楼は診療所だったのだ。

建物の主の名は李蓮花《リーリエンホワ》。

李蓮花《リーリエンホワ》という人物は謎に包まれており、誰に師事していたのか、武術の腕前のほどはもとより、年齢も分からなければ、顔を知る者すらいない。この者が江湖に現れてからもう六年が経つ。その間、李蓮花《リーリエンホワ》にまつわる出来事はたった二つだけ。だが、その二つだけでも、「吉祥紋蓮花楼」が人々の好奇心をかき立てる伝説になるには十分だった。

一つ目の出来事は、決闘で重傷を負って命を落とし、埋葬されて何日も経っていた武林《ぶりん》の秀才〝白首窮経《はくしゅきゅうけい》〟こと施文絶《シーウェンジュエ》を生き返らせたこと。そしてもう一つは、崖から墜落死した〝鉄簫《てっしょう》の侠客《きょうかく》〟こと賀蘭鉄《ホーランティエ》を生き返らせたことだ。彼も全身の骨が砕け、埋葬されて何日も経っていた。

この二つの逸話で、李蓮花《リーリエンホワ》は江湖の誰もが親交を結びたいと思う人物となった。加えていつでも移動できるあの奇妙な建物「蓮花楼」。李蓮花《リーリエンホワ》はもはや伝説中の伝説だ。

かくして、程雲鶴《チョンユンホー》は隊商の者を引き連れて屏山へ駆けつけた。そして、三日間の沐浴《もくよく》と焼香を行った後、美しい彫刻が施された楠《くす》の建物の窓に、恐る恐る依頼状を差し込んだ。「鶴行隊商、程雲鶴《チョンユンホー》がお目通り願いたく存じる」と書いて。

そして四、五十名に及ぶ隊商の者たちと共に、程雲鶴《チョンユンホー》は待った。さながら閻魔の審判を待つ亡者のように。

しばらくすると、人の気配がなかった木造の建物からギシギシと音が聞こえた。その場の全員が息を呑む。周りの見物人たちも体をこわばらせ、目を大きく見開いて、中からどんな「化け物」が出てくるのかと待ち構えた。

すると突然、扉が開き、「バンッ」という音と共に中から勢いよく埃《ほこり》が舞い上がった。避ける間もなく、正面にいた程雲鶴《チョンユンホー》たちの頭上にパラパラと何かが落ちてくる。そして「あちゃー」という声に続いて、

「片付けに夢中で、客人に気付かなかったよ、これは失礼」

と、申し訳なさそうな声が聞こえてきた。

頭から埃をかぶったまま、その場にいる全員が唖然《あぜん》とした顔で、扉を開けた人物を凝視する。そこに立っていたのは、箒《ほうき》を手に持った若い男性で、箒の先には程雲鶴《チョンユンホー》が差し入れた依頼状がひっかかっていた。年齢は二十七、八ぐらいだろうか、灰色のつぎはぎだらけの服でなければ、もっと若く見えたかもしれない。肌は白く、気品のある温和な容貌《ようぼう》だが、美男子というほどでもない。青年は右手に箒、左手にちりとりを持った姿で、扉の前に集まった四、五十名の人々をすまなそうに見つめた。

「ごほん」と強めに咳払いをした程雲鶴《チョンユンホー》が青年に向かって抱拳礼《ほうけんれい》をする。

「手前は〝鶴行万里《かくこうばんり》〟こと程雲鶴《チョンユンホー》と申します。この度は蓮花楼の主、李《リー》先生にぜひお目通り願いたく参りました。先生にお取り次ぎ願えますでしょうか？」

その言葉に、青年は「え？」と驚き、「伝える？」と聞き返した。

程雲鶴《チョンユンホー》が声を低くして続ける。

「とても大事な話なのです。ぜひ李蓮花《リーリエンホワ》先生にお会いしたい」

すると青年は箒を置き、淡々と答えた。

「私が李蓮花《リーリエンホワ》だけど？」

思わぬ返答に程雲鶴《チョンユンホー》は目を見開き、口をぽかんと開けたが、すぐに口を閉じて、もう一度強く咳払いをした。そして「李《リー》先生のお名前はかねがね……」と口にしたところで言葉に詰まってしまう。今回の訪問の経緯は依頼状に事細かく記してあるのだが、当の書状は今も李蓮花《リーリエンホワ》の箒にひっかかったままなのだ。

すると李蓮花《リーリエンホワ》は、ようやく合点がいったという顔で、

「すまないね、ちょっと散らかっているけれど……」

と言って手を広げ、程雲鶴《チョンユンホー》を建物に招き入れた。

彼の言葉通り、中は槌《つち》や斧《おの》、雑巾に釘、そして箒など、様々な物が、床のいたるところに散らばっており、他にも中身が何か分からない箱がいくつも置かれていた。手前の部屋には机が一つに二脚の椅子。どれも竹で作った安っぽい代物だ。程雲鶴《チョンユンホー》の脳裏に次々と疑問が湧き上がる。しかし、ここが間違いなくあの「吉祥紋蓮花楼」である以上、目の前の椅子に腰掛けた青年がおそらく李蓮花《リーリエンホワ》本人なのだろう。仕方なく彼は青年の向かいに座ると、数週間前に起きた恐ろしい出来事の一部始終を語り始めた。

午前零時、場所は小棉宿屋。

夜中に目覚めた程雲鶴《チョンユンホー》は、窓辺に漂う青緑色の光と不気味な歌声のせいで、「幽霊」を見たかと思った。もちろん江湖を渡り歩いて早二十年の彼は、幽霊の存在など微塵《みじん》も信じていない。すると突然、隣室から一番弟子の崔剣軻《ツイジエンコー》の悲鳴が聞こえてきた。驚いた程雲鶴《チョンユンホー》が急いで弟子の下に駆けつけると、どうやら彼も、窓に映る幽霊の姿を見たようだ。そして即座に積荷の確認に向かったところ、封はそのままだというのに、荷箱に入っていた金銀財宝が跡形も無く消えていた。だが隊商で十年以上荷運びを務めてきた崔剣軻《ツイジエンコー》が、これしきのことで悲鳴を上げるはずがない。彼が叫び声を上げたのは、宝が消えた木箱の中に、ゴツゴツした石と、おびただしい数の血の指紋がついていたのを目にしたからだ。

それはまるで箱の中に閉じ込められていた誰かが、這い出そうとして必死にもがいた跡のように見える。しかし、箱の中には石以外何も入っていない。真夜中、窓には幽霊の影が浮かび、不気味な歌声が漂う中で血まみれの木箱を目にしては、さすがの崔剣軻《ツイジエンコー》も悲鳴を上げたというわけだ。

状況を把握した程雲鶴《チョンユンホー》は、驚きと怒りを露わにしながらも、弟子たちに十六個の木箱をすべて開けさせた。すると十六個のうち十個にはしっかり財宝が詰まっており、どれも滅多にお目にかかれない珍品ばかりだった。だが、それ以上にその場にいた者たちを驚愕《きょうがく》させたのは、残りの六つの箱の中身だった。先ほど見つけた血の痕《あと》がついた木箱の他に、仏壇が収められた箱が三つ、そして残った二つの箱のうち、一つにはゴツゴツした石が一つ入っており、もう一つには、一体の死体が横たわっていた。

それは白い服を着た、見目麗《うるわ》しい女性だった。しかし、その美しい顔は恐怖に歪んでいた。

箱の中の死体を目にした程雲鶴《チョンユンホー》と崔剣軻《ツイジエンコー》は驚愕した。江湖でこの女性を知らない者などいない。彼女は武林の玉城城主《ぎょくじょう》の娘、〝玉剣を断つ秋霜〟こと玉秋霜《ユーチウシュアン》だったからだ。玉城の城主玉穆藍《ユームーラン》は、西南の山々を手中に収め、崑崙山《こんろんさん》の玉鉱山を独占する武林一の富豪である。娘への溺愛《できあい》ぶりは有名だが、その娘の玉秋霜《ユーチウシュアン》がなぜ無名の隊商の荷箱の中で死んでいるのだ？

そこまで考えた時、突然周りが騒がしくなった。次の瞬間、崔剣軻《ツイジエンコー》の部屋に男が十数名押し入り、木箱の中の死体を見て全員が驚愕し、青ざめた。

その時になってようやく程雲鶴《チョンユンホー》は玉秋霜《ユーチウシュアン》一行もこの宿に泊まっていたことを知った。そして彼女に同行していた五、六十名の玉城の剣士たちも同じく窓の影を目にしたらしく、それとほぼ同時に玉秋霜《ユーチウシュアン》と同じ部屋に泊まっていた親友の雲嬌《ユンジアオ》が、彼女が突然いなくなったことに気付いたという。急いで探し回った彼らは、程雲鶴《チョンユンホー》が運んでいる荷箱の中で、死体となった玉秋霜《ユーチウシュアン》を見つけたのだ。

以上が数週間前から世間を騒がせている「碧窓《へきそう》の幽霊殺人事件」である。

愛娘の突然の死に大層悲しんだ玉穆藍《ユームーラン》は、怒りのあまり、その日玉秋霜《ユーチウシュアン》に同行していた剣士全員の命を奪い、さらに鶴行隊商の者を皆殺しにせよとの命令を下した。途方に暮れた程雲鶴《チョンユンホー》は隊商を解散し、一家を連れて夜逃げしようとした。そんな時に、蓮花楼の情報が舞い込んできたのだ。

死人を生き返らせた李蓮花《リーリエンホワ》……その医術で玉秋霜《ユーチウシュアン》を蘇らせることができないか？　死者が生き返るなど、これまでの程雲鶴《チョンユンホー》なら鼻で笑っていただろうが、今となっては藁《わら》にもすがる思いだ。

こんな時に李蓮花《リーリエンホワ》と出会ったのも、何かの縁だ。試してみる価値はあるかもしれない。もし噂が本当なら、すべてが丸くおさまるのだ。

だが程雲鶴《チョンユンホー》が「碧窓の幽霊殺人事件」の全貌を話し終えても、李蓮花《リーリエンホワ》の口から驚きの見解が飛び出すことはなく、ただ彼は「うーん」と言い、頷《うなず》いただけだった。

そこからひたすら沈黙が続き、程雲鶴《チョンユンホー》はついに出された茶まで飲み終えてしまった。散らかった部屋で、これ以上李蓮花《リーリエンホワ》と顔をつき合わせているわけにもいかず、仕方なく彼は建物の主に別れを告げた。


「あれから五年も経ったのに、相変わらず有名人だな」

程雲鶴《チョンユンホー》が去った後、突然二階からのんびりとした男の声が聞こえてきた。

李蓮花《リーリエンホワ》は座ったまま茶を一口すすり、「うーん」と曖昧な返事をする。

「前から不思議に思っていたんだが」そう言いながら、二階にいた声の主がゆっくりと階段を降りてくる。現れたのは、青白い顔をした一人の青年だった。白い服に、貴公子が好むような房飾りのついた玉佩《ぎょくはい》（腰につける玉の装飾品）を着け、腰には雅な長剣を下げている。痩せこけた姿は、今にも空腹で倒れそうだ。もう少し肉付きが良ければ、魅力的な美青年と言われただろう。

「どいつもこいつも、なんで死人が生き返るなんて、本気で信じられるんだ？　いまだにお前の恥ずかしい過去を持ち出すやつがいるんだな」

「みんな、君ほど頭が良くないからね」

そう言って李蓮花《リーリエンホワ》は微笑み、立ち上がって伸びをすると、箒を手に取って再び掃除を始めた。

「おい、まだ掃除を続けるのか？」

降りてきた青年が目を剝《む》く。

「まったくお前って奴は。さっきの程雲鶴《チョンユンホー》だって、もし俺がここにいると知ったら、玉穆藍《ユームーラン》のじいさんに抹殺命令を撤回するよう頼んでくれって、跪《ひざまず》いて俺に懇願してきただろうよ。この高貴で見目麗しい方《ファン》様を前に、平然と掃除ができるのはお前ぐらいだぜ？」

「そうだね」李蓮花《リーリエンホワ》が答える。

「もうずいぶん掃除をしてないから、汚れがひどいんだよ。雨漏りもするし……」

李蓮花《リーリエンホワ》を睨んでいた青年は、唐突にため息をついた。

「ケンカは弱い。病気は治せない。畑仕事もしなければ、盗みも働かない。いったいどうやって今まで生きてきたんだ？　つくづくお前が不思議だよ」

そう語る白服の青年は、武林の方《ファン》家の長男、〝憂い多き貴公子〟こと方多病《ファンドゥオビン》だ。李蓮花《リーリエンホワ》と知り合ってかれこれ六年、彼が有名になったあの二つの逸話のいきさつもよく知っている。

当時、決闘で重傷を負った施文絶《シーウェンジュエ》は、傷を治すために生命活動を極限まで抑える亀息大法《きそくたいほう》を展開して仮死状態になった。だがそのせいで地元の村人には死んだと勘違いされ、埋葬されてしまった。李蓮花《リーリエンホワ》はそんな彼を掘り出し、仮死状態から戻したものだから、まるで死人を生き返らせたように見えたというわけだ。

賀蘭鉄《ホーランティエ》に至っては、結婚を拒まれた腹いせに、崖から飛び降りて死んだように装い、自分で自分を土の中に埋めた。そんな彼を、これまたちょうど通りかかった李蓮花《リーリエンホワ》が掘り出したのだ。

人々は皆、李蓮花《リーリエンホワ》がどうやって死人を蘇らせたのかと不思議がる。しかし、方多病《ファンドゥオビン》はむしろなぜ彼が毎度毎度、生きたまま埋められた人間を掘り当てられるのか不思議でならなかった。

「まだ昔の蓄えが残っているんだよ」

前堂の掃き掃除が終わった李蓮花《リーリエンホワ》は、ちりとりを片付けながらそう答えた。

「計画的に使えば、まだ十分やっていける」

それを聞いた方多病《ファンドゥオビン》が目を剝きながら問う。

「いくらあるんだ?」

「五十両」

そう答えて李蓮花《リーリエンホワ》は微笑み、「私なら一生使える額だ」と言った。

方多病《ファンドゥオビン》が「けっ」と吐き捨てる。

「残りの一生をたった五十両で過ごすつもりか? お前がそんな情けない奴だって程雲鶴《チョンユンホー》が知ったら、わざわざ頭を下げになんて来なかっただろうな! よくもまあ、こんな奴に、死人を生き返らせてもらおうなんて思うもんだ。医術なんてさっぱり分からない、宿屋に住む金すらケチって、家を引いて歩き回る『神医』様にな」

そう言って、方多病《ファンドゥオビン》は李蓮花《リーリエンホワ》を上から下までじっくり眺めた。

「それで、どうなんだ? その死人とやらを生き返らせに行くのか?」

再び椅子に腰掛けた李蓮花《リーリエンホワ》は、軋《きし》む竹の机のつなぎ目を指で撫《な》でながら、くすりと笑った。

「行かない理由なんてないだろう? どうせ私は畑仕事もしないし、商いをするほどお金に困っていない。人生、何かやることがなきゃつまらないじゃないか?」

「玉穆藍《ユームーラン》のじいさんにヤブ医者だとバレて、首を刎《は》ねられても知らないからな」

のんびりした声で方多病《ファンドゥオビン》が言う。

「まあ、せいぜい道中気を付けるんだな」

それから三日間、李蓮花《リーリエンホワ》は蓮花楼を隅々まで掃除した。そして文字がびっしりと書かれた長文の手紙と共に蓮花楼を施文絶《シーウェンジュエ》に託し、自分は荷物をまとめて玉城へ向かった。

玉秋霜《ユーチウシュアン》の遺体を見に行くために。

二、玉城の中

李蓮花《リーリエンホワ》は「玉秋霜《ユーチウシュアン》を生き返らせにきた」という名目で、堂々と崑崙山の玉城に足を踏み入れた。

土地は痩せ、荒涼とした景色が広がる山上に建てられた玉城には、数え切れないほどの珍品や秘宝があると言われている。しかし、五体満足で玉城に辿り着いた者はこれまでたったの十人しかいない。その十人目が李蓮花《リーリエンホワ》で、彼の前に来たのは〝落日《らくじつ》の名珠《めいしゅ》〟こと宗政明珠《ゾンジョンミンジュー》という人物だ。玉秋霜《ユーチウシュアン》を生き返らせる神医というふれこみでやってきた李蓮花《リーリエンホワ》とは違い、この宗政明珠《ゾンジョンミンジュー》という青年は、たいそう立派な身分だった。物腰やわらかで文武両道の彼は、玉秋霜《ユーチウシュアン》の婚約者であり、当代宰相の孫だ。同時に、自身も五位の官位を持つ官僚という、世の中の女性たちが思い描く理想の男性を絵に描いたような貴公子なのである。

宗政明珠《ゾンジョンミンジュー》は李蓮花《リーリエンホワ》が来る数週間前からここにいるらしく、玉秋霜《ユーチウシュアン》が被害に遭った翌日には玉城へやってきたという。

遺体となって帰ってきた愛娘を見た玉穆藍《ユームーラン》は、その場で気が動転し、一門の規則と称して五、六十名もの剣士に自害を迫った。そして、そのまま玉城の宮殿に火を放ち、いまだに正気には戻っていないらしい。

「どうですか？」

高貴な白服に身を包んだ優雅な物腰の貴公子が、やや緊張した面持ちで李蓮花《リーリエンホワ》に後ろから問いかけた。

当の李蓮花《リーリエンホワ》はというと、かれこれ半刻も、ずっと前屈みの姿勢でピクリとも動かずに、氷の棺に横たわる玉秋霜《ユーチウシュアン》を見つめている。

問いかけに李蓮花《リーリエンホワ》は「うーん」と返したが、意味を測りかねた宗政明珠《ゾンジョンミンジュー》は、もう一度「李《リー》先生？」と声をかけた。

そんな彼に、李蓮花《リーリエンホワ》は「彼女は本当に玉秋霜《ユーチウシュアン》なのかい？」と問い返す。

その質問に一瞬たじろいだ宗政明珠《ゾンジョンミンジュー》は、

「玉《ユー》城主が宮殿に放った火が、彼女に燃え移ってしまって……」

と答えた。

目の前に横たわっているのは、元の姿が判別できないほどに焼けただれた、見るも無惨な遺体だった。しかも中途半端に焼けたせいで、より一層おぞましい見た目になっている。こんな状態の「死人」を生き返らせるなんて、たとえ仙人でも無理だろう。ましてただの人間である李蓮《リーリエン》花《ホワ》ではなおさらのことだ。だが仮にも名医と言われている彼なら、何か手がかりを見つけられるのではないかと、宗政明珠《ゾンジョンミンジュー》は期待しているのである。

「彼女は本当に秋霜《チウシュアン》なのかい？」

李蓮花《リーリエンホワ》がもう一度尋ねた。

宗政明珠《ゾンジョンミンジュー》が頷く。確かに遺体は損傷しているが、玉秋霜《ユーチウシュアン》の面影はある。

すると李蓮花《リーリエンホワ》は、青地に花柄の風呂敷から一本の小刀を取り出し、それを玉秋霜《ユーチウシュアン》の腹部へ慎重にあてがった。

「李《リー》先生⁉」

宗政明珠《ゾンジョンミンジュー》はぎょっとして、とっさに手を伸ばした。

小刀を持った右手をつかまれた李蓮花《リーリエンホワ》は、すかさず左手の指を玉秋霜《ユーチウシュアン》の腹部の上でスッと動かした。すると、指でなぞった部分がぱっくりと開いた。遺体は腐敗がかなり進んでいたため、李蓮花《リーリエンホワ》の長い爪で腹を裂くのはいとも簡単だったのだ。

それを見た宗政明珠《ゾンジョンミンジュー》は、李蓮花《リーリエンホワ》の素早い動きに内心驚きながら手を引っ込めた。そして相手が小刀で玉秋霜《ユーチウシュアン》の腹の中から何か取り出したのを見て、驚いて問いかける。

「それはなんです？」

「血の塊《かたまり》だよ」

李蓮花《リーリエンホワ》が答えた。

それは、固まってからかなり時間が経った血の塊だった。「血の塊？」そう聞き返しながら宗《ゾン》政明珠《ジョンミンジュー》はハッとした。少しでも医術の知識があれば、すぐに理解しただろう。腹部に血の塊があるということは、臓器が傷付いているということだ。

「つまり、李《リー》先生は……」

言いよどむ宗政明珠《ゾンジョンミンジュー》に、李蓮花《リーリエンホワ》が微笑む。

「この幽霊は実におかしな方法で人を殺すね。彼女の血を飲み干すでもなく、顔の皮を剝いで化けるでもない。外からは分からないように、腸がちぎれるほどの衝撃を与え、内出血を起こして死にいたらしめるなんて」

その言葉に、宗政明珠《ゾンジョンミンジュー》が眉をひそめた。

「つまり、秋霜《チウシュアン》を殺したのは幽霊ではなく、生きた人間だと？」

その質問には答えず、李蓮花《リーリエンホワ》は淡々と続けた。

「今の私に分かるのは、彼女は死んでから時間が経ちすぎているということだ。それに、こうまで焼かれてしまっては、もう生き返るのは無理だね」

まるで自分は本当に人を生き返らせる力を持っているが、死んで日にちが経っているので今回はお手上げだ、というような口ぶりだ。

「理解できません。もし秋霜《チウシュアン》が誰かに殺されたというのなら、なぜ腸がちぎれているのですか？　相手の胸から五寸以下のところを一撃で仕留めるような技なんて、どの流派の拳法にも存在しないはずです。こんなのおかしいです」

金の刺繡《ししゅう》が施された白服の袖を払いながら、宗政明珠《ゾンジョンミンジュー》が言い放つ。

彼の言葉に、李蓮花《リーリエンホワ》はただ「うーん」と一言だけ発した。

宗政明珠《ゾンジョンミンジュー》はまたビクリとしたが、今回も「うーん」の意味は理解できなかった。少し考えて、彼は話題を変えることにした。

「近頃、夜になると玉城で不可解なことが起きるんです」

「不可解なこと？　まさか幽霊が出たわけじゃないよね？　私、幽霊は苦手なんだ……」

李蓮花《リーリエンホワ》が独り言のように呟《つぶや》く。

指で腐乱死体の腹を裂くのは平気なのに、幽霊は苦手なのか？　なんともおかしな人だ。宗《ゾン》政明珠《ジョンミンジュー》は内心困惑しながらも、

「それなら、今晩は私と同じ部屋に泊まりますか？」

と提案した。

それを聞いた李蓮花《リーリエンホワ》は、「いや、悪いね」と申し訳なさそうに言いながらも、二つ返事で快諾した。

その日、李蓮花《リーリエンホワ》は玉《ユー》家と夕食を共にした。玉《ユー》家には城主の玉穆藍《ユームーラン》の他に、夫人の玉紅燭《ユーホンジュー》がいるが、彼女を見て李蓮花《リーリエンホワ》は少しばかり驚いた。娘を亡くし、夫は正気でないというのに、目の前の夫人は微塵も動揺するそぶりはない。気丈に振る舞い、玉《ユー》家のどの男性たちよりも立ち働いていた。年は四十近いはずだが、肌は雪のように白く、その顔は思わず見惚れてしまうほど美しかった。玉紅燭《ユーホンジュー》に兄弟はいない。だから家系を途絶えさせないため、二十年前、当時落ちぶれた書生だった蒲穆藍《プームーラン》を入り婿として迎え、玉《ユー》の姓を継がせたそうだ。城主として名が知られているのは玉穆藍《ユームーラン》だが、城内のことは主に妻の玉紅燭《ユーホンジュー》が取り仕切っている。まさに女傑と呼ぶにふさわしい人物だ。李蓮花《リーリエンホワ》が娘を生き返らせにきたと聞いたときも、明らかに信用していないにもかかわらず、それを表に出すことなく、李蓮花《リーリエンホワ》の好きなようにさせてくれた。

その日の夜、玉城の客間。

宗政明珠《ゾンジョンミンジュー》と同じ部屋に泊まった李蓮花《リーリエンホワ》は、早々と床についていた。宗政明珠《ゾンジョンミンジュー》も、もう片方の

寝台で横になっていたが、なかなか寝付けずにいた。彼は婚約者の玉秋霜《ユーチウシュアン》とはおろか、今まで誰かと同じ部屋で寝るという習慣がなかったのだ。同室の相手が美しい女性なら違ったのだろうが、今、隣に寝ているのは挙動のおかしな男ときている。

李《リー》先生はきっと真面目な方なのだろう、と宗政明珠《ゾンジョンミンジュー》は内心思う。だが、やや間が抜けているというか、世情に疎いようだ。けれど、もし彼がただの世間知らずなら、自らの名声を利用して玉城で自由に振る舞おうなどと考えるだろうか？　何か企んでいたとしても、玉城へ来て玉秋《ユーチウ》霜《シュアン》を生き返らせるとうそぶくことに何の得があるのだろう？　玉秋霜《ユーチウシュアン》は腹部への衝撃による出血多量で死んだ。だが外傷もないのに李《リー》先生はどうやってそのことを見抜いたのだ？　数々の疑問が頭の中を駆け巡り、宗政明珠《ゾンジョンミンジュー》はますます目が冴えていた。

その時、宗政明珠《ゾンジョンミンジュー》が目を大きく見開いた――扉の外から何やら妙な物音がする！

扉を開けようか悩んでいると、向かいの窓に突如、青緑色の点が次々と現れた。時折近づいては遠ざかる光を見ていると、今度は庭園のほうから奇妙な歌声が聞こえてきた。

それは聴く者を震え上がらせるような恐ろしい歌声だった。女性の声のようだが、一音一音が引き延ばされ、奇妙な音程で歌い続けている。まるで舌を抜かれた人間が、生者には理解できない、悲しい恋の歌を紡いでいるようだ……

これが、秋霜《チウシュアン》が死んだ日に大勢が目撃したという幽霊だろうか!?　真っ暗な部屋で、宗政明《ゾンジョンミン》珠《ジュー》は一瞬で総毛立つのを感じた。大きく息を吸い込み、全神経を耳に集中させたが、人の立てる物音は何一つ聞こえなかった。次の瞬間、寝台からガバッと起き上がると、宗政明珠《ゾンジョンミンジュー》は素早く手を伸ばし、窓を上に押し上げた。

外は月が明るく、空気はひんやりとしていたが、特におかしなものは何もなかった。

「窓だよ」

予期せぬ声に、宗政明珠《ゾンジョンミンジュー》は飛び上がるほど驚いた。幽霊ではなく、李蓮花《リーリエンホワ》に驚かされた彼は、全身から冷や汗をかきながら、そのまま窓を下げた。

蠟燭《ろうそく》を灯した李蓮花《リーリエンホワ》が、寝台から降りてゆっくりと近づいてくる。炎が窓を照らした瞬間、青緑色の光は忽然と消えてしまった。どうやら幽霊は蠟燭の光が怖いらしい。

李蓮花《リーリエンホワ》が長く整えられた爪で紙張りの窓を力強く引っ搔いた。「ビリッ」という音と共に裂け目から覗いたのは、これまた同じ紙。しかも中から黒い物が次々と這《は》い出してくるではないか。

目の前の光景に宗政明珠《ゾンジョンミンジュー》が苦笑する。どうやらこの窓には紙が二重に張られており、紙と紙の間に羽をもがれた蛍が入れられていたようだ。夜になれば紙の間でホタルたちがチカチカと光り、真っ暗な部屋では、点滅する蛍の光が近づいては遠ざかる幽霊に見えるというわけだ。そして昼間や蠟燭の明かりがある時は、蛍の弱い光は見えなくなる。

「窓に映る幽霊の光の正体は、虫だったんですね」

李蓮花《リーリエンホワ》の方を見ながら、宗政明珠《ゾンジョンミンジュー》が呟く。

「先生はどうやって窓の秘密を見破ったんです？」

李蓮花《リーリエンホワ》がフッと微笑む。

「私は幽霊が苦手だって言っただろ？　君は人が立てる音ばかり気にしていたようだが、私は人ではない物音に注目したんだよ」

目の前の相手を信じていいのか悪いのかすっかり分からなくなり、宗政明珠《ゾンジョンミンジュー》はただ苦笑するしかなかった。

問題の窓を揺すりながら、李蓮花《リーリエンホワ》が尋ねる。

「迷香の匂いに気付いたかい？　虫たちは夜中に動き出すよう、昼は迷香で痺《しび》れさせられていたようだ。窓枠と外側の紙に隙間があったから、目を覚ました蛍が逃げ出せば『幽霊』も自ずと消える仕組みなんだろうね」

宗政明珠《ゾンジョンミンジュー》が頷く。

「やはり秋霜《チウシュアン》の死には裏があったんですね。幽霊の光は誰かが仕組んだものだった」

二人が話していると、外から聞こえていた恐ろしい歌声が突然悲痛な叫びに変わり、そのまま何も聞こえなくなった。

宗政明珠《ゾンジョンミンジュー》がビクッと驚き、端整な顔からサッと血の気が引いた。

「でも、なぜ玉城に幽霊の光が？　先程の出来事はいったい……」

李蓮花《リーリエンホワ》が「うーん」と答える。今回の「うーん」が何を意味するのかは宗政明珠《ゾンジョンミンジュー》にも理解できた。

「誰かさんが幽霊を信じないから、向こうから出てきたのさ」

李蓮花《リーリエンホワ》はそう言うと、あくびを一つした。「眠い、もう寝よう」

幽霊の正体を見破った彼は、ただただ眠いらしい。宗政明珠《ゾンジョンミンジュー》は、李蓮花《リーリエンホワ》の言動に追いつけず、しばらくその場でぼんやりしていた。そして結局眠れぬまま、寝台に腰掛け、混乱した頭で破れたままの窓を見つめた。

秋霜《チウシュアン》は誰かに殺された。だがなぜその死体が程雲鶴《チョンユンホー》の荷箱から出てきたのか？　幽霊はいったい誰の仕業で、先程の窓の仕掛けは誰が？　李蓮花《リーリエンホワ》の出現が犯人を不安にさせたのか……？　数々の疑問が頭を駆け巡り、宗政明珠《ゾンジョンミンジュー》の端整な顔は、闇夜の中で死人のように青ざめ、目には困惑と恐怖が浮かんでいた。彼を慕う娘たちが見たら、きっとひどく落胆するだろう。背後の寝台では、李蓮花《リーリエンホワ》が、何の憂いもない寝顔で気持ちよさそうに眠っていた。

三、水やり

翌日、宗政明珠《ゾンジョンミンジュー》が困惑したまま目を覚ました時、李蓮花《リーリエンホワ》はもう部屋にはいなかった。外を見ると、ひょうたんの柄杓《ひしゃく》を持って庭の花に水やりをしている李蓮花《リーリエンホワ》が見えた。彼の仕草は真剣そのもので、時折愛おしそうに草花を撫でている。

玉紅燭《ユーホンジュー》、玉秋霜《ユーチウシュアン》の親友の雲嬌《ユンジアオ》、そして玉《ユー》家の使用人頭の周福《ジョウフー》も異様な物を見るように、水やりをする李蓮花《リーリエンホワ》を見つめている。玉紅燭《ユーホンジュー》は殺気立った表情をしており、雲嬌《ユンジアオ》は目に涙を浮かべ、周福《ジョウフー》は不安で仕方がないという顔だった。

寝台から降りて顔を洗ったあと、部屋から出た宗政明珠《ゾンジョンミンジュー》はようやく状況を把握した。どうやら李蓮花《リーリエンホワ》は玉紅燭《ユーホンジュー》に玉秋霜《ユーチウシュアン》の死因を伝えたらしい。実の娘が誰かに殺められ、しかもその犯人は幽霊を装っていたと知った彼女は、「玉紅燭《ユーホンジュー》の名にかけて、犯人を八つ裂きにしてやる！」と息巻いたそうだ。

一方の雲嬌《ユンジアオ》は驚きと恐怖で興奮状態になり、周福《ジョウフー》は半信半疑といった様子だった。そして穏やかに説明を終えた李蓮花《リーリエンホワ》は、真剣な眼差しで周福《ジョウフー》に柄杓はどこかと尋ね、意気揚々と水やりを始めたというわけだ。

　部屋の外には渡り廊下があり、廊下と庭の間には人の腰の高さほどの白玉《はくぎょく》の手すりがある。宗《ゾン》政明珠《ジョンミンジュー》は手すりの向こうにいる李蓮花《リーリエンホワ》の落ち着いた背中を見つめながら、しばらく茫然としていた。そしてため息を一つつくと、一晩かけてなんとか整理した疑問点を心の中で反芻《はんすう》した。

　碧窓の幽霊殺人事件の疑問点は全部で七つだ。

　その一、犯人はなぜ玉秋霜《ユーチウシュアン》の腹を狙ったのか？

　その二、玉秋霜《ユーチウシュアン》はなぜ程雲鶴《チョンユンホー》の荷箱の中で死んでいたのか？

　その三、窓の幽霊の仕掛けはだれの仕業か？

　その四、窓の外から聞こえていた幽霊の歌声は誰のものか？

　その五、幽霊はどうやって小棉宿屋から玉城へやってきたのか？

　その六、犯人はなぜ玉秋霜《ユーチウシュアン》のような弱い女性を手にかけたのか？

　そして最後の七つ目、犯人はなぜ幽霊を装う必要があったのか？

　これらの七つの疑問のうち、宗政明珠《ゾンジョンミンジュー》が推測できそうなのはせいぜい二つだけだ。そして残りの疑問に答えてくれそうな相手は、今、庭で水やりをしている。

　ますます困惑する彼に、柄杓を手にした李蓮花《リーリエンホワ》が突然振り返り、微笑んだ。

「日も出てきたし、城主様もそろそろお目覚めかな？」

　そう言うと李蓮花《リーリエンホワ》は玉紅燭《ユーホンジュー》の方を向き、礼儀正しくこう続けた。

「力及ばず、娘さんを生き返らせることはかないませんでした。せめて玉《ユー》城主のご回復の手助けができれば、ここへ来た甲斐もあるというもの。玉《ユー》夫人、ここはひとつ、すべて私にお任せいただけないでしょうか？」

そこまで言われては、とっさには断れないだろう。それに玉紅燭《ユーホンジュー》としても、夫を診てくれる人がいるのは願ってもないことだ。彼女は迷わず承諾した。

隣にいた雲嬌《ユンジアオ》は涙を拭いながら、小さな声で言う。

「私は部屋に戻って休ませていただきますね」

「ええ、どうぞ」

李蓮花《リーリエンホワ》が穏やかに答える。

玉紅燭《ユーホンジュー》の案内で一行は玉穆藍《ユームーラン》の部屋へ向かった。玉城の中はまさに豪華絢爛《ごうかけんらん》という言葉がふさわしく、廊下や家屋の装飾には輝く真珠や碧玉が贅沢に使われ、この世の物とは思えない豪奢《ごうしゃ》な空間が広がっていた。李蓮花《リーリエンホワ》は笑みを浮かべ、金銀財宝を眺めながら、玉紅燭《ユーホンジュー》の後に続いていく。

そしていくつか角を曲がると、城主の寝室の前へとやってきた。

部屋の中には呆《ほう》けた顔をした玉穆藍《ユームーラン》が座っていた。両目は遠くを見つめており、誰が話しかけても、まったく反応する様子がない。

「城内で火事が起きた夜からずっとこうなの。食事はおろか、まともに寝てすらいないわ。誰が話しかけても聞こえていないようで……」

そこまで言うと、玉紅燭《ユーホンジュー》は喉まで出かかった言葉を呑み込んだ。夫を診察した医師は皆、彼が悪霊に取り憑《つ》かれたと言い、中には脈を取っている最中に突然気が触れた者までいたそうだ。

李蓮花《リーリエンホワ》はしばらく玉穆藍《ユームーラン》の目をじっと見つめていたが、不意に青い風呂敷から一本の銀針を取り出すと、その先端をゆっくりと玉穆藍《ユームーラン》の目に近づけていった。

初めて目にする「診察」に玉紅燭《ユーホンジュー》はぎょっとする。一方、昨晩の「幽霊騒動」を経験した宗《ゾン》政明珠《ジョンミンジュー》は、はたから見れば不可解な行動でも、李蓮花《リーリエンホワ》にはきっと意図があると察したのか、黙って彼の動きを見守った。

二人が茫然と見つめる中、李蓮花《リーリエンホワ》の手にした針の先が玉穆藍《ユームーラン》の右目にどんどん近づいていく。動きはゆっくりでも、決して速度を緩めることなく、今にも鋭い先端が眼球に突き刺さりそうだ。宗政明珠《ゾンジョンミンジュー》と玉紅燭《ユーホンジュー》は止めに入りたい気持ちをぐっと堪えた。

あとほんのわずか動けば玉穆藍《ユームーラン》の目に針が刺さるという距離で李蓮花《リーリエンホワ》の手が止まる。そして彼はもう一度針の位置を変え、同じように玉穆藍《ユームーラン》の目を刺すそぶりをしたが、相手は相変わらず瞬《まばた》きすらしなかった。どうやら本当に正気を失っているようだ。

「玉《ユー》城主の病状はかなり深刻なようですね」

そう言って、李蓮花《リーリエンホワ》が小さくため息をつく。

李蓮花《リーリエンホワ》と知り合ったばかりの宗政明珠《ゾンジョンミンジュー》たちは、彼に医術の心得がないことなど知る由《よし》もない。その言葉に二人はただ眉をひそめるしかなかった。

「ところで、玉《ユー》夫人の庭に心の病を治せる妙薬が生えているのを見かけました。それを拝借して、玉《ユー》城主の病に効く薬を作ってもかまいませんか？」

李蓮花《リーリエンホワ》が落ち着き払った口調で尋ねる。

玉紅燭《ユーホンジュー》は頷いて、「どうぞお好きなように」と言ったが、内心疑問に思っていた。庭の花々はどれも彼女自ら植えた物で、茉莉花《まつりか》や牡丹《ぼたん》、木蓮といった、いたって普通の植物ばかりだ。いったいどこに妙薬が生えているというのだろう？　それとも彼女が知らないだけで、それらの植物には薬効があるのだろうか？

部屋から出た李蓮花《リーリエンホワ》は、主寝室と庭を隔てる白玉の手すりに登ると、きょろきょろと辺りを見回した。そして手すりから降り、今度は左側の建物へゆっくりと歩いていったかと思うと、建物の隅に生えていた青草を数本むしり取った。

予想外の行動に、宗政明珠《ゾンジョンミンジュー》がたまらず口を開く。

「李《リー》先生、それは断腸草といって、猛毒がありますが……」

だが、李蓮花《リーリエンホワ》は眉を上げて「問題ない」とだけ答え、断腸草を懐にしまった。そしてそばの建物をちらっと見て、「ここは誰の部屋ですか？」と聞いた。

「空き部屋よ」

玉紅燭《ユーホンジュー》が答える。

李蓮花《リーリエンホワ》は頷き、庭の方へ向かう。そして牡丹が咲いている場所へ回り込むと、見事に咲き誇る花をしばらく眺め、その根元から奇妙な形をした雑草を一株抜き取った。

玉紅燭《ユーホンジュー》と宗政明珠《ゾンジョンミンジュー》が互いに顔を見合わせる中、真剣な表情で庭を行ったり来たりしていた李《リー》蓮花《リエンホワ》は、全部で六種類の草を手にして戻ってきた。そのうち三種類は宗政明珠《ゾンジョンミンジュー》も知っている。一つは猛毒を持つ断腸草、他の二つも弱いが毒がある。残りの三つは名前すら分からない。

雑草を懐にしまっていた李蓮花《リーリエンホワ》が小さく「うーん」と声を上げた。「うーん」に敏感になっていた宗政明珠《ゾンジョンミンジュー》がすかさず「どうかしましたか？」と尋ねる。

李蓮花《リーリエンホワ》が無言で、庭から主寝室の前にある渡り廊下へ通じるもう一本の道を指差す。そこには、濡れた足跡がくっきりと残っているのが見えた。庭の中はどこもかしこも李蓮花《リーリエンホワ》が朝に水やりをしたせいで濡れている。つまり、彼らが玉穆藍《ユームーラン》の部屋にいる間に誰かが庭を通ったということだ。だが、渡り廊下に足跡が一つしかないところを見ると、その人物は主寝室の前で立ち止まり、そのまま引き返したらしい。

李蓮花《リーリエンホワ》が突然しゃがみ込み、足元から石を一つ拾い上げた。そして足跡のそばに印を一つつけ、服を整えながら体を起こす。

驚いた顔で足跡を見つめていた宗政明珠《ゾンジョンミンジュー》は、顔を上げて渡り廊下の方へ目を向けた。

「いったい誰が……？」

「雲嬌《ユンジアオ》よ！」

唐突に玉紅燭《ユーホンジュー》が冷たく言い放った。

「なぜ彼女だと？」

李蓮花《リーリエンホワ》が怪訝《けげん》そうに問う。

玉紅燭《ユーホンジュー》は冷ややかに笑うと、

「秋霜《チウシュアン》が死んだのに、あの子はまだここを出ようとしないのよ。秋霜《チウシュアン》とは姉妹みたいに仲が良かったなんて言っているけれど……きっと明珠《ミンジュー》を狙ってるに決まっている！　あの子がこっそり明珠《ミンジュー》を覗き見しているのを何度も見たんだから！」

玉紅燭《ユーホンジュー》の言葉に、李蓮花《リーリエンホワ》は「うーん」と言って、首を横に振った。

「お義母様、私は彼女とは決して……」

宗政明珠《ゾンジョンミンジュー》がばつの悪そうな顔で弁明しようとしたが、

「分かってるわよ。でなければ、とっくにあなたを追い出してるわ」

と、玉紅燭《ユーホンジュー》にぴしゃりと遮《さえぎ》られた。

ますます困った顔をする宗政明珠《ゾンジョンミンジュー》に、李蓮花《リーリエンホワ》がニッコリと微笑んだ。そして、彼と玉秋霜《ユーチウシュアン》、雲嬌《ユンジアオ》三人の情愛のもつれなど興味がないという顔で、

「宗政《ゾンジョン》、一つ頼まれてくれないかな？」

と尋ねた。

「なんです？」

問い返す宗政明珠《ゾンジョンミンジュー》に向かって李蓮花《リーリエンホワ》は手招きすると、彼の耳元で二言三言囁《ささや》いた。それを聞いた宗政明珠《ゾンジョンミンジュー》が怪訝そうに、

「なぜそれを知っているのです？」

と問う。李蓮花《リーリエンホワ》はただ微笑みながら「当てずっぽうだよ」と言い、続けてまた小声で何かを伝えた。

内力《ないりょく》の弱い李蓮花《リーリエンホワ》では、声を内力に乗せて直接相手の耳元に届けることができないため、隣にいた玉紅燭《ユーホンジュー》は、〝天聴術《てんちょうじゅつ》〟で二人の会話を少し聞き取ることができた。

「火急……へ行き……玉穆藍《ユームーラン》は……真相……」

耳にした内容に、玉紅燭《ユーホンジュー》は大いに困惑する。この李蓮花《リーリエンホワ》という人物は、玉城の中を少し歩き回り、花に水をやって、銀針で玉穆藍《ユームーラン》の目を刺すふりをしただけで、事件の真相が分かったというのだろうか？

「李《リー》先生」

今までにないほど緊張しながら、玉紅燭《ユーホンジュー》が問う。

「もしかして、あなたは、この玉城で起きた恐ろしい事件の真相が分かったというの？」

李蓮花《リーリエンホワ》が「うーん」と答える。今回は彼女も「うーん」の持つ意味を少し理解できた。どうやら李蓮花《リーリエンホワ》は何かを考えている時や、心ここにあらずという時に癖でそれを口にするらしい。

案の定、彼は玉紅燭《ユーホンジュー》の方を振り向き、茫然とした様子で、

「ああ、失礼。今、何かおっしゃいました？」

と問い返してきた。

李蓮花《リーリエンホワ》はいったい宗政明珠《ゾンジョンミンジュー》に何を頼んだのだろう？　だが、それを尋ねる前に、玉紅燭《ユーホンジュー》は先ほど彼が摘んだ六種類の雑草を手渡された。

「お手数ですが、この六つの薬草をぶつ切りにして下さい。それから、半日水に浸し、そのまま薬草ごと玉《ユー》城主に飲ませてください」

李蓮花《リーリエンホワ》が真剣な声で続ける。

「そうすれば、きっとすぐに良くなりますよ」

玉紅燭《ユーホンジュー》は薬草を受け取った。最初はただの書生だと思っていたが、李蓮花《リーリエンホワ》の言動を見れば見るほど、彼のことがますます分からなくなっていた。

李蓮花《リーリエンホワ》という男は何から何まで謎だらけだ。

四、深夜の怪談

その日の深夜。

李蓮花《リーリエンホワ》に用事を頼まれた宗政明珠《ゾンジョンミンジュー》はすでに山を下りていた。

玉秋霜《ユーチウシュアン》の部屋の前には、玉城の剣士が見張りについている。室内では、揺らめく蠟燭の明かりの下、氷の棺に横たわる玉秋霜《ユーチウシュアン》の遺体の前に李蓮花《リーリエンホワ》が立っていた。玉紅燭《ユーホンジュー》も一緒に来るはずだったが、用事ができたため、李蓮花《リーリエンホワ》は一人、半分焦げて腐乱した少女の遺体と対面しているのだ。

「はあ……」

蠟燭を手にした李蓮花《リーリエンホワ》は遺体をしばらく眺めた後、ため息をついて首を振った。これまで無残な死体はいくつも目にしてきたが、十七、八の若くて美しい少女をこんな姿にしてしまった犯人を、李蓮花《リーリエンホワ》は心底憎いと思った。

風呂敷から小刀を取り出し、玉秋霜《ユーチウシュアン》の腹部にある傷をそっとめくる。昨日ここから血の塊を取り出し、腸がちぎれているのを見つけた。はたして今夜は何が出てくるだろうか……

窓の外は真っ暗闇だ。空にかかる分厚い雲に、月も星もすっかり隠れてしまっている。李蓮《リーリエン》花《ホワ》は小刀で慎重に玉秋霜《ユーチウシュアン》の遺体をつついた。医術の知識が全くない彼に、検死を行えというのはどだい無理な話である。できるのはせいぜい腹部を裂いて、本来あるはずのない物を見つけるぐらいだ。冷たく硬い体に小刀があたるたびに、コツッと身の毛がよだつような音が響く。だが李蓮花《リーリエンホワ》はそれを楽しむかのように、笑みを浮かべながらつつき続けた。

扉の外では門番が静かに立っている。突然、小さなざわめきが起こった。暗闇の中、またあの歌声が聞こえてきたのだ。

歌声は庭の大きな木の後ろから聞こえた。そして、二言三言歌うと、すぐに止んだ。二人の玉城剣士は互いに目配せすると、かけ声と共に木の後ろへ回ったが、誰一人見つからなかった。続いて剣士たちは壁を飛び越え、二手に分かれて捜索し始めた。

評判の通り、玉城の剣士は実によく鍛えられている。李蓮花《リーリエンホワ》は蠟燭を手にしながら微笑んだ。

あたりに誰もいなくなると、闇と静寂だけが残った。

「幽霊が人を襲うにはもってこいの夜だ……」

李蓮花《リーリエンホワ》は独り呟くと、あくびを一つした。

「おお怖い、怖い。部屋に戻ろう」

その時、突如背後から冷たい風が吹いたかと思うと、顔が見えないほど長い髪を振り乱した異様な人影が入口に現れた。

一方の李蓮花《リーリエンホワ》は、「おお、怖い」と呟きながら、慎重に小刀を風呂敷にしまった。そして、冷たい風に服の裾をはためかせ、一度も振り返ることなく、裏口から出ていった。

入口に立つ「幽霊」にはまったく気付かずに……

長髪の幽霊はしばらくその場に立ち尽くしていたが、一瞬怒りで体を震わせたように見えた。その後、何かを考えていたようだったが、すぐさま李蓮花《リーリエンホワ》の後を追って、音もなく宗政明珠《ゾンジョンミンジュー》の客間へ忍び込んだ。

客間へ戻った李蓮花《リーリエンホワ》は蠟燭を灯し、扉と窓を閉めた。少し躊躇《ちゅうちょ》したあと、本当に幽霊が怖いとでも言うかのように、扉と窓に鍵をかけた。そしてようやく一安心だという様子で蠟燭を吹き消し、寝台へ上がると、しっかり布団にくるまった。

半刻ほど経っただろうか、李蓮花《リーリエンホワ》の後について部屋へ忍び込んでいた長髪の幽霊が、天井の梁《はり》からフワッと舞い降りた。そのまま幽霊は音もなく李蓮花《リーリエンホワ》が眠っている寝台へ近づき、冷たい光を放つ何かを振り上げたかと思うと、そのままゆっくりと振り下ろそうとした。

「雲嬌《ユンジアオ》」

突然、布団の中から穏やかな声が聞こえた。脅かすつもりは微塵もないのだろうが、幽霊の体がビクッと震える。

「宗政《ゾンジョン》はいないよ」

幽霊は無言で二歩下がり、そのまま腕を振り下ろした。銀色の光を放つ何かが、寝台に向かって勢いよく突き立てられる。ガツッ！　寝台に硬い物が突き刺さる音が響き、幽霊が引き戻すと同時に冷たい光が部屋の中できらめく。それは鞘《さや》から抜かれた短剣だった。寝台に突き刺さった短剣を引き抜き、幽霊は、逆手持ちのまま、布団の中に隠れている李蓮花《リーリエンホワ》の首元めがけて切りつけた。一切の迷いがない、流れるような動きから、決して素人ではないことが分かる。

勢いよく突き立てられた短剣が風を切り、李蓮花《リーリエンホワ》の首を狙う。すると次の瞬間、布団の一部が突然盛り上がり、トンッという音と共に、短剣を握っている手首に衝撃が走ったかと思うと、幽霊の手から短剣が離れ、斜め向こうにある扉に勢いよく刺さった。

「きゃっ！」

幽霊がとっさに驚いた声を上げる。明らかに女性の声だった。

「雲嬌《ユンジアオ》……」

布団の中から李蓮花《リーリエンホワ》のやや困った声が聞こえる。

「少々おてんばが過ぎるよ」

だが彼はなぜかそのまま布団から出ようとはせず、くぐもった声でこう続けた。

「宗政《ゾンジョン》なら今夜はいないよ。実は君に相談したいことがあるんだ」

長髪の幽霊はうつむきながら踵を返すと、足早に扉の方へ向かった。そして扉に手をかけようとしたが、鍵がかかっていることに気付いて手を止める。宗政明珠《ゾンジョンミンジュー》が泊まっている客間は、中と外の両方から錠前で施錠することができ、鍵がなければ開けられない。幽霊は扉に突き刺さった短剣を引き抜き、急いで振り返ると、やや怯《おび》えた目で李蓮花《リーリエンホワ》——正確には寝台の上で盛り上がった布団の塊を見据えた。はたから見れば滑稽《こっけい》な光景だが、まんまと罠《わな》にはまった幽霊は相当怯えているようだった。

「おめかししていない姿を見られるのは嫌だろう？　だから私はこのままでいるよ」

李蓮花《リーリエンホワ》に優しく話しかけられ、幽霊はビクリと肩を震わせた。そして突然諦《あきら》めたように長い髪を頭から引っぺがし、羽織っていた服を脱いだ。

「もう……布団から出ていいわよ」

冷たく言い放った彼女の声は震えており、眉間にはまだ恐怖の色が残っている。

李蓮花《リーリエンホワ》がゆっくりと布団から顔を出した。彼の穏やかな顔を見た瞬間、雲嬌《ユンジアオ》は自分でも驚くほど恐怖を感じなかった。それどころか、なぜか懐かしいような言いようのない気持ちに襲われ、こわばった体から力が抜けていく。深く息を吸い込んだ彼女は、そのまま背後の扉にもたれかかると、その頰を涙が一筋伝った。

「私じゃない……」

静まりかえった部屋の中に、雲嬌《ユンジアオ》の震えた声が響く。

「知ってるよ」

李蓮花《リーリエンホワ》が小さく微笑んだ。その言葉に、雲嬌《ユンジアオ》は扉にもたれかかったまま、その場にぺたりと座り込んだ。

「嘘よ……知ってるはずがない」

「玉秋霜《ユーチウシュアン》は腸がズタズタになっていた。でも骨は砕けていない。おそらく劈空掌《へきくうしょう》のような、手のひらから瞬時に打ち出された内力の衝撃波を受けたんだろう。君は、武術は得意そうだけど、内力を操るのは苦手だろう？」

そう話す李蓮花《リーリエンホワ》は相変わらず微笑んでおり、まるで楽しいおしゃべりをしているようだった。

「玉秋霜《ユーチウシュアン》を殺した犯人は君じゃない。でも……」

一瞬の間があり、彼が再び続ける。

「彼女がどうやって死んだのかは、よく知っているはずだ」

雲嬌《ユンジアオ》は口をつぐんだままだが、その顔は真っ青だった。李蓮花《リーリエンホワ》が微笑みながら彼女に問う。

「だからここは一つ相談なんだが、彼女がどうやって死んだのか教えてくれないかな？」

ゆっくりと、それでいてはっきりと雲嬌《ユンジアオ》が首を横に振る。

「雲嬌《ユンジアオ》、これはとても大事なことなんだ」

李蓮花《リーリエンホワ》がもう一度促す。

「たまたま今夜、男物の服を着てたぐらいで、なぜ私が知ってると思うの？　秋霜《チウシュアン》は……彼女は幽霊に殺されたの。あの宿屋でね。私には何の関係もないわ」

そう話す雲嬌《ユンジアオ》は、まだ息は荒いものの、だいぶ落ち着いたようで、いくらか声に張りが戻っていた。

「誰も殺してない……誰一人、殺してない……私だって……」

「そうかな？」

李蓮花《リーリエンホワ》がため息をつく。

「程雲鶴《チョンユンホー》から『碧窓の幽霊殺人事件』の話を聞いたときから、私は君がこの件に関わっていると感じたんだ。そして昨晩、ここで幽霊の光を目撃し、歌を聞いたことで、それは確信に変わった」

「でたらめを言わないで！」

雲嬌《ユンジアオ》が蒼白《そうはく》な顔をして叫ぶ。

「それはあなたが玉《ユー》夫人のたわごとを聞いたからでしょう？　あの人は、前から私のことが気に食わないから……」

雲嬌《ユンジアオ》を見つめながら、李蓮花《リーリエンホワ》はまたため息をついた。

「忘れたのかい？　小棉宿屋から玉城へ話が伝わり、玉《ユー》城主が抹殺令を下したことで程雲鶴《チョンユンホー》一家は逃亡、そして事件が起きた夜に宿にいた剣士たちは皆、玉《ユー》城主の命令で自害した。唯一無事なのは君しかいないんだよ」

そう言って李蓮花《リーリエンホワ》はゆっくりと視線を上げ、雲嬌《ユンジアオ》の目を見据える。

「宿屋と玉城の両方に現れた幽霊の光。その両方に関わりがあるのは君だけなんだ」

「だから何だというの？」

雲嬌《ユンジアオ》が唇をきつく噛みしめる。

「ゆ、幽霊なら……幽霊ならそんなこと関係ないじゃない！　とにかく、私は彼女を殺してなんかいない！」

必死にあがく彼女の気持ちを理解しているとでも言うように、李蓮花《リーリエンホワ》は相変わらず笑顔で雲《ユン》嬌《ジアオ》を見つめる。

「幽霊は、人を騙《だま》す必要なんてないからね」

「だ、騙す？」

雲嬌《ユンジアオ》の顔は今や死人のように白かった。

「今回の事件で、一番不可解な点は、玉秋霜《ユーチウシュアン》の遺体が程雲鶴《チョンユンホー》の荷箱から出てきたことだ」

李蓮花《リーリエンホワ》が穏やかに続ける。

「鶴行隊商の隊員は、皆武術の達人というわけではないけれど、江湖ではかなり信頼が厚い。程《チョン》雲鶴《ユンホー》は決して嘘をつかない。彼が荷箱に触れていないと言うのなら、きっとそうなんだろう。だから、金銀財宝が詰まった荷箱から、突然玉秋霜《ユーチウシュアン》の遺体が出てきたと聞けば、誰だって困惑するはずだ。でも、実際はごく簡単なことなんだよ」

李蓮花《リーリエンホワ》が雲嬌《ユンジアオ》に向かって微笑む。

「一つだけ分かれば、玉秋霜《ユーチウシュアン》が荷箱から現れた理由も自ずと分かる」

「なんですって？」

顔から血の気が引いた雲嬌《ユンジアオ》は、先ほど取り戻した威勢もすっかり消えていた。

「程雲鶴《チョンユンホー》は正直者だ。でも皆が皆、彼のような正直者とは限らない」

李蓮花《リーリエンホワ》は相変わらず穏やかに微笑んでいる。

「程雲鶴《チョンユンホー》は嘘をつかない。でも君は嘘をつく。それを理解していれば、この事件の謎もすんなり解けるんだ」

雲嬌《ユンジアオ》は押し黙ったまま、李蓮花《リーリエンホワ》が続ける。

「あの夜、鶴行隊商の人たちは、玉秋霜《ユーチウシュアン》が宿にいることを知らなかった。彼らが彼女を見つけたとき、彼女はすでに死んでいた。そうだよね？」

雲嬌《ユンジアオ》は一瞬だけ固まったが、すぐに頷いた。

「そして、玉秋霜《ユーチウシュアン》の遺体を玉城へ送り届けた後、現場にいた玉城の剣士たちも全員死んでしまった。間違いないね？」

李蓮花《リーリエンホワ》の質問に、雲嬌《ユンジアオ》が再び頷く。

「よく考えれば、事件の夜、玉秋霜《ユーチウシュアン》に何があったのか、程雲鶴《チョンユンホー》はほとんど何も知らないんだ。厳しく訓練された玉城の剣士たちのことだ、玉秋霜《ユーチウシュアン》が死んだ後も他人に余計なことは一切しゃべらなかっただろう。そして遺体が半月足らずで崑崙山に送り届けられたところを見るに、彼らは昼夜をおかず、道を急いだんだろうね。結局錯乱した玉《ユー》城主のせいで全員殺されてしまったけれど」

李蓮花《リーリエンホワ》がゆっくりと続ける。

「つまり、その日の夜、玉秋霜《ユーチウシュアン》はいつまで生きていたのか？　いつから宿にいたのか？　程雲《チョンユン》鶴《ホー》が把握している事はすべて、彼女の親友である雲嬌《ユンジアオ》……君の証言から得た情報でしかないんだよ」

李蓮花《リーリエンホワ》の目は、雲嬌《ユンジアオ》をまっすぐ見据えている。

「もしその君が嘘をついていたら？　あの日の夜、玉秋霜《ユーチウシュアン》がどういう状況だったのか、本当のことは誰も知りようがないよね？」

雲嬌《ユンジアオ》は黙ったままだったが、すっかり放心しているように見えた。

「君が嘘をついているとしたら、事件はいたって簡単になる。つまり、玉秋霜《ユーチウシュアン》は最初から程雲《チョンユン》鶴《ホー》の荷箱の中にいたんだよ」

一言一句、李蓮花《リーリエンホワ》は始終穏やかな口調で続ける。

「誰も箱を取り換えていないし、触れてもいない。ただ、その日の夜に中から遺体が見つかった……まったく不思議でもなんでもないよね」

「私が、嘘をついていなかったら？」

雲嬌《ユンジアオ》が小声で問う。

「なら、本当に幽霊がいることになるね」

李蓮花《リーリエンホワ》が答える。

「でも、私は幽霊が苦手で、信じていないんだ」

「だとしても、秋霜《チウシュアン》が程雲鶴《チョンユンホー》の荷箱の中にいたのはおかしいわ。二人は面識なんてないもの……」

雲嬌《ユンジアオ》が力なく反論した。

「彼女が入っていた箱は、程雲鶴《チョンユンホー》が運送を任せられた十六個の荷箱の一つでしかない」

李蓮花《リーリエンホワ》が淡々と続ける。

「そもそも荷箱の運送を頼んだのが玉城の人なんだから、彼女が箱の中に入っていても、何ら不思議じゃないんだよ」

「ど、どうして玉城の依頼だと……!?」

雲嬌《ユンジアオ》の声が裏返る。その顔は驚愕に満ちていた。他のことはまだいくらか推測できるかもしれない。だが依頼主に関しては根拠なしに言い切れることではないはずだ。

彼女が叫んだことで、李蓮花《リーリエンホワ》は依頼したのが玉城の者だということを確信し、フッと笑った。

「崑崙山は白玉の産地だ。山にある石の多くは水流にさらされて角の取れた丸い小石で、そばに氷河が流れている玉鉱脈の上に玉城は建てられている。でも城内にある石はやや違っていてね。玉《ユー》城主の庭にあった石は、程雲鶴《チョンユンホー》の言う箱の底に置かれていたゴツゴツした石とそっくりだったよ。加えて十六の箱のうち、十個には金銀財宝がびっしり詰まっていたのを考えると、依頼したのが玉城じゃなかったら、残るは当代の皇帝しか考えられないんじゃないかな」

「でも……」

雲嬌《ユンジアオ》が唇を嚙みしめる。血の気を失った唇がふるふると震えていた。

「玉《ユー》家はとんでもなく裕福だ。資産は一国の富に匹敵《ひってき》する」

李蓮花《リーリエンホワ》が穏やかな目で彼女を見つめる。

「十箱分の財宝なんて、そんじょそこらの官僚や富豪には到底用意できない。実際に玉城の誰が依頼したのかは分からないけど、それはさほど重要じゃない。大事なのは、これらの荷箱は玉城から運び出されたということと、それを知る者が玉城にいるということだ。君は玉秋霜《ユーチウシュアン》のことで嘘をついた。そして君がいる場所に現れた窓の幽霊の光……というか蛍だね。幽霊が幽霊を装う必要なんてないのだから、やっぱりこの件は幽霊の仕業《しわざ》なんかじゃないんだよ」

うなだれ、自分が着ている黒い服と、床に投げ捨てられた長い髪の鬘《かつら》を見つめる雲嬌《ユンジアオ》の目から涙が滴り落ちた。

「玉秋霜《ユーチウシュアン》を殺していない君は、いったい誰を庇《かば》っているんだい？　幽霊騒ぎを起こしたのは誰のため？」

李蓮花《リーリエンホワ》は相変わらず微笑みながら問いかける。

「玉秋霜《ユーチウシュアン》が宿で死んでいないとわかった時点で、君が誰を庇っているのかは簡単に分かることなんだ。でも、君には罪を被ってほしくない」

雲嬌《ユンジアオ》がますますうなだれる。

「あなたは何でもお見通しなんでしょ？　だったら自分で犯人を捕まえに行けばいいじゃない」

李蓮花《リーリエンホワ》はゆっくりとかぶりを振った。

「玉秋霜《ユーチウシュアン》が死んだ後に起きた幽霊騒動は、全部君の仕業なんだろう？　今夜だって、君は一人で私を殺そうとした。君が守ろうとしている相手は、何一つ危険を冒そうとしない。私の言っていることは分かるよね？」

李蓮花《リーリエンホワ》の言葉はどこまでも優しく、穏やかだった。そんな彼を半ば放心しながら見つめていた雲嬌《ユンジアオ》は、やはり目の前の李蓮花《リーリエンホワ》に見覚えがあるような気がしたが、すぐに違うと分かった。彼女は李蓮花《リーリエンホワ》にある人の面影を見たのだ。今の彼と同じように、屈託のない話し方をする人物。彼女が罪を被ってまで、守ろうとしているあの人に……

「あなたは、分かってるの？　分かってるのよね……でも、私は……私は……」

彼女が独り言のように呟く。

「君は、彼のために死ねるのかい？」

李蓮花《リーリエンホワ》が問う。雲嬌《ユンジアオ》の目から涙が溢れた。

「分からないけど……ええ、多分」

そう言う彼女を、李蓮花《リーリエンホワ》はしばらく見つめた。

「玉城の財宝は、どこまでも人を不幸にするね」

そう呟くと、「ああ、眠い」と李蓮花《リーリエンホワ》は布団を頭から被った。

「もう遅い、君もそろそろお帰り」

その言葉に雲嬌《ユンジアオ》が驚く。外に出られない状況で延々と話を聞かされ、自分が幽霊騒動を起こしたことまで見破られた以上、このまま身柄を玉紅燭《ユーホンジュー》に引き渡されることも覚悟していた。帰ってもいいと言われるだなんて、まったく予想していなかった。

一瞬言葉に詰まった彼女は、恐れでも、困惑でもなく、やや気まずそうな声で「でも扉に鍵が……」と言った。

布団の中から李蓮花《リーリエンホワ》がくぐもった声で答える。

「ああ、鍵はかかってるけど。扉は閉まってないよ」

閉まっていない？　雲嬌《ユンジアオ》がハッとして扉を振り返った。錠前は確かにかかっていた。しかしよく見ると、扉の金具にある二つの穴のうち、片方にしか通っていなかった。さらに扉の上段、中段、下段についているかんぬきは、どれもかかっていなかったのだ。思いもよらぬ事実に、彼女は茫然としながら扉を押し開け、歩く屍《しかばね》の如く外へ出ていった。

五、希代の神医

「幽霊」が現れた夜から八日が過ぎた。あれから青緑色の光が現れることはなく、奇妙な歌声も聞こえてくることはなかった。あの日の夜、客間から出た雲嬌《ユンジアオ》は、彼女の格好とその挙動を怪しんだ玉城の剣士たちに見つかり、そのまま玉紅燭《ユーホンジュー》に監禁されてしまったそうだ。だが、玉紅燭《ユーホンジュー》に詰問されてもなお、雲嬌《ユンジアオ》は一言もしゃべらなかったことを知り、李蓮花《リーリエンホワ》はひどく残念がった。

一方、玉穆藍《ユームーラン》が李蓮花《リーリエンホワ》特製の「六味雑草湯」を服用してから、こちらも八日が経過したが、いまだに病状が改善する様子はなかった。相変わらず呆けたまま、周りの物事に一切反応を示さない。雑草を抜く李蓮花《リーリエンホワ》を見ていた時から、玉紅燭《ユーホンジュー》はそれが「妙薬」などではないことを分かってはいた。それでも、李蓮花《リーリエンホワ》が飲ませろというので、今も毎日薬を用意して玉穆藍《ユームーラン》に飲ませている。

六種類の雑草を水に浸しただけの「薬」に、いったい何の効能があるのだろう？　玉紅燭《ユーホンジュー》だけでなく、玉城の誰もが訝《いぶか》しんでいたが、驚くことにその翌日、玉穆藍《ユームーラン》が突然正気に戻った。

九日目の朝、玉穆藍《ユームーラン》の部屋の扉が開いた。昨日まで放心状態だった病人が、今日は打って変わって生気に満ちあふれ、自分から部屋を出たのだ。紫の服に身を包み、堂々としたたたずまいと端整な顔立ちからは、正気を失っていた時とはまるで別人のような雰囲気が漂い、その瞳は冷たい光をたたえていた。

玉穆藍《ユームーラン》は正気を失っていた頃の記憶が一切ないようだった。自分が玉城に火をつけたことや、

五、六十名の剣士を全員自害させたことも、どうやら覚えていないらしい。自分の行ったことを知った彼は大いに悲しみ、死者の墓前で心から悔やんだ。そんな夫に娘の無残な遺体を見せられるわけもなく、玉紅燭《ユーホンジュー》は内心ため息をつきながら、今は自分の体を優先し、ゆっくり休んでくれと玉穆藍《ユームーラン》を慰めた。

城主が正気に戻ったことを知り、急いで駆けつけた李蓮花《リーリエンホワ》は、容態を確認して、

「なぜ薬の効果が現れるのに九日もかかったのだろう？　おかしいな、実に不思議だ！」

と独り呟いた。

朝食を済ませたあと、玉紅燭《ユーホンジュー》と部屋で二人きりになった玉穆藍《ユームーラン》が口を開いた。

「紅燭《ホンジュー》、そなたは雲嬌《ユンジアオ》を捕らえたのだろう？　誰があの子に幽霊騒ぎを起こすよう仕向けたのか、いまだに聞き出せていないのか？」

雲嬌《ユンジアオ》が捕らえられた経緯を知った玉穆藍《ユームーラン》が、不思議そうに問う。

「もしや、城内で起きた数々の奇妙な出来事は、すべて雲嬌《ユンジアオ》が一人で仕組んだことなのか？　秋《チウ》霜《シュアン》の親友だったあの子が、そんなことをするはずはないと思うのだが……」

「あの娘は秋霜《チウシュアン》と同じぐらい明珠《ミンジュー》を慕っていたのよ。彼の心を手に入れるために、秋霜《チウシュアン》に死んでほしかったに違いないわ」

玉紅燭《ユーホンジュー》が冷ややかに言い放つ。

「きっと、あの女狐が仕組んだのよ！　娘を殺したあげく、玉城にまで来て幽霊騒ぎを起こすなんて、大胆にもほどがあるわ！」

「あの子が秋霜《チウシュアン》を殺しただと⁉」

玉穆藍《ユームーラン》の声が裏返る。

「幽霊に扮《ふん》したあの小娘が、真夜中に李《リー》先生の部屋から出てきたところをうちの剣士が捕まえたのよ。彼女に間違いないわ」

玉紅燭《ユーホンジュー》が冷たい笑みを浮かべた。

「下賤な小娘の分際で、玉《ユー》家に仇《あだ》をなすなんて……あの小娘を秋霜《チウシュアン》と同じ目に遭わせてやらなければ、母として娘に顔向けができないわ！」

話を聞いているうちに、玉穆藍《ユームーラン》の目にも徐々に怒りの色が浮かび上がった。

「ならばいっそのこと、今日の昼にでも雲嬌《ユンジアオ》を処刑し、秋霜《チウシュアン》の恨みを晴らそうではないか！」

玉紅燭《ユーホンジュー》が頷く。

「ええ、そうしましょう。殺人も、幽霊騒動も全部あの小娘が一人でやったに決まってるわ。彼女を捕らえた夜だって、李《リー》先生を殺そうとしていたのよ。幸い先生が気付いて追い出したからよかったものの……」

娘を殺した犯人は雲嬌《ユンジアオ》で間違いないという結論で、二人の意見が一致したその時、入口の方で白い影が揺れたかと思うと、一人の白服の剣士が現れた。

「城主様、奥方様、ご報告が」

「何なの？」

玉紅燭《ユーホンジュー》がやや怒りを孕《はら》んだ声で聞き返すと、白服の剣士は、

「宗政《ゾンジョン》様が戻られました」

と答えた。

「明珠《ミンジュー》がどうしたんだ？」

同じく不機嫌そうな声で玉穆藍《ユームーラン》が問いただす。

娘との婚約以降、宗政明珠《ゾンジョンミンジュー》は頻繁に玉城に寝泊まりするようになっていた。ほぼ家族同然の立場である彼が戻ったぐらいで、いちいち報告する必要などないはずだ。

「いえ、城主様、奥方様、宗政《ゾンジョン》様は〝捕青天《ほせいてん》〟と一緒に戻られたのです。手かせを嵌《は》められた状態で！」

いつもは冷静な白服の剣士が、驚愕に満ちた声で続ける。

「そ、それと〝花青天《かせいてん》〟も一緒です！」

玉紅燭《ユーホンジュー》と玉穆藍《ユームーラン》が同時に体をビクリと震わせ、驚きの色を露わにしながら顔を見合わせた。

「そんな……」

刑罰と司法を管轄する大理寺《だいりじ》には、当代の皇帝に代わって国中の事件を取り締まる二人の官僚が在籍している。一人は〝捕青天〟の名で知られる卜承海《ブーチョンハイ》、そしてもう一人は〝花青天〟こと花如雪《ホワルーシュエ》だ。この二人は今までに十一名の皇族を捕らえ、うち九名を処刑し、二名を流刑に処しており、官僚から平民にいたるまで国中の人たちに恐れられている。そんな二人が宗政明珠《ゾンジョンミンジュー》を捕らえて玉城にやってきたとなると、これはもはや江湖中を震わす大事件だ。

玉紅燭《ユーホンジュー》と玉穆藍《ユームーラン》は同時に机を強く叩き、その反動に乗って宙に舞うと、一目散に玉城の正殿へと飛んでいった。

豪華絢爛な玉城の正殿には、口と体の動きを封じる経穴《けいけつ》を突かれた宗政明珠《ゾンジョンミンジュー》が、真っ青な顔をして立ち尽くしている。彼の後ろには二人の男性が立っており、一人は屈強で背が高く、片方は痩せて背が低かった。どちらも官服を着ているが、屈強な方は服が窮屈そうで、痩せている方は服がぶかぶかなため、何ともちぐはぐで滑稽だ。だが、そんな特徴的な姿をしているからこそ、誰もが一目でこの二人が〝捕花二青天《ほかにせいてん》〟こと、卜承海《ブーチョンハイ》と花如雪《ホワルーシュエ》だと分かる。

正殿に降り立った玉紅燭《ユーホンジュー》と玉穆藍《ユームーラン》を見るなり、色黒で痩せて背が低く、三角目に突き出た鼻の花如雪《ホワルーシュエ》が冷ややかに質問する。

「この者が人を殺めたと通報したのはお前たちか？」

思いもよらない言葉に、玉紅燭《ユーホンジュー》と玉穆藍《ユームーラン》は驚きを露わにし、玉紅燭《ユーホンジュー》にいたっては怯えの色さえ浮かんでいる。

「この方は当代宰相のご令孫なのですよ。ひ、人違いでは？」

震える声で答える玉紅燭《ユーホンジュー》。だがそんな彼女とは裏腹に、玉穆藍《ユームーラン》が突然、宗政明珠《ゾンジョンミンジュー》に向かって叫んだ。

「明珠《ミンジュー》！　そなたが秋霜《チウシュアン》を殺したのか⁉」

二人の反応を見た花如雪《ホワルーシュエ》が眉をひそめる。隣にいた卜承海《ブーチョンハイ》も一瞬驚いた顔をした後、懐から一枚の紙切れを取り出した。

「この男を玉秋霜《ユーチウシュアン》殺害の犯人として我々に捕らえろと、お前たち夫婦が通報したのではないのか？　いったいどういうことだ？」

相手の質問には答えず、玉穆藍《ユームーラン》がさらにまくし立てる。

「こいつが雲嬌《ユンジアオ》と結託して、秋霜《チウシュアン》を殺したに違いない！　武術に長けていない雲嬌《ユンジアオ》のような娘が、秋霜《チウシュアン》を殺すなどおかしいと思ったのだ。やはり明珠《ミンジュー》が裏で指示していたのだな……」

花如雪《ホワルーシュエ》と卜承海《ブーチョンハイ》は困惑した様子で、互いに顔を見合わせた。先刻、巡回中の二人が宿泊していた平雁楼《へいがんろう》に宗政明珠《ゾンジョンミンジュー》が現れ、一通の手紙を手渡してきた。その手紙には「直ちに手紙を届けた者を捕らえよ。この者は玉秋霜《ユーチウシュアン》殺害の犯人である。詳細を知りたくば、玉城まで来られたし」と書かれていたのだ。しばらく思案した結果、二人は宗政明珠《ゾンジョンミンジュー》をその場で拘束し、玉城へ連れていくことにした。だがいざ来てみれば、奥方は宗政明珠《ゾンジョンミンジュー》が犯人ではないと言い、城主は彼が他の誰かと結託して娘を殺したと言う。

「碧窓の幽霊殺人事件」については、花如雪《ホワルーシュエ》と卜承海《ブーチョンハイ》も多少耳にしていた。不可解なことの多い事件だとは聞いていたが、話がこうも二転三転するとはまったく予想していなかった。

「そこにいるお前は何者だ？」

卜承海《ブーチョンハイ》が、正殿の椅子に腰掛けてお茶をすすっている若者を睨《にら》みつけた。

睨まれた相手は先程から淡々と茶器を洗って茶を淹《い》れ、のんびりとうまそうに飲んでいる。

「私？」

他でもない李蓮花《リーリエンホワ》が返事をした。

「ただの暇人ですよ」

突然、玉紅燭《ユーホンジュー》が声にならない叫び声をあげた。長年連れ添った玉穆藍《ユームーラン》ですら聞いたことのないような叫び声だった。

「李蓮花《リーリエンホワ》！　お前か……お前だったのか!?」

「ああ……」

李蓮花《リーリエンホワ》が心底申し訳なさそうな顔で玉紅燭《ユーホンジュー》に言う。

「夫人を失望させてしまい、誠に申し訳ない」

李蓮花《リーリエンホワ》を睨みつける玉紅燭《ユーホンジュー》の妖艶《ようえん》な目には、驚きと恐怖、そして絶望の色が浮かんでいた。

「お前っ！」

突然、玉紅燭《ユーホンジュー》がその場で飛び上がったかと思うと、李蓮花《リーリエンホワ》の頭上めがけて勢いよく手を振り下ろした。微塵の容赦もない渾身《こんしん》の掌打《しょうだ》だ。まともに食らえば間違いなく命はないだろう。

掌打から発せられた衝撃で、李蓮花《リーリエンホワ》が手にしていた茶碗が粉々に砕け、中身が彼の服に飛び散る。すんでのところで李蓮花《リーリエンホワ》が立ち上がって避けると、衝撃波が彼の座っていた椅子を木っ葉微塵に砕いた。粉々になった椅子の前に降り立った玉紅燭《ユーホンジュー》の顔は真っ青だ。もはや、これ以上隠し立てするのは無理だと悟ったのだろう。

いつの間にか、花如雪《ホワルーシュエ》が音もなく玉紅燭《ユーホンジュー》の背後に立ち、二本の指で彼女の首を摑《つか》んだ。

「我ら欽差《きんさ》の面前で人を殺めようとするとは。ずいぶんと大胆な奥方だ」

身の毛もよだつような花如雪《ホワルーシュエ》の声が正殿に響き渡る。

「手紙を書いたのはお前か？」

隣にいた卜承海《プーチョンハイ》が、李蓮花《リーリエンホワ》に冷たく問いかける。

入口まで逃げていた李蓮花《リーリエンホワ》が、安全になったことを確認して振り返り、微笑む。

「はい、私です」

経穴を突かれたままの宗政明珠《ゾンジョンミンジュー》は、顔を真っ青にしてわなわなと震えた。

そんな彼を李蓮花《リーリエンホワ》は心苦しそうに見やる。自分のことを信用してくれていた彼を裏切るようなことをして、申し訳ないとでもいうような顔だ。

「宗政明珠《ゾンジョンミンジュー》は玉秋霜《ユーチウシュアン》の婚約者だろう。なぜ彼は自分の妻になるはずの娘を殺したのだ？」

花如雪《ホワルーシュエ》が問う。

ゆっくりと戻ってきた李蓮花《リーリエンホワ》は、粉々になった椅子を避けて、そばにあったひじ掛け椅子にゆったりと腰掛けた。そして、いつもの穏やかな微笑みを浮かべたが、その顔はどことなく今の状況を楽しんでいるように見えた。

「なぜなら、玉《ユー》城主は劈空掌《へきくうしょう》を打てないからです」

李蓮花《リーリエンホワ》がのんびりと答える。

その言葉に卜承海《ブーチョンハイ》と花如雪《ホワルーシュエ》が眉をひそめる。玉穆藍《ユームーラン》はというと、気まずそうな、それでいてほっとしたような、なんとも言えない顔をしている。これ以上李蓮花《リーリエンホワ》にしゃべってほしいのかほしくないのか分からないという表情だ。

「城主様、もう雲嬌《ユンジアオ》を解放してあげてもいいのでは？　彼女が無実であることは、あなたが一番よく知っているはずですよね」

李蓮花《リーリエンホワ》が声を低くして続ける。

「物語の続きは、その後にでもゆっくりと……」

六、奇妙な殺人

「程雲鶴《チョンユンホー》の話を聞いたときから、私はこの事件があまりにも不自然で、逆に、誰かが幽霊の仕業に見せかけようとしているとしか思えませんでした」

監禁されていた雲嬌《ユンジアオ》が正殿に入ってきたのを見て、李蓮花《リーリエンホワ》が推理の続きを語り始める。

「鶴行隊商、玉秋霜《ユーチウシュアン》、玉城の剣士たち、雲嬌《ユンジアオ》……この中で殺されず、追われずにすんでいる者は雲嬌《ユンジアオ》ただ一人。だから彼女は間違いなく玉秋霜《ユーチウシュアン》の死に関わっているはずです。ただ最初は、彼女が人を殺めたり、幽霊のふりをしているとは思わなかった。単に他の人が知らないことを知っているぐらいにしか考えていなかったんです」

雲嬌《ユンジアオ》はしばらく沈黙したあと、ゆっくりと頷いた。

「そして玉城に来た私は、二つの奇妙なことに気付きました」

李蓮花《リーリエンホワ》が続ける。

「宗政《ゾンジョン》の話によると、彼は玉秋霜《ユーチウシュアン》が殺害された翌日には玉城に来たそうです。でも、それは妙だ。一日に八百里駆ける早馬に乗った玉城の剣士たちですら、常州から崑崙山まで戻るのに半月かかったのに、彼はなぜ訃報《ふほう》を知った翌日に崑崙山へ来ることができたのか？」

そこまで言うと、李蓮花《リーリエンホワ》の口角が微かに上がった。

「それは彼が最初から山にいたか、もしくは玉城の近くにいたからだ。そして二つ目は、婚約者が亡くなったと知った彼は、なぜ死体が見つかった宿屋を調べようともせず、一目散に崑崙山へ来たのか？　未来の義父母が心配なのは分かりますが、いささか違和感を覚える」

「貴様もその宿屋には行かなかったのだろう？」

花如雪《ホワルーシュエ》が陰気な声で問う。

「なら貴様も怪しいのではないか？」

「私は最初から、雲嬌《ユンジアオ》は他の人たちとは状況が違うことに気付いていました。だから彼女が嘘をついていると考え、事件当日の玉秋霜《ユーチウシュアン》に関する証言をすべてなかったものと仮定すると……」

李蓮花《リーリエンホワ》が微笑みながら続ける。

「玉秋霜《ユーチウシュアン》の遺体が最初から荷箱に入っていたことは容易に想像できます」

卜承海《ブーチョンハイ》が頷き、しばらくしてから花如雪《ホワルーシュエ》も頷いた。

「最初から箱に入っていたのなら、玉秋霜《ユーチウシュアン》が死んだのは宿屋ではないことになる」

李蓮花《リーリエンホワ》がため息を一つつく。

「であれば、私が宿屋へ行く必要なんてないでしょう？」

今度は卜承海《ブーチョンハイ》と花如雪《ホワルーシュエ》が同時に頷いた。

「だから私は宗政《ゾンジョン》が怪しいと思ったんですよ」

李蓮花《リーリエンホワ》が話を続ける。

「でも、彼が私と同じことを思いつき、直接崑崙山に来た可能性もあります。それに、彼よりも怪しい人物はもう一人いる」

「誰だ」

李蓮花《リーリエンホワ》がニコリと笑い、玉穆藍《ユームーラン》を一瞥《いちべつ》した。

「玉《ユー》城主です」

「玉穆藍《ユームーラン》だと？」

卜承海《ブーチョンハイ》と花如雪《ホワルーシュエ》が同時に驚く。

「玉秋霜《ユーチウシュアン》の遺体が届けられた後、玉《ユー》城主が城に火を放ったせいで、遺体は身元の判別が困難になるほど焼かれてしまった」

李蓮花《リーリエンホワ》がゆっくりと続ける。

「どう見ても、遺体を燃やして、証拠をもみ消そうとしたとしか思えないでしょう？　加えてそこから数週間以上も気が触れたふりをしていたんですよ？　怪しいにもほどがある」

「それならなぜ、この者が犯人だと？」

花如雪《ホワルーシュエ》が宗政明珠《ゾンジョンミンジュー》を指差して問う。

「その上、玉穆藍《ユームーラン》が本当に気が触れたのではないと、なぜ言い切れるのだ？」

「玉《ユー》城主は絶対に玉秋霜《ユーチウシュアン》を殺せないと気付いたからですよ」

李蓮花《リーリエンホワ》がため息をつく。

「私も危うく彼を犯人だと決めつけるところでした。ですが、玉《ユー》一家と食事をした時に、玉穆藍《ユームーラン》はもともと玉《ユー》ではなく、苗字が蒲《プー》だったことを知ったのです」

「それがどうした？」

卜承海《プーチョンハイ》が問う。

「大事なことですよ。蒲穆藍《プームーラン》は本来、武術の心得もない落ちぶれた書生だったんです。それが二十過ぎになって玉《ユー》家に婿入りし、ようやく武術を学び始めた」

李蓮花《リーリエンホワ》が淡々と続ける。

「武術を習う者なら誰でも知っているでしょう。上級武術を会得するには、子どもの頃から基礎をたたき込む必要がある。玉秋霜《ユーチウシュアン》は腹部に強い衝撃を受けて腸がちぎれ、内出血で死んだ。でも玉《ユー》城主では、劈空掌《へきくうしょう》のような上級武術を使って彼女を殺すことはできません」

「一理ある」

花如雪《ホワルーシュエ》が頷く。

「でも彼はわざと気が触れたふりをした」

李蓮花《リーリエンホワ》が目を見開く。

「私も最初は彼が本当に正気を失ったのだと思いました。だから銀針で目を刺そうとした」

「銀針で目を刺す？」

花如雪《ホワルーシュエ》が不思議そうに問う。

「何のために？」

「たとえ小さな芋虫でも、目を刺されそうになれば、必ず本能的に避けようとするものです。正気を失ってはいても、玉穆藍《ユームーラン》の目は見えていたはず。でも私が針で彼の目を刺そうとしても、彼はまったく反応しなかった。だからこれは演技だと確信したんです」

それを聞いた玉穆藍《ユームーラン》がハッとして、驚きとも悔しさともつかない表情を浮かべた。

「それでも、彼が『目が見えなくなることを恐れない病』にかかっているという可能性もあるので、次はある薬を用意しました」

李蓮花《リーリエンホワ》が微笑む。

「効果てきめんの薬をね。それを数日飲ませた結果、完璧に確信しましたよ、玉《ユー》城主は仮病を使っているとね」

「ほう、そんなに効くのか？　どんな薬だ？」

花如雪《ホワルーシュエ》は明らかに目の前の男に興味を示し始めているようだ。

「名前も知らない数種類の雑草を混ぜて浸した水ですよ」

李蓮花《リーリエンホワ》が答える。

「それを飲めば、十中八九お腹を壊すか、嘔吐《おうと》するか、中毒になるでしょうね」

そう話す李蓮花《リーリエンホワ》は、自信ありげな笑みを浮かべた。

「普通はそんなもの飲んだりしません。飲まないなら捨てるしかない。水に浸かった雑草の種は発芽しやすくなりますからね……ちなみに最近、玉《ユー》城主と夫人の部屋の窓の下に、六種類の雑草が混ざり合って生えている場所があるんです。不思議ですねえ」

心底驚いている玉穆藍《ユームーラン》を穏やかに眺め、李蓮花《リーリエンホワ》が続ける。

「正気じゃないふりをするということは、玉《ユー》城主も玉秋霜《ユーチウシュアン》の死に関わっていることになる。実際に殺したのが彼ではなくても、きっと何かやましいことがあるはずだ。宗政《ゾンジョン》と玉《ユー》城主のどちらがより怪しいのか考えていたとき、今度は玉《ユー》夫人も怪しいことに気付いたんです」

李蓮花《リーリエンホワ》が玉紅燭《ユーホンジュー》を見てフッと笑う。

「どうも玉《ユー》夫人は、私に雲嬌《ユンジアオ》を疑うよう仕向けている気がしました。それに娘が死んだというのに、あまり悲しんでいるようにも見えない。何より不思議だったのは、なぜ玉秋霜《ユーチウシュアン》を埋葬せず、氷の棺に入れたままにしているのか？　彼女のような有能で聡明な女性が、幽霊が人を殺すと信じるなんて、到底思えない。それに、自分の夫がおかしくなったふりをしているかどうかくらい、二十年以上寝食を共にしてきた夫人ならすぐに気付くはずだ。少なくとも、私が銀針で目を刺そうとしたのを見た時点で、玉《ユー》城主の病が嘘だとわかったでしょう。これらの疑問を踏まえると、玉《ユー》夫人もだんだん怪しくなってくる……」

「的を射ているな」

卜承海《ブーチョンハイ》が頷きながら肯定する。

「真相に関わっている雲嬌《ユンジアオ》と玉《ユー》城主、そして怪しさ満載の玉《ユー》夫人と宗政《ゾンジョン》……こうなると、もう一度玉秋霜《ユーチウシュアン》の死因に戻って考える必要が出てくる」

李蓮花《リーリエンホワ》がゆっくりと続ける。

「彼女は劈空掌《へきくうしょう》の衝撃で内臓を破壊されて死んだ。その遺体はなぜか荷箱に入れられ、城外へ運び出された。そして、その荷箱を運ぶ程雲鶴《チョンユンホー》と雲嬌《ユンジアオ》が宿で出会う。さすがに偶然とは思えない。だから、雲嬌《ユンジアオ》が隊商への依頼を事前に知っていたのは間違いないでしょう。幽霊を装った窓の光は、宿屋と玉城の両方に出現した。それができるのは、同じくどちらにも登場している雲嬌《ユンジアオ》しかいない。つまり、彼女は遺体を運び出す過程をすべて把握していたことになる」

一瞬、間をおき、彼は再び話し始めた。

「宿屋で起きた幽霊騒ぎは、『幽霊』に罪を被せようとした雲嬌《ユンジアオ》が仕組んだことです。でも、彼女はなぜそんなことをしたのでしょう？」

李蓮花《リーリエンホワ》が微笑む。

「それに、玉《ユー》城主はなぜ遺体を焼き、剣士全員に自害を命じたのか。人を殺していないはずの二人が罪を隠そうとした理由、それは恐らく、自分たちが殺したと思い込んでいたから」

「思い込んでいた？」

花如雪《ホワルーシュエ》が驚きの声を上げる。

「人を殺したと思い込むことなんてあるのか？」

「私が玉秋霜《ユーチウシュアン》は掌撃によって死んだと言ったとき、雲嬌《ユンジアオ》はとても驚いていました。玉城には劈《へき》空掌《くうしょう》を打てる人は少なくないでしょうが、なぜ玉秋霜《ユーチウシュアン》は殺されなければならなかったのか？彼女が死ぬことで得をする人物がいるとも思えない」

李蓮花《リーリエンホワ》が続ける。

「誰も得をしないのに、なぜ彼女は殺されたのか？　綺麗《きれい》な花瓶を割って得をする人間なんていないのに、花瓶が割れてしまうことは多々ある。そう、うっかり何かのはずみでね」

「ははっ！　つまり貴様は、玉秋霜《ユーチウシュアン》はうっかり殺されたと言いたいのか？」

花如雪《ホワルーシュエ》がたまらず笑い声を上げた。

「剣士たちの修練所は城の外にあります。呼ばれない限り、彼らが城の中に入ることはない。一方で、城内の使用人たちは武術を得意としません。ならば、城の中にいる玉秋霜《ユーチウシュアン》を殺すことができるのは、普段から頻繁に玉《ユー》家に出入りしている人間に限られる」

李蓮花《リーリエンホワ》がまたフッと笑みを浮かべる。

「宗政《ゾンジョン》、玉《ユー》夫人、玉《ユー》城主そして雲嬌《ユンジアオ》。玉《ユー》城主と雲嬌《ユンジアオ》の二人は劈空掌《へきくうしょう》を打てないので、残るは宗《ゾン》政《ジョン》と玉《ユー》夫人のどちらか、もしくは両方……」

李蓮花《リーリエンホワ》の視線が玉紅燭《ユーホンジュー》に注がれる。

「ですが、ここで一つ妙な事に気付いたんです」

卜承海《ブーチョンハイ》と花如雪《ホワルーシュエ》がにやりと笑った。世間の裏表を熟知している二人は、すぐに李蓮花《リーリエンホワ》が言わんとすることを察したのだろう。

「この四人の組み合わせは実に奇妙だ。なぜなら夫婦である玉《ユー》城主と玉《ユー》夫人ではなく、玉《ユー》城主は雲嬌《ユンジアオ》と、そして玉《ユー》夫人は宗政《ゾンジョン》と繋《つな》がっている。玉《ユー》城主と雲嬌《ユンジアオ》は互いに協力し合い、玉《ユー》夫人は宗《ゾン》政《ジョン》を庇っている。いったいどういうことでしょうね？」

わざとらしく聞く李蓮花《リーリエンホワ》を前に、玉穆藍《ユームーラン》と玉紅燭《ユーホンジュー》の顔からはすっかり血の気が引いていた。雲嬌《ユンジアオ》にいたっては、もはや死人のように真っ青だ。

ふと、宗政明珠《ゾンジョンミンジュー》の目から一筋の涙がこぼれ落ちた。それを見た李蓮花《リーリエンホワ》は、残念そうに四人を見つめ、ため息を一つついた。

「ここへ来たばかりの頃、初めて玉《ユー》城主の診察をしたときに、外の庭から中を覗いていた人物がいましたよね」

そう言って、李蓮花《リーリエンホワ》が雲嬌《ユンジアオ》に視線を移す。

「渡り廊下に足跡が一つ残っているのを見て、玉《ユー》夫人は雲嬌《ユンジアオ》だと言った。あれは君だったんだよね」

石像のように微動だにしなかった雲嬌《ユンジアオ》が、長い沈黙の後ようやく首を縦に振ると、彼女の目からも涙が流れた。

「君は、玉《ユー》城主のことが心配だったんだね」

李蓮花《リーリエンホワ》が優しく彼女に話しかける。

雲嬌《ユンジアオ》は目を閉じ、もう一度頷いた。

「君はこの事件のために命をかけ、人を殺す覚悟すらしている。そして彼は殺していないにもかかわらず、いまだに遺体を運び出した理由を説明しようとしない」

李蓮花《リーリエンホワ》がどこまでも優しく穏やかに問いかける。

「君は彼を愛しているんだね？」

玉紅燭《ユーホンジュー》と宗政明珠《ゾンジョンミンジュー》が同時にビクリとして、驚愕の表情を浮かべた。雲嬌《ユンジアオ》の目から再び涙があふれ出し、彼女はもう一度こくりと頷いた。

李蓮花《リーリエンホワ》が宗政明珠《ゾンジョンミンジュー》を見やり、微笑む。

「さすが、玉《ユー》家のお嬢さんはご友人も優秀な人たちばかりですね。眉目秀麗《びもくしゅうれい》で瀟洒《しょうしゃ》な宗政《ゾンジョン》に、心優しく気立ての良い雲嬌《ユンジアオ》……ただ、二人ともあまりに優秀すぎた。一城を束ねる玉《ユー》城主と、麗しき玉《ユー》夫人と比べたら……十八かそこらのうぶな娘さんでは力不足だったようだ」

宗政明珠《ゾンジョンミンジュー》の顔からは、すっかり血の気が引いていた。少し間をおいて、李蓮花《リーリエンホワ》が再び語り始める。

「この四人の関係を理解すれば、玉秋霜《ユーチウシュアン》が死んだ原因も自ずと分かってきます。彼女の致命傷は下腹部への掌撃だ。しかし、なぜ下腹部だったのか？　手を前につき出して打ち出す劈空掌《へきくうしょう》なら、命中するのは胸から上がほとんどです。さて少々横道にそれますが、この玉城には、城主の主寝室の外にだけ、白玉の手すりを使った渡り廊下に囲われた庭があるんです。そして主寝室から向かって廊下の左には空き部屋、右は玉秋霜《ユーチウシュアン》の部屋に続いています」

ゆっくりと話す李蓮花《リーリエンホワ》の言葉に、わずかに不穏の色が宿る。

「その手すりの上に立つと、ちょうど窓から主寝室の中が見えるんです。もし、部屋の中の誰かが気付き、慌てて劈空掌《へきくうしょう》を放てば……衝撃が窓を突き破り、手すりの上にいる彼女の下腹部辺りに当たったでしょう。負傷した玉秋霜《ユーチウシュアン》は驚いて混乱し、自分の部屋ではなく、反対側の空き部屋へ逃げ込んだ……そして不運なお嬢さんは、その先でさらに思いもよらない光景を目にすることになる。彼女はそこにいた人たちを罵倒《ばとう》し、泣き喚《わめ》いたかも知れません。ですが、すぐに腹部の内出血で倒れ、そのまま還《かえ》らぬ人となった。だから、空き部屋にいた二人は自分たちが彼女を殺してしまったと思ったのでしょう。まあ、全て私の想像ですけれどね……」

続けて、李蓮花《リーリエンホワ》が穏やかな声で宗政明珠《ゾンジョンミンジュー》に問う。

「君に頼み事をしたときに、『五丈先にある砂袋を掌撃で砕けるかい？』と聞いたら、君は『なぜそれを知っているのです？』と驚いたよね？　実は城主の寝台からあの白玉の手すりまでの距離がちょうど五丈なんだ。そして、もし君ではなく、玉《ユー》夫人が掌撃を放ったのなら……」

李蓮花《リーリエンホワ》が粉々になった楠の肘掛け椅子をチラッと見やる。

「恐らく彼女は骨まで砕けていただろうね」

彼の語りが終わり、正殿の中が静寂に包まれる。

しばらくして、パチ、パチ、パチと花如雪《ホワルーシュエ》が手を叩く音がした。

その隣で何か話したそうに口をパクパクさせている宗政明珠《ゾンジョンミンジュー》に気付き、卜承海《プーチョンハイ》が彼の経穴を解いてやる。

「ほ、本気で殺そうとしたわけじゃないんです……あ、あなたの、推測は正しい……けれど、私が秋霜《チウシュアン》を大事にしていたことは、誰もが知っています。あの日は……本当に、誤って……」

正殿内に宗政明珠《ゾンジョンミンジュー》のかすれた声が響く。

「李《リー》先生……彼を責めないで。私は、知ってるの」

雲嬌《ユンジアオ》が突然口を開いた。

「穆藍《ムーラン》と夫人が結婚してから二十年が経つけど、二人の……二人の間に愛はなかったのよ！　この二十年間、二人は秋霜《チウシュアン》のために笑顔を取り繕《つくろ》い、娘の前でだけ愛し合う夫婦を演じていた。

いくら玉城が一国に匹敵する富を持っていたとしても、そんな暮らしと比べたら、貧しくても心から愛し合っている平民の方が何倍も幸せだわ。穆藍《ムーラン》は……可哀想な人なのよ。夫人も、夫人だって……自分のことを大切にしてくれる人を求めて、何がいけないの……？」

彼女の頰から涙がとめどなくこぼれ落ちる。

「唯一の過ちは、私たちみんなが秋霜《チウシュアン》を騙していたということ。彼女が現実を受け止めきれないと思ったから。でも、結局は私たち四人が彼女をあんな目に遭わせてしまった。私は死ぬのは怖くない。だから殺すなら私を殺して。私は何も怖くない。穆藍《ムーラン》は何も関係ないの」

「雲嬌《ユンジアオ》」

予想もしていなかった彼女の言葉に、宗政明珠《ゾンジョンミンジュー》の体がガタガタと震える。

「秋霜《チウシュアン》を殺したのは私です。て、手すりに登って花を摘もうとした彼女が、部屋の中にいる私と紅燭《ホンジュー》に気付いて……わ、私は反射的に彼女を攻撃してしまったんです。でも私は、誓って、彼女だとは気付かなかった！　手すりから落ちたあと、空き部屋の方へ逃げていったからか、私と紅燭《ホンジュー》が服を着て探しに出たときには、もう彼女の姿はどこにもなかった。それからしばらくして、彼女が常州で死んだという話を耳にして、遺体が戻ってくると聞いたときは、ほ、本当に幽霊が出たのかと思いました。彼女が常州で死んだ真相を李《リー》先生が調べると言ったとき、誰よりもこの私が答えを知りたかった」

「秋霜《チウシュアン》が部屋の中に飛び込んできたとき、私は穆藍《ムーラン》と一緒にいたの」

雲嬌《ユンジアオ》が力なく続けた。

「入って来た途端、彼女はまるで気が触れたように、私と穆藍《ムーラン》に向かって一気にまくし立ててきて……わ、私は何も答えられなかった。そうしたら突然彼女がその場に倒れて、死んでしまったの。秋霜《チウシュアン》は子どもの頃から体が弱かったから。私たちは、彼女が怒りのあまり発作を起こして死んでしまったのだと思った。目の前で死んだ彼女を見て、心底恐ろしくなったわ。穆藍《ムーラン》は確かに裕福だけど、すべては夫人から与えられたものだから。もし彼のせいで秋霜《チウシュアン》が死んだと夫人が知ったら、しかも隠れて私と一緒にいたことまで知られたら、きっと夫人は彼を許さない。だから私たちは、なんとかして秋霜《チウシュアン》の死体を処理するしかなかったの。私は夫人と明珠《ミンジュー》のことは知らなかったし、夫人もずっと私と明珠《ミンジュー》のことを誤解してたから……私と穆藍《ムーラン》のことには気付いていなかったはず」

雲嬌《ユンジアオ》が涙で潤《うる》んだ目を李蓮花《リーリエンホワ》に向ける。

「李《リー》先生は本当に恐ろしい人ね、まるですべてを見てきたように語るんだもの。あなたの推測通りよ。あの後、私は仮面を被ってすぐさま山を下りて隊商を探したわ。穆藍《ムーラン》は秋霜《チウシュアン》を空の荷箱に隠して、彼が今まで貯めていた財産と一緒に隊商に託したの、玉石の売買だと偽ってね。でも今は夏だから、ずっと遺体を箱の中に入れておくわけにもいかない。だから私は宿にいる程雲鶴《チョンユンホー》たちに追いつき、幽霊騒ぎを起こして、彼らが荷箱を開けるよう仕向けたの。すべては幽霊の仕業だと思わせるために、あらかじめ血の痕がついた箱や、仏壇を入れた箱を紛れ込ませておいたから、正直者の程雲鶴《チョンユンホー》は微塵も疑いを抱かなかったわ。相手が幽霊なら、犯人探しをすることもない。私と穆藍《ムーラン》も、これですべてがうまくいったと思ったの」

消え入りそうな声で語り終えた雲嬌《ユンジアオ》は涙を拭《ぬぐ》うと、そのまま黙り込んだ。

「明珠《ミンジュー》と一緒に秋霜《チウシュアン》を探したけど、結局見つからなくて……その後、突然、幽霊の噂が広まり出したのよ」

玉紅燭《ユーホンジュー》が初めて口を開いた。

「わけが分からなくて、私と明珠《ミンジュー》は心底恐ろしかったわ。だから李《リー》先生が訪ねてきたときも、ためらわずに玉城へ迎え入れたのよ」

淡々とした冷たい声で玉紅燭《ユーホンジュー》が続ける。

「あなたは江湖で名の知れた医者ですもの。案の定、すぐに秋霜《チウシュアン》は幽霊ではなく、内家拳法《ないかけんぽう》によって殺されたと見破った。おかげでだいぶ恐怖が薄らいだわ」

玉紅燭《ユーホンジュー》の言葉を聞いて、李蓮花《リーリエンホワ》が微笑む。

「夫人は明珠《ミンジュー》の殺人が発覚するのを恐れると同時に、玉城を頻繁に訪れる雲嬌《ユンジアオ》の目的が明珠《ミンジュー》だと疑っていた。だから何度も私の前で、雲嬌《ユンジアオ》が犯人だとほのめかしたのですよね。なかなかあなたの意図に気付けず、申し訳ありませんでした」

申し訳ないと言うわりには、李蓮花《リーリエンホワ》の口ぶりに悪びれた様子はまったくなかった。

「あなたを見くびっていた私が愚かだったのよ」

玉紅燭《ユーホンジュー》が淡々と答える。

「秋霜《チウシュアン》を殺したのは、明珠《ミンジュー》だったのか」

すっかり緊張が解けた声で、玉穆藍《ユームーラン》がはははっと笑った。

「李《リー》先生は噂通り聡明な方だ。これでいわれのない罪を着せられずにすむ。私と雲嬌《ユンジアオ》は無実だ、ははは……」

「貴様は気が触れたふりをして、部下である五、六十名もの剣士たちを死に追いやった。貴様の娘以外の命は、取るに足らないものだと言うつもりか？」

花如雪《ホワルーシュエ》が冷たく言い放ち、玉穆藍《ユームーラン》の笑い声が止まる。

雲嬌《ユンジアオ》は相変わらず目を閉じている。睫毛《まつげ》が震えているが、もはや言葉を発する力もないようだ。

「もとより我らは玉秋霜《ユーチウシュアン》とは別件でここへ来る予定だったのだよ。ここ五十年、一門の者を死に追いやるような事件は聞かなくなっていたが……五、六十名の門下生に自害を命じた玉《ユー》城主がどれほどの人物か、この目で確かめたくてね」

卜承海《プーチョンハイ》のいかめしい言葉のあとに花如雪《ホワルーシュエ》が続けた。

「正気だったのなら、貴様が奪った六十名の命、しかと償ってもらおうか」

二人の言葉に、玉穆藍《ユームーラン》の顔が驚愕に歪んだ。

「ち、違う……わ、私は誰も殺してない……あいつらは自害したのだ……」

「いずれこうなると思っていたわ、穆藍《ムーラン》。あなたは昔から自分勝手で傲慢だった。玉《ユー》家にやってきた時から、あなたは人の命を何とも思わない、心の狭い卑怯な恥知らずだったものね。そのくせ、人前ではさも人格者のように振る舞って……」

玉紅燭《ユーホンジュー》が冷たく言い放ち、雲嬌《ユンジアオ》を一瞥する。

「昔は、私もあなたと同じように、彼の見てくれに騙されていたわ。幸い途中で気付いたけれど、あなたは最後まで愚かだったわね。蒲穆藍《プームーラン》にもあなたにも、同情の余地なんてないわ」

心細さと悲しみの入り交じった目で雲嬌《ユンジアオ》が李蓮花《リーリエンホワ》を見つめる。彼が玉穆藍《ユームーラン》の嘘を暴いた時から、もはや反論は無意味だと分かっていた。彼女と玉穆藍《ユームーラン》が思い描いていた夢のような未来は、すべて泡沫の如く、はかなく消えたのだ。

彼女に向けられる李蓮花《リーリエンホワ》の目は苦しそうだった。だが雲嬌《ユンジアオ》は分かっていた。彼は何度も自分に悔い改める機会を与えてくれた。しかし、自分がすべてを台無しにしたのだ。

「明珠《ミンジュー》、あなたがこうなったのも、すべて私のせいよ」

玉紅燭《ユーホンジュー》が宗政明珠《ゾンジョンミンジュー》を見て、深く息を吸い込んだ。

「私があなたを誘惑しなければ、今頃あなたと秋霜《チウシュアン》は、誰もが羨《うらや》む幸せな生活を送っていたはず……秋霜《チウシュアン》は本当にいい子だったけれど、私は、母親として最低だった」

宗政明珠《ゾンジョンミンジュー》が頷き、さらにもう一度頷いた。しかし、それ以上何かを言うことはなかった。

玉紅燭《ユーホンジュー》が静かに目を閉じる。子どもの頃から何一つ不自由なく育てられた秋霜《チウシュアン》は、両親が愛し合っていないことなど微塵も気付かなかっただろう。人生の大半を蒲穆藍《プームーラン》に捧げたのも、最も輝かしい青春の日々を犠牲にしたのも、すべては秋霜《チウシュアン》のためだ。だが娘の幸せそうな姿を見るたびに、彼女の中で憎しみが募っていったのもまた事実だ。

もし、宗政明珠《ゾンジョンミンジュー》と出会わなければ、彼女の人生は蕾《つぼみ》のまま萎《しお》れていただろう。だから彼女は美しく咲き誇ることを選んだのだ。たとえそれが「罪」という名の花だったとしても……

七、遊玲《ゆうれい》

李蓮花《リーリエンホワ》が玉城から戻る頃には、江湖に新たな伝説が生まれていた。「李蓮花《リーリエンホワ》は正気を失った玉《ユー》穆藍《ムーラン》を、不思議な薬を使って治し、さらに宗政明珠《ゾンジョンミンジュー》と玉《ユー》夫妻の不義が絡んだ殺人事件を解決した」と。

官僚である宗政明珠《ゾンジョンミンジュー》は、卜承海《ブーチョンハイ》と花如雪《ホワルーシュエ》によって刑部《けいぶ》の牢獄に入れられ、玉穆藍《ユームーラン》や雲嬌《ユンジアオ》については、江湖を取り締まる「仏彼白石《ぶつひはくせき》」という組織に委ねられることになった。

この「仏彼白石」は、かつて江湖に名を馳せた「四顧門《しこもん》」が建てた刑堂《けいどう》だったが、今は独立した組織として、不祥事を起こした江湖の者たちを裁き、刑罰を与える場所として機能している。

十年前、四顧門とその敵対組織であった邪教「金鴛盟《きんえんめい》」が全面衝突し、江湖に激震をもたらした。両陣営の筆頭であった門主李相夷《リーシアンイー》と盟主笛飛声《ディーフェイション》が海上で死闘を繰り広げ、その結果、二人が同時に消息を絶ったため、四顧門も金鴛盟も今は存在しない。十年前に金鴛盟を討伐した四顧門の若き勇士たちも、今や壮年と呼ばれる年になる。隠居した者は徐々に江湖からその名が消え、その他の者たちも各々独自の流派を立ち上げた。そして、刑堂の仏彼白石だけが残ったが、四顧門に対する人々の敬意は今も衰えていない。

仏彼白石には、かつて李相夷《リーシアンイー》の右腕だった紀漢仏《ジーハンフォー》、雲彼丘《ユンビーチウ》、白江鶉《バイジアンチュン》、石水《シーシュイ》の四人がいる。十年の月日を経て、彼らは今や江湖の者たちが憧れる偉大な侠客《きょうかく》となっていたが、一方で笛飛声《ディーフェイション》と船上の戦いで共倒れになり、同時に消息を絶った李相夷《リーシアンイー》の名は徐々に人々の記憶から薄れ始めていた。

仏彼白石に引き渡された玉穆藍《ユームーラン》や雲嬌《ユンジアオ》には、公正な審判が下されるだろう。

李蓮花《リーリエンホワ》は、青地に花の紋様が入った風呂敷を提げて、屏山へ続く小道をのんびり歩いていた。ふと遠くを見やると、蓮花楼に向かって頭を揺らしながら詩を唄っている人物の姿が見えた。

「友は西京へと去り、憂いに満ちた春の心は醒《さ》めがたし。病める私を訪ねる者はなく、馬蹄《ばてい》の跡と轍《わだち》に青々と草が茂る……」

気持ちよさそうに吟じていた相手が突然こちらを振り向いた。そして戻ってきた李蓮花《リーリエンホワ》を見るなり、

「嘘つき野郎が帰ってきたぞ！」

と叫んだ。

そんな相手に向かって、李蓮花《リーリエンホワ》がこれ見よがしにため息をつく。

「やれやれ。私がいない間にまたどこかに埋まって、今度こそ本当に死んだかと思ったのに」

「まだまだ死にやしないよ。お前が正気でいるうちはな」

そう言って、李蓮花《リーリエンホワ》が留守中に蓮花楼を託した施文絶《シーウェンジュエ》は、わざとらしいため息をついた。

痩せ細り、病弱の貴公子を自称する方多病《ファンドゥオビン》とは対照的に、施文絶《シーウェンジュエ》は文人にもかかわらず、肌は真っ黒に日焼けしている。彼曰《いわ》く、こうすることで自分は経験の浅い「白面の書生」ではないことを証明しているらしい。

「それはそうと、幽霊を捕まえたんだって？　その話を聞いていたら、急にこみ上げるものがあってな。それで一句吟じていたのさ」

「なぜだい？」

李蓮花《リーリエンホワ》が微笑みながら問う。

「お前は腕っ節も弱いし、貧乏だし、偽医者の上に嘘つきだけどよ、少なくとも頭は悪くない」

施文絶《シーウェンジュエ》が続ける。

「そんなお前が数年後にはおかしくなってしまうと思うと、やりきれないというか……」

彼の言葉に李蓮花《リーリエンホワ》がため息をつく。

「確かに私も今の生活には満足している。もしその日が来たら、さぞ悲しいだろうな。だから君も、涙ぐらいは流してくれよ？」

そのまま二人は顔を見合わせ、同時にため息をつくと、堪えきれないとばかりに吹き出し、笑いながら蓮花楼の中へ入っていった。

人の体内を巡る経絡《けいらく》には、手の少陰心経《しょういんしんけい》、厥陰心包経《けついんしんぽうけい》、足の陽明胃経《ようめいいけい》という脳の機能に大きな影響を与える三つの経絡がある。そして李蓮花《リーリエンホワ》は、それらの経絡に大きな損傷を負っているのだ。一度傷ついた経絡は修復ができず、徐々に知力の低下や幻覚といった症状が現れ、最終的には正気を失ってしまう。

唯一このことを知っている施文絶《シーウェンジュエ》は、李蓮花《リーリエンホワ》の境遇を思うと、内心ため息をつかずにはいられなかった。彼の知る李蓮花《リーリエンホワ》は、屈託のない笑顔の奥に、計り知れないずる賢さを秘めた生粋の嘘つきだ。そんな彼がどんな気持ちでその日が来るのを待ちながら、毎日を過ごしているのかなど、施文絶《シーウェンジュエ》にはまったく想像もつかない。

いずれにせよ、そんな境遇にもかかわらず、日々悠々自適な暮らしを送っている李蓮花《リーリエンホワ》を、施文絶《シーウェンジュエ》は心底敬服している。

「お前、袋に何を入れてるんだ？」

建物の中に入った後、施文絶《シーウェンジュエ》は李蓮花《リーリエンホワ》の提げている袋がもぞもぞと動いているのに気づいた。

「何だそれは？　ネズミか？」

「鳥だよ」

そう言って、李蓮花《リーリエンホワ》が布袋の中から慎重に一羽の小鳥を取り出した。

「インコじゃないか！　しかも雌の！」

驚いた施文絶《シーウェンジュエ》が目を見開く。

「どこのお嬢さんからもらったんだ？　告白されたのか？」

「雲嬌《ユンジアオ》という子が飼ってたんだよ」

李蓮花《リーリエンホワ》がうれしそうに笑いながら続ける。

「この子は歌も歌えるんだ。聞いてみるかい？」

「歌？」

鮮やかな黄色い羽の可愛らしいインコを眺めながら、施文絶《シーウェンジュエ》が興味津々で答える。

「それはぜひとも聞いてみたいな」

李蓮花《リーリエンホワ》がインコの頭を撫でると、少し間があってインコが口を開いた。

「……な、なんだこれ⁉　歌と言うより、化け物の悲鳴じゃないか！　見た目は愛らしいのに、まるでお化けみたいな恐ろしい声を出すんだな……」

愛くるしい小さなインコが発する、舌のない化け物の叫び声のような奇声に、飛び上がるほど驚いた施文絶《シーウェンジュエ》は、胸に手を当てながら、

「こりゃあいったい何なんだ？」

と怪訝な声を上げた。

「この子は舌が半分切られてるんだよ。ちなみに名前も私がつけた。『遊玲《ゆうれい》』だ」

そう言いながら、李蓮花《リーリャンホワ》はインコの頭を優しく撫で、

「方多病《ファンドゥオビン》なら、きっとこの子の声を気に入るだろうね」

と呟いた。

「だめだ！　あいつには絶対に見せるなよ！」

施文絶《シーウェンジュエ》が叫ぶ。

「あいつがこの鳥を手に入れたら、毎晩のように人を驚かせるに決まってる！　最初は方氏《ファン》、次は武当《ぶとう》、さらには峨眉《がび》や少林《しょうりん》も。だめだ、世のため人のためにも絶対にやっちゃいけない……」

「じゃあ君にあげるよ」

「いらん！　こんなのが部屋にいたら、毎晩悪夢でうなされちまうよ……」

「こんなに可愛らしくて飼いやすいのに。一銭の餅《ピン》で十日はもつから、金もかからないよ」

李蓮花《リーリエンホワ》が大真面目にすすめる。

「李蓮花《リーリエンホワ》！　お前、もうおかしくなったのか⁉　だから、いらないって言ってるだろうが！」

第二章
皇帝墳墓の謎

葛藩（ゴーパン）　「仏彼白石」の雲彼丘の弟子。
張青茅（ジャンチンマオ）　煕陵を警備する軍の兵士。
張慶虎（ジャンチンフー）　兵士。少林十八棍を得意とする。
張慶獅（ジャンチンシー）　兵士。羅漢拳に長けている。
楊秋岳（ヤンチウユエ）　兵士。武当の弟子。
古風辛（グーフォンシン）　兵士。武当の弟子。

冬の風が雪を運び、白銀の世界に杉の木がゆれる。

ここは前王朝の皇帝、熙成帝《きせいてい》の陵園だ。山頂を平らにならし、そこに半円状に土を盛った陵墓の斜面には杉の木が植えられており、その下には雄大な宮殿が眠っている。熙陵《きりょう》と命名された周囲約五十里の陵園は、現地の人々からは「一品墳《いっぽんふん》」と呼ばれていた。

熙成帝の生涯はごくごく平凡なものだった。在位中、めざましい功績もなければ、甚大な過ちを犯してもいない。崩御《ほうぎょ》してから、はや数百年、熙陵を訪ねる者はほとんどおらず、この場所に来て懐古の詩を綴ろうなどと思う文人墨客《ぶんじんぼっかく》もめったにいなかった。

広大な熙陵の警備にわずか百人しか配備されていないところからも、現皇帝の「誠意」がうかがえる。しかも熙陵の駐在兵は、酒好きでしょっちゅうもめ事を起こすことで有名だ。彼らにしてみれば、墓から這い出す心配のない死人を守り続ける仕事ほど、退屈なものもないのだろう。

四日分の積雪を踏みしめ、酒瓶をひっさげた張青茅《ジャンチンマオ》が、熙陵の建物からふらふらと出てきた。仲間との賭けで負けた彼は、身も凍えるような寒さの中、罰として酒とつまみの牛肉を買いに行くことになったのだ。外は大吹雪だが、もうしばらくすれば旨い酒と肉が味わえると思うと自然と足取りも軽くなる。でっぷりした腹を揺らしながら、張青茅《ジャンチンマオ》は熙陵から二十里離れたところにある屛山を目指した。

今日は師走の一日目、四日間降り続いた雪は膝の高さまで積もっている。張青茅《ジャンチンマオ》が愚痴をこぼしながら歩いていると、突然石に躓《つまず》いて思い切り転んでしまった。ふつふつと怒りがこみ上げた彼は、今も建物の中でぬくぬくと暖を取っている同僚たちを片っ端から罵《のの》り、やり場のない怒りをぶちまけた。そして、起き上がろうとしたとき、雪の中から一本の「脚」が覗いていることに気が付いた。

それは大根のようにも、木の枝のようにも見えた。脚だと分かったのは、脚衣と靴を履いていたからだ。脚衣に使われている上質な黒い絹地が、張青茅《ジャンチンマオ》が転んでできた雪のくぼみの中で異様に目立っている。薄くて柔らかい靴底には、髪と首だけがついた顔のない頭という、実に奇妙な刺繍《ししゅう》が施されている。

その靴を目にした途端、張青茅《ジャンチンマオ》は絶句した。今のような飲んだくれになる前は、江湖に数年間身を置いていたこともある。目の前の靴を見て、その持ち主を即座に察した彼は、「か、顔無しの殺し屋！」と叫んだ。

雪の中から突き出している脚の持ち主は慕容無顔《ムーロンウーイエン》。年齢は不詳。北の胡国《ここく》出身で、江湖の奇人番付第二十八位に名を連ねていた。かつて少林寺住職の暗殺を試み、失敗したにもかかわらず、誰にも顔を見られることなく無傷で脱出したことで知られている殺し屋だ。

一、仏彼白石

清源山《せいげんざん》の裏にある沼地のそばに、「百川院《はくせんいん》」という場所がある。「百の川を収める海の如く、大いなる器を持て」という意味を込めて名付けられた。庭園の中に、灰色の煉瓦《れんが》壁と黒い瓦屋根の家屋が五軒ほど建ち並ぶここが「仏彼白石」の拠点だ。

青みを帯びた長衣を着た四十代くらいの男性が、手を後ろに回し窓の外を眺めている。雪がしんしんと降りしきる庭園には誰もいない。片隅には灰色の煉瓦が積み上げられ、うっすらと積もった雪の上には、名も知らない鳥が残していった微かな足跡が点々と続いていた。

男は眉の太い精悍《せいかん》な顔立ちをしている。背が高く、堂々たる体軀《たいく》である。

彼こそが仏彼白石を束ねる男。姓は紀《ジー》、名を漢仏《ハンフォー》という。

「一品墳で大事件が起きたそうだよ」

誰かが彼に声をかけた。

「慕容無顔《ムーロンウーイエン》が死んだ。一品墳の記録を調べたけれど、ここ三十年、あそこで失踪《しっそう》した人間は十一人、そのうち七人は相当な武術の使い手だ」

「だが、その中で慕容無顔《ムーロンウーイエン》にかなう奴はいまい」

紀漢仏《ジーハンフォー》が冷ややかに言う。

「奴には、私や君くらいの実力がある」

紀漢仏《ジーハンフォー》の後ろにいたのは、分厚い綿衣《わたぎぬ》に身を包み、ふっくらした唇に丸い顔をした男だ。二百斤はありそうな、ずんぐりした体つきで、丸々と太ったガチョウのようだ。彼こそ〝白鵝《バイオー》〟こと白江鶉《バイジアンチュン》である。

「今回、慕容無顔《ムーロンウーイエン》と一緒に、一品墳の杉林からもう一つ遺体が発見された。〝鉄骨金剛《てっこつこんごう》〟呉広《ウーグアン》だったよ。二人とも体に傷一つなかったけれど、上半身は枯れ枝のように痩せ細り、下半身はパンパンに腫《は》れていたそうだ」

「ふむ……彼丘《ビーチウ》が部下を調査に向かわせた。しばらくすれば情報が入るだろう」

紀漢仏《ジーハンフォー》が淡々と返事をする。

「彼丘《ビーチウ》のやつ、門主がいなくなってから、かれこれ十年は部屋から出ていないよな」

白江鶉《バイジアンチュン》がクックと笑う。綿衣を着ているくせに、なぜか手には蒲《がま》うちわを持ってパタパタとあおいでいる。

「まあ、君も君で自分の右手を使えなくしちゃったしな。死んだ人間相手に、何もそこまで義理立てしなくても」

「そう言うお前は吹っ切れたのか？　いまだに部屋の中で東海の海図を広げ、私たちに黙って人探しを依頼していることは知っているぞ」

紀漢仏《ジーハンフォー》が淡々と返す。

フンッと鼻を鳴らして、白江鶉《バイジアンチュン》が話題を変えた。

「彼丘《ビーチウ》は部屋から出てこないし、あいつの部下にはろくな奴がいない。僕は用事があって雲南《うんなん》に行かなければならないし、君と石水《シーシュイ》だって忙しいんだろ？　よりによってこんな時に一品墳で厄介な事件が起きるなんて、これからどうするつもりだい？」

「一品墳の件は、彼丘《ビーチウ》が方《ファン》家に依頼を出した」

紀漢仏《ジーハンフォー》の目に微かな光がよぎった。

「部屋から出なくとも、あいつは変わらずよくやっている」

「方多病《ファンドゥオビン》を行かせたのか？」

白江鶉《バイジアンチュン》が、頬の肉に押しつぶされて小さくなった目をしばたたかせた。

紀漢仏《ジーハンフォー》が頷く。

「何のために？」

白江鶉《バイジアンチュン》の豆粒のような目が鋭く光る。

しばらく黙り込んだあと、紀漢仏《ジーハンフォー》がゆっくりと答えた。

「李蓮花《リーリエンホワ》だ」

白江鶉《バイジアンチュン》が手に持ったうちわで机をパシッ！　と叩いた。

「あの李蓮花《リーリエンホワ》か。年齢、出身共に不詳。顔を知る人もほとんどいない。六年前に突如江湖一の神医として現れ、牛や馬で引いて移動できる蓮花楼という建物の中で暮らしている。神がかった医術で施文絶《シーウェンジュエ》と賀蘭鉄《ホーランティエ》を生き返らせた逸話を持ち、最近では〝捕花二青天〟と協力して、『碧窓の幽霊殺人事件』を解決したそうだね。彼が事件でどういう役割を担ったのかは分からないけれど」

仏彼白石で人脈や雑事を担う白江鶉《バイジアンチュン》は、江湖で多少名が通っている人物の情報は一通り把握している。李蓮花《リーリエンホワ》のような有名人なら、なおのこと詳しい。

「その人物と門主に関係があるかは分からないが、気になるのはあの蓮花楼だ」

紀漢仏《ジーハンフォー》が一瞬言いよどむ。

「覚えているか？　私とお前が金鴛盟《きんえんめい》の中枢に攻め入ったとき、笛飛声《ディーフェイション》の私室の手前に仏堂があっただろう？」

紀漢仏《ジーハンフォー》の質問に白江鶉《バイジアンチュン》が頷く。

「僕たちが仏堂に飛び込んだとき、線香はまだついていたのに、笛飛声《ディーフェイション》は影も形もなかったんだよね」

「あの仏堂の壁や柱に施されていた彫刻は、笛飛声《ディーフェイション》の部下である金象大師《ジンシアンダーシー》が彫ったものだ。天竺から来た金象《ジンシアン》は仏法や彫刻に造詣《ぞうけい》が深く、彼丘《ビーチウ》ですらあの仏堂の彫刻には感心していた。そして、瓜二つなのだ、あの蓮花楼と仏堂に彫られた紋様がな」

「君と彼丘《ビーチウ》は、李蓮花《リーリエンホワ》が金鴛盟の一味だと疑っているのかい？」

そう言ってしばらく考えたあと、白江鶉《バイジアンチュン》は、

「そういうことなら、探りを入れる価値はあるかもね」

と頷いた。

「蓮花楼が金鴛盟ゆかりの建物なら、その李蓮花《リーリエンホワ》という人物も、笛飛声《ディーフェイション》と何らかの関わりがあるに違いない」

紀漢仏《ジーハンフォー》が淡々と語る。

「門主と笛飛声《ディーフェイション》は同時に消息を絶ったのだ。もし奴が生きているなら、門主もご無事なはず」

白江鶉《バイジアンチュン》はすぐには答えず、しばらく経ってから、大きな鼻の穴から息を吐き出した。

「彼丘《ビーチウ》は誰を熙陵に送ったんだい？」

「葛藩《ゴーパン》だ」


山道を葛藩《ゴーパン》の早馬が流星のごとく駆けていく。

彼は雲彼丘《ユンビーチウ》が最も頼りにしている弟子であり、勘定と帳簿付けに関しては百川院で一、二を争

う腕前を持っている。年齢は二十五。李相夷《リーシアンイー》の失踪後、ほどなくして雲彼丘《ユンピーチウ》に弟子入りした。仏彼白石に入ってから今年でちょうど十年目。そんな彼はこの目で李相夷《リーシアンイー》を見られなかったことを今も悔やんでいる。

四顧門《しこもん》の門主李相夷《リーシアンイー》は、その麗しい美貌と、得意とする剣術「相夷太剣《そういたいけん》」で江湖中を震撼《しんかん》させた人物だ。冷酷不遜で、常人を遥かに超える頭脳の持ち主だった彼は、十七歳の時に四顧門を設立。天下にその名を轟《とどろ》かせた。

名立たる人材が集まる四顧門において、紀漢仏《ジーハンフォー》や白江鶉《バイジアンチュン》ほどの強者《つわもの》が頭を垂れ、神の如く崇《あが》める存在となれば、きっととんでもなく偉大な方に違いない。もう少し早く生まれていたらよかったのにと、葛藩《ゴーパン》は常々残念に思っていた。

方《ファン》家の協力者として一品墳に向かうことになった葛藩《ゴーパン》は、今回の任務に興奮を隠せずにいた。十年も経てば、任務に心が躍ることも滅多になくなる。しかし、今回は李蓮花《リーリエンホワ》という人物を探り、彼が金鴛盟の一味かどうかを見極めるという、実にやりがいのある仕事だ。はやる気持ちを抑えきれず、馬に鞭《むち》を当て道を急ぐ。午後には方多病《ファンドゥオビン》からの手紙にあった、「暁月宿屋《ぎょうげつ》」という待ち合わせ場所の近くまでやってきた。

曲がり道にさしかかったとき、葛藩《ゴーパン》の体が何かを引っかけたのか、道端の雪に水しぶきがかかった。一瞬躓きそうになった馬はすぐに体勢を立て直すと、脇目も振らず山道を駆け抜けていった。

二、道はいずこ

宿屋の椅子に腰掛け、あからさまに不機嫌な顔で、方多病《ファンドゥオビン》が男を見つめている。暁月宿屋の女将の息子を抱っこしている李蓮花《リーリエンホワ》だ。先ほどから赤ん坊を抱きかかえて部屋の中を行ったり来たりしている。少しでも足を止めると、腕の中の赤ん坊はたちまち火がついたように泣き出してしまうのだ。

「……お前の息子なのか？」

「違うよ」

そう言って李蓮花《リーリエンホワ》は赤ん坊の頭を、ポンポンと軽く叩いた。お世辞《せじ》にも可愛いとは言えない赤ん坊だ。

「なら、なんでお前があやしてるんだ？」

怒りを抑えた声で方多病《ファンドゥオビン》が問う。

「俺がここに来てもう二時間が経ったぞ。忙しい方《ファン》様が、遠路はるばるこんな辺鄙《へんぴ》な場所まで来たってのに。何が悲しくて他人の子どもに二時間も付き合わなきゃならないんだ」

「翠花《ツイホワ》が出かけてるんだよ」

李蓮花《リーリエンホワ》が扉の方を指差して言う。

「醤油《しょうゆ》を買いに行っているあいだ、息子さんの面倒を見てほしいって言われたから」

「子どもの面倒を見る暇がない未亡人なんて、ごまんといるぜ。全員まとめて世話してやったらどうだ？」

そう言って方多病《ファンドゥオビン》は李蓮花《リーリエンホワ》をギロリと睨み、机を思い切り叩いた。

「いいか、今回俺が仏彼白石から任せられたのは、〝鉄骨金剛〟呉広《ウーグアン》と〝顔無しの殺し屋〟慕容《ムーロン》無顔《ウーイエン》の死に関わる事件だ。調査に協力しないって言うなら、お前の命もないと思え！　行くのか？　行かないのか？　行かないなら、今すぐお前の息の根を止めてやる！」

我慢の限界に達した方多病《ファンドゥオビン》が、ついに脅迫する。相手の首に剣を突きつけそうな勢いだが、今日は彼が「爾雅《アルヤ》」と名付けた長剣は携帯していないようだ。

「呉広《ウーグアン》が死んだ？」

李蓮花《リーリエンホワ》が驚く。

「あの慕容無顔《ムーロンウーイエン》も？」

「天下の李相夷《リーシアンイー》と笛飛声《ディーフェイション》だって死ぬんだ。それに比べたら大したことじゃないだろ」

李蓮花《リーリエンホワ》が抱いている赤ん坊に不機嫌そうな視線を向けながら、方多病《ファンドゥオビン》がもう一度机を叩いた。

「お前は、いったいいつまで他人の子どもを抱きかかえてるつもりだ！」

突然、ギーッという音がして扉が開いたかと思うと、すぐさま閉まった。そして、外から気まずそうな若者の声が聞こえてきた。

「お取り込み中申し訳ありません。手前は仏彼白石の門下、葛藩《ゴーパン》と申します」

扉を開けた途端、方多病《ファンドゥオビン》の怒声が聞こえ、驚いた拍子に扉を閉めてしまったのだろう。

方多病《ファンドゥオビン》が素早く襟《えり》を正した。穏やかで上品な笑みを浮かべた彼は、扉の向こうにいる相手に向かって、

「入れ。方多病《ファンドゥオビン》だ」

と声をかけた。

葛藩《ゴーパン》が扉を押し開けて入ってきた。薄手の柔らかな絹の単衣に身を包み、走りやすそうな薄底靴を履いている。笑みを浮かべているせいか、同年代の血気盛んな若者と比べると温和な印象だ。

「お初にお目にかかります。方《ファン》様、李《リー》先生」

抱拳礼《ほうけんれい》で挨拶をしたあと、葛藩《ゴーパン》は李蓮花《リーリエンホワ》の腕に抱かれている赤ん坊に気付いた。一瞬、動揺したが、すぐに何事もなかったかのように二人に向き合った。

「一品墳の状況は？」

方多病《ファンドゥオビン》が、ひじ掛け椅子に身を沈め、葛藩《ゴーパン》に問う。

「雲彼丘《ユンビーチウ》からの手紙には、呉広《ウーグアン》と慕容無顔《ムーロンウーイエン》が一品墳で死んでいたことしか書かれていなかった。いったい何があったんだ？」

方多病《ファンドゥオビン》が座っている前までやってきて、葛藩《ゴーパン》がもう一度抱拳礼をする。

「師匠のところに入ってきたのはごく一部の情報でした。鵝師叔《オーししゅく》が入手した情報によると、二人は上半身がひどく痩せこけて、下半身は腫れているという奇妙な状態でしたが、他に外傷はなかったそうです。

遺体は一品墳から十里ほどの杉林で見つかっており、二人の遺体は十五丈離れていました。発見者は張青茅《ジャンチンマオ》という元少林寺の弟子です。陵墓の守衛隊は、熙陵で慕容無顔《ムーロンウーイエン》が死んだことについてそれほど気にしていませんが、江湖ではかなり大ごとになっています。鵝《オー》師叔によると、熙陵では、ここ三十年で十一名もの失踪者が出ていて、中には武術の達人もいたとか……」

「煕陵は宿のすぐ裏だ」

方多病《ファンドゥオビン》がフンッと鼻を鳴らす。

「直接行ってみれば分かるさ。ただ、もう少し待つ必要があるがな」

「待つとは？」

葛藩《ゴーパン》が不思議そうに問う。

「女将が帰ってくるのを待つんだよ」

方多病《ファンドゥオビン》がもう一度鼻を鳴らした。

「女将が帰ってくるのを、待つ？」

やはり理解できないという風に葛藩《ゴーパン》が小さく咳払いをした。

それ以上は答えず、方多病《ファンドゥオビン》が怒りのこもった目で李蓮花《リーリエンホワ》を睨む。

「醤油を買うのに、ここまで時間がかかるなんて思わなかったんだよ」

そう言って、李蓮花《リーリエンホワ》が申し訳なさそうな顔をした。

方《ファン》家は仏彼白石からの依頼をとても重く見ている。雲彼丘《ユンビーチウ》から今回の事件を頼まれた際にも、家長からはくれぐれも慎重に行動し、必ず事件を解明するようにと再三念を押された。だから、方多病《ファンドゥオビン》は何がなんでも李蓮花《リーリエンホワ》を連れていくと決めたのだ。賢さを自負する彼曰く、これは「適材適所」なのだ。

葛藩《ゴーパン》は品定めをするように、目の前の名医を見やる。にわかには信じられないが、どうもこの人は、慕容無顔《ムーロンウーイエン》の調査よりも女将の買物の方が大事だと思っているようだ。

それからさらに一時間が経過したが、女将の翠花《ツイホワ》は一向に戻らなかった。仕方なく李蓮花《リーリエンホワ》は赤ん坊を隣の妓楼《ぎろう》にいる老婆に託した。
そして宿屋に戻った彼は、焦る二人に連れられ、足早に熙陵へと向かったのだった。

三人が熙陵に到着したとき、すでに日は傾いていた。広大な皇族の敷地に配備された見張りはわずか百名程度。加えて民はめったに立ち入ることがないので、辺りには誰一人見当たらなかった。なだらかな曲線を描く三人の足跡が、雪の上にくっきりと残っている。ここは獣が出没することも滅多にないと聞くので、大雪が降ったり、気温が上がらない限り、この足跡は数日間消えることはないだろう。

前方に広がる林の中で炎がちらついた。三人が近づこうとする前に、木々の間から誰かが大声でこちらに向かって叫んでいる。

「我らは熙陵を警備する朝廷の駐屯軍だ！　ここから先は部外者の立ち入りを禁ずる！」
葛藩《ゴーパン》が仏彼白石の弟子だと名乗ると、森の中から松明《たいまつ》を持った男が数名現れた。彼らはそれぞれ少林と武当の弟子だと名乗り、ここで仏彼白石が来るのを待っていたと言った。

現れた五人のうち、一番ふくよかな体をしているのが、張青茅《ジャンチンマオ》。張慶虎《ジャンチンフー》、張慶獅《ジャンチンシー》と名乗った双子は、少林の在家《ざいけ》弟子だ。双子だけあって、顔はほぼ見分けがつかないが、張慶虎《ジャンチンフー》の頬には黒いほくろが一つある。また、張慶虎《ジャンチンフー》は少林十八棍が得意だが、張慶獅《ジャンチンシー》の方は羅漢拳に長けているという。残りの二人は武当の弟子で、楊秋岳《ヤンチウユエ》と古風辛《グーフォンシン》だ。彼らはもう何日も慕容無顔《ムーロンウーイエン》と呉広《ウーグアン》の遺体の見張りをしているらしい。江湖出身の彼らは、この二人の死が、そんじょそこらの殺人事件とはわけが違うことを理解しているようだ。一歩間違えれば、二人の一族や一門が山に押し寄せかねない。そうなった場合、百人の駐屯軍など虫けらのようにひねり潰《つぶ》されるのは目に見えている。

同じ少林の弟子である張青茅《ジャンチンマオ》、張慶虎《ジャンチンフー》、張慶獅《ジャンチンシー》の三人が慕容無顔《ムーロンウーイエン》の遺体を見張り、楊秋岳《ヤンチウユエ》と古《グー》風辛《フォンシン》は呉広《ウーグアン》の遺体を見張っていた。ようやく仏彼白石が来たので、全員が顔に喜びの色を浮かべていた。

二つの遺体を目にした方多病《ファンドゥオビン》が首をかしげる。二人とも生前は太ってこそいなかったが、それなりにがっしりした体つきだったはずだ。それなのに、今は上半身は痩せこけ、下半身は腫れ上がっている。

「これはいったいどういうことだ？　毒か？　それとも何かの祟《たた》りか？」

方多病《ファンドゥオビン》がため息をつきながら呟いた。

「妙ですね。この二人は……餓死のようです」

手際よく呉広《ウーグアン》の遺体をひっくり返して調べた葛藩《ゴーパン》が言う。

「餓死!?」方多病《ファンドゥオビン》が驚き、隣にいた「神医」も同じく驚いた顔をしたのを、彼は見逃さなかった。

「湿度の高い場所で餓死した人は、こんな姿になるんです」

葛藩《ゴーパン》が続ける。

「李《リー》先生ならご存じでしょう？　最初は僕も毒のせいで痩せこけたり、腫れたりしたのかと思いましたが、どうやらこれは餓死のようです。あくまでも素人意見ですが、先生はどう思われますか？」

そう言って、葛藩《ゴーパン》が恭《うやうや》しく李蓮花《リーリエンホワ》の方を見た。

一瞬たじろいだ李蓮花《リーリエンホワ》だが、

「悪くない見立てだ」

と言って微笑む。

隣で見ていた方多病《ファンドゥオビン》が、ニヤリと笑った。

「でも、変ですね。こんなだだっ広い場所で、武術の達人が二人して餓死するなんて……もしかしたら、ここで死んだのではないのかも」

困惑した顔で葛藩《ゴーパン》が辺りを見回し、林の端まで行って熙陵の方を見やる。

「誰かが彼らを、食料や水の無い場所に監禁したのでしょうか？　たとえば……」

「陵墓の中とか？」

方多病《ファンドゥオビン》が言葉を継ぎ、葛藩《ゴーパン》が頷いた。

「この山の中で、二人が興味を持つものと言えば、そこしかありません」

「だとしたら、二人はどうやって陵墓からここまで来たのかな？」

李蓮花《リーリエンホワ》が口を挟み、方多病《ファンドゥオビン》と葛藩《ゴーパン》が押し黙った。

熙陵の陵墓からここまでは十里も離れている。遺体の周りは足跡だらけだが、どれも重武装の駐屯兵が残したと分かる深い足跡ばかりで、死んだ二人の物でないのは明らかだ。

素早く考えを巡らせた方多病《ファンドゥオビン》が、

「張青茅《ジャンチンマオ》たちが、二人の足跡を踏み潰しちまったんじゃないのか？」

と言った。

李蓮花《リーリエンホワ》は彼の言葉が聞こえなかったかのように、そばの杉の木を見上げる。その視線を追って、同じく木に目を向けた方多病《ファンドゥオビン》がハッとした。

「分かったぞ！　この二人は別の場所で死んだから、足跡がないんだ。そしてこいつらがここに遺棄されたのは、道を作るためだ！」

「道を作る？　どういう意味ですか？」

怪訝な顔で問う葛藩《ゴーパン》に、

「あれを見な」

と、方多病《ファンドゥオビン》が開けた場所に一本だけ生えている巨大な杉を指差す。

目をやると、木の枝に積もっている雪が、一ヶ所だけ足幅ほどの大きさにへこんでいるのが見えた。

「……誰かがあそこを踏んだ？」

葛藩《ゴーパン》の問いに、方多病《ファンドゥオビン》が頷く。

「あの杉の木は、ちょうど慕容無顔《ムーロンウーイエン》と呉広《ウーグアン》の遺体があった真ん中に生えている。二つの遺体は十五丈離れていて、その中間にある杉までは、それぞれ約八丈だ」

「なるほど。この山には杉がたくさん生えていますが、どれも間隔はまちまち。だから二つの遺体が十五丈も離れていたんですね。さすがは方《ファン》様、素晴らしい観察眼です」

葛藩《ゴーパン》に褒《ほ》められ、方多病《ファンドゥオビン》は首筋がむずがゆくなるのを感じながら、乾いた笑いを返した。そして李蓮花《リーリエンホワ》の方をギロリと睨んだが、相手は頷いただけだった。

熙陵の山頂周辺には杉がいたるところに生えている。しかし、山頂から中腹の間には木がまったく生えていない地帯もある。まさに慕容無顔《ムーロンウーイエン》と呉広《ウーグアン》の遺体は、山頂から続く二つの杉林の間にある開けた場所に遺棄されていた。

もし、雪に足跡を残さず、木々の間を飛んで山頂から麓まで降りようとした場合、二十丈もあるこの開けた場所を飛び越えなければならない。だが、どんな武術の達人だろうと、二十丈の距離をひとっ飛びで越えることは不可能だ。他の山なら、適当な石を拾ってきて踏み台にできただろうが、ここは皇族の墓だ。山はまるごと人の手で手入れがされており、山頂には同じ大きさの小石が敷き詰められている。その上、今は全てが雪に埋もれてしまっているので、踏み石を探して雪を掘っていては、逆に痕跡が残ってしまうだろう。そんなとき、手頃な遺体が二つほどあれば……遺体を担いで木々の間を飛び越え、雪の上に放り投げ、それらを踏み台にして、足跡を残さずに二十丈の雪原を飛び越えられるというわけだ。

それにしても、躊躇《ちゅうちょ》することなく遺体を放り投げて踏んでいくなんて、どう考えてもまともな人間のやることではない。この二人の遺体が発見されれば、間違いなく江湖を震撼させるほどの大事件になる。それでも、自分の足跡を隠す方を選んだというのだろうか？

「もしかして、遺体を捨てた奴は、犯人じゃないのか？　だって犯人がこんなことをするはずが……分かったぞ！」

方多病《ファンドゥオビン》が目を輝かせる。

「そいつはきっと足に何か問題を抱えていたんだ。それが恥ずかしくて、何がなんでも雪に足跡を残したくなかったんだな」

得意げに自分の考えを披露した方多病《ファンドゥオビン》だったが、李蓮花《リーリエンホワ》は先ほどの足跡を眺めるのに夢中だ。葛藩《ゴーパン》も慕容無顔《ムーロンウーイエン》の遺体を調べるのに集中して、誰も彼の「名推理」に反応を示さなかった。

そんな三人のやりとりを張青茅《ジャンチンマオ》は尊敬の眼差しで聞いていたが、その隣にいた張慶虎《ジャンチンフー》が口を開いた。

「俺たちは長年熙陵の警備をしている。明楼（古代皇帝の陵墓の正面に建てられる高い建物）と宝城（陵墓の地下宮殿の真上に建てられる建物）には大勢の兵士が住んでいるのだ。もし誰かが熙陵の建物に閉じ込められたとしても、餓死するまで発見されないはずはない」

先ほどからずっと葛藩《ゴーパン》を見つめていた張慶獅《ジャンチンシー》は、しゃべるのが得意ではないのか、ただ張慶虎《ジャンチンフー》の言葉に黙って頷いた。

方多病《ファンドゥオビン》が張慶獅《ジャンチンシー》の方を見やる。相手と目が合った瞬間、微かな違和感を覚えたが、それが何なのかは分からなかった。

「地下宮殿なら？」

楊秋岳《ヤンチウユエ》が冷たく問う。

「熙成帝は、葬礼は簡素に執《と》り行うよう遺言を残したそうだ。しかし、まがりなりにも、ここは皇室の陵墓。慕容無顔《ムーロンウーイエン》と呉広《ウーグアン》の目当ては、地下に眠る財宝だったのかもしれん。現に他の陵墓と同じように、『観音の涙』と呼ばれる霊薬や、継承の皇印に関する噂があるだろう」

穏やかな見た目に反して、ぞっとするようなしゃべり方をする楊秋岳《ヤンチウユエ》を見て、方多病《ファンドゥオビン》はこいつとはうまが合いそうにないなと思った。

「でも俺たちがここに来てからもう三年は経つけれど、地下宮殿への入口なんて見たこともないぞ？」

古風辛《グーフォンシン》が口を開いた。

「もし誰かがその入口を発見して、中から遺体を運び出したとしたら、かなり大きな入口じゃないと無理じゃないか？　そんなの、どこにあるんだ？」

「歴史書によれば、陵墓の入口は明楼のどこかにあるのが一般的です」

古風辛《グーフォンシン》の問いに葛藩《ゴーパン》が答える。

「今から僕たちで手分けして、熙陵の中を探してみるのはどうでしょう？」

提案した葛藩《ゴーパン》を李蓮花《リーリエンホワ》が一瞥する。それに気づいた葛藩《ゴーパン》は、軽く咳払いをして李蓮花《リーリエンホワ》に尋ねた。

「李《リー》先生はどう思われますか？」

「うーん」と呟いた李蓮花《リーリエンホワ》が、バツの悪そうな顔をして言った。

「私、お化けが苦手なんだよね」

啞然《あぜん》とする葛藩《ゴーパン》を見て、方多病《ファンドゥオビン》がたまらず吹き出した。

「希代の神医が、夜はお化けが出るから怖いだって？　こりゃあ傑作だ！」

笑い続ける方多病《ファンドゥオビン》をよそに、葛藩《ゴーパン》がため息をつく。

「では、捜索は明日の朝にしましょうか」

三、三つ目の死体

その日の夜、李蓮花《リーリエンホワ》と方多病《ファンドゥオビン》と葛藩《ゴーパン》の三人は熙陵で一晩を過ごすことになった。

張青茅《ジャンチンマオ》は駐屯軍の中では階級が高いらしく、三人は彼の自室の両隣にある部屋に案内された。向かって右が方多病《ファンドゥオビン》と李蓮花《リーリエンホワ》の部屋で、葛藩《ゴーパン》は左の部屋。双子の張慶虎《ジャンチンフー》と張慶獅《ジャンチンシー》は、張青茅《ジャンチンマオ》の向かいに部屋があり、李蓮花《リーリエンホワ》と方多病《ファンドゥオビン》の向かいには楊秋岳《ヤンチウユエ》、葛藩《ゴーパン》の部屋の向かいが古風辛《グーフォンシン》の部屋だ。

本来、明楼や宝城に人が留まることは許されない。前王朝の駐屯軍は陵墓の外にある詰所で寝泊まりしていた。だが、現皇帝が派遣した百名の兵士は、便利だからという理由で明楼に住みついていた。冬の寒い日は巡回もせず、一日中熙陵で飲酒や賭け事に興じる。挙句の果てには、賭けに負けた者が酒や肉を買いに行くという、なんとも勝手気ままな生活を送っていた。

雪が降り積もり、ほのかな月明かりが一面を静かに照らす夜。方多病《ファンドゥオビン》は、どうにも寝付けないでいた。張青茅《ジャンチンマオ》のたてる鼾《いびき》が聞こえる以外、辺りは恐ろしいほど静まりかえっている。左側の部屋に差し込む雪明かりが、こちらまで入ってきて、部屋全体がぼんやりと明るい。方多病《ファンドゥオビン》はそれがひどく気になったが、李蓮花《リーリエンホワ》はぐっすりと眠っていた。

方多病《ファンドゥオビン》が眠れない理由は他にもある。それは、張慶獅《ジャンチンシー》を見たときからずっと感じていたえも言われぬ違和感だ。だが初対面であるはずの彼に、なぜそう感じるのか分からない。

一睡もできずに朝を迎えようとしていたとき、突然誰かが急ぎ足で張青茅《ジャンチンマオ》の部屋に入る音が聞こえた。続けて、慌てふためいた声が廊下に響き渡る。

「張《ジャン》隊長！　張慶獅《ジャンチンシー》が……張慶獅《ジャンチンシー》が殺された。あ、頭がないんだ、誰か……誰か張慶獅《ジャンチンシー》の頭を見なかったか……」

どうやら声の主は楊秋岳《ヤンチウユエ》のようだ。

ガバッと寝台から飛び起きた方多病《ファンドゥオビン》と、同じく跳ね起きた李蓮花《リーリエンホワ》が顔を見合わせる。張慶獅《ジャンチンシー》が死んだ？

張慶獅《ジャンチンシー》の死に様はなんとも奇妙だった。服を着替えた張青茅《ジャンチンマオ》が双子の部屋に向かうと、白い壁の前にある寝台に、血みどろの死体が腰掛けていた。部屋着を着て寝台に座っている張慶獅《ジャンチンシー》の遺体は、首から上が無くなっており、上半身は血で赤く染まっている。服に染みこんだ血は寒さで完全に凍り付き、不自然なほどに鮮やかな色を放っていた。

張慶虎《ジャンチンフー》の証言によると、昨晩彼は楊秋岳《ヤンチウユエ》の部屋で賭け事をしていた。朝になって部屋に戻ると、弟が死んでいるのを発見したらしい。

方多病《ファンドゥオビン》と李蓮花《リーリエンホワ》も早々に駆けつけ、部屋の調査を始めた。張慶獅《ジャンチンシー》の体は、頭を切り落とされている以外、これといった外傷は見当たらない。遺体を茫然と眺めている李蓮花《リーリエンホワ》とは対照的に、方多病《ファンドゥオビン》は予想外の出来事にかなり焦っていた。

なぜ張慶獅《ジャンチンシー》が殺された？　慕容無顔《ムーロンウーイエン》と呉広《ウーグアン》の死に関係があるのか？

「妙ですね。なぜ張慶獅《ジャンチンシー》が殺されたのでしょう？」

葛藩《ゴーパン》が独り言のように呟く。

「もしかして、彼は慕容無顔《ムーロンウーイエン》と呉広《ウーグアン》の事件に関わりがあったのでは？」

方多病《ファンドゥオビン》が頷き、

「ひょっとしたら、地下宮殿の入口の場所を知ってたのかもな」

と答えた。

「でも、そうだとしたら、彼はなぜ何も言わなかったんです？」

葛藩《ゴーパン》が問う。

「あの二人を地下宮殿に誘い込んで殺したのがこいつなら、何も言うわけがないだろう」

そう答えた方多病《ファンドゥオビン》に、葛藩《ゴーパン》が眉をひそめた。

「だったらなぜ彼は死んだのです？　彼が殺されたということは、この件に関わっている者は他にもいるということですよね。その人物は今日、僕たちが地下宮殿の入口を探すことを知って、彼の口を封じたってことでしょうか？」

「つまり犯人は近くにいるってことだ。ひょっとしたら、ここの駐屯兵と俺たち三人の中にな……」

そう言って方多病《ファンドゥオビン》がため息をついた。

「外に足跡はなかったよ」

李蓮花《リーリエンホワ》がぽつりと言う。

それを聞いた葛藩《ゴーパン》がビクリとする。

「つまり、昨夜は誰も外から入ってこなかったと……」

「いいや」

李蓮花《リーリエンホワ》がぼんやりした声で葛藩《ゴーパン》を遮《さえぎ》る。

「つまり、張慶獅《ジャンチンシー》を殺せた人物はもう一人いる。陵恩門《りょうおんもん》（陵墓の正殿の前にある正門の役割を持つ建物）から林を抜け、二つの遺体を雪の中に捨てて山を下りていった人……」

今度は李蓮花《リーリエンホワ》が言い終わらないうちに、方多病《ファンドゥオビン》と葛藩《ゴーパン》が同時に「陵恩門？」と驚いた声を上げた。

二人の反応に驚きながらも、李蓮花《リーリエンホワ》が説明する。

「そうだよ。陵恩門の後ろにあるのが瑠璃影壁《るりえいへき》（視野を遮るために建てられる、ついたてのような壁）で、その壁の後ろが明楼だ。明楼には人が住んでいるし、陵恩門の隣には厨房がある。人が頻繁に行き来するこの一帯は、ちゃんと雪かきされているから、足跡は残らない。でも明楼と違って、厨房は夜になれば人はいなくなるし、杉林と隣接しているのは陵恩門だけだから」

説明を聞いた方多病《ファンドゥオビン》が、李蓮花《リーリエンホワ》の肩をバシッと勢いよく叩いた。

「なるほど！　てことは地下宮殿への入口は、陵恩門の近くにあると見て間違いなさそうだな！」

だが、李蓮花《リーリエンホワ》は相変わらず困惑した表情を浮かべながら首を横に振る。

「でもやっぱり妙だよ。もし遺体を捨てた人物が犯人なら、そいつは私たちが地下宮殿の入口を探すことを前もって知り、夜のうちに張慶獅《ジャンチンシー》を殺したことになる。いったいどうやって情報を得たんだろうね？」

「それってつまり……」

李蓮花《リーリエンホワ》の疑問に方多病《ファンドゥオビン》がギクリとする。

「犯人は昨晩、林の中にいた人物ということですね！」

葛藩《ゴーパン》がすかさず答えた。

それを聞いた楊秋岳《ヤンチウユエ》と張慶虎《ジャンチンフー》がサッと青ざめる。昨晩、林の中にいたのは張《ジャン》兄弟と楊秋岳《ヤンチウユエ》、古《グー》風辛《フォンシン》に張青茅《ジャンチンマオ》、そして李蓮花《リーリエンホワ》、方多病《ファンドゥオビン》、葛藩《ゴーパン》の八人しかいない。つまり残った七人の中に犯人がいることになる。いったい誰だというのか？　そして、なぜ張慶獅《ジャンチンシー》の頭を切り落としたりしたのか？

すべての謎は、熙陵の地下宮殿に行けば解けるのかもしれない。数百年間沈黙していた皇室の陵墓にはいったい何が隠されているのだろうか？　武術の達人二人を餓死させ、一夜にして駐屯兵一人の首が落とされるほどの秘密とは？

張青茅《ジャンチンマオ》は即座に昨晩、林の中で遺体を見張っていた者たちを呼び集めると、李蓮花《リーリエンホワ》たち三人と共に陵恩門へ向かった。

雄大に聳《そび》える石柱と石門をいくつかくぐり抜けた先にある陵恩門には、二体の石像が鎮座している。一つは九匹の龍が雲の中を泳ぐ九龍盤雲図《くりゅうばんうんず》、もう一つは地面に座っている龍を模した座龍だ。どちらも死者の魂を守るために置かれているのだが、前王朝の皇帝に敬意など微塵も抱いていない七人は、各々手にした武器で壁や彫刻を叩きながら地下宮殿の入口を探し始めた。しばらくの間、コツコツ、カンカンというかん高い音が辺りに響き渡る。

「蓮花《リエンホワ》」

方多病《ファンドゥオビン》が李蓮花《リーリエンホワ》を隅へ引っ張っていき、こっそりと耳打ちする。

「なあ、誰が怪しいか教えてくれ。俺がそいつを見張るから」

「いや、そんなの私にも分からないよ……」

李蓮花《リーリエンホワ》がそう言うと、方多病《ファンドゥオビン》が彼を横目で見ながら、

「お前のインコ、まだ俺の家にいることを忘れてないか？」

と詰め寄った。

少し間があって、李蓮花《リーリエンホワ》が眉をひそめる。

「まさか、天下の方《ファン》様ともあろうお方が、インコを食べるなんて言わないよね？」

彼の言葉に方多病《ファンドゥオビン》がにやりと笑う。

「お前が何も言わないなら、たった今から俺の大好物にインコが加わるかもな」

李蓮花《リーリエンホワ》がため息をつく。

「やれやれ。小さなインコを盾《たて》に取って脅すなんて、恥ずかしいと思わないのかい？」

そう言いながらも、李蓮花《リーリエンホワ》が声を低くする。

「気付いたか？　張慶獅《ジャンチンシー》たちの部屋には、遺体以外どこにも血がついていなかった」

少し考えて、方多病《ファンドゥオビン》が同意する。

「ああ、確かにそうだが、それがどうした？　もしかして、殺された場所はあの部屋じゃないって言いたいのか？」

「遺体についた血を見ただろ？　あれは吹き出たものではなく、じわじわと下の方へ浸透していった血だ。白い壁には一滴も飛び散っていなかった」

李蓮花《リーリエンホワ》の言葉に、方多病《ファンドゥオビン》が眉をひそめる。

「いったい何が言いたいんだ？」

「彼は頭を切られて死んだわけではなく、死んだ後に頭を切られたということだよ」

「へ？　口封じが目的なら、ただ殺せばいいだけなのに、なんで頭なんか切り落としたんだ？」

方多病《ファンドゥオビン》が驚いた声で問うと、李蓮花《リーリエンホワ》がフッと笑う。

「殺人だけなら口封じで通るけど、頭の切断となると話は別だ。とにかく、もし、生きたまま頭を切られたのなら、彼が座っていた寝台の後ろの壁に血がまったくつかないなんてあり得ない。君もよく知っているように、刀や剣で人を切った場合、即座に出血して、武器にも血がつく。そして切ったときの力が大きくて速度が速いほど、力を入れた方向に、よりはっきりと血が飛び散るものだ。でも彼らの部屋にはそういった痕跡はまったく見当たらなかった。つまり、犯人は彼の血が固まり始めた後に頭を切り落としたんだ。だから切った瞬間、血はすぐに流れなかった」

「必ずしも部屋の中だとはかぎらないだろ？　外で頭を切ったのかもしれないじゃないか？」

方多病《ファンドゥオビン》が不思議そうに問うと、李蓮花《リーリエンホワ》がため息をついた。

「もし外で切った後に部屋へ運んだのなら、血があんな風に滲《にじ》むはずがない。あれはどう見ても、頭を切られた後、しばらくしてからゆっくりと溢れ出たものだ。切った後に遺体を動かしてないから、少しずつ下へ浸透していったんだよ。もし動かしていたら、血は筋になって一つの方向に流れ落ちただろうし、辺りにも垂れていたはずだよ」

李蓮花《リーリエンホワ》の説明を聞いても、方多病《ファンドゥオビン》はまだ諦《あきら》めきれないようだった。

「そうだとしても、外で死んだ可能性だってあるじゃないか……」

やれやれという風に、李蓮花《リーリエンホワ》が、またため息をついた。

「私は、彼が死んだ後に部屋の中で頭を切られたと言ったんだ。部屋の中で死んだとは一言も言ってない。話をごちゃ混ぜにしないでくれないか？」

それでも不服そうな方多病《ファンドゥオビン》はフンッと鼻を鳴らした。

「死んだ後に頭を切られたとして、それがなんだって言うんだ？」

「つまり、張慶獅《ジャンチンシー》は二回殺されたということだ。同一犯だった場合、犯人はそもそも頭を切り落とすために彼を殺したんだろう。でなければ、死者と殺人者の他に、もう一人頭を切った人がいることになるね」

李蓮花《リーリエンホワ》がゆっくりと続ける。

「気になるのは殺人じゃなくて、頭を切った方だよ」

「頭を切った方？」

驚いた声で聞く方多病《ファンドゥオビン》に、李蓮花《リーリエンホワ》が微笑む。

「頭というのは実に面白い部位でね。そこからいろんな秘密が分かるんだよ。生きているときのみならず、死んだ後もね」

「はあ？　どういうことだ？」

ますます分からないという顔をする方多病《ファンドゥオビン》の耳元で、李蓮花《リーリエンホワ》がぼそっと囁《ささや》く。

「頭がないと、死んだのが誰かも分からないだろ？」

突然低い声で囁かれ、「わっ！」と驚いた方多病《ファンドゥオビン》が勢いよく頭を上げると、思いきり李蓮花《リーリエンホワ》の頭とぶつかった。

入口を探していた他の者たちが驚いてこちらを振り向く。申し訳なさそうな顔をする李蓮花《リーリエンホワ》の頭を、方多病《ファンドゥオビン》がパシッと叩いてごまかした。

「道はあっちだ、俺にぶつかってくるな」

頭を叩かれた李蓮花《リーリエンホワ》は、あからさまにしゅんとした顔をした。

「お二人とも何を話していたんです？　入口が見つかったんですか？」

先ほどから方多病《ファンドゥオビン》と李蓮花《リーリエンホワ》のやり取りに注目していた葛藩《ゴーパン》が、我慢できずに質問する。すかさず李蓮花《リーリエンホワ》が、

「方多病《ファンドゥオビン》が見つけたらしいよ」

と答え、方多病《ファンドゥオビン》が「はあ？」と驚いた。

そんな彼をのんびり見つめながら、李蓮花《リーリエンホワ》が困惑したように言う。

「君が瑠璃影壁の裏にあるって、言ったんだろう？」

「え？　あー、ええっと……」

言葉が見つからず、自分の頭をかく方多病《ファンドゥオビン》に向かって、李蓮花《リーリエンホワ》が続ける。

「どの陵墓も、地下宮殿の道は必ず陵墓の中心線上に作られているから、恐らく瑠璃影壁の裏にあるはずだって言ったじゃないか」

「あ、ああ、そうだ。俺はそう言ったんだ」

方多病《ファンドゥオビン》がこくこくと頷く。

それを聞いた葛藩《ゴーパン》は、早速、陵恩門の後ろにある瑠璃影壁の方へ足早に歩いていった。

瑠璃影壁には龍や鳳凰《ほうおう》といった、死者の魂を守る神獣が描かれているのが一般的だ。しかし、熙陵の瑠璃影壁に描かれている図案はやや変わっていて、他と比べて極めて複雑なものだった。壁をしばらく眺めた七人は、ようやくそれが頭が龍で羽の生えた二匹の鯉が、蓮の花の周りを泳いでいる絵だと分かった。これは「鯉魚化龍図《りぎょかりゅうず》」という、龍になる前の鯉の姿を描いたものだ。ただ、皇室の装飾に龍ではない鯉の絵が使われることはありえない。なぜ、三十年以上も在位していた皇帝の陵墓に「鯉魚化龍図」が描かれているのだろうか？

しばらく壁に触れていた葛藩《ゴーパン》が、今度は剣先で軽く叩いてみたが、何も変わったところはなさそうだった。

「確かに妙な壁ですが、入口らしきものは見当たりませんね」

「少なくとも、掘って出てくることはないでしょうな」

突然張青茅《ジャンチンマオ》が口を開いた。

「私がここに来てから三年ほど経ちますが、比較的人の行き来が多い瑠璃影壁の周りで、何かを掘った痕跡を見たことは一度もありません。もちろん、掘り出した土もね」

それを聞いた方多病《ファンドゥオビン》の目がキラリと光る。

「つまり、どこかに仕掛けがあるってことだな」

「仕掛けですか……壁の煉瓦も調べましたが、どこにも空洞はないようです。いったい入口はどこにあるんだろう……」

葛藩《ゴーパン》が呟く。

「引き出せる取っ手もなさそうだし、その仕掛けというのはどこに？　先人の知恵というのは、なかなか侮《あなど》れませんね……」

方多病《ファンドゥオビン》が横目で李蓮花《リーリエンホワ》をチラリと見やる。こいつが見つけたと言ったんだ。さすがに嘘だなんてことはないよな？　いや待てよ、こいつは嘘つきの常習犯だ。むしろ本当のことを言う方が珍しい。くそっ、俺が見つけたことになっているのに、もしこれで入口がなかったら、俺が恥をかくことになるだろうが！

方多病《ファンドゥオビン》が悶々《もんもん》としていると、突然、膝の横にある血海穴《けっかいけつ》に何かがぶつかるのを感じた。足に痺れが走ったかと思うと、ガクンとその場に膝をついて倒れ込んでしまう。

「方《ファン》様!?」

突然腹ばいになった方多病《ファンドゥオビン》を見て、皆、驚きの声を上げる。

あごを石の床につけたまま、前方に目を向けた方多病《ファンドゥオビン》は、ふと妙なことに気付いた。

眩しい朝日に照らし出された床の上には、所々砂が落ちているのだが、彼の鼻先から瑠璃影壁までの間をよく見ると、どれも奥の方に小砂利が落ちており、手前に砂利はほとんどない。さらに壁の真下には、砕けた小石や粉塵がたまっているのが見えた。方多病《ファンドゥオビン》は四つん這《ば》いになって後ろに一歩下がったが、そこにも砂利はほとんどなかった。彼はさらに後退し続け、陵恩門の裏門まで下がると、ようやく地面に砂利が不規則に落ちているのが見えた。

「張《ジャン》隊長、ここは何日置きに掃除をしてるんだ？」

方多病《ファンドゥオビン》が張青茅《ジャンチンマオ》に問う。

「雪が降ったときに雪かきする以外、ほとんど掃除はしませんね。お客はめったに来ませんから」

張青茅《ジャンチンマオ》がそう答える。

「なんたってここは、生きている人間ではなく、死人が住む場所ですからね」

体についた埃《ほこり》を払いながら、方多病《ファンドゥオビン》が起き上がる。

「……ってことは、ここ最近は一度も掃除をしていないんだな？」

「ええ、半月以上前に雪が降って、その雪かきをしたあとは降ってないので……かれこれ数週間は掃除していないことになります」

「なら……」方多病《ファンドゥオビン》がフンッと鼻を鳴らす。

「入口はここだな」

「え？　どこだ？」

李蓮花《リーリエンホワ》が明からさまに驚いた顔をして彼を見るものだから、方多病《ファンドゥオビン》はその開いた口に布か何かを押し込んで黙らせたい衝動に駆られた。

先ほど血海穴にぶつかってきた何かも、恐らく李蓮花《リーリエンホワ》の仕業だろう。当たった場所がいまだにジンジンと痛む。方多病《ファンドゥオビン》はごまかすためにゴホンッと咳払いをした。

「地面の砂や小砂利は、どれも瑠璃影壁の方に向かって落ちている。掃除したやつがわざと壁の下に向かって掃いたのでないのなら、この石床が垂直に立ったか、もしくは誰かが持ち上げたからとしか考えられない。でなきゃ砂が全て同じ方向に積もるはずがないからな。誰か、ここにある石の床を引っ張り上げられないか？　恐らく地下宮殿の入口はこの下にあるはずだ」

葛藩《ゴーパン》が感心したように何度も頷く。

「なるほど、納得です。ですが、こんな重い床、いったいどうやって引っ張れば……？」

葛藩《ゴーパン》の問いに方多病《ファンドゥオビン》が一瞬言葉を詰まらせるが、すぐにやや怒った口調で言い放った。

「武術の熟練者なら、素手でいけるだろ」

「そうだとしても、生まれつきの怪力と外家の武術を学んだ者でなければ……それこそ〝鉄骨金剛〟の呉広《ウーグアン》なら可能だと思いますが、我々には到底できない芸当ですよ」

葛藩《ゴーパン》が眉をひそめながら反論する。

「怪力といえば、双子の張《ジャン》兄弟は体のある部分を強化するのに特化した少林の横練法を習得していました。両手で千斤ものおもりを持ち上げられるんですよ。張慶虎《ジャンチンフー》なら、もしかしたら……」

張青茅《ジャンチンマオ》の言葉に、葛藩《ゴーパン》と方多病《ファンドゥオビン》が同時に驚いた。背丈も体格も人並みで、苦虫をかみつぶしたような顔の張慶虎《ジャンチンフー》にそんな能力があったとは驚きだ。

張慶虎《ジャンチンフー》は頷くと、懐から鉄の鉤爪《かぎづめ》のような物を取り出し、それを陵恩門の段差と石の床の間にある細い隙間に引っかけた。そして大きく息を吐き、「はっ！」と大きく叫んだ。すると、床からミシッという音がして、土埃が舞い上がった。

床が持ち上がり、わずかな隙間が生まれたが、鉤爪はもはや原形をとどめていない。葛藩《ゴーパン》が持っていた長剣の鞘を急いで隙間に差し込むと、それを見た方多病《ファンドゥオビン》も袖の中から短い棍棒を取り出して彼に続いた。二人の武器が隙間にがっちりと挟まると、他の者たちも、持っている武器を次々と差し込む。すっかり歪んだ鉤爪を放り投げた張慶虎《ジャンチンフー》が、方多病《ファンドゥオビン》の棍棒に持ち替え、「開けっ！」と叫びながら、両腕に力を込めた。

すると、石の床が一気に三尺ほど持ち上がり、大量の砂が、ぽっかり空いた穴の中へ吸い込まれていった。そのとたん、侵入防止の罠《わな》か何かが作動したのか、開いた入口の方から楊秋岳《ヤンチウユエ》、古《グー》風辛《フォンシン》、張慶虎《ジャンチンフー》の三人に向かって何かが飛んできた。三人が跳び上がってそれをかわす。その後もしばらく様子を見たが、それ以上は何も起こらなかった。

先ほど各々が隙間に差し込んだ武器は、どれもひしゃげてしまったが、方多病《ファンドゥオビン》の棍棒だけは傷一つ、ついていない。

「いい武器だ」

そう言って、張慶虎《ジャンチンフー》が恭しく方多病《ファンドゥオビン》に棍棒を返した。

棍棒を受け取った方多病《ファンドゥオビン》は、にこにこしながら懐にしまうと、目の前に空いた穴を覗き込み、「大きな穴だな」と驚きの声を上げる。

入口をふさいでいた石の床は、厚さが一尺、縦横それぞれ五丈はあるだろうか。重さは千斤を優に超えているだろう。その一枚板を見て、その場にいる誰もが張慶虎《ジャンチンフー》の腕力にいたく感心した。少林の弟子というのは、一癖二癖ある者ばかりのようだ。

四、熙陵の地下宮殿

真っ暗な入口を七人が取り囲み、しばらく眺める。底から吹き上がってくる風は生暖かく、長い間封じられていたような臭いはしない。

「どうやら中に別の通風口があるようですね。やっぱり熙陵には何か秘密が隠されているんですよ！」

葛藩《ゴーパン》が興奮した口調で言う。

何よりも暴かれることを嫌う陵墓に通風口？　その場にいる誰もが首をかしげた。張青茅《ジャンチンマオ》が部下に松明を持ってこさせ、入口を見張っているよう命令した。松明を手にした葛藩《ゴーパン》は、真っ先に暗闇の中へ飛び込んでいった。

しばらくすると、皆の足元に明かりが見えた。底まではせいぜい二丈ほどといったところだろうか。どうやらそこまで深い穴ではないらしい。残る六人も次々と中に飛び込む。入口の石板は張慶虎《ジャンチンフー》のような怪力でもなければ動かすことは不可能だ。よほどのことがない限り閉じ込められる心配はないだろう。

手にした松明の炎が通路を明るく照らし出し、一行は目の前の光景に息を呑んだ。そこはいたるところに精巧な彫刻が施された石の地下通路だった。壁には細かく優美な異国の文字がびっしりと刻まれており、天井には陵墓にふさわしく極楽浄土に住まう菩薩《ぼさつ》や羅漢《らかん》といった仏が描かれている。

だがこの熙陵がただ熙成帝とその妃の安息地として建てられたのなら、なぜ外に通じる道を完全に封じてしまわなかったのだろうか？　もし、慕容無顔《ムーロンウーイエン》と呉広《ウーグアン》がこの中で死んだのなら、彼らはどうやってこの入口を見つけたのか？　無数の文字が刻まれた通路を進みながら、誰もが無言で考えを巡らせていた。

「蓮花《リエンホワ》」

しばらく黙り込んだあと、方多病《ファンドゥオビン》が李蓮花《リーリエンホワ》を呼んだ。

「この壁には何と書かれているんだ？　ずっと先まで続いてるみたいだが……」

「これは梵語《ぼんご》だよ。ある物語が綴られているみたいだね」

李蓮花《リーリエンホワ》は、半分上の空といった様子で「息子に関する物語だよ」と付け加えた。

「息子の物語？　どんな？」

方多病《ファンドゥオビン》が興味津々に問う。

静かな地下道を進んでいると、嫌でも緊張や猜疑心《さいぎしん》が高まってくる。道はどこに続いているのかも分からない。張慶獅《ジャンチンシー》を殺した犯人がこの中にいるかもしれない。そう思うと、他の五人は少しでも気を紛らわすため、二人の会話に耳をそばだてた。

李蓮花《リーリエンホワ》が相変わらずのんびりとした声で続ける。

「これは、『法華経《ほけきょう》』に書かれている『如来寿量品《にょらいじゅりょうぼん》』だ。如来が語った『良医治子《ろういじし》のたとえ』という物語だよ。

あるところに腕のいい医者がいた。彼には息子がたくさんいて、ある日、医者が用事で遠出している間に、息子たちが誤って家にあった毒薬を飲んでしまった。

家に帰った医者は、苦しんでいる息子たちを見て、すぐさま薬を調合して飲ませようとした。普段から父親に従順な息子は、何も疑わずに薬を飲んだが、父親に反抗的だった息子は薬を疑い、飲もうとしなかった。

薬を飲んだ方はすぐに回復したが、飲まなかった方は父親に殺されると喚《わめ》きながら苦しみ、もがき続けた。でも医者は自分に刃向かう息子たちを責めたりしなかった。そして、『私はもう年だ。もうすぐ死ぬだろうから、薬は全部ここに置いていく。必要になったら飲みなさい』という手紙を残して遠方へ旅立った。しばらくして、自分が死んだという知らせを息子たちに届けさせた。

父親を疑っていた息子たちは、父が死んだことを知り、悲しんだ。と同時に、もう誰が薬を飲むか知らないのだから、きっと薬は本物だろうと思った。薬を飲んだ者は、たちまち回復した。父親は頃合いを見計らって家に戻り、息子たちは、ようやく自分の愚かさに気付いた、という話さ」

李蓮花《リーリエンホワ》はさらに続ける。

「この物語を語り終えた如来は、弟子に尋ねた。『医者は嘘をついたことを責められるべきか？』弟子たちは『いいえ』と答えたそうだよ」

「こんな物語を後生大事に壁に彫るなんて、煕成帝もお年を召して焼きが回ってたんだな」

半分眠りかけていた方多病《ファンドゥオビン》が正直な感想を述べる。それを聞いた葛藩《ゴーパン》が、ややむっとした顔をした。

「陵墓の建設は各王朝の一大事業なんですよ。僕たちがまだ気付いていないだけで、この物語を壁に刻んだのもきっと何か意味があるに違いありません」

そうこうしているうちに、曲がり角を一つ曲がると、奥の方に観音扉が見えた。

白い石でできた扉の左右には、龍が一匹ずつ、さらに二枚の扉をまたいで蓮の蕾《つぼみ》が彫られ、まわりには波の模様があしらわれている。どうやらこれは、二匹の蟠龍《ばんりゅう》が荒波の中、蓮の蕾を奪い合う姿を表しているようだ。

扉を見つめながら、葛藩《ゴーパン》は頭の中で考えを巡らせる。歴史書によれば、通常、陵墓は中からは出られるが、外からは入れない構造になっている。だから、石門には「自来石」や「丸石」といった、内側から扉を押さえる仕掛けがあるはずだ。この扉も、髪の毛一本入る隙のないほどぴたりと閉じられている。無理やり開けるには張慶虎《ジャンチンフー》のような怪力の持ち主が、あと四、五人は必要だ。

悩む葛藩《ゴーパン》の隣で、張青茅《ジャンチンマオ》が扉に近づき両手でグッと押した——すると、驚くことに、石の扉が音もなくゆっくりと開いた。

その場の全員が目を丸くする。そんな中、葛藩《ゴーパン》が安全を確かめるために松明を中に向かって投げ入れると、通路が奥まで続いているのが見えた。開かれた扉の後ろには葛藩《ゴーパン》の推測通り、巨大な丸石が転がっていたが、半分以上、粉々に砕けていた。

扉を抜けた七人は、砕かれた石のそばを通り、いったい誰がどうやって腰の高さまである巨石を砕き、扉を開けたのかと驚かずにはいられなかった。もし内力を使って扉越しにこの石を砕いた者がいたとすれば、想像を遥かに超える実力者に違いない。

扉の先の通路にも同じく壁に文字が刻まれている。少し進むと道が緩やかな下り坂になった。

壁には一定の間隔でへこみと穴が開いている。穴から微かな風が吹き込んでいるせいか、空気はよどんでいなかった。

さらに進むと、またもや石の扉が現れた。今度の扉には、龍ではなく、恐ろしい形相をした鬼のような怪物が彫られている。扉の前には砕かれた石の山が積み上がっていて、なぜか扉はこちら側に向かって開かれている。七人はますます不審に思いながら扉を抜けると、十丈も進まないうちに、また扉が現れた。

三枚目の石扉は今までとは違い、表面に観音菩薩をかたどった金銀の細工がはめ込まれている。蓮の花の上に座り、柳の枝を手にした観音菩薩の表情は慈愛と優しさに満ちあふれ、見る者を穏やかな気持ちにさせた。

張青茅《ジャンチンマオ》が力いっぱい扉を押したが、今度はうんともすんとも言わなかった。張慶虎《ジャンチンフー》も挑戦してみたが、扉が少し揺れただけで、開く気配はない。

「どうやら、慕容無顔《ムーロンウーイエン》と呉広《ウーグアン》はここで死んだようですね」

天井を見上げた葛藩《ゴーパン》がぽつりと言う。

それを聞いた張青茅《ジャンチンマオ》がぶるっと身震いして「なぜ分かるのです？」と聞いた。しかし、葛藩《ゴーパン》はすぐには答えず、松明を持った張青茅《ジャンチンマオ》の腕を掴み、壁に向けて高く掲げた。

明かりに照らされた壁に浮かび上がったのは、おびただしい数の傷痕だった。武器で削ったような傷痕は、壁だけではなく地面にもたくさん残っている。壁の隅に目をやると、そこには原形をとどめないほどねじれた長剣が、石の隙間に突き刺さったまま残されていた。

「恐らく、彼らがここに来たとき、先ほどの二つの扉は開いていたのだと思います。そして彼らがここで三枚目の扉を開ける方法を考えていたとき、誰かが二枚目の鬼の扉を外側から閉めてしまった。あの扉は外開きだったし、扉の前に砕けた石があったでしょう？　恐らくその石で扉を外から押さえつけていたんですよ。通路は下り坂になっていたことも相まって、いくら慕容無《ムーロンウー》顔《イエン》や呉広《ウーグアン》でも押し開けるのは無理だったはずです」

葛藩《ゴーパン》の解説を聞きながら、張青茅《ジャンチンマオ》が後ろにある鬼の扉をしげしげと眺め、もう一度身震いした。

「扉を閉めるのにそれほど力はいらなかっただろうな。少し押せば、石が重みで斜面をすべり、自然と閉じる。あれほど大きな石だ、それが扉を押さえつけていたとなれば、たとえ閉まる速度はゆっくりでも、止めるのは無理だろう。もし明かりがない状態だったなら、真っ暗闇の中、閉まる扉の間から逃げ出すのはほぼ不可能だ」

方多病《ファンドゥオビン》が付け足す。

二人の推理を聞きながら、地面に目をやっていた李蓮花《リーリエンホワ》が足元から何かを拾い上げた。

「何か落ちてる……羊の革？　地図が描かれているね。これは……観音像かな？」

困惑した顔で拾い上げたものを眺めながら、李蓮花《リーリエンホワ》が目の前の扉を指差した。

「この観音菩薩のことを指しているのかな？」

「こっちにもあったぜ。内容はほとんど同じみたいだな」

同じく地面から一枚の革を拾い上げた方多病《ファンドゥオビン》が近づいてきて、李蓮花《リーリエンホワ》の手元を覗き込んだ。

「ここにも一枚……ん？」

近くにいた楊秋岳《ヤンチウユエ》が、足元に落ちていた革を拾おうとしたとき、手にしていた松明の明かりが観音像の扉の真下を照らし出した。そして、そこにあった物を目にした彼の動きが止まった。

羊の革の下に何かがあった。それは、真っ黒に変色した人骨だった。

「こ、ここにも死体が⁉」

楊秋岳《ヤンチウユエ》の慌てた声に、皆の視線が扉の下に集まる。そして各々が松明を地面に近づけて足元を見ると、地面のいたる所に人骨が散乱していることに気付いた。

骨はどれも砕かれた状態でぬかるんだ地面に散らばっており、注意して見なければ石ころと判別がつかなかった。あちこちに頭蓋骨が転がっているのも見えたが、もはやどれが誰の骨かは分からない。そしてさらによく見てみると、地面に落ちていた羊革の「地図」も二、三枚ではなく、全部で十一枚もあった。

床一面に落ちている骨を見て、方多病《ファンドゥオビン》が身震いをする。

「この骨って……まさか……」

砕かれた骨片を一つ拾い上げ、じっくりと観察した李蓮花《リーリエンホワ》が小さくため息をつく。

「そのまさかだと思うよ。骨の表面に武器で削った痕がある。この人たちは……人間に食べられたんだ。でなきゃ、こんなふうに砕かれて散らばったりはしない。恐らく何年も前に、私たちと同じくここへやってきた彼らは、誰かに閉じ込められてしまったんだろうね。そして生き残るために殺し合い、弱者は食べられ、最後に生き残った者も、結局生きて出ることはかなわなかった……」

やや憐れみを含んだ声で李蓮花《リーリエンホワ》が言う。それを聞いていた残りの六人は、背筋に寒気が走るのを感じ、各々手にした武器を握りしめた。

「この地図には地下宮殿の入口が描かれているようだけど、これほどの危険を冒してまで、熙成帝の陵墓に侵入するなんて、いったい熙陵にはどんな秘宝が隠されているんだろうね？」

李蓮花《リーリエンホワ》が独り言のように呟く。

「その真相を知るには、この扉を開くしかないでしょう」

ギラギラした目で観音像の扉を見据えながら葛藩《ゴーパン》が答える。

「き、熙成帝と言えば」

食人の話を聞いてからずっと震えが止まらない張青茅《ジャンチンマオ》が、弱々しく口を開いた。

「なんでも西南の属国には、万病を癒やすだけでなく、武術を修練する者の内力を高める効果を持つ丸薬があるらしく……熙成帝は、属国から献上された百粒の丸薬を一粒に錬成し、『観音の涙』と名付けたそうです。そ、それがこの熙陵にあるという噂があって……」

方多病《ファンドゥオビン》が李蓮花《リーリエンホワ》と顔を見合わせる。どうやらここに転がっている「骨たち」の目当ては、その「観音の涙」で間違いないようだ。それにしても、実在するのかも怪しい丸薬のせいで、十一人もの命が失われるとは……秘宝という物はかくも人を惑わせ、不幸にしてしまうのか……

「慕容無顔《ムーロンウーイエン》や呉広《ウーグアン》もこの地図を受け取り、宝ほしさにここへ来たのだろう」

楊秋岳《ヤンチウユエ》が口を開く。

「この十一人は皆、同じ地図を持っていて、全員がこの扉の前で殺され、または餓死した。一連の事件の裏には必ず首謀者がいるに違いない」

楊秋岳《ヤンチウユエ》のことは気に入らないが、方多病《ファンドゥオビン》は彼の意見に同意を示した。

「この三十年、熙陵で十一人が失踪し、そしてちょうどここに十一枚の地図がある……全員がここで死んだのは間違いないようだな。だがもし本当に首謀者がいるとしたら、そいつは三十年前から同じことを繰り返していたことになる……」

葛藩《ゴーパン》が頷く。

「三十年も続けるなんて……よほどの目的があるのでしょうね」

方多病《ファンドゥオビン》が続ける。

「実は、もう一つ気になっていることがあるんだ」

「ここへ来る道中、あまりにも順調すぎやしなかったか？」

どうやら他の者たちも同じことを感じていたのか、各々頷く。すると突然、張慶虎《ジャンチンフー》がハッとしたように低い声で、

「露払いか」

と言った。

方多病《ファンドゥオビン》が頷き、張慶虎《ジャンチンフー》の肩を力強くたたいた。

「俺も同意見だ！　わざわざ地下宮殿の罠や仕掛けに対処できそうな者たちを選んでここに誘導するなんて、首謀者はかなり慎重に計画を練ったと見える。俺たちが何事もなくここまで来られたのも、そいつらが道中の罠を全部片付けてくれたからだろう。だが結局は怪力持ちの呉広《ウーグアン》や、少林寺から無傷で撤退した慕容無顔《ムーロンウーイエン》ですら、この観音像の門を突破できなかった。閉じ込められて、命の危機にさらされたが、それでも逃げ出すことができなかったんだ……」

「何がなんでもこの扉を開けて、中の秘密を暴かなければ」

葛藩《ゴーパン》が小さくため息をつく。

皆が考え込む中、李蓮花《リーリエンホワ》だけが目をキョロキョロさせて他の六人の顔を見回していた。それ

に気づいた方多病《ファンドゥオビン》が眉をひそめて、

「何か言いたいことでもあるのか？」

と尋ねる。

問われた本人は小さく咳払いをすると、のんびりとした声で答えた。

「ええと……扉を開ける前に、まずはその……犯人をはっきりさせておいた方がいいんじゃないかと思ってね。張慶虎《ジャンチンフー》を殺した犯人を……」

次の瞬間、通路が水を打ったように静まり返り、その場にいた全員がうろたえた。そして、驚愕の目を李蓮花《リーリエンホワ》に向けた。

「今、何て言った？　張慶虎《ジャンチンフー》を殺した犯人だって？」

方多病《ファンドゥオビン》が動揺した声で問う。

それには答えず、李蓮花《リーリエンホワ》は申し訳なさそうな目を張慶虎《ジャンチンフー》に向けて言う。

「わざわざ死体の首を切り落として、自分の顔に偽のほくろを貼ったようだけど……途中で落ちちゃったみたいだよ……」

その言葉に、今度は皆一斉に張慶虎《ジャンチンフー》の顔に視線を向ける。当の張慶虎《ジャンチンフー》もとっさに自分の顔に手を伸ばしたが、焦って力が入りすぎたのか、皆が見ている前で、顔のほくろを拭い落としてしまった。

茫然とする張慶虎《ジャンチンフー》。石床を持ち上げたときに大量の汗をかいた彼は、その後も湿った生暖かい地下通路を歩いたり、石の扉を押し開けたりと、ずっと汗で顔が濡れていた。だから本人も、まんまと李蓮花《リーリエンホワ》のハッタリに引っかかってしまったのだ。

目の前にいるのは張慶虎《ジャンチンフー》ではなく、殺されたはずの張慶獅《ジャンチンシー》だった。思いもよらない展開にその場にいた全員が動揺する。

またもや李蓮花《リーリエンホワ》に騙されたと内心悪態をつきながら、方多病《ファンドゥオビン》は努めて平然とした声で、

「お前は張慶獅《ジャンチンシー》なのか？　それとも張慶虎《ジャンチンフー》なのか？」

と聞いた。

「慶獅《チンシー》、お、お前……死んでなかったのか？　なら、死んだのは慶虎《チンフー》？　いったいどういうことだ……？」

半ば独り言のように問う張青茅《ジャンチンマオ》の顔は、驚きに歪んでいた。

「お前たち兄弟にいったい何があったんだ？　なぜ慶虎《チンフー》が殺されて……お前が慶虎《チンフー》のふりを……？」

そこまで言ったところで、張青茅《ジャンチンマオ》が目を大きく見開く。

「まさか、お前が慶虎《チンフー》を殺したのか？」

張慶獅《ジャンチンシー》をチラリと見た李蓮花《リーリエンホワ》が、下唇を尖らせてやや考えるそぶりを見せた後、今度は楊秋《ヤンチウ》岳《ユエ》を一瞥した。

「実は……」

楊秋岳《ヤンチウユエ》が口を開き、何か言おうとしたその時、微かに風が吹いたかと思うと、突然張青茅《ジャンチンマオ》の悲鳴があたりに響き渡った。他の者たちが驚いた瞬間、六本の松明の火が同時に消える。真っ暗闇の中で「バシッ」「ゴトッ」という体がぶつかる音と、何かが倒れる音が聞こえたあと、辺りは再び静まりかえった。

「待ちやがれ！」

暗闇の中、方多病《ファンドゥオビン》の叫ぶ声と、遠ざかっていく足音が聞こえる。

次の瞬間、眩しい光が方多病《ファンドゥオビン》を照らした。いつの間にか通路の天井にある出っ張りまで逃げていた李蓮花《リーリエンホワ》が、携帯用の照明具の火折子《ひおりこ》を灯して恐る恐るこちらを見下ろしている。

明るくなった通路を目にしたとたん、方多病《ファンドゥオビン》の顔がサッと青ざめた。嘘だろ……暗闇で、俺は誰かと少なくとも三回は攻撃を交わした。なのにそいつは、俺の攻撃を防ぎながら……張慶獅《ジャンチンシー》を殺したっていうのか？

「まさか犯人がここまで卑劣だったとは……結局、張慶獅《ジャンチンシー》も……」

葛藩《ゴーパン》がため息をつく。

天井にいる李蓮花《リーリエンホワ》の顔もやや青ざめていた。

ついさっきまで生きていた張慶獅《ジャンチンシー》は、壁にもたれ、その場にへたり込むように死んでいた。瞬時に頭蓋骨を砕かれ、声を上げる間もなく殺されてしまったのだろう。上半身はやや傾き、頭を割られた衝撃で筋肉が引きつったのか、口元に不気味な笑みを浮かべた姿は、人骨だらけの薄暗くじめじめした陵墓の中でより一層、不気味に見えた。

「一撃か。かなり強烈な掌撃だな」

張慶獅《ジャンチンシー》の亡骸《なきがら》を見て方多病《ファンドゥオビン》が呟く。

その近くで、葛藩《ゴーパン》が傷を負った張青茅《ジャンチンマオ》を抱え起こしていた。どうやら張青茅《ジャンチンマオ》は飛び道具で腕の腱《けん》を切られたようだ。命に別条はなさそうだが、張慶獅《ジャンチンシー》の亡骸を見つめる張青茅《ジャンチンマオ》は放心状態で、その目は心底怯えているようだった。

古風辛《グーフォンシン》の姿が見当たらないのを見るに、どうやら逃げたのは彼のようだ。張慶獅《ジャンチンシー》が死に、張青《ジャンチン》茅《マオ》は負傷し、残った楊秋岳《ヤンチウユエ》は、顔面蒼白で両手を握りしめて立ち尽くしている。

「これではっきりしましたね。張《ジャン》兄弟を殺したのは古風辛《グーフォンシン》か、もしくはあなただ」

葛藩《ゴーパン》が落ち着いた声で楊秋岳《ヤンチウユエ》に話しかける。

ハッとしたように顔を上げた楊秋岳《ヤンチウユエ》が、無言で葛藩《ゴーパン》を睨みつけた。

葛藩《ゴーパン》がさらにゆっくりと続ける。

「そして二人の中でより怪しいのは、あなたです。古風辛《グーフォンシン》だってバカじゃない。ここで逃げては、自分が犯人だと自白したようなものだ。でもあの慕容無顔《ムーロンウーイエン》と呉広《ウーグアン》をここに誘い込み、張《ジャン》兄弟まで手にかけるほどの犯人が、そんなに愚かなはずがありません……」

楊秋岳《ヤンチウユエ》は依然として何も言わず、一歩後ずさって方多病《ファンドゥオビン》を見る。当の方多病《ファンドゥオビン》はもはや何が何だか分からないという顔だ。葛藩《ゴーパン》の推理に内心納得しながら、彼は楊秋岳《ヤンチウユエ》と張青茅《ジャンチンマオ》を交互に見やり、困ったように眉をひそめた。

「試してみましょうか。あなたが張《ジャン》兄弟を殺せるほどの実力者かどうか……！」

冷たい目で睨んでいた葛藩《ゴーパン》は突然そう言い放つと、楊秋岳《ヤンチウユエ》の胸元めがけて掌撃を繰り出した。楊秋岳《ヤンチウユエ》が腕で防ごうとすると、葛藩《ゴーパン》は素早く掌底打ちから手刀の型に変え、相手の手首に狙いをつける。さすがに防ぎきれないと悟ったのか、楊秋岳《ヤンチウユエ》が葛藩《ゴーパン》に向かって人差し指を突き出す。その瞬間、空を切る音と共に、彼の指先から衝撃波がほとばしった。それを見た方多病《ファンドゥオビン》の眉がピクリと動く。

「武当の白木《バイムー》道士のお弟子さんでしたか。どうりで……」

納得したように言って、葛藩《ゴーパン》が攻撃をやめた。

武当の白木《バイムー》道士は、速度に特化した剣術と指法、掌術の三つで江湖にその名を轟かせる武術の名手だ。そして先ほど楊秋岳《ヤンチウユエ》が繰り出した技は、まさに白木《バイムー》の得意技の一つ〝蒼狗指《そうこうし》〟だった。

楊秋岳《ヤンチウユエ》が深く息を吸い込み、冷たく言い放つ。

「誰が張慶獅《ジャンチンシー》を殺したのかは知らない。張慶虎《ジャンチンフー》を殺した犯人もな。とにかく、俺はこの件とは無関係だ」

それを聞いた方多病《ファンドゥオビン》がため息をつく。

「武当の白木《バイムー》道士の弟子が、なんで熙陵くんだりまで来て墓守なんかやってるんだ？　どう考えても怪しいだろ」

楊秋岳《ヤンチウユエ》はまた黙り込んでしまう。陰気な顔がさらに青白くなっているが、それでも多くを語りたくはないようだ。

「つまり……」

頭上から李蓮花《リーリエンホワ》が恐る恐る問いかける。

「犯人はもう分かったってことかな？」

葛藩《ゴーパン》が李蓮花《リーリエンホワ》と方多病《ファンドゥオビン》に恭しく抱拳礼をしながら、「いかにも」と答えた。

方多病《ファンドゥオビン》が李蓮花《リーリエンホワ》をチラリと見やる。

「ははっ、さすがは仏彼白石のお弟子さんだな。見事な推理だ。恐れ入ったよ」

そう言いながら、方多病《ファンドゥオビン》は内心悪態をついた。張慶獅《ジャンチンシー》が死んだ張慶虎《ジャンチンフー》のふりをしていたのは、誰かに命を狙われていたからだったのか。なのに蓮花《リエンホワ》のやつ、それを知っていながら大勢の前で張慶獅《ジャンチンシー》の正体をバラしやがって……おかげで犯人の見当がつかないまま、死人がまた一人増えちまったじゃねえか！　楊秋岳《ヤンチウユエ》は確かに怪しいが、古風辛《グーフォンシン》には逃げられたし、張青茅《ジャンチンマオ》だってまだシロだとは確定していないんだぞ……！

心の中で文句を言われていることなど知りもせずに、李蓮花《リーリエンホワ》は観音像の扉の真上にある石の板に触れながら呟いた。

「ここに割れ目があるようだね……」

よく見ようと前のめりになった李蓮花《リーリエンホワ》が体勢を崩《くず》し、危うく落ちそうになる。そのまま彼は登ってきた時と同じように、壁に刻まれた傷痕に手足を引っかけてゆっくりと降りてきた。

「あの上に……」

李蓮花《リーリエンホワ》が何か言いかける前に、葛藩《ゴーパン》が突然、楊秋岳《ヤンチウユエ》に近づき、彼の肩を叩いて経穴を封じる。

「方《ファン》様、犯人はお任せしましたよ」

と言って、その場で高く飛び上がった。そして、先ほど李蓮花《リーリエンホワ》が触れた石板に手をかける。そのままぐっと引っ張ったかと思うと、ゴトンという音と共に大きな石板が外れ、そのまま落ちて、ぬかるんだ土に深くめり込んだ。

板の厚さはおよそ二尺五寸はあるだろうか、観音像の扉の上にあったということは、扉自体の厚さも相当なものだろう。張慶獅《ジャンチンシー》の怪力でもびくともしなかったわけだ。

だがそんな頑丈な扉でも、百年という歳月で石が劣化したのか、それともここへやってきた達人たちの努力が効を奏したのか、扉自体は無傷でも、その上にある石板に三尺ほどの亀裂が入っていた。亀裂自体はとても細く、李蓮花《リーリエンホワ》が天井まで逃げて火折子を灯さなければ気付かなかっただろう。

観音像の扉の上には三尺ほどの黒い穴がぽっかりと空いた。中は墨を流したように真っ暗で、さながら地獄から人間界を睨む鬼の目のようだ。

方多病《ファンドゥオビン》が息を呑む。豪胆を自負する彼だが、足元に散乱している無数の人骨を思うと、今すぐ飛び込もうという気にはなれなかった。

一方の葛藩《ゴーパン》は、嬉々とした表情で火折子に火を灯すと、何の躊躇もなく真っ暗な穴に入っていく。

ややもたつきながら再び壁をよじ登った李蓮花《リーリエンホワ》がその後に続き、穴に頭を突っ込むと、震える声で、

「葛藩《ゴーパン》、何か見えるかい？」

と聞いた。

「まだ何も……」

そう言いかけた葛藩《ゴーパン》が、ふと腰の後ろあたりに微かな風を感じ、本能的に肘打ちを繰り出す。だが自分が穴の中にいることを忘れていた彼は、石壁に肘をしこたまぶつけ、腕に激痛と痺れが走った。同時に、腰にある腰陽関《こしようかん》の経穴を突かれた。次の瞬間、彼は全身から力が抜け、穴の中に上半身を横たえたまま、まったく動けなくなってしまった。

一部始終を見ていた方多病《ファンドゥオビン》が茫然とする。葛藩《ゴーパン》の経穴を突いたのは他でもない、彼の後ろにいた李蓮花《リーリエンホワ》だった。

同じくそれを見ていた楊秋岳《ヤンチウユエ》と張青茅《ジャンチンマオ》が驚きの声を上げる。三人が見つめる中、李蓮花《リーリエンホワ》はま

たゆっくりと壁を降りて、服についた埃をパンパンと払った。

張青茅《ジャンチンマオ》が口を開けたまま、扉の上にぶら下がっている葛藩《ゴーパン》を指差す。

「彼は……？　あの、あなたは……？」

「どうして分かったんだ？」

やや裏返った声で楊秋岳《ヤンチウユエ》が問う。

葛藩《ゴーパン》をちらりと仰ぎ見て、李蓮花《リーリエンホワ》がフッと笑みを浮かべた。

「だって、彼は葛藩《ゴーパン》じゃないからね」

その言葉に三人が同時に驚愕の表情を浮かべる。

「葛藩《ゴーパン》じゃない？　お前、本物の葛藩《ゴーパン》を知っているのか？」

眉をひそめる方多病《ファンドゥオビン》に、李蓮花《リーリエンホワ》が首を横に振る。

「いいや、知らないよ」

「でも、仏彼白石が裕福じゃないことは知ってる。師匠の雲彼丘《ユンピーチウ》が絹織物の服も買えないほど貧乏なのに、その弟子が買えるわけがないだろ？」

李蓮花《リーリエンホワ》の言葉に、方多病《ファンドゥオビン》がハッとする。

「確かに、あの服は少なくとも銀十両はするな……俺様の服とたった四十両しか違わない」

「でも、彼が葛藩《ゴーパン》ではないと確信した理由は三つある。まず、彼は礼儀正しすぎる」

そう続ける李蓮花《リーリエンホワ》に、方多病《ファンドゥオビン》が怪訝な顔をする。

「礼儀正しいのもダメなのか？」

方多病《ファンドゥオビン》の問いに、李蓮花《リーリエンホワ》は笑いを堪えながら答えた。

「君は李相夷《リーシアンイー》を知らないからね。彼は超がつくほど傲岸不遜で、礼儀作法なんてまったく眼中にない男なんだよ。彼に付き従う者たちも教養なんて気にしたためしがない。そんな一門の弟子が、君を様付けで呼んだり、いちいち抱拳礼をするはずがないだろ？」

「そう言われれば確かに。仏彼白石のやつらと俺のおやじが話しているのを何度か見かけたけれど、あいつらお世辞の一つもなかったからな」

方多病《ファンドゥオビン》がフンッと鼻を鳴らす。

目をぱちくりさせながら、二人の会話を聞いていた張青茅《ジャンチンマオ》が首をかしげた。どうも李《リー》先生は四顧門の内情をよく知っているようだが、彼らとはいったいいつ関わりを持ったのだろう？

李蓮花《リーリエンホワ》がさらに続ける。

「二つ目の理由は、彼が陵墓についてやけに詳しかったことだ。地下宮殿の入口は明楼にあると、歴史書で読んだと言っていた。私の知る限り、彼の師である雲彼丘《ユンビーチウ》は、孔子や孟子の考えに陶酔していた本の虫のような人でね。でも、それが李相夷《リーシアンイー》の癇《かん》に障って、自分の弟子には一切本を読ませない、という誓いを立てさせられたんだよ。だから彼丘《ビーチウ》の弟子はほとんど字が読めないし、読めたとしても歴史書を読んだりはしないはずなんだ」

それを聞いた方多病《ファンドゥオビン》が大笑いする。

「李相夷《リーシアンイー》ってやつもなかなか面白いな。それにしてもなんでお前はそんなに詳しいんだ？」

李蓮花《リーリエンホワ》はニッコリ笑ってはぐらかし、続きを話し始めた。

「三つ目、さっき張慶獅《ジャンチンシー》が殺されたとき……」

張慶獅《ジャンチンシー》の名前が出たところで、彼の声がやや重くなる。

「六本の松明がほぼ同時に消えただろ？　そんなことができるのは、松明を持っていなかった人物だけだ」

葛藩《ゴーパン》に経穴を突かれた楊秋岳《ヤンチウユエ》が、唯一動かせる頭を縦に振る。

張青茅《ジャンチンマオ》もハッとして「なるほど！」と声を上げた。

飛び道具で松明を同時に消したのなら、自分が持っている松明まで一斉に消すのは不可能だ。それに松明を持ったまま武器を使えば、間違いなく周りに気付かれてしまう。そして七人の中で松明を持っていなかったのは、一枚目の扉で松明を奥に投げ込んだ葛藩《ゴーパン》しかいない。つまり火を消したのが葛藩《ゴーパン》なら、暗闇に乗じて張慶獅《ジャンチンシー》を一撃でしとめたのも葛藩《ゴーパン》だ。その流れでいけば張慶《ジャンチン》虎《フー》を殺害した人物も自ずとわかるというもの。

「張慶虎《ジャンチンフー》を殺したのも葛藩《ゴーパン》だよ」

李蓮花《リーリエンホワ》がゆっくりと続ける。

「地下宮殿の入口を開けるには、千斤を持ち上げられる力持ちの助っ人が必要だ。この三十年で十一人もの人が宮殿に入ったということは、その都度、彼らのために扉を開けていた人物がいたはずだ。おそらくここ数年の間、その役目を担っていたのは張《ジャン》兄弟のどちらかだったんだろうね。たぶん張慶虎《ジャンチンフー》じゃないかな？

彼は棍棒使いだから、少し工夫すれば棍棒をてこにして扉を開けられる。張慶獅《ジャンチンシー》は羅漢拳の使い手だから、今回のように張慶虎《ジャンチンフー》を装って床をこじ開けるのに鉤爪を使ったけど、あの鉤爪は石の重みに耐えられなかった。方多病《ファンドゥオビン》の棍棒がなければ、そもそも持ち上げられなかったかもしれない。もし張慶獅《ジャンチンシー》が葛藩《ゴーパン》の仲間だとしたら、鉤爪がいくつあっても足りないだろうね。

でも張慶獅《ジャンチンシー》は、一緒に住んでいる兄の張慶虎《ジャンチンフー》について何か察していたんじゃないのかな？　だから私たちとここへ来た葛藩《ゴーパン》を見たとき、彼の様子がおかしかったんだ。もしかしたら張慶虎《ジャンチンフー》と接触していた人物が葛藩《ゴーパン》だと気付いたのかも……そうだとしたら、口封じのために殺されるのも納得だよね。だけど暗闇の中で双子の見分けがつかなかったのか、葛藩《ゴーパン》は張慶虎《ジャンチンフー》の方を殺してしまった。殺された兄を見てすべてを察した張慶獅《ジャンチンシー》は、死体の首を切り落とし、自分が殺されたと思わせるために、ほくろをつけて張慶虎《ジャンチンフー》のふりをしたんだ」

少し間があり、李蓮花《リーリエンホワ》がぽつりと付け加える。

「張慶虎《ジャンチンフー》の首を切ったのは、楊秋岳《ヤンチウユエ》かな？」

「楊秋岳《ヤンチウユエ》だって？」

方多病《ファンドウオビン》が驚く。

一方の張青茅《ジャンチンマオ》は口をあんぐりと開けて、もはや何を言えばいいのか分からないといった様子だ。

楊秋岳《ヤンチウユエ》が頷く。

「その通りだ……だが、どうして……」

李蓮花《リーリエンホワ》がフッと笑う。

「あの首の切り口は、明らかに剣術に長けた者の仕業だ。羅漢拳を使う張慶獅《ジャンチンシー》にはできっこない。それに彼は、昨晩、君の部屋で賭け事をしていたと言った。つまり二人して口裏を合わせていたことになる。少林の弟子は剣の扱いを得意としない。でも、武当は剣術に精通した一門だろう？」

楊秋岳《ヤンチウユエ》が再び頷いた。

「だがなぜ葛藩《ゴーパン》が張慶虎《ジャンチンフー》を殺したと？」

「簡単なことだよ。張慶虎《ジャンチンフー》は明らかに無抵抗の状態で殺された。明楼の部屋割りを考えれば分かる。廊下を挟んで左は手前から君の部屋、次に張《ジャン》兄弟、最後に古風辛《グーフォンシン》と並び、右は私と方多病《ファンドゥオビン》、そして張青茅《ジャンチンマオ》、一番奥が葛藩《ゴーパン》の部屋だ。昨晩は雪の照り返しで明楼の中は比較的明るかったから、誰かが中央の廊下を通って張《ジャン》兄弟の部屋に入り凶行に及べば、他の部屋からもその影が見えたはずだ。力の差はあれど、武術を習得している私たち八人が、誰一人気付かないなんてことはあり得ない。だから犯人は張《ジャン》兄弟の部屋には直接行っていないはずなんだ」

「そう言われてみれば、確かに……」

すっかり力が抜け、その場にへたり込んでいる張青茅《ジャンチンマオ》が弱々しく呟いた。

李蓮花《リーリエンホワ》が微かに笑う。

「部屋に入らずに人を殺せる方法。しかも殺す相手を間違えた可能性があるとなると、おそらく犯人が使ったのは……」

「飛び道具か！」

一瞬、間を置いて、方多病《ファンドゥオビン》が答える。それを聞いた楊秋岳《ヤンチウユエ》も「なるほど」と即座に反応した。

「その通り」

李蓮花《リーリエンホワ》が頷く。

「犯人は自分の部屋から、何か細い飛び道具を飛ばしたんだろうね。恐らくそれが張慶虎《ジャンチンフー》の頭部に突き刺さり、彼は反応する間もなく絶命した。体が全くの無傷だったのは、切り落とされた頭部に致命傷があったからだ」

李蓮花《リーリエンホワ》の推理を聞いた方多病《ファンドゥオビン》が、やや納得いかない様子でぼやく。

「頭のない死体を少し観察しただけでそこまで分かるのかよ……だとしても、張慶虎《ジャンチンフー》が飛び道具で殺されたからって、なんでそれが葛藩《ゴーパン》と結びつくんだ？　あいつが暗器で張《ジャン》隊長の腕を傷つけたり、六本の松明の火を消したりしたことを見れば、確かに相当な飛び道具の使い手なのは分かる。でも、それはついさっきのことだろ？　なのにお前は最初からあいつが犯人だと分かってたのか？」

李蓮花《リーリエンホワ》がため息をつく。

「飛び道具で人を殺すには、標的までの動線を確保しなきゃならないだろ？　楊秋岳《ヤンチウユエ》と古風辛《グーフォンシン》では、いったん自分の部屋から出て、張《ジャン》兄弟の部屋の前まで移動しないことには、開いた扉から中に凶器を飛ばすことはできないから、両隣にいる彼らは犯人じゃない。となると犯人は向かい側の誰かになるわけだ。

けれど、私と君は当然殺してないし、張《ジャン》隊長が犯人だとしたら、わざわざ仏彼白石に調査を頼むかな？　何より葛藩《ゴーパン》は本物の『葛藩《ゴーパン》』ではなかったのだから、犯人は彼しかあり得ないよ。ただ……」

少し間を置いてから、李蓮花《リーリエンホワ》がまたゆっくりと口を開く。

「張慶獅《ジャンチンシー》が死んでないと知った彼が、再び危険を冒して凶行に出るとは思わなかった。しかもその罪を楊秋岳《ヤンチウユエ》に着せようとするなんてね」

「最初からあいつが犯人だって分かってたんなら、なんで俺が聞いたときに教えてくれなかったんだ？」

方多病《ファンドゥオビン》が不満気に問うと、李蓮花《リーリエンホワ》は申し訳なさそうな顔をした。

「もし言ったら、君の態度で彼に気付かれて、逃げられてしまうと思って」

それを聞いた方多病《ファンドゥオビン》が李蓮花《リーリエンホワ》をギロリと睨む。

「俺は顔に出やすいって言いたいのか？」

睨まれた李蓮花《リーリエンホワ》は「うん……」と答える。方多病《ファンドゥオビン》のこめかみがピクピクと震えた。

そんな二人をよそに、楊秋岳《ヤンチウユエ》が深いため息をつく。

「俺と張慶獅《ジャンチンシー》も、葛藩《ゴーパン》が犯人だと疑っていたが、確証が持てなかった」

楊秋岳《ヤンチウユエ》に目を向けた李蓮花《リーリエンホワ》が、神妙な面持ちで問う。

「さて……そろそろ教えてくれないかな？　どうして君は罪を着せられたというのに、真相を話そうとしなかったんだい？」

それに、武当の白木《バイムー》道士の弟子ともなれば、江湖でも一目置かれるほどの存在だ。隣にいる方《ファン》多病《ドゥオビン》が内心、密かに呟く。そんなやつがなんで死人の門番なんかやってるんだ？　まさかこいつも熙陵の秘宝とやらを狙ってるのか？

「俺は、長年行方知れずになっている黄七《ホアンチー》師叔の行方を探しているんだ」

楊秋岳《ヤンチウユエ》が話し始める。

「十一年前、黄七《ホアンチー》師叔は熙陵の近くで失踪《しっそう》した。だから俺はここの秘密を探るべく、熙陵の警備軍に志願したんだ」

「何だって!?」

方多病《ファンドゥオビン》が驚きの声を上げる。

「黄七道士《ホアンチー》も失踪した十一人の一人だったのか！　あのじいさんは奇門遁甲《きもんとんこう》や八卦《はっけ》に詳しいと聞いたことがある。だから犯人に目をつけられたんだろうな。……ってことは黄七道士《ホアンチー》もここで食われたのか？」

楊秋岳《ヤンチウユエ》の顔に怒りの色が浮かんだ。しかし、陰気な性格のせいか、彼は取り乱すことなく淡々と続けた。

「俺はこの三年間、熙陵の石碑という石碑をくまなく調べ、前王朝の歴史書を読みあさった。そしていくつか手がかりを見つけたんだ」

「熙成帝の死に関する手がかり？」

李蓮花《リーリエンホワ》の問いに、楊秋岳《ヤンチウユエ》が頷く。

「熙陵は、陵墓にしては妙な点がいくつもある。皇帝の陵墓なのに、まるで要塞のような『回』字型の壁と、幾重にも重なるように設置された扉。そして人が住めないはずの明楼には部屋が用意されている。かつては今の警備軍を遥かに超える馬を飼育していたという記録もある。そして、熙成帝は突然死だったそうだが、彼の跡を継いだ息子もまもなく失踪してしまった。そのせいで朝廷は荒れに荒れ、国が大きく傾いたそうだ……」

「確か、熙成帝の息子の芳璣帝《ほうきてい》は、かなり醜い顔をしてたって聞いたことがあるな」

方多病《ファンドゥオビン》が口を挟む。

「その通り、芳璣帝は体に障害があった。見た目も醜かったことから、臣下たちに嘲笑われるのを恐れて、即位後はめったに姿を見せることはなかったらしい。だが彼は生まれつき醜いわけではなかった。歴史書によれば、生まれた時はいたって健康だったそうだ。頭もよく、子どもの頃から国政に関心を持ち、熙成帝の寵愛《ちょうあい》を受けていたらしい。若い頃は『凜々《りり》しい風貌の持ち主』で『ひときわ目立っていた』という記録もある。

だが十七歳のときに顔面が痙攣《けいれん》する病にかかり、顔が歪んで醜くなってしまったそうだ。そして偶然にも熙成三十五年、つまり芳璣帝が十七になった年から、熙成帝は暗殺者に幾度も命を狙われ、一度はかなりの重傷を負った。

暗殺は芳璣帝の仕業だと進言する者もいたが、激怒した熙成帝はそいつを打ち首にした。熙成帝には十一人の息子がいるが、芳璣帝だけが父親の寵愛を受けていたそうだ」

ここまで一気に話した後、一息置いて楊秋岳《ヤンチウユエ》が再び口を開く。

「芳璣帝が十七歳から二十七歳になるまでの十年間、熙成帝は彼に爵位《しゃくい》を授け、数え切れないほどの財宝や美女を与えた。が、妙なことに、芳璣帝は熙成帝を慕ってはいなかったそうだ。記録には、芳璣帝から罵倒《ばとう》されても熙成帝は息子を咎《とが》めなかったと書いてある。そして熙成帝が突然死したあと、芳璣帝が即位することに異論を唱える者は一人もいなかった。皇帝の座は芳璣帝をおいて他にいないと誰もが思っていたそうだ」

「この親子……どうも怪しいな」

方多病《ファンドゥオビン》がぼそりと呟く。

楊秋岳《ヤンチウユエ》が李蓮花《リーリエンホワ》に目を向け、

「神医と名高い李《リー》先生に、一つ聞きたいことがある」

と言った。

突然話しかけられた李蓮花《リーリエンホワ》は驚いたが、すぐに「何かな?」と聞き返した。

楊秋岳《ヤンチウユエ》はしばし考えると、こう尋ねた。

「毒や怪我から、口が歪み、顔が痙攣することはあるのだろうか?」

きょとんとした李蓮花《リーリエンホワ》を見て、方多病《ファンドゥオビン》は、ヤブ医者に答えられるかな? と内心ほくそ笑んだ。だが、そう思ったのも束の間。李蓮花《リーリエンホワ》がすました顔で「もちろん」と答え、方多病《ファンドゥオビン》は危うくむせそうになった。

この嘘つきめ、うまくごまかしやがったな。その答えなら、そうだとも違うとも取れるじゃねえか! と内心毒づく。

だが質問した楊秋岳《ヤンチウユエ》は、李蓮花《リーリエンホワ》にはぐらかされたとは微塵も思っていないようだった。

「もし、芳璣帝が醜く変貌した原因が毒や怪我によるものだとしたら、いったい誰にやられたのだろうな……」

「まさか、父親がやったとでも言いたいのか?」

方多病《ファンドゥオビン》が驚いて聞くが、楊秋岳《ヤンチウユエ》は「それは分からない」と言って首を横に振った。そして、扉の上にぶら下がっている葛藩《ゴーパン》を仰ぎ見て、呟いた。

「熙成帝と芳璣帝の秘密も、十一人が死んだ謎も、すべての答えはこの観音像の扉の向こうにあるのかもしれない」

「まだ私の質問に答えてもらってないよ? どうして君は葛藩《ゴーパン》に罪を着せられたというのに、一切反論しなかったんだい?」

李蓮花《リーリエンホワ》がのんびりと楊秋岳《ヤンチウユエ》に問う。

「それは……」

楊秋岳《ヤンチウユエ》の顔が青ざめた。

「皆の前で葛藩《ゴーパン》に犯人だと言われても反論しなかった理由はなんだろうね……」

李蓮花《リーリエンホワ》が独り言のように呟いた。

「名高き白木《バイムー》道士の弟子ともあろう人が、黄七《ホアンチー》道士の行方を探るためだけに、三年間も警備軍を続けるかな？　それに、自分の師叔を探すのは別に悪いことじゃないのに、葛藩《ゴーパン》に対抗するために仕方なく〝蒼狗指〟を使っていなければ、君は白木《バイムー》道士の弟子であることすら打ち明けようとしなかった。百歩譲って、熙陵の秘密を調べたり、前王朝の歴史を研究したりする趣味があったとしよう。でも一つだけ、趣味では説明できないことがある」

そこまで言うと、李蓮花《リーリエンホワ》が突然顔を上げて楊秋岳《ヤンチウユエ》をまっすぐ見据えた。普段の彼とはまったく違う、自信に満ちた揺るぎないまなざしではっきりと告げる。

「さっき、私が張慶虎《ジャンチンフー》は飛び道具によって殺されたと言ったとき、君は『なるほど』と言ったよね？　でも、張慶虎《ジャンチンフー》の首を切り落とした君が、それを知らないはずはないよね？」

楊秋岳《ヤンチウユエ》の顔が真っ青になる。

隣で聞いていた方多病《ファンドゥオビン》があっけにとられた顔で楊秋岳《ヤンチウユエ》を見やる。李蓮花《リーリエンホワ》はさらに続けた。

「君が張慶虎《ジャンチンフー》の首を切り落としたのは、本当に張慶獅《ジャンチンシー》の正体を隠すため？　それとも本当は、葛《ゴー》藩《パン》の殺人の証拠をもみ消そうとしたから？　死体の頭がなければ、誰も張慶虎《ジャンチンフー》の死因を突き止められないだろうと思ったのでは？」

楊秋岳《ヤンチウユエ》は黙ったままだ。

「葛藩《ゴーパン》に、死んだのは張慶虎《ジャンチンフー》だったことを教えず、張慶獅《ジャンチンシー》の偽装を手伝ったのは、彼に対抗するための手札がほしかったから？　そして葛藩《ゴーパン》が君に罪を着せたのは、死んだのが張慶虎《ジャンチンフー》だと知って、君に腹を立てたからじゃないのかな？」

李蓮花《リーリエンホワ》がなおものんびりとした口調で質問を続ける。

「武当の門人ともあろう人が、手も足も出ず、裏では犯罪の片棒を担ぐなんて、いったい君は葛《ゴー》藩《パン》にどれほどの弱みを握られているんだい？」

深く息を吸い込んだ楊秋岳《ヤンチウユエ》は、そのまま口を固く閉じた。李蓮花《リーリエンホワ》の質問に答えることができず、無言を貫くつもりらしい。

「まがりなりにも白木《バイムー》道士の弟子だ。葛藩《ゴーパン》と手を組んでいたとしても、心根までは腐っていないはず。君は人を殺していないと、私は信じているよ」

そう言って李蓮花《リーリエンホワ》は楊秋岳《ヤンチウユエ》に手を伸ばし、葛藩《ゴーパン》に封じられた経穴を解いた。

今まで何を聞いても答えなかった楊秋岳《ヤンチウユエ》だが、李蓮花《リーリエンホワ》の最後の言葉を聞いたとたん、彼の体が微かに震えた。

「俺は……」

言いよどむ楊秋岳《ヤンチウユエ》を見て、方多病《ファンドゥオビン》がため息をつく。

「事情があるなら正直に話してくれ。俺と蓮花《リエンホワ》は別にあんたを取って食ったりはしない」

そう言って、方多病《ファンドゥオビン》は自分の胸をパンと叩いた。

「方《ファン》家が味方になるって言ってんだ。何を怖がる必要がある？」

「俺はもう武当の弟子じゃない」

感情を抑え、楊秋岳《ヤンチウユエ》が淡々と話し始める。

「三年前、師匠から破門を言い渡された。そんな俺に、白木《バイムー》の弟子を名乗る資格なんてないだろう」

「え？　あんた相当強いのに、なんだってまた一門を追い出されたんだ？」

方多病《ファンドゥオビン》の問いに、楊秋岳《ヤンチウユエ》は顔を背けながら答えた。

「俺は……武当の金剣を盗んで質に入れたんだ。銀五万両と引き換えにな」

「銀五万両？　何に使ったんだ？」

しばらく黙り込んだあと、楊秋岳《ヤンチウユエ》がぽつりと答えた。

「賭博だ」

方多病《ファンドゥオビン》と李蓮花《リーリエンホワ》が顔を見合わせる。それなりに実力もあり、無口で落ち着いた外見をしているのに、まさか賭博が理由で破門されていたとは意外だ。

「俺の賭け癖はもう治らないし、いまさら一門に戻りたいとも思わない。だが、金剣はなんとしてでも取り戻したい。質に入れた方の金剣はもう溶かされて装飾品にされちまった。だからあとは黄七《ホアンチー》師叔を見つけ出すしかないんだよ」

武当の金剣とは、前当主が武器として使っていた一対の短剣だ。後に現当主である白鶴《バイホー》道士と、黄七《ホアンチー》道士がそれぞれ一本ずつ所有していたが、前者は楊秋岳《ヤンチウユエ》に盗まれ、後者は持ち主ごと行方知れずになっている。

「この三年間、俺は地下宮殿に二度忍び込んだことがある」

方多病《ファンドゥオビン》と李蓮花《リーリエンホワ》が目を見開く。楊秋岳《ヤンチウユエ》は二人に向かってかぶりを振った。

「結局、一度もこの扉を開けることはできなかったけどな。そして年月だけが過ぎていき、金剣と黄七師叔《ホアンチー》は見つからないまま、気が付けば俺には家族ができていた」

最後の言葉に方多病《ファンドゥオビン》が一瞬きょとんとするが、すぐに笑顔で、

「そいつはめでたいじゃないか」

と笑った。

だが当の楊秋岳《ヤンチウユエ》は微塵も嬉しそうではなく、小さな声で呟く。

「妻の名前は孫翠花《スンツイホワ》だ」

それを聞いた方多病《ファンドゥオビン》が直ちに笑うのを止め、危うく舌を嚙みそうになる。

「翠花《ツイホワ》だって？　暁月宿屋の女将か？　彼女は未亡人じゃなかったのか⁉」

「式は挙げていないが、俺の妻であることには変わりない。その翠花《ツイホワ》が、失踪したんだ」

楊秋岳《ヤンチウユエ》が暗い顔で答える。

内縁の夫ってやつか、と内心納得する方多病《ファンドゥオビン》の隣で、李蓮花《リーリエンホワ》が大げさにため息をつく。

「ほらね、〝顔無しの殺し屋〟が死んだことよりも、醬油を買いに行った女将さんが帰ってこないことの方がよっぽど大事だっただろ？　それなのに、君たちときたら」

「はあ⁉　だったら、なんであの時すぐに葛藩《ゴーパン》を捕まえなかったんだ⁉」

怒る方多病《ファンドゥオビン》に向かって、李蓮花《リーリエンホワ》は肩をすくめて苦笑した。楊秋岳《ヤンチウユエ》がさらに続ける。

「翠花《ツイホワ》をさらった葛藩《ゴーパン》は俺にこう言ったんだ。地下宮殿に入れたら、金剣に加えて、さらに銀十万両をくれるとな」

「そんなうまい話があるなら、俺でも協力するね。どうりであいつに黙って従ってたわけだ」

方多病《ファンドゥオビン》がフンッと鼻を鳴らすと、楊秋岳《ヤンチウユエ》が首を振った。

「女をさらっておいて、金をくれるなんて、そんな都合のいい話があると思うか？　この際金なんてどうでもいいが、妻を見捨てるわけにはいかないだろう」

淡々と話す楊秋岳《ヤンチウユエ》を見て、方多病《ファンドゥオビン》が少し感心する。陰気でいけ好かない上に賭け事が好きときているが、案外義理堅い奴じゃないか。

「何はともあれ、扉の向こうに隠されている秘密をこの目で見ないことには、気になって、夜も眠れないよ」

そう言って、李蓮花《リーリエンホワ》が眉をひそめて、ため息をついた。

「ははは。それを言うなら、この事件の黒幕はかれこれ三十年以上寝不足が続いてるだろうな。まあ、中に何があるにせよ、見つけたら俺にも半分分けてくれよ」

方多病《ファンドゥオビン》が冗談交じりに言うと、李蓮花《リーリエンホワ》が微笑みながら「もちろんだとも」と答えた。


それから四人は少し話し合ったあと、葛藩《ゴーパン》を天井から引っ張り下ろした。そして、方多病《ファンドゥオビン》がこれでもかと言わんばかりに彼の経穴をさらに十七、八ヶ所ほど封じ込めた。

一方、地面に散乱した人骨を目にした時から、張青茅《ジャンチンマオ》はこれ以上先に進む勇気などとうに消え失せていた。彼は部下を招集して、現場を調べると言って、方多病《ファンドゥオビン》に付き添われて明楼に戻っていった。逃げ出した古風辛《グーフォンシン》にいたっては、もはやどこにも姿が見えず、行方は分からずじまいだった。

五、観音の涙

方多病《ファンドゥオビン》が地下宮殿に戻ると、李蓮花《リーリエンホワ》が人骨をせっせと集めていた。どうやら地面に掘った穴に埋めようとしているらしい。こいつは墓の中に来てまで片付けをするのか？　と、方多病《ファンドゥオビン》は内心あきれ果てた。

楊秋岳《ヤンチウユエ》が扉の真上に開いた穴へ向かって松明を何本か投げる。向こうにも空気の通り道があるのか、穴から微かに光が漏れ出るのが見えた。この先が陵墓の玄室で間違いないだろう。

「蓮花《リエンホワ》、先に入れ」

そう言って方多病《ファンドゥオビン》が李蓮花《リーリエンホワ》を前へ押しやる。つんのめって転びそうになった李蓮花《リーリエンホワ》が、明からさまに慌てた顔をした。

「いやいや、ここは強くて博識の方様《ファン》が先に行くべきでしょう。それに細長い棒みたいな君の方が、あの穴を通り抜けやす……」

「その首根っこを摑んで放り投げるぞ」

方多病《ファンドゥオビン》が怒りの形相でぴしゃりと遮る。病弱な貴公子を自負する彼は、李蓮花《リーリエンホワ》に痩せぎすだと言われるのがとにかく気に食わないらしい。

二人がそんなやりとりをしている間に、楊秋岳《ヤンチウユエ》は葛藩《ゴーパン》を担いで黙々と壁をよじ登り、穴の中へと消えていった。それを見た李蓮花《リーリエンホワ》と方多病《ファンドゥオビン》はいさかいをやめ、向こう側の様子に聞き耳を立てた。しばらくすると、扉の向こうから楊秋岳《ヤンチウユエ》の落ち着いた声が聞こえてきた。

「なんというか……奇妙な場所だな」

方多病《ファンドゥオビン》が無言で李蓮花《リーリエンホワ》の腰に腕を回す。そして子どもを抱えるように軽々と彼を持ち上げると、地面を一蹴りして天井の穴まで跳んでいった。李蓮花《リーリエンホワ》も方多病《ファンドゥオビン》の怪力に身を任せると、二人は穴を通って向こう側へ降り立った。

地面に落ちている松明の光で、辺りがほのかに照らし出されている。目の前の光景を目にした方多病《ファンドゥオビン》は、あっけにとられて言葉が出なかった。それは単に「妙な場所」では片付けられないほど、複雑怪奇な空間だった。

観音像の扉の厚さは想像していた二尺五寸を優に超えており、少なくとも五尺以上はあるようだった。しかも下に行くほど分厚くなっていて、円錐のような形をしている。もはや扉というよりは、地中深く埋まっている巨大な岩と言うべきかもしれない。熙成帝は巨大な岩にその形を彫らせることで、永遠に開くことのない扉を作ったのだ。当時の熙陵の建設者たちは、この巨大岩の上に細い通路を掘り、そこを通ってこちら側に玄室を作ったのだろう。そして玄室が完成したあとに、石の板でそれをふさいだ。板は熙陵の通路に使われている石とまったく同じ材質なので、誰もそこに抜け道があるとは気付かなかったはずだ。だが本物の石壁とは違い、反対側が空洞になっている石の板は、数百年の年月と共に劣化して、割れ目ができたのだろう。それを李蓮花《リーリエンホワ》が偶然見つけたというわけだ。

方多病《ファンドゥオビン》はあっけにとられていた。なぜならそこには、本来玄室にあるはずの棺や副葬品の金銀財宝といった類いが一切見当たらず、宮殿のような造りの部屋が広がっていたからだ。

「確かに奇妙だね。皇帝の陵墓なのに棺がない。死体はあるけど、彼は墓の中でお酒を飲んでいたように見える」

李蓮花《リーリエンホワ》が呟く。

天井から地面まで下がる垂れ幕の向こうには、象牙《ぞうげ》と紅木で作られた大きな寝台が置かれている。壁には江南の絹織りで描いた山水画が飾られており、絵には筆で「大いなるかな、好《よ》き山河」の文字と、その下には「大琅主人《ダーランジューレン》」と署名がなされていた。山水画の下には紫檀《したん》の机と、椅子が二脚置かれており、どれも龍の紋様が彫られている。そして馬の浮き彫りが施された銀の角瓶と杯が地面に二つ転がっているのが見える。部屋の隅には香を焚《た》くための低い机と、その隣に琴を置く台があるが、台の上には琴ではなく、金でできた刀の鞘が置かれている。物は決して多くはないが、どれも見事な作りで、一目で皇室の調度品だと分かる。

熙陵の最奥部にこのような部屋があるのも不思議だが、それよりもさらに奇妙なのは、二体の骸骨があるということだ。

口を大きく開け、のけぞるような体勢で紫檀の椅子にもたれかかって座っている骸骨は、皇帝が身につける黄色い袍衣を着ている。すぐそばに金の刀が一本落ちていることから、恐らく酒を飲んでいる最中にその刀で刺し殺されたのだろう。そしてもう一体の骸骨は、観音像の扉の真下に掘られた穴の中にいた。扉には点々と飛び散った血の痕がいまだにくっきりと残っており、骸骨は両手で短剣を握りしめ、人の深さほどある穴の中に全身がほぼすっぽり入り込んでいた。短剣で必死に掘ったのだろうが、扉の形をした巨大な岩はあまりにも硬く、そのまま下へと掘り進めるしかなかったようだ。だがこの様子だと岩は相当深くまで埋まっており、その下に通路を掘って反対側へ出るのは不可能に近いだろう。

「どうやら、外の奴らだけじゃなく、中にもこの扉を開けたかった人物がいたようだな」

方多病《ファンドゥオビン》がため息をつく。

「それで、この二人はいったい誰なんだ？」

「二人とも皇帝の袍衣を着ている」

楊秋岳《ヤンチウユエ》の言葉に方多病《ファンドゥオビン》が苦笑する。

「まさかこの二人が熙成帝と芳璣帝だって言うのか？　親子ともどもここで何をしてたんだ？」

「部屋の様子を見れば分かる。あとで死んだ方が、先に死んだ方を殺した。椅子に座っている方の骸骨は歯がほとんど抜け落ちているから、あっちが父親だろうね。つまり息子が父親を殺し、文字通り地面に墓穴を掘ったんだよ」

李蓮花《リーリエンホワ》が声を低くして答えた。

墓穴を掘ったというくだりがおかしかったのか、楊秋岳《ヤンチウユエ》の口角がややひくつき、方多病《ファンドゥオビン》は「けっ」と吐き捨てた。

「こいつら二人とも皇帝なんだろ？　なのにどうして墓の中に閉じこもったんだ？　特に息子の方なんて、王位を継承して天下を意のままにできる立場になったってのに。こんな穴の中で死んでる理由がさっぱり分からないね」

「私にも分からないけど、彼ならきっと何か知っているはずだよ」

そう言って李蓮花《リーリエンホワ》がフッと微笑み、地面に横たわっている葛藩《ゴーパン》に目を向けた。

方多病《ファンドゥオビン》が葛藩《ゴーパン》の口を封じていた経穴を解く。

「おいお前、わざわざ葛藩《ゴーパン》のふりをしてこの地下宮殿に入った目的はなんだ？」

その質問には答えず、葛藩《ゴーパン》が冷たい視線を李蓮花《リーリエンホワ》に向ける。李蓮花《リーリエンホワ》の申し訳なさそうな顔も、今の葛藩《ゴーパン》にとっては憎しみが増すだけのようだ。

「武術もろくに扱えない臆病者だと思っていましたが。もっと早くにおかしいと気付くべきでしたね。あなたは、まるで道化だ」

それを聞いた方多病《ファンドゥオビン》がニヤリと笑い、

「こいつは正真正銘の道化だよ」

と言った。

「いやあ、それほどでも」

李蓮花《リーリエンホワ》がのんびりと答える。そして、

「なにはともあれ、この親子について何か知っているなら、ぜひとも教えてほしいな」

と続ける。

だが葛藩《ゴーパン》はフンと冷たく笑い、

「あなたは頭がいいんでしょう？　それなら、私に聞かず、ご自分で推理されてみては？」

とだけ言うと、そのまま口をつぐみ、方多病《ファンドゥオビン》がいくら問い詰めても、一言もしゃべろうとはしなかった。

三人が話している間、玄室の中を調べていた楊秋岳《ヤンチウユエ》は、この空間が普通の部屋よりもずいぶん広いことに気付いていた。本物の皇帝の部屋もこのようにだだっ広いのだろうか。さらに部屋の中を見回すと、象牙と紅木の寝台の向こうに、もう一つ部屋があるのを見つけた。中には屏風《びょうぶ》と、連珠式の琴が載せられた台が置いてある。

同じく寝台の向こうの部屋に気付き、李蓮花《リーリエンホワ》も足を踏み入れる。屏風の後ろを覗き込むと、そこで見つけた物に、動きが一瞬止まった。

「方多病《ファンドゥオビン》、ここに面白いものがあるよ」

呼ばれた方多病《ファンドゥオビン》は、再び葛藩《ゴーパン》の発声を封じる経穴を突くと、意気揚々とこちらへやってきた。

「何だ、何だ……って、おわっ⁉」

屏風の後ろを見た方多病《ファンドゥオビン》が驚きの声を上げる。屏風と琴の台の間に置かれた長椅子の上には、もう一体の骸骨が横たわっていた。

「ここは女性の部屋だな」

楊秋岳《ヤンチウユエ》が淡々と続ける。

「かなり高価な絹織物を身につけているところを見ると、熙成帝か芳璣帝の妃だったのかもしれん」

屏風の後ろにいた骸骨は、手前の部屋の二人とは違い、雪のように白い絹織りの装束をまとっていた。数百年の時を経ても衣服には一つも綻《ほころ》びがなく、綺麗に結わえられた髪や体には装飾品が一つもない。顔はやや横に傾いており、白骨になってもなお一種妖艶《ようえん》とも言える美しさが感じられる。骸骨でこれなのだから、生きていた頃はいったいどれほどの美女だったのだろう。

「綺麗だな。死んで数百年も経つのに、まだこんなに美しいなんて」

方多病《ファンドゥオビン》が目の前に横たわる白骨を凝視しながら呟く。

李蓮花《リーリエンホワ》がそっと骸骨の服を引っ張った。絹織りの服はまるで体に張り付いているように、血肉がなくなった骨をぴったりと包み込んでおり、ちょっとやそっとでは脱がせそうにない。

再び屏風と琴がある部屋の中を見回してみたが、これ以上奥に部屋はないようだ。つまり、ここが熙陵の最深部になる。数丈もある土と岩に囲まれた壮大な陵墓の一番奥に隠されていた秘密が、一人の女性の部屋だったとは、誰が想像しただろうか。

そしてその部屋の前で、若い皇帝が自分の父親を殺害したときている。いったいこの女性は誰なのだ？

その時、「ボーン」という音が突然部屋の中に響き渡り、楊秋岳《ヤンチウユエ》と方多病《ファンドゥオビン》がビクリとする。振り返ると、李蓮花《リーリエンホワ》が部屋に置いてあった琴の弦をつま弾いていた。

「何やってんだ？　気味が悪い。幽霊のうめき声かと思ったぜ」

二度も驚かされたことに腹を立て、方多病《ファンドゥオビン》が文句を言う。すると楊秋岳《ヤンチウユエ》が何かに気付いたのか、訝しげな声を上げた。

「琴に何か書かれている」

「『滔慢《とうまん》なれば則《すなわ》ち精を励ますこと能《あた》わず』……己を律せず、努力をおざなりにすれば、己を奮い立たせることができなくなる、か……」

李蓮花《リーリエンホワ》が琴に書かれた文字をしげしげと眺めながら呟く。古い琴の表面は黒く艶《つや》があり、墨で書かれた文字は目立たないが、力強さを感じる達筆な字だ。最後の一筆が琴の真ん中まで長く引き延ばされているのは、恐らくこれを書いた者が何らかの理由で筆を持っていられなくなったからだろう。

部屋の中を二、三周したあと、特に何も見つけられなかった三人は、最初の部屋に戻った。

経穴を封じられ、転がされていた葛藩《ゴーパン》が、穴の中にいる骸骨を恐ろしい形相で睨みつけている。

それに気付いた方多病《ファンドゥオビン》は、彼が見ている前で穴から骸骨をグイッと引き上げた。

骨はほぼ崩れかけており、ボロボロになった袍衣を掴んでなんとか引っ張り上げると、方多《ファンドゥオ》病《ビン》はそのまま「中身」を地面にぶちまけた。辺りに埃が舞い上がり、ガラガラと音を立てながら地面に散乱した骨の中からは、他にも印章、玉の瓶、琴譜が一つずつと、それぞれ金と銀で作られた二体の小さな観音像が出てきた。小さな傷はあるが、観音像は二体とも端整な顔立ちをしている。美しい曲線が柔らかな衣の質感を見事に表しているのを見るに、どちらも国宝級の名品にちがいない。この部屋の扉に描かれている観音菩薩とこの二体の像が似ていることからも、おそらく扉を作った職人がこの像を真似たのだろう。なぜなら彫像の方が、よりいっそう奥ゆかしく慈悲深い表情をしているからだ。

方多病《ファンドゥオビン》が印章を手に取り、裏返してしげしげと眺める。

「これは……玉璽《ぎょくじ》じゃないのか？　皇帝の印章を実際に見たことはないが、少なくとも一級品の玉石が使われているのは間違いない」

楊秋岳《ヤンチウユエ》が首をかしげる。

「この様子だと、やはり熙成帝は芳璣帝に殺されたのか？　だが歴史書によれば、熙成帝は突然死したあと、朝廷の習わしに則り、盛大な葬儀を執り行って埋葬されたとある。それなのにいったいなぜ、ここで背中を刺されて死んでいるんだ？」

その質問に、李蓮花《リーリエンホワ》が小さく微笑みながら自分の考えを述べた。

「この場所は陵墓にしてはかなり奇妙だけど、少なくとも最初はちゃんと皇帝のお墓を建てるつもりだったんだと思うよ。でもなぜか途中で方針を変え、秘密の宮殿ができあがった。自分の陵墓を宮殿に変えるなんて、熙成帝はいったい何を企んでいたんだろうね」

「企むだって？」

方多病《ファンドゥオビン》が目を見開く。

「恐らく芳璣帝が関わっているのだろうな」

楊秋岳《ヤンチウユエ》が考えるように呟いた。

そんな二人を見て、

「おや、二人とも本当に分からないのかい？」

と李蓮花《リーリエンホワ》がため息をつく。

「地下宮殿の入口にくどいぐらい彫られていた、あの『良医治子のたとえ』は覚えているよね？あれには、父親は息子のためを思って死んだふりをしたのだから、嘘をついたことは罪には問われないっていう下りがあっただろう？」

それを聞いた方多病《ファンドゥオビン》と楊秋岳《ヤンチウユエ》が同時にあっと声を上げる。

「熙成帝は死んだふりをしたのか？」

李蓮花《リーリエンホワ》が頷き、後ろの部屋を指差して続ける。

「琴に書かれた『滔慢なれば則ち精を励ますこと能わず』の文字に、瑠璃影壁に描かれた『鯉魚化龍図』、これらをつなぎ合わせると……」

方多病《ファンドゥオビン》がハッとして声を上げる。

「そうか！　あれは諸葛亮《しょかつりょう》の『誡子書《かいししょ》』の言葉だ。『良医治子のたとえ』に『誡子書』。つまり熙成帝は芳璣帝に、お前は改心してくれると信じてるぞって伝えたかったんだな」

楊秋岳《ヤンチウユエ》の顔に驚きの色が浮かぶ。

「わざわざ自分は死んだことにして？　芳璣帝はいったい何をやらかしたんだ？」

「それはたぶん……」

李蓮花《リーリエンホワ》が小さく咳払いをして、ゆっくりと続ける。

「芳璣帝はあの部屋にいる女性に、恋をしたんじゃないかな？」

「恋？　となるとますますあの女の正体が気になるな」

方多病《ファンドゥオビン》がフンッと鼻を鳴らす。

「熙成帝の妃だった可能性が高いね。自分の奥さんに息子が恋をしたんだ、熙成帝はさぞ心を痛めただろう」

李蓮花《リーリエンホワ》の言葉に、方多病《ファンドゥオビン》がまたフンッと言って反論する。

「芳璣帝の女だって可能性はないのかよ？」

李蓮花《リーリエンホワ》は小さく肩をすくめた。

「ここは熙陵だよ？　自分の墓の中で死んだふりをしていた熙成帝が、息子の妃と一緒にいるはずはないだろ？　それに……」

「それに、なんだ？」

楊秋岳《ヤンチウユエ》がたまらず口を挟む。

「あの女性は、熙成帝と芳璣帝が死ぬ前には、もうとっくに死んでいたはずだよ」

李蓮花《リーリエンホワ》がゆっくりと答えた。

方多病《ファンドゥオビン》がさっぱり分からないという顔で奥の骸骨を指差す。

「つ、つまりなんだ？　あの女は、熙成帝がまだ生きていた時から、この場所で死んでたってことか？　それもかなり前に？」

李蓮花《リーリエンホワ》が頷く。

話を聞いていた楊秋岳《ヤンチウユエ》が、困惑の表情を浮かべながら首を振るので、李蓮花《リーリエンホワ》はため息をまた一つついた。

「気付かなかったかい？　彼女の格好は、外にいた熙成帝や芳璣帝とはまったく違う。服は汚れていないし、髪もキッチリ結わえてある。二人の皇帝よりも断然綺麗な状態を保っているんだよ」

「それがどうかしたのか？」

方多病《ファンドゥオビン》が首をかしげる。

頭の固い病弱の貴公子に心底失望したとでも言うように、李蓮花《リーリエンホワ》がさらに大げさなため息をついた。

「皇帝の服には最高級の布が使われているはずなのに、熙成帝や芳璣帝の袍衣はこんなにボロボロで穴だらけ、髪もボサボサで、遺体も見るに堪えない有り様だ。それに比べて奥の彼女は頭の先からつま先まで綺麗に整っている。それは彼女が生前美しかったからという理由だけでは説明がつかない」

そこまで言うと、李蓮花《リーリエンホワ》は少し間を置いてから、さらに続けた。

「こうは考えられないかな？　熙成帝と芳璣帝は肉体がここで朽ちていったから、服が虫に食われてボロボロになった。だから彼女の服が綺麗な理由は……」

方多病《ファンドゥオビン》が眉をひそめる。

「彼女が美しすぎて、虫すら食うのをためらったって言いたいのか？　だったら彼女の肉はどこに消えたんだ？」

李蓮花《リーリエンホワ》が憐れみの目で方多病《ファンドゥオビン》を見る。

「ここまで言ってもまだ分からないのかい？　私が言いたいのは、彼女は最初から骨だけだった可能性があるってことだよ。熙成帝は骨になった彼女をここに運び、服を着せて髪を結わえたんだ。最初から骨しかなかったから、当然虫も湧かないし、服や骨もあそこにいる二人より綺麗なんだよ」

「そんな、まさか……」

あっけにとられていた楊秋岳《ヤンチウユエ》が絞り出すように呟く。

「あの琴の音を聞いただろ？」

李蓮花《リーリエンホワ》が奥の琴を指差す。

「もし誰かが弾いていたのなら、調弦されていないのはおかしい。それに、琴を嗜《たしな》む人がその上に字を書くなんてまずあり得ないから、あの琴は熙成帝のために用意された物ではないはずだ。くわえて彼女の髪の毛は鬘《かつら》だった。もともと髪がなかったか、もしくは尼さんでもない限り、生前から鬘を被っていたとは思えない。それにあの服……」

そう言って、李蓮花《リーリエンホワ》が奥の部屋に行き、骸骨が着ている白い服をもう一度引っ張った。

「この服は明らかに骨にあわせて採寸されている。生前に着ていた服だとしたら、たとえどんなに痩せていた人でも、骨になったら多少は服が緩むはずだ」

李蓮花《リーリエンホワ》の説明を聞いていた方多病《ファンドゥオビン》が身震いをする。

「つまり熙成帝は死んだふりをしていただけでなく、自分の墓の中で、女の骨の世話をしてたってことか？　気は確かかよ」

楊秋岳《ヤンチウユエ》も女性の骸骨に近づき、頭に被せてある髪をそっと持ち上げた。それは黒い艶やかな人毛で作られており、裏には頭に被せるために曲がった細い板がついている。鬘だからか、髪はきつく結わえられており、まったくほつれていない。

「彼女は、首の骨を折られて死んだんだな」

骸骨をまじまじと見ていた方多病《ファンドゥオビン》が言い、李蓮花《リーリエンホワ》がコクリと頷く。

「死んでもなお、彼女のために服を作り、鬘を被せて骨を綺麗に整え、熙陵の中まで運んだんだ。たとえ妃でなかったとしても、間違いなく熙成帝が心から愛した人だろうね」

方多病《ファンドゥオビン》と楊秋岳《ヤンチウユエ》が頷く。

「それなら、いったい彼女は誰に首の骨を折られたんだろうね？　誰にそんな大それた真似ができる？　そしてなぜ前王朝の歴史書にはその事が一切書かれていなかったのか」

「それは、彼女を殺したのが熙成帝本人だからか？」

楊秋岳《ヤンチウユエ》がゆっくりと答え、李蓮花《リーリエンホワ》が上品な笑みを浮かべた。

「おそらく、この女性はたいそう美しかったんだろうね。熙成帝の妃に迎えられた彼女に、成長した芳璣帝が恋をした。自分の父親の妃を、どうしようもないほど愛してしまったんだ。

最初は熙成帝もかなり腹を立てたかもしれない。芳璣帝が突然醜くなってしまったのも、もしかしたら熙成帝の仕業だったのかも。聡明で勤勉な芳璣帝を溺愛《できあい》し、将来を期待していた彼だったからね。そんな自慢の息子が突然女性にうつつを抜かし、学業をおろそかにし始めたのを見て、熙成帝はとても悲しかったに違いない。

そして怒りの矛先《ほこさき》は妃に向けられた。傾国の美女とはよく言ったものだよ。だから熙成帝は自分の愛する、しかし国に災いをもたらしかねない彼女を自ら絞め殺した。でも、結局そのせいで芳璣帝は父親を恨み、復讐しようとする。一方の熙成帝は息子に対する後悔の念と、愛する妃を失った悲しみ、そして命を狙われる苦痛の日々に耐えられず……」

方多病《ファンドゥオビン》が言葉を引き継ぐ。

「辛い思いをして皇帝を続けるくらいなら、死んだことにして皇位を息子に譲り、女の骨と一緒に自分の墓にこもった方がマシだと考えたんだな。でも結局、皇位を継いだ息子は、墓まで追いかけてきて、父親を殺してしまった」

「そうだね」

李蓮花《リーリエンホワ》がフッと微笑む。

「もしかしたら熙成帝は、息子が皇位を継げば、愛する女性を殺したのは自分のためだったのだと、理解してくれると思ったのかもしれない。『良医治子のたとえ』のように。でも息子はそんな親の気持ちなんて微塵も汲《く》んではくれなかった。熙成帝はさぞ失望しただろうね」

「いや、それはおかしい」

楊秋岳《ヤンチウユエ》が声を低くして異論を唱える。

「熙成帝を追ってきたのなら、父親を殺したあと、芳璣帝はここから出ていくことができたはずだ。なのになぜ閉じ込められたまま死んでいるのだ？」

李蓮花《リーリエンホワ》が天井の通路を指差す。

「あの通路はかなり高い場所にある。武術を学んだことがない人間が梯子《はしご》もなしに登るのはかなり難しい。登れたとしても降りるのはまず無理だ。それにこの地下宮殿には罠が張り巡らされている。外家の横練法の達人でもなければ、ここまで辿り着くことさえできないだろう。だから、熙成帝が自らの死を偽った件と、芳璣帝の父親殺害には、武術に長けた人物が少なくとも一人は関わっているはずだ。でもそれらしき人物の死体がないのを見るに、そいつが芳璣帝を置き去りにして天井の石板を元に戻したんだろうね。

父親と子が国政をおろそかにしていがみ合っている隙に、皇位を簒奪《さんだつ》しようと狙う人間が現れても何ら不思議じゃない。熙成帝には芳璣帝の他に、十人の子どもがいたんだから」

楊秋岳《ヤンチウユエ》の声が動揺で微かに震える。

「つまり、熙成帝が本当は死んでいないことや、芳璣帝が熙成帝を憎んでいることをすべて知っている人物がいた。そいつはずっと陰で機会を窺っていたんだな。そして芳璣帝が熙成帝を殺しにいくことを知った奴は、芳璣帝の護衛を買収して、彼をここに置き去りにした。そうすることで皆に皇帝が失踪したと思わせた。その結果……」

「その結果、二人の皇帝は死に、第三者が皇位を継承した」

方多病《ファンドゥオビン》が締めくくる。

二人が理解したのを見て、李蓮花《リーリエンホワ》がニッコリと微笑む。

「芳璣帝の失踪からふた月後に、政務を代行していた宗親王《そうしんのう》が皇位についた。彼は熙成帝の息子の一人で、偶然にも、熙陵の建設工事の総責任者だったと記録されている。墓の中に張り巡らされた数々の罠に、なぜか外側から丸石で押さえつけるようにできている鬼の扉。そしてこの開かずの観音像の扉といった、入れるけれど出られない数々の仕掛けは、全部その宗親王が作ったんじゃないかな」

李蓮花《リーリエンホワ》の言葉に、楊秋岳《ヤンチウユエ》と方多病《ファンドゥオビン》が長いため息をついた。同じく話を聞いていたのだろう、地面に転がっている葛藩《ゴーパン》の顔に絶望の色がよぎる。それに気付いた李蓮花《リーリエンホワ》が彼に向かって微笑むと、まるで恐ろしいものを見るかのように葛藩《ゴーパン》の顔色がサッと青くなった。

地面に散らばっている骨を一瞥し、方多病《ファンドゥオビン》が顔をしかめる。

「俺たちもさっさとここを出ようぜ。万が一誰かに天井の通路を塞がれたら、この場所に死体がさらに四つ増えることになっちまう」

「うん、そうだね」

李蓮花《リーリエンホワ》が頷く。

すると突然、葛藩《ゴーパン》の顔に焦りの色が浮かび、地面に散らばっている物を睨みつける。経穴を突かれて、声を発することができないが、何か訴えようとしているようだ。

それに気付いた楊秋岳《ヤンチウユエ》が、葛藩《ゴーパン》に掌底を向けて睨みつけた。

「妻の居場所を言えば、口をきけるようにしてやる」

葛藩《ゴーパン》が躊躇することなく頷く。楊秋岳《ヤンチウユエ》に経穴を解いてもらうと、彼は一度息を大きく吸い込んだ。

「ぎ、玉璽《ぎょくじ》を。やっとここまで来たんだ、玉璽を持ち出さないと……」

必死な様子の葛藩《ゴーパン》を見て、方多病《ファンドゥオビン》がわざとらしくからかう。

「確かにいい玉石を使ってはいるが、俺様の家に行けばこれぐらいの玉はいくらでもあるぜ。ほしいなら何個かくれてやるから、こいつはやめとけ。墓にあった物なんて縁起が悪い」

　それを聞いた葛藩《ゴーパン》は明らかに怒りの形相を浮かべた。だが身動きが取れない彼は、歯を食いしばって続ける。

「私は芳璣帝の五代目の子孫です。その玉璽は我が王朝の至宝です」

「それは妙だね」

　今度は李蓮花《リーリエンホワ》が微笑む。

「そんな大事な物、なぜ宗親王は回収しなかったんだい？」

「先祖が玉璽を肌身離さず持っていたことを、宗親王は知らなかったんです。その後、買収された護衛の笛長岫《ディーチャンシウ》が朝廷を去ったせいで、地下宮殿にも入れなくなった。そして三十年前、私の祖父が、祖先の残した記録の中からこの秘密を知り、ようやく玉璽の行方が分かったんです。ですが宗親王の作った地下宮殿はあまりにも複雑で、私の父と祖父は途中の仕掛けにやられて命を落としました」

　父と祖父がこの中で死んだって？　方多病《ファンドゥオビン》が内心ギクリとする。だが外にあった人骨は全部で十一体だったはずだ。ってことは、失踪した十一人の中に生きてる奴がいるってことか⁉

　驚く方多病《ファンドゥオビン》をよそに葛藩《ゴーパン》が続ける。

「そして、私たちがここへおびき寄せた達人たちも、最後の扉を開けられず、次々と墓の中で死んでしまった。父が死んでから十数年が経ち、私は玉璽を取り戻すことをほぼ諦めていました。なのに、突然慕容無顔《ムーロンウーイエン》と呉広《ウーグアン》の死体が雪山に現れるなんて。どう考えてもあり得ない！　だって、だって……」

葛藩《ゴーパン》が歯を食いしばる。

「それはつまり、誰かが熙陵の奥まで辿り着き、そこから脱出したということではないですか。あの二人は最後の扉の前で死んでいた。でも手前の扉は、私が外から巨大な丸石で押さえつけたから、誰かが仕掛けを外さない限り、絶対に開くはずがないんです。千斤もある石を砕いて鬼の扉を開き、中から二人の死体を運び出した人がいるなんて信じられません。でも、もし本当にそいつが丸石を砕いたのなら、最後の扉も開けることができたのではないかと思って、だから私は……」

「だからお前は、調査に来た俺たちと墓の中に入るために葛藩《ゴーパン》のふりをしたんだな。今思えば、墓を調べようと言い出したのもお前だったな。まあ結局、その石を砕いた奴は見つからずじまいだったが……」

方多病《ファンドゥオビン》が残念そうに続ける。

「ふたを開けてみれば、天井の石板を外すだけで中に入れたんだもんな。みんなして開くはずのない扉を開けようと、必死になっていたってわけだ」

「石を砕ける人物。一人、心当たりがある……」

ぽつりと呟いた李蓮花《リーリエンホワ》が、突然葛藩《ゴーパン》に向かって大声で問いかける。

「張《ジャン》隊長が言ってた『観音の涙』、その霊薬は本当にここにあったのか⁉」

なぜ李蓮花《リーリエンホワ》がいきなり声を荒らげたのかが分からず、方多病《ファンドゥオビン》と楊秋岳《ヤンチウユエ》は驚いたが、問われた葛藩《ゴーパン》は小さく頷いた。

「芳璣帝の顔が醜くなったのは、煕成帝にやられた傷のせいです。なんとか顔を元に戻そうと、煕成帝が名医に頼んで『観音の涙』を作ってもらったんですよ。あの玉の瓶に入っているはずです」

それを聞いた李蓮花《リーリエンホワ》が、素早く瓶を拾い上げて蓋を開ける。方多病《ファンドゥオビン》と楊秋岳《ヤンチウユエ》も近づいて瓶の中を覗き込んだが……中身は空っぽで、「観音の涙」らしき霊薬はどこにもなかった。

思った通りだというような顔で、李蓮花《リーリエンホワ》が小さくため息をつく。

「やっぱり、生きていたのか」

「誰が？」

方多病《ファンドゥオビン》が困惑した顔で問う。

それには答えず、李蓮花《リーリエンホワ》はゆっくりと首を振った。

「私たちよりも先にここへ来て、『観音の涙』を持ち去った人物がいる。扉の上にあった石板のひび割れは、偶然できたものではなかった。掌撃の振動を受けて、一度外れた時にできたものだったんだ」

「本当にそんなことができる人間がいるのか？　そいつはいったい誰なんだ？」

方多病《ファンドゥオビン》と楊秋岳《ヤンチウユエ》が驚いて目を見開く。

だが李蓮花《リーリエンホワ》はやはり何も答えず、微かな笑みを浮かべながら再び首を振った。

「笛飛声《ディーフェイション》！」

突然、地面に横たわっている葛藩《ゴーパン》が叫んだ。

「金鴛盟《きんえんめい》盟主、笛飛声《ディーフェイション》に違いない！〝白楊悲風《はくようひふう》〟こと笛飛声《ディーフェイション》以外に、こんなことができる人間はいませんよ！　あの四顧門の門主、李相夷《リーシアンイー》ですら千斤の巨石を破壊できるほどの内力はなかったはずです！」

それを聞いた方多病《ファンドゥオビン》が鼻で笑う。

「本気で言ってるのか？　笛飛声《ディーフェイション》は十年以上も前に、李相夷《リーシアンイー》もろとも死んだんだぜ」

「だったら、笛飛声《ディーフェイション》の継承者かもしれません！　しかも当時、芳璣帝を裏切った護衛の名は笛《ディー》長岫《チャンシウ》。彼が笛飛声《ディーフェイション》の祖先だったとしたら、扉の上にある通路の存在を知っていたのも納得できます！」

葛藩《ゴーパン》が反論する。

そんな二人のそばで、李蓮花《リーリエンホワ》はやや呆けた様子でぶつぶつと独り言を呟いた。

「去る者は日に以て疎《うと》く、来る者は日に以て親しむ。郭門《かくもん》を出《い》でて直視すれば、但《た》だ丘と墳とを見るのみ。古墓《こぼ》は犁《す》かれて田と為り、松柏《しょうはく》は摧《くだ》かれて薪と為る。白楊悲風《はくようひふう》多く、蕭蕭《しょうしょう》として人を愁殺《しゅうさつ》す……死者への追憶と、生者の営みが交錯する儚《はかな》さを象徴する〝白楊悲風〟が再び登場する場所としては、ある意味ふさわしいのかもね」

「笛飛声《ディーフェイション》を知ってるのか？」

方多病《ファンドゥオビン》が怪訝そうに問うと、李蓮花《リーリエンホワ》は「うーん」と唸《うな》った後、「それほどは」と答えた。

方多病《ファンドゥオビン》がますます眉をひそめる。それほどはって何だよ、知ってるのか知らないのかどっちなんだ？

二人が話している間、隣では楊秋岳《ヤンチウユエ》が葛藩《ゴーパン》から孫翠花《スンツイホワ》の居場所を聞き出していた。どうやら彼女は、熙陵の山の麓にある朴鋤《ぼくじょ》という町の民家に閉じ込められているらしい。

かくして四人は天井の通路を通り、来た道を戻って地下宮殿を後にしたのだった。

六、雪原の疑惑

四人が地上に戻ると、外では数十名の衛兵を引き連れた張青茅《ジャンチンマオ》が心配そうに待っていた。そして陵墓の中の状況を教えてもらった彼は、喜々として文人の補佐官を呼び、熙陵に関する報告書を書かせて上に報告した。張青茅《ジャンチンマオ》が喜ぶのも無理はない。前王朝の陵墓に隠された秘密を解き明かしたとなれば、そこそこの手柄になるはずだ。

報告が終わり、李蓮花《リーリエンホワ》、方多病《ファンドゥオビン》そして楊秋岳《ヤンチウユエ》の三人は、葛藩《ゴーパン》を連れて孫翠花《スンツイホワ》を探しに山を下りることにした。

結局のところ、熙陵の中で十一枚の地図を見つけたが、正確な死者の数ははっきりしていない。加えて、武当の黄七《ホアンチー》道士の金剣も見つからずじまいだった。

山の中は相変わらず雪が積もっている。膝の深さまである純白の雪に覆われ、杉の木が生い茂る山頂の空気は、ひときわ清々しく感じられた。何度か深呼吸をした三人は、軽功を使って木々の間を跳びながら、麓にある町、朴鋤を目指した。

だが杉林の間にある開けた場所にさしかかったとき、三人は突然足を止めた。

雪の上に、二人の人影が見えたのだ。

一人は古風辛《グーフォンシン》、そしてもう一人は孫翠花《スンツイホワ》だった。

「お前は⁉」

方多病《ファンドゥオビン》が驚きの声を上げる。てっきり古風辛《グーフォンシン》は無関係だと思っていたが、どうやら奴も葛藩《ゴーパン》の一味らしい。考えてみれば、楊秋岳《ヤンチウユエ》を仲間に引き入れておいて、古風辛《グーフォンシン》に目をつけないはずがない。本人は武当の弟子を名乗っていたが、果たして実力はどれほどなのだろうか……

李蓮花《リーリエンホワ》はそれほど驚いていないようだった。というのも、地下宮殿の入口が開いた時、楊秋岳《ヤンチウユエ》、古風辛《グーフォンシン》、張慶獅《ジャンチンシー》に向かって飛んできたものは、李蓮花《リーリエンホワ》が彼らの実力をはかるために飛ばした小石だったからだ。実は張青茅《ジャンチンマオ》にも飛ばしたのだが、彼はまったく気付かなかった。三人は皆、かなりの実力者とみて間違いない。

孫翠花《スンツイホワ》が古風辛《グーフォンシン》に捕まっているのを見て、楊秋岳《ヤンチウユエ》の顔に一瞬陰りが見えるが、彼も驚いた様子はない。古風辛《グーフォンシン》が葛藩《ゴーパン》の仲間であることは知らなかったが、武当の弟子にそのような人物はいなかったので、楊秋岳《ヤンチウユエ》は最初から彼を疑っていた。

葛藩《ゴーパン》が冷ややかに笑う。

「方《ファン》様、私を見逃してくれれば、弟弟子《おとうとでし》に孫翠花《スンツイホワ》を解放させましょう。どうです？」

「俺の嫁じゃあるまいし、断る」

方多病《ファンドゥオビン》がきっぱり断ったのを見て、李蓮花《リーリエンホワ》が穏やかな声で割って入った。

「古風辛《グーフォンシン》の武功もなかなか侮れないよ。地下通路で君と互角にやり合ったんだからね」

それを聞いた方多病《ファンドゥオビン》が納得した表情を見せる。

松明が消えた時、俺とやりあったのは葛藩《ゴーパン》じゃなかったのか。どうりで張慶獅《ジャンチンシー》を殺す暇があったわけだ。俺の武功が通用しなかったわけではなかったんだな。

だが方多病《ファンドゥオビン》が安堵したのも束の間、すぐに背筋がヒヤリとした。李蓮花《リーリエンホワ》の言うように、彼は古風辛《グーフォンシン》と暗闇の中で三回攻撃を交わしたが、結局勝負はつかなかった。つまり相手はかなりの手練れであるかもしれないのだ。李蓮花《リーリエンホワ》が葛藩《ゴーパン》を捕らえてくれたのは幸いだった。古風辛《グーフォンシン》と二人がかりで襲ってこられたら、さすがの方多病《ファンドゥオビン》も逃げるしかなかっただろう。

「玉璣《ユージー》を放せばこの女を解放してやる。三つ数える間に放さなければ、女を切るぞ」

古風辛《グーフォンシン》が手にした刀を孫翠花《スンツイホワ》の首にあてがいながら、冷たく言い放つ。

剣ではなく馬刀を持っていることからも、武当の弟子というのはやはり嘘のようだ。

「翠花《ツイホワ》、息子は⁉」

楊秋岳《ヤンチウユエ》が叫ぶ。

刀を首に押し当てられ、声が出せない孫翠花《スンツイホワ》は、李蓮花《リーリエンホワ》に必死に視線を送る。

「二人とも心配しなくていい。子どもは安全な場所に預けてきたよ」

穏やかに答える李蓮花《リーリエンホワ》の隣で、方多病《ファンドゥオビン》が心の中で笑う。預けた先は妓楼だけどな。まあ、男の子だから大丈夫だろう。

しびれを切らした古風辛《グーフォンシン》が、孫翠花《スンツイホワ》の背後に素早く移動し、刀を振り上げる。

「玉璣《ユージー》を放さないなら、こいつの首を切り落としてやる！」

刀が孫翠花《スンツイホワ》のうなじめがけて振り下ろされる。

それを見た方多病《ファンドゥオビン》は「ほらよ！」と言いながら、葛藩《ゴーパン》に扮していた男——玉璣《ユージー》を勢いよく蹴り上げた。

それを見た古風辛《グーフォンシン》が刀をクルリと反転させ、飛ばされてきた玉璣《ユージー》の背中を刀の峰で打った。

それは方多病《ファンドゥオビン》に封じられた経穴を解く行為だったが、一度にすべてを解くことはできず、玉《ユー》璣《ジー》は雪の上に倒れる。

「玉璣《ユージー》、大丈夫か？」

心配する古風辛《グーフォンシン》に、玉璣《ユージー》は歯を食いしばって叫んだ。

「李蓮花《リーリエンホワ》を殺して玉璽を奪い返せ！　あいつが玉璽を持っている！」

それを聞いた李蓮花《リーリエンホワ》は明からさまに怖がるそぶりを見せ、方多病《ファンドゥオビン》の後ろに隠れると、

「玉璽は君にあげる」

と言って、玉璽を方多病《ファンドゥオビン》の懐に押し込んだ。

「いやいや、遠慮すんなって」

押しつけられた方多病《ファンドゥオビン》は、すぐさま玉璽を取り出して李蓮花《リーリエンホワ》に突き返す。

「これは君が見つけたんだから、君の物だよ」

慌てる李蓮花《リーリエンホワ》に向かって、方多病《ファンドゥオビン》が意地の悪い笑みを浮かべる。

「お宝は山分けするって約束だっただろ？　これだって立派なお宝なんだから、当然二人で分けるべきだ。俺の分はお前にやるから、遠慮せず受け取れ」

李蓮花《リーリエンホワ》が何か言う前に、古風辛《グーフォンシン》に肩を蹴られた孫翠花《スンツイホワ》がつんのめって倒れそうになる。楊秋《ヤンチウ》岳《ユエ》が急いで駆け寄り、彼女を抱きとめる。それとほぼ同時に、古風辛《グーフォンシン》の刀が李蓮花《リーリエンホワ》の頭上まで迫っていた。

素早い刀技を前に、避ける術《すべ》のない李蓮花《リーリエンホワ》。すかさず方多病《ファンドゥオビン》が袖から素早く棍棒を取り出し、強力な一撃を防いだ。

一方の楊秋岳《ヤンチウユエ》は、孫翠花《スンツイホワ》を抱え上げるとそのまま身を翻《ひるがえ》し、軽功を使って足早に逃げていった。

あっという間に見えなくなった楊秋岳《ヤンチウユエ》に向かって、方多病《ファンドゥオビン》がなんて薄情な奴だと内心悪態をつく。そして振り返ると、背後にいるはずの李蓮花《リーリエンホワ》までいなくなっている。八尺先に、そそくさと逃げる小さな後ろ姿が見えた。

「李蓮花《リーリエンホワ》、てめえ！　友人を置いて逃げ……」

怒り心頭の方多病《ファンドゥオビン》が言い終わる前に、古風辛《グーフォンシン》の刀が頭上に振り下ろされる。仕方なく方多病《ファンドゥオビン》は棍棒で防いで反撃を始め、あたりに武器のぶつかり合う音が響き渡った。

憤慨する方多病《ファンドゥオビン》を置き去りにして、李蓮花《リーリエンホワ》が杉林の中に隠れたのとほぼ同時に、倒れていた玉璣《ユージー》が起き上がった。もともと方多病《ファンドゥオビン》と同等の実力がある上、古風辛《グーフォンシン》が経穴を解いてくれたおかげで、自らため込んだ気で残りの経穴を一気に解いたのだ。玉璣《ユージー》は飛び上がり、方多病《ファンドゥオビン》の背中めがけて容赦なく掌撃を繰り出した。

方多病《ファンドゥオビン》は内心悪態をつきながら、体を反らして避けると、手を突き出して玉璣《ユージー》を押しのける。隙をついて古風辛《グーフォンシン》が大声を上げながら刀を翻し、方多病《ファンドゥオビン》を真っ二つにする勢いで下から上へ斬り上げた。

驚いた方多病《ファンドゥオビン》がその場で飛び上がると、古風辛《グーフォンシン》は素早く刀を横にしてなぎ払う構えをとる。先ほども、今も、明らかに武当の剣法ではない凶悪な型だ。

このままでは、着地が早ければ首に、遅ければ腰に命中してしまう。方多病《ファンドゥオビン》は、棍棒を斜めに突き出し、払われた刀を空中で受け止めた。

空中での防御はかなり分が悪い。互いの武器が激しくぶつかる音がした瞬間、手から体に痺れが伝わった。方多病《ファンドゥオビン》は、大きく飛び退いて着地すると、なんとか倒れず踏ん張った。

「もしかして、お前は、〝断頭刀《だんとうとう》〟風辞《フォンツー》か！」

険しい顔で叫ぶ方多病《ファンドゥオビン》に向かって、風辞《フォンツー》と呼ばれた古風辛《グーフォンシン》が冷たく笑う。

「さすがは方《ファン》様、よくご存知で」

方多病《ファンドゥオビン》は大きく息を吸い込んで冷静を装うが、心臓は激しく鼓動していた。若くして頭角を現し、文武両道を自負する方多病《ファンドゥオビン》でも、これにはかなわない。江湖でも数少ない刀の達人である〝断頭刀〟は、方多病《ファンドゥオビン》が江湖で名を上げる前から人々に知られていた。奴が玉璣《ユージー》の弟子とはどういうことだ？

数え切れないほどの人を殺め、彼を恨む人間も同じく数知れない。数年前に突如江湖から姿を消したことで、誰もが〝断頭刀〟は敵討ちにあったのだろうと思っていた。まさか熙陵の警備軍に身を潜めていたとは。

風辞《フォンツー》の攻撃で方多病《ファンドゥオビン》が負傷したのを見るや、玉璣《ユージー》は逃げた李蓮花《リーリエンホワ》を追うために林に入って行く。先ほど李蓮花《リーリエンホワ》と方多病《ファンドゥオビン》が玉璽を譲り合っているのを見たが、今、誰が玉璽を持っているか分からなくなっていたのだ。

方多病《ファンドゥオビン》はそれを見て、驚きと怒りを露わにする。確かに李蓮花《リーリエンホワ》は自分を置いて逃げたが、もともと戦力としては期待していなかったし、臆病で武功も得意でない彼が逃げるのは仕方がない。この状況で玉璣《ユージー》に追いつかれたら、間違いなく命はないだろう。だが風辞《フォンツー》の攻撃を受けたせいで、体が思うように動かない。辛うじて棍棒を握っている状態では、助けに行きたくても到底無理だ。

風辞《フォンツー》がゆっくりと近づいてくる。雪に反射した日の光が馬刀にあたり、方多病《ファンドゥオビン》の目にちらつく。雪の光がこんなに恐ろしいと思ったのは初めてだ、そう思いながら方多病《ファンドゥオビン》がひゅっと息を

吸い込んだその時、

「誰だ!?」

林の中から玉璣《ユージー》の驚く声と、誰かが雪の上に倒れる音が聞こえた。

方多病《ファンドゥオビン》と風辞《フォンツー》が同時にギクリとする。しばらく動きを止めて見守るが、林の中からはそれ以上何も聞こえてこなかった。

風辞《フォンツー》が一瞬、躊躇いを見せる。それでも、方多病《ファンドゥオビン》に反撃する力が残っていないのを見ると、そのまま衣を翻して杉林の中に入っていった。

敵が去ったのを見て、方多病《ファンドゥオビン》がほっと息をついた。そして一面の雪原を見渡し、どこへ逃げるべきか思案した。

そして西へ行こうと決めた時、今度は林の中から風辞《フォンツー》の叫び声が響いた。

「誰だ!? お前……」

次の瞬間、一本の杉の木が音を立てて倒れ、雪が高く舞い上がった。同時に、木を切り倒した風辞《フォンツー》の馬刀が勢いよく林から飛び出し、方多病《ファンドゥオビン》の目の前の雪にドスッ！と突き刺さった。

再び、辺りは静けさに包まれる。

木の葉すらそよがない静寂の中、方多病《ファンドゥオビン》はただその場に佇んでいた。

どれくらい経っただろうか。林の中で、雪の塊が突然動いた。

「方多病《ファンドゥオビン》？」

塊の中から這い出した人物が方多病《ファンドゥオビン》の名を呼ぶ。

ハッとした方多病《ファンドゥオビン》が声のする方を見ると、そこに李蓮花《リーリエンホワ》の姿があった。どうやら林の中に逃げ込んだ彼は、雪の塊を見つけて中に隠れていたらしい。

ため息を一つついた方多病《ファンドゥオビン》は、まだ痺れが残る足をかばい、辺りを警戒しながら林の中に入った。

そこには振り返った姿勢のままの玉璣《ユージー》と、片手を突き出した風辞《フォンツー》が、うつ伏せで雪の上に倒れていた。風辞《フォンツー》が倒れた瞬間に刀が飛び、杉の木を直撃したのだろう。

李蓮花《リーリエンホワ》が恐る恐るといった様子でゆっくりとこちらへ向かってくる。彼が歩いた所にはしっかりと足跡が残っているが、玉璣《ユージー》と風辞《フォンツー》の周りには彼ら自身の足跡しかない。それならいったい誰があの短時間で二人を倒したのだろうか？

「いったいどういうことだ？　誰がやった？」

方多病《ファンドゥオビン》が心底困惑した声で、李蓮花《リーリエンホワ》に問う。

「私は何も見てないよ」

李蓮花《リーリエンホワ》が肩をすくめながら首を振る。

動けなくなっている二人に近づいて、方多病《ファンドゥオビン》がさらに十数個の経穴を封じた。

「どうやら援軍が来たようだね」

誰かが近づく物音が聞こえ、李蓮花《リーリエンホワ》が言う。方多病《ファンドゥオビン》も音に気付いて顔を上げると、楊秋岳《ヤンチウユエ》が張青茅《ジャンチンマオ》と他にも大勢引き連れてこちらへ走ってくるのが見えた。どうやら二人を見捨てて逃げたわけではないらしい。

方多病《ファンドゥオビン》が楊秋岳《ヤンチウユエ》のことを見直していると、近づいてくる者たちの中に、見覚えのある顔を見つけた。

「あれ？　あんたは……」

方多病《ファンドゥオビン》が話しかけたのは、がっしりした体格に布服と草履のいでたちをした、誠実そうな男性だ。左頰に目立つ丸い痣《あざ》があるこの男の名は霍平川《フォピンチュワン》。仏彼白石門下の中で最も武功に長けており、一門に入る前から〝忠義の侠客〟という通り名を持っている。その実力は折り紙付きだ。

「霍平川《フォピンチュワン》と申す。ここへ来る道中、葛藩《ゴーパン》師弟の遺体を見つけ、彼に扮してここへ来た者がいることを知ったのだ。師弟を惨殺され、お二人を危険に遭わせてしまったのはすべて我々の落ち度だ。心からお詫びを申し上げる」

抱拳礼をしながら、霍平川《フォピンチュワン》が心から申し訳なさそうに謝る。それに気を良くした方多病《ファンドゥオビン》がいつもの調子に戻った。

「あの二人はもう動けないだろう。なんなら、あんたがこの場で四顧門の絶技を披露して、悪党どもの経絡を破壊しとくか？」

それを聞いた霍平川《フォピンチュワン》が眉をひそめる。

「〝拆筋断骨手《たくきんだんこつしゅ》〟はいささか残忍な技ゆえ、乱用は慎むべきかと。それにしても、あなたが〝断頭刀〟風辞《フォンツー》と〝碧玉の書生〟王玉璣《ワンユージー》を捕らえたのか？」

霍平川《フォピンチュワン》がやや驚きの混じった声で問う。

方多病《ファンドゥオビン》が乾いた笑いを上げて、林の中で固まっている二人を指差す。表向きは平静を装っているが、内心は自分たちが生きていることに拍手喝采を送りたい気分だった。

葛藩《ゴーパン》に扮していたのはあの極悪非道で悪名高い〝碧玉の書生〟だったのかよ！　俺じゃ逆立ちしても捕まえられるはずがない、相当な実力者だぞ。誰かは知らないが、そいつが助けてくれなかったら、俺と李蓮花《リーリエンホワ》の命がいくつあっても足りなかったな……

林の中で動けなくなっている二人を調べていた霍平川《フオピンチュワン》の目が、徐々に驚きで見開かれる。王《ワン》玉璣《ユージー》は何かを察して振り返り、そこで誰かに背中の経穴を突かれた。だが、後ろを向いた相手の背中をどうやって狙ったのだろう？　そして風辞《フォンツー》は明らかに相手の姿を見て、その者に向かって刀を投げたように見える。木を切り倒すほどの勢いで飛んできた刀をかわすなんて、とんでもない武功の持ち主だ。

方多病《ファンドゥオビン》は我慢できずに、王玉璣《ワンユージー》の口を封じていた経穴を解いて質問する。

「一体誰にやられた？　相手を見たのか？」

「な、何も……何も見えなかった」

王玉璣《ワンユージー》は驚愕したままの顔で答えた。

今度は霍平川《フオピンチュワン》が同じく風辞《フォンツー》の経穴を解く。

「〝断頭刀〟に刀を投げさせ、さらに後ろから『腎兪《じんゆ》』を突くとはな。おい、お前。相手の姿は見たのか？」

問われた風辞《フォンツー》は、真っ青な顔で小さく息を吐くと、震える声で叫んだ。

「あ、あれは婆娑歩《ばさほ》！　婆娑歩だ！」

それを聞いた霍平川《フオピンチュワン》と方多病《ファンドゥオビン》が同時に驚きの声を上げる。〝婆娑歩〟とは、かつて四顧門の門主だった李相夷《リーシアンイー》が江湖を風靡《ふうび》した絶技の一つだ。相手を翻弄する数ある歩法《ほほう》の中でも群を抜いており、虚空を踏み、雪にも足跡を残さず移動できる。長距離を走るのには向いていないが、一対一の戦いならまず勝てる者はいない。だが李相夷《リーシアンイー》は十年前に死んだはずだ。ここで婆娑歩が出てくることなどあり得ない。

「相手の姿を見たのか!?」

霍平川《フオピンチユワン》の声にも焦りが垣間見える。彼も李相夷《リーシアンイー》が失踪した後に仏彼白石へ弟子入りしたため、婆娑歩の名を聞いて大いに驚いていた。この十年間、門主は生きておられたのか？　もしそれが本当なら、四顧門にとってこれほど喜ばしい事はない。

「婆娑歩だぞ？　姿なんて見えるわけがないだろ。だが、李相夷《リーシアンイー》はとっくに死んだんだ。俺を襲った奴が李相夷《リーシアンイー》であるはずがない」

興奮する霍平川《フオピンチユワン》とは対照的に、風辞《フオンツー》が冷たく言い放つ。

「どうしてそう言い切れる？」

方多病《ファンドウオビン》がたまらず問う。

「李相夷《リーシアンイー》ほどの実力と内力を持つ者の婆娑歩なら、そもそも相手に気付かれるはずがない。もし俺の腎兪を突いたのが本当に李相夷《リーシアンイー》なら、心法《しんぽう》〝揚州慢《ようしゅうまん》〟を極めた奴の真力《しんりき》を受けた時点で、刀を飛ばすことなんてできなかったはずだ」

霍平川《フオピンチユワン》がギクリとする。確かに、経穴を突かれてもなお風辞《フオンツー》が刀を飛ばせたということは、相手の内力が弱く、「気」が深部まで到達しなかった証拠だ。体を麻痺させることはできても、体内を巡る気の流れまでは阻止できなかった。駆けつけるのが遅かったら、恐らく彼は自力で気を練り、封じられた経穴を解いていただろう。

だが本当に李相夷《リーシアンイー》ではないのなら、一体誰なのだ？　まさか彼から技を伝授された者がいるのだろうか？

「お前、雪の中に隠れてたんだよな？」

方多病《ファンドゥオピン》に横目でジロリと睨まれ、李蓮花《リーリエンホワ》が目を逸らしながら、「そうだよ」と答えた。

「こいつらを倒したのが誰なのか、本当に見てないのか？」

方多病《ファンドゥオピン》が地面に横たわっている二人を指差して聞く。

「うーん、白っぽい影を見た気がするけど……正直、人なのか雪なのかも分からなかったよ」

「ったく、役に立たねえな」

白目を剝く方多病《ファンドゥオピン》に「すまないねえ」と言いながら、李蓮花《リーリエンホワ》が懐から玉璽を取り出して霍平《フオピン》川《チュワン》に渡した。

「これを持っていると危険で仕方がない。いっそのこと、ここで壊してはどうかな？　君が証人になってくれるかい」

李蓮花《リーリエンホワ》の提案に霍平川《フオピンチュワン》が同意する。だがそれを聞いた王玉璣《ワンユージー》が突然喚き出した。

「な、何てバカなことを！　その玉璽があれば、『魚龍牛馬帮《ぎょりゅうぎゅうばほう》』を支配下に……」

容赦ない平手打ちで王玉璣《ワンユージー》を黙らせ、方多病《ファンドゥオピン》が不敵な笑みを浮かべる。

『魚龍牛馬帮』だろうが『牛頭馬面会《うしあたまうまづらかい》』だろうが、知ったこっちゃないね。俺様が壊すって決めたら壊すんだ。さあ、霍平川《フオピンチュワン》。遠慮なくやってしまえ」

それを合図に、霍平川《フオピンチュワン》が玉璽を手のひらで挟んで力を込めると、硬い玉は一瞬で粉々に砕けた。

王玉璣《ワンユージー》の顔が絶望で真っ青になる。

玉璽を粉砕した霍平川《フオピンチュワン》は、先ほど出た名前に内心不安を拭《ぬぐ》えずにいた。

二年前、黄河《こうが》、長江《ちょうこう》領域に点在する数十の幇、寨《さい》、会、門といった大小様々な組織が融合してできた一大組織が「魚龍牛馬幇」だ。人数は丐幇《かいほう》にも引けを取らないと言われており、近年、江湖で最も問題を起こしている一派である。もしその組織を束ねる者が前王朝の遺臣で、先ほどの玉璽を使って王朝の復活を企てていたとしたら……間違いなく大きな混乱を招く。

これはゆゆしき事態だ。玉璽を一つ壊しただけで済む問題ではない。仏彼白石も備えをしておくべきだな、と霍平川《フオピンチュワン》は思考を巡らせた。

方多病《ファンドゥオビン》はそれほど深刻には考えていないようで、玉璽を押しつぶした霍平川《フオピンチュワン》の掌力にただただ感心している。

「お腹が空いたね。そろそろお昼ご飯の時間じゃないかな？」

李蓮花《リーリエンホワ》がそう言うと、他の人々も空を見上げた。正午はとっくに過ぎているだろう。今朝地下宮殿に入ってから、まるで何日も経ったような感覚だ。

方多病《ファンドゥオビン》の提案で一行は町に戻って食事をすることになり、張青茅《ジャンチンマオ》に別れを告げた彼らは、王《ワン》玉璣《ユージー》と風辞《フォンツー》を連れて朴鋤へ向かった。

七、武当の金剣

朴鋤は民家が数百軒ほど建ち並ぶ静かな町だ。それほど多くはないが、食事処もあり、今しがた墓の中から這い出してきた彼らにとってはまさに極楽だ。

王玉璣《ワンユージー》と風辞《フォンツー》は、霍平川《フオピンチュワン》が他の弟子たちに命じ、一足先に清源山へ連行されていった。こちらの方はひとまず一段落し、一行は孫翠花《スンツイホワ》のおごりで、逢見仙《ほうけんせん》飯店で食事を取ることになった。決して美人とは言えない顔に、嬉しそうな笑みを浮かべながら、孫翠花《スンツイホワ》が何度も楊秋岳《ヤンチウユエ》の方へ視線をやっている。先ほどの旦那の活躍にご満悦の様子だ。

運ばれてきた料理を前に、方多病《ファンドゥオビン》と李蓮花《リーリエンホワ》はすぐさま箸を取り、夢中で食べ始めた。一方の霍平川《フオピンチュワン》は客人としての礼儀をわきまえているようで、すぐには料理に手をつけず、楊秋岳《ヤンチウユエ》に黄《ホアン》七《チー》道士の行方について尋ねた。

「黄七《ホアンチー》師叔が朴鋤に来たのは間違いない。だが熙陵の中に金剣はなかった。もしかしたら、師叔は一品墳から生還できたのかもしれないな」

淡々と答える楊秋岳《ヤンチウユエ》を、妻の孫翠花《スンツイホワ》が先ほどから色っぽく見つめているが、当の本人は一向に気にしていないようだ。賭け事には目がないくせに、色恋には興味がないらしい。孫翠花《スンツイホワ》に色香があるかは怪しいところだが。

楊秋岳《ヤンチウユエ》の言葉に霍平川《フオピンチュワン》が頷く。

「黄七《ホアンチー》道士は、武当の先代当主より金剣を賜わるほどの人物。一門でも間違いなく一、二を争う実力の持ち主であろう。それに失踪した当時は武人としての全盛期だったはずだ、一品墳から生きて出られたとしても不思議ではない」

そんな会話を交わす二人の横で、鶏のももにかぶりついていた方多病《ファンドゥオビン》が、何か思い出したように顔を上げて李蓮花《リーリエンホワ》をじっと見つめる。

視線に気付いた李蓮花《リーリエンホワ》が、料理を取りながら、

「どうした？」

と言って、眉をひそめた。

「一つだけ腑《ふ》に落ちないことがあるんだ」

「何だい？」

李蓮花《リーリエンホワ》が尋ねる。

「あの時、俺のいた場所から杉林までそれほど離れていなかった。けれどお前たち三人が立てた物音以外は、何も聞こえなかったんだ。俺だってそこそこ強いんだぜ？　なのに、その場にいたはずの四人目にまったく気付かなかったってのは、やっぱり変じゃないか？」

方多病《ファンドゥオビン》の疑問に、李蓮花《リーリエンホワ》がさらに顔をしかめる。

「何が言いたいのかな？」

「だから！　俺が言いたいのは、婆娑歩で二人を動けなくしたのは、お前なんじゃないかって話だ。お前は筋金入りの嘘つきだからな。黙って言ったものは十中八九、白だし、武功が弱いのも、ただのフリかもしれない。誰も見てないって言ったが、実はお前だったんじゃないのか？」

方多病《ファンドゥオビン》が一気にまくし立てた。李蓮花《リーリエンホワ》がむせて、激しく咳き込む。

「……もし私が婆娑歩を使えたら、王玉璣《ワンユージー》が犯人だと分かった時点で捕まえていただろう？　わざわざそんな回りくどいことをする必要がどこにある？」

方多病《ファンドゥオビン》が少し考え、「確かに」と頷いた。

彼らがそんな話をしていると、緑色の服の女性が一人、たおやかな歩みで店に入ってきた。孫《スン》翠花《ツイホワ》とは対照的で、色白な肌に、清楚な化粧をした美人だ。

女性をチラリと見た孫翠花《スンツイホワ》が笑顔で声をかけた。

「小如《シアオルー》、お客さんのお使いかい？」

小如《シアオルー》と呼ばれた女性は、困ったように一瞬眉根を寄せたが、すぐに笑顔でコクリと頷いた。

「あれはどこのお嬢さんだ？」

方多病《ファンドゥオビン》が声を低くして問うと、楊秋岳《ヤンチウユエ》が、

「妓女の小如《シアオルー》だ」

と答えた。

「妓女？　そうは見えないなあ」

妓楼で働く遊女にしては、珍しく俗っぽさがないなと思った方多病《ファンドゥオビン》が、訝しげな声を上げる。

女性に興味のない楊秋岳《ヤンチウユエ》が黙っていると、孫翠花《スンツイホワ》が代わりに答えた。

「あの子は運が良かったのさ。ある男が町の東に家を買ってね。そこに住まわせて、お嬢様のように大切にされてるんだ。男の方は一度も顔を見たことがないけどね」

それを聞いた方多病《ファンドゥオビン》がはははっと笑う。

「女の一人や二人養うぐらい、別に恥ずかしい事でもないだろうに。堂々としてりゃ……」

方多病《ファンドゥオビン》が言い終わらないうちに、孫翠花《スンツイホワ》がフンッと鼻を鳴らした。

「あんたたちみたいな男がいるから、あんな恥知らずな女がのうのうとしていられるんだよ！」

そんな雑談が交わされる中、李蓮花《リーリエンホワ》が突然ハッとして小さく呟いた。

「あれは、武当の金剣では？」

周りの者たちが一斉に驚き、霍平川《フオピンチュワン》が「どこだ？」と聞くと、李蓮花《リーリエンホワ》が箸の先で小如《シアオルー》の腰辺りを指した。

皆の視線がそちらに向けられる。小如《シアオルー》の腰には確かに飾りのような物が下げられていた。それは剣の形をした、三寸ほどある木の彫り物だ。青いひもで腰帯に結わえられ、彼女が歩くたびにゆらゆらと揺れている。

それを見た楊秋岳《ヤンチウユエ》が身震いをする。素朴な手彫りの剣には「真武」の二文字が彫られており、彼が探していた金剣と同じ特徴を持っていた。

「黄七《ホアンチー》道士は熙陵の近くで失踪したと言っていたな。もしや、あの女子《おなご》は金剣を目にしたことがあるのではないか？」

霍平川《フオピンチュワン》がそう言っている間に、小如《シアオルー》は頼まれた酒を買い終え、腰を揺らしながら店を出て行った。

急いで立ち上がろうとした楊秋岳《ヤンチウユエ》を、李蓮花《リーリエンホワ》が手にした箸で制する。代わりに方多病《ファンドゥオビン》が席を立ち、小如《シアオルー》の後に続いて店を出ていった。

それを見ていた霍平川《フオピンチュワン》が内心感心する。雲彼丘《ユンビーチウ》から届いた伝書鳩の手紙には、葛藩《ゴーパン》殺害の調査以外にも「吉祥紋蓮花楼」の主である李蓮花《リーリエンホワ》に留意しろと書いてあった。正直、先ほどまでは江湖に名を馳せるこの医者のどこが優れているのか分からず、ただの臆病者にしか見えなかった。しかし、楊秋岳《ヤンチウユエ》を箸で制止したのを見て、なかなか思慮深い有能な人物なのかもしれないと思った。

方多病《ファンドゥオビン》は高価な服を身につけているし、この町ではよそ者だ。彼が小如《シアオルー》の後を追いかけても、どこかの金持ちのどら息子が美しい女性にうつつを抜かしているようにしか見えない。楊秋岳《ヤンチウユエ》が尾行するよりも疑われる可能性は低いはずだ。

急ぎ足で歩く小如《シアオルー》の後を追って、町の西から東まで半刻ほど尾行しただろうか。相手が美しい女性でなければ、方多病《ファンドゥオビン》はとっくに飽きて帰っていたかもしれない。ようやく町の東までやってくると、小如《シアオルー》はとある家に入った。

誰にも見られていないのを確認し、方多病《ファンドゥオビン》が塀を飛び越えようとしたその時、家の扉が開いた。中から出てきたのは小如《シアオルー》だが、店で買った酒は手にない。

あの子、酒を届けるためだけに往復で一刻も歩いたのか？　あの家には一体誰が住んでいるんだ？　内心驚きながら、方多病《ファンドゥオビン》はもう一度塀を飛び越えようと身構えたが、先ほどよりも通行人が増えたのを見て、いったん諦めた。さすがの彼でも、真っ昼間に堂々と人様の家に侵入するのはまずい。しばらく家の周りをうろうろしていると、再び扉が開いて、中から別の女性が出てきた。

朱色の服を身につけた女性は、先ほどまで泣いていたのか、目が腫《は》れぼったい。中で何があったのだろう？　涙を拭いながら去って行く彼女の服は乱れており、首筋には赤い痕がいくつもついている。

小如《シアオルー》が酒を届けたばかりだぞ？　まさか家主は女性を何人もはべらせてるのか？　首をかしげながら裏口にまわると、奇妙な香りが漂っているのに気が付いた。方多病《ファンドゥオビン》が顔をしかめる。これは催淫《さいいん》の迷香の香りだ。江湖の者でも嫌悪する下品極まりない代物を使って何をしているのかなど、もはや推測する必要もない。

頭にカッと血が上った方多病《ファンドゥオビン》は、片手で裾《すそ》をたくし上げると、勢いよく扉を蹴り開けて裏庭に足を踏み入れた。

「誰だ！　ここで女を無理矢理……」

そこまで叫んだところで、息ができないほどの激しい衝撃波が方多病《ファンドゥオビン》に襲いかかった。彼の言葉が途切れる。

とっさに掌撃で防ぐが、小さな町の民家に、これほどの実力者が潜んでいることに方多病《ファンドゥオビン》は驚きを隠せないでいた。

次の瞬間、さらに激しい衝撃が方多病《ファンドゥオビン》の手から体に伝わり、胸元に強い痛みを感じた。体中の血が沸き立つ感覚と共に、グワンと大きな耳鳴りがしたかと思うと、そのまま視界が反転する。後ろに倒れると同時に、方多病《ファンドゥオビン》は意識を失った。

名高き方《ファン》家の長男ともあろう者が、相手の姿すら捉えられずに一撃で倒されたのだ。だが、これほどの力を持つ者が、なぜこんな所で迷香を使って女性に淫行を強要しているのだろうか？

方多病《ファンドゥオビン》が気を失った後、辺りはしばらく静まり返っていたが、やがて家の中から羽織を着た男が現れた。その男は方多病《ファンドゥオビン》をひょいと抱え上げると、庭にある井戸の中へためらうことなく放り込んだ。


その頃、逢見仙飯店に残っていた者たちは、ひとしきり店の料理を楽しんだところだった。方《ファン》多病《ドゥオビン》が出ていってから二刻ほど。日も傾き始めたというのに、一向に戻ってこない。ようやく不安を感じた霍平川《フオピンチュワン》が、

「もしや何かあったのではないか？」

と言って、太い眉をひそめる。

「この町で方多病《ファンドゥオビン》を手こずらせるようなことが起きるとは思えないがな」

楊秋岳《ヤンチウユエ》が低い声で呟き、

「小如《シアオルー》と駆け落ちしてたりして？」

と言って、李蓮花《リーリエンホワ》が苦笑する。それを聞いていた孫翠花《スンツイホワ》があきれた様子で口を挟んだ。

「きっと小如《シアオルー》を追って、男と住んでる家に行ったんだよ。大体の場所は知ってるから、今から行ってみないかい？　本当に何かあったのかもしれないよ」

その言葉に皆が同意し、勘定を済ませた後、一行は孫翠花《スンツイホワ》の案内で小如《シアオルー》が酒を届けた家の前までやってきた。

空はすでに紺色に染まり、星が瞬き始めている。家の扉は固く閉ざされ、中から物音はまったく聞こえない。

霍平川《フオピンチュワン》が服の襟を正し、叩き金で扉を数回叩いた。

「すまないが、家の者はいるだろうか？　二、三尋ねたいことがある」

しばらく待ったが返事はない。無人のように思えるが、まだ微かに残っている迷香の香りで、霍平川《フオピンチュワン》はここがどのような場所か大体の見当をつけた。

「やましいことをしているから出てこないのだろう」

楊秋岳《ヤンチウユエ》が冷たく言い放ち、李蓮花《リーリエンホワ》が頷くが、彼の顔はいつもより険《けわ》しかった。

今回は熙陵の時とは状況が違う。あの時は敵がはっきりしていた上に、相手は油断していた。だが今は相手の正体が分からないまま、こちらが先に一歩踏み出してしまっている。自分たちに有利な要素は何一つないのだ。

「翠花《ツイホワ》、先に戻って子どもを迎えにいってあげなさい」

李蓮花《リーリエンホワ》に優しく声をかけられた孫翠花《スンツイホワ》は、ニッコリ笑うと、手を振って足早に戻っていった。美人ではないが、こういうときの思い切りはいいようだ。

辺りがますます暗くなっていく中、三人は目の前にある何の変哲もない民家を見つめた。静かな庭、人の気配がない家屋、微かに漂う迷香。一体この家にはどんな秘密が隠されているのか。武当の金剣？　それとも妓楼の遊女？　方多病《ファンドゥオビン》はこの中にいるのだろうか？

霍平川《フオピンチュワン》が手のひらに力を込め、なるべく音を立てずに閂《かんぬき》を壊した。扉を開けて中に入ると、木々が綺麗に剪定《せんてい》された中庭が見えた。青石が敷き詰められた地面には小石で「寿」の文字がかたどられている。奥に見える家屋の扉や窓は固く閉ざされているが、別段妙なところはない。

「誰かいないのか？」

楊秋岳《ヤンチウユエ》が声を低くして呼びかける。大きくはないが、真力を練って発せられた声は家中に響き渡る。中に人がいれば、必ず聞こえているだろう。

霍平川《フオピンチュワン》が中庭を大股で横切り、建物の扉を押し開ける。部屋の中には大きな寝台があり、寝具が乱れたままになっていた。中には誰もいないようだ。しかし、寝台のそばに置かれた香炉からは、まだ白い煙が立ちのぼっている。恐らくあれで迷香を焚いたのだろう。

「この家、建てられてから十数年は経っているね」

そう言って、李蓮花《リーリエンホワ》がそっと窓の格子を押してみる。蓮花楼の窓と同じく、かなり立て付けが悪い。このまま修理しなければ、あと半年足らずで外れてしまうだろう。

「この家の主は、よほど懐が寂しいのかな?」

寝台のそばに置かれている酒やつまみも実に質素だった。朴鋤の東には町で一番有名な酒屋がある。にもかかわらず家主はそこではなく、わざわざ小如《シアオルー》に逢見仙まで買いに行かせたのだ。わずかな金額でも節約したかったのだろう。

「金を持っていないのなら、そう遠くへは行くまい。そのうち戻ってくるだろう」

霍平川《フオピンチュワン》がフッと笑ったが、李蓮花《リーリエンホワ》は眉をひそめながらぶつぶつと呟いた。

「それにしても、ここは一本の街道に沿って家屋が数百軒立ち並ぶだけの小さな町だ。いったいどこに行ったというのだろう? 女性も一緒だとしたら……まずいな、恐らくそいつが向かったのは、妓楼か暁月宿屋だ!」

それを聞いた楊秋岳《ヤンチウユエ》の顔色がサッと変わる。どちらも孫翠花《スンツイホワ》が向かおうとしている場所ではないか。楊秋岳《ヤンチウユエ》は地面を軽く蹴って屋根に上がると、一目散に妓楼の方へ駆けていった。

「ここは危険だ。李《リー》先生はいったん逢見仙に戻った方がいい」

霍平川《フオピンチュワン》が早口でそう言うと、同じく彼も屋根に飛び上がり、楊秋岳《ヤンチウユエ》の後を追った。

走り去っていく二人を仰ぎ見ていた李蓮花《リーリエンホワ》が小さくため息をつく。一瞬だけ、彼の瞳に寂しげな色がよぎった。

誰もいなくなった中庭を振り返る。庭には貧相な牡丹《ぼたん》が数株植えられているが、花の時季ではないので、今は葉の落ちた枝に雪が積もっているだけだ。しばらくそこに佇んでいた李蓮花《リーリエンホワ》は、踵《きびす》を返すと、戸口へ向かった。

ゆっくりと数歩進んでふと李蓮花《リーリエンホワ》が立ち止まる。そして牡丹に背を向けたまま、落ち着いた声で「誰だい？」と尋ねた。

先ほどまで誰もいなかったはずの牡丹の低木の間に、男が一人立っている。相手は手を後ろに回し、まるで先ほどからそこにいたように、悪意も善意も感じられない口調で淡々と、

「昔よりも耳が良くなったな」

と言った。

「君の着地した音が大きかったんだよ」

李蓮花《リーリエンホワ》が微笑みながら答える。

「『観音の涙』を飲んだようだけど、〝明月沈西海《めいげつちんせいかい》〟の傷は一日や二日で治るものじゃない。どうりで雪道に足跡を残したくなかったわけだ。笛飛声《ディーフェイション》の〝日促身法《ひそくしんぽう》〟を知らない人なんてほとんどいないからね」

低木の間にいる人物はしばらく黙り込んだ後、変わらない口調で、

「そんな姿になっても、李相夷《リーシアンイー》はやはり李相夷《リーシアンイー》ということか」

と言ったが、その言葉にはかすかな称賛が滲んでいた。

それを聞いた李蓮花《リーリエンホワ》がプッと吹き出す。

「いやあ、それほどでも。笛飛声《ディーフェイション》もやっぱり笛飛声《ディーフェイション》だね。〝明月沈西海〟の傷を治せる薬なんてこの世に存在しないと思っていたのに、まさか『観音の涙』なんて物があるとは。結局、いくら人事を尽くしても天命には勝てないってことかな」

長衣に布靴の男がやや驚いた様子を見せる。

「この何年間かで、お前の性格はずいぶんと変わったようだな」

「そういう君はまったく変わってないね」

李蓮花《リーリエンホワ》が微笑む。

しばらく黙り込んだ後、再び笛飛声《ディーフェイション》が口を開いた。

「〝明月沈西海〟の傷も、あと三月《みつき》もすれば癒えるだろう。だがお前はもう昔の体には戻れない」

「そうだね……」

李蓮花《リーリエンホワ》がしんみりとした声で続ける。

「あの時も今も、未来のことなんて分かりはしない。何が正解だったかなんて、死ぬ間際にならないと分からないものだよ。あの頃はあの頃で良かったし、今は今で悪くない」

「……お前が一命を取り留め、いまだに正気を失わないのも〝揚州慢〟のなせる業だろうな。だがお前の力量では、持って十三年といったところか。あれからもう十年が経った。いたずらに真力を使えば、その分命を縮めることになるだろう」

笛飛声《ディーフェイション》が李蓮花《リーリエンホワ》の背中を凝視しながらゆっくりと言った。しかし、李蓮花《リーリエンホワ》はただ微かに笑っただけだった。

何も答えない李蓮花《リーリエンホワ》を見て、笛飛声《ディーフェイション》が突然、低木の間から飛び上がった。そしてそのまま庭の井戸に飛び込んだかと思うと、バシャッという水音と共に何かを掴んで再び現れた。

「二年十ヶ月後、東海の海岸だ」

そう言って笛飛声《ディーフェイション》は、掴んでいた何かを李蓮花《リーリエンホワ》に向かって放り投げる。そして、後ろ向きのまま高く飛び上がり、塀の向こうへ消えていった。

放ってよこされたのは、全身ずぶぬれで気を失っている方多病《ファンドゥオビン》だった。李蓮花《リーリエンホワ》は抱き留めた彼を急いで地面に横たわらせ、素早く胸元の経穴を突いていく。

笛飛声《ディーフェイション》は、迷香で女性に乱暴を働くような人物ではない。彼が方多病《ファンドゥオビン》を井戸から引っ張り上げたのは、助けた命と引き換えに李蓮花《リーリエンホワ》に先ほどの約束を守らせるためだろう。二年十ヶ月後、東海の海岸で十年前の決着をつける約束を。

李蓮花《リーリエンホワ》が静かにため息をつく。笛飛声《ディーフェイション》の掌撃を受けた後、彼はその美貌と習得した武功の九割を失った。李相夷《リーシアンイー》という人物は死んだのだ。それなのになぜ皆、李蓮花《リーリエンホワ》を受け入れてくれないのか？　李相夷《リーシアンイー》は当の昔に消えたと言っても、誰も信じないくせに、目の前にいるのが李相《リーシアン》夷《イー》だとは誰も気付かない。実におかしな話だ。自分はそんなにも変わってしまったのか？

李蓮花《リーリエンホワ》はその場にあぐらをかき、方多病《ファンドゥオビン》のうなじに二本の指を当てた。そしてゆっくりと経穴の「風池《ふうち》」に真力を流し込むと、治療を始めた。

十年の歳月は、人の体質や容貌だけでなく、心までも変えてしまう。自分以外の何者も眼中になかった頃のことを思うと、実に滑稽だ。

心法〝揚州慢〟を会得するのは極めて難しいが、一度ものにすれば、自由自在に真力を操ることができる。笛飛声《ディーフェイション》の渾身《こんしん》の一撃を受けても生き延びられたのは、このおかげだ。傷ついた体を癒やすには〝揚州慢〟が最も適している。

三十分もしないうちに、方多病《ファンドゥオビン》の肌に赤みが戻り始めた。もう大丈夫だろう。しばらくすると、方多病《ファンドゥオビン》が小さく呻《うめ》きながら目を開いた。

「蓮花《リエンホワ》？」

呼ばれた李蓮花《リーリエンホワ》が頷く。

「どうして井戸の中にいたんだい？」

「井戸の中？」

聞かれた方多病《ファンドゥオビン》が、茫然としながら手を頭の後ろに回す。そこで髪が濡れていることに気付いた彼は、たちまち怒りを爆発させた。

「あの野郎、よくも俺を井戸に投げ込みやがって……ごほっ！　ごほっ！」

興奮したせいで傷が痛むのか、方多病《ファンドゥオビン》が咳き込む。それを見た李蓮花《リーリエンホワ》が眉をひそめた。

「だから君は痩せ過ぎだと言っただろう。もう少し肉付きが良ければ、そこまでひどい傷には……」

それを聞いた方多病《ファンドゥオビン》が再び激昂する。

「お前は何も分かっちゃいない！　世の中には、俺みたいな秀麗で上品な出で立ちの男を好む女の子が大勢いるんだよ。俺が筋骨隆々になったら、どれだけの女性が悲しむか……ごほっ！　ごほっ！　それにしても、よく俺が井戸の中にいるって分かったな」

「喉が渇いたから、水を汲もうとしたんだよ。そしたら、君の大きな頭が見えたのさ」

李蓮花《リーリエンホワ》の話を聞きながら、方多病《ファンドゥオビン》はようやく自分に何が起きたのか思い出し、目を見開いて叫んだ。

「あれは武当の内力だ！　俺を襲ったのは武当の奴に違いない！」

李蓮花《リーリエンホワ》が少しでも医術に通じていれば、方多病《ファンドゥオビン》の胸の傷を見て、すぐにそれが武当の心法だと分かったはずだが、彼も同じく驚いた顔をする。

「また武当かい？」

「俺だって武当の心法かどうかぐらいは見分けがつく。野郎、どこに行きやがった？　あれは相当な手練れだ。武当の現当主、いや、ひょっとしたら白木《バイムー》道士以上かも知れねえ！」

武当の現当主は白木《バイムー》道士の弟子である紫霞《ズーシア》道士だが、武功は間違いなく白木《バイムー》が一番だ。それよりも強いとなると……

「黄七《ホアンチー》道士か！」

李蓮花《リーリエンホワ》がハッとして叫び、方多病《ファンドゥオビン》が答えようとして激しく咳き込む。

「ごほっ、絶対にそうだ。急がないと、死人が出るぞ……！」

黄七《ホアンチー》道士は、武当の先代当主が最も信頼していた弟子だ。そんな彼が朴鋤に十数年も隠れ住み、遊女と暮らしながら女性に乱暴を働いていたなんて、誰も信じないだろう。

「大変だ。もし楊秋岳《ヤンチウユエ》が黄七《ホアンチー》道士に見つかったら、恐らく黄七《ホアンチー》道士は彼を……」

眉根を寄せる李蓮花《リーリエンホワ》に向かって、痛む胸を押さえながら方多病《ファンドゥオビン》がうなった。

「間違いなく口封じのために殺される！　あのジジイはまともじゃねえ……」


息子を迎えに行った孫翠花《スンツイホワ》は、妓楼からそう離れていない場所で小如《シアオルー》を見つけた。考え事をしているのか、ぼんやりとした顔で、のろのろと歩いている。

「小如《シアオルー》、もう戻ったのかい」

後ろから声をかけられ、小如《シアオルー》がビクッとして立ち止まる。孫翠花《スンツイホワ》が彼女に追いつくと、ようやく小さな声で「ええ」と答えた。

そんな彼女を訝しげに見つめていた孫翠花《スンツイホワ》がフフッと笑う。

「おや、今日は夜伽《よとぎ》を頼まれなかったのかい？」

小如《シアオルー》の顔が微かに赤くなったが、その目にはひどく悲痛な色が浮かんでいた。

せっかく声をかけたのだからと、孫翠花《スンツイホワ》は彼女の腰にぶら下がっている木彫りの剣について尋ねた。

「そういえば、その腰につけてる木剣はどこで彫ってもらったんだい？　珍しいからあたしもほしくなってねえ」

それを聞いた小如《シアオルー》が、また小さく体を震わせる。

「これは、私が自分で……」

「自分で彫ったのかい？　どうして剣にしたんだい。縁起のいい如意《によい》の方が似合うのに」

遮られた小如《シアオルー》が黙り込む。しばらくして、二人が妓楼の前までやってきたところで、小如《シアオルー》が再び口を開いた。

「これと同じ剣を、あの人が持ってたの。でも、私を養うために、売ってしまったのよ」

それを聞いた孫翠花《スンツイホワ》が驚く。それが本当なら、あの男の正体は……

「分かってるわ。彼が優しくしていたのは私一人だけじゃない。それでも感謝しているの」

小如《シアオルー》はそう小さな声で呟いた。そして、ゆっくりとした足取りで、妓楼の脇にある小道に入っていった。

去って行く彼女の背中を、孫翠花《スンツイホワ》はぽかんと口を開けたまま見送った。小如《シアオルー》が客に本気になるのはかまわない。だがその相手というのが、自分の夫が長年探していた師叔かもしれないのだ。

ちょうどその時、楊秋岳《ヤンチウユエ》と霍平川《フオピンチュワン》が妓楼に駆けつけた。そして入口でぼんやりしている孫翠《スンツイ》花《ホワ》を見て、二人同時に「大丈夫か？」と声をかける。

驚いた孫翠花《スンツイホワ》が、今から息子を迎えに行くところだ、と答えようとしたその時、突然胸に冷たい感触と、チクリとした痛みを感じた。彼女が胸元に目を向けると、自分の胸から何かが突き出していることに気付く。

それは、先端から血が滴《したた》り落ちている、一本の箸だった。

「翠花《ツイホワ》！」

楊秋岳《ヤンチウユエ》が叫びながら、血相を変えて走り出す。

自分に起こったことがまだ信じられない孫翠花《スンツイホワ》は、駆け寄ってきた夫の腕を掴み、絞り出すように、

「小如《シアオルー》が……小如《シアオルー》の客が……武当の、金剣を持って……」

と言った。

「翠花《ツイホワ》、もうしゃべるな！」

顔面蒼白になりながら、妻の胸元の経穴を突いていく楊秋岳《ヤンチウユエ》。

孫翠花《スンツイホワ》はまだ困惑した顔で、自分の胸に刺さっている箸を見つめながら呟く。

「息子が……まだ、中に……」

「しゃべらなくていい！」

動揺を隠しきれない楊秋岳《ヤンチウユエ》が、悲痛な声で叫ぶ。

それが聞こえていないのか、孫翠花《スンツイホワ》は弱々しい声で、

「まったく……お箸を、投げ捨てたのは、誰……」

と言うと、そのまま楊秋岳《ヤンチウユエ》の腕の中に倒れ込み、目を閉じた。

弱々しく息をする妻を抱きしめる楊秋岳《ヤンチウユエ》。だが彼の視線は、妓楼からゆっくりと現れた人物に注がれていた。

「黄七《ホアンチー》師叔、なぜ……」

混乱した声で楊秋岳《ヤンチウユエ》が問う。そこには、短く整えられた髭を生やした、色白の男が立っていた。今は中年に差し掛かっているが、若い頃はさぞかし美男子だったのだろう。左手に杯を持ち、右手には箸を一本だけ握っている。

楊秋岳《ヤンチウユエ》を一瞥したその男は、涼しい顔で、

「楊師甥《ヤンしせい》じゃないか。こんな格好ですまないね」

と答えた。箸で孫翠花《スンツイホワ》を貫いたことなど、微塵も気にしていない様子だ。

まさか相手がいきなり攻撃してくるとは思わず、孫翠花《スンツイホワ》を守り切れなかったことを悔やみながら、霍平川《フオピンチュワン》が抱拳礼で名乗る。

「手前は仏彼白石門下、霍平川《フオピンチュワン》と申す者。そちらは失踪したと言われている、武当の黄七《ホアンチー》道士ではないだろうか？」

「我が俗名《ぞくみょう》は陳西康《チェンシーカン》だ」

黄七《ホアンチー》が答える。

「では、陳《チェン》殿はなぜこちらの女子《おなご》にこのようなことを？　彼女は江湖の者でもなければ、武功の心得もない。あなたほどの身分と実力のあるお方が、か弱い女性を傷つけるなど……」

「こいつは、私の女にかまをかけたんだ。十分死に値すると思わないかね？」

霍平川《フオピンチュワン》の質問に、黄七《ホアンチー》が淡々と答える。

楊秋岳《ヤンチウユエ》が理解しかねる顔で首を横に振り、暗憺《あんたん》とした声で問う。

「黄七《ホアンチー》師叔、武当の金剣は……」

「ははは っ！　武当の金剣だと？　あの骨董品のことか。江西《こうせい》の語剣斎《ごけんさい》の主人に見せたら、銀三万両で買い取ってくれたぞ！　真にいい取引だったわい！」

黄七《ホアンチー》が高笑いをしながら答える。

こいつは、とうに正気を失っているな。霍平川《フオピンチュワン》がそう思いながら眉をひそめる。

ぐったりした妻を抱きかかえながら、楊秋岳《ヤンチウユエ》は体中から血の気が引くのを感じた。賭け事に溺れ、一門の金剣を盗んだ当時のことが脳内に蘇る。自分に向かって「破門」の二文字を口にした師匠の顔を思い出し、これが因果応報なのかと楊秋岳《ヤンチウユエ》は嘆いた。

妓楼の中にいた客や遊女たちが、黄七《ホアンチー》の凶行を目撃し、悲鳴を上げながら裏口に向かう。

「仏彼白石の者まで連れてくるとは。私を粛清《しゅくせい》しろと当主に頼まれたのか？　紫霞《ズーシア》師弟も耄碌《もうろく》したものだな。お前のような半端者、私の暇つぶし程度にしかならんぞ」

箸をゆっくりと回しながら、黄七《ホアンチー》が冷たく言い放つ。長年隠居生活を送っていたというのに、彼の武功は衰えるどころかますます洗練されているようだ。

霍平川《フオピンチュワン》が黄七《ホアンチー》の前に立ちはだかる。

「陳《チェン》殿、仏彼白石までご足労願おう」

黄七《ホアンチー》が無言で構えを取ると、長い袖が小さく揺れた。すると、揺らめく袖から、まるで火薬が小さく爆発したようなパシッ！　という破裂音が響いた。

「袖に気を付けろ！　〝武当五重勁《ぶとうごじゅうけい》〟だ！」

楊秋岳《ヤンチウユエ》が叫ぶ。

〝武当五重勁〟の威力は霍平川《フオピンチュワン》も知っている。太極から派生したその技は、一重の勁力《けいりょく》（体から発せられる全身全霊の力）を自在に操る太極とは違い、五重の勁力を操ることができる。五つの勁力が異なる威力、異なる方向から襲いかかるため、互角の実力を持つ相手でも防ぎきるのは難しいのだ。

楊秋岳《ヤンチウユエ》が叫んだのと同時に、黄七《ホアンチー》の一重目の勁力が込められた袖が、まるで生きた蛇のように霍平川《フオピンチュワン》の手のひらを搦《から》め捕《と》った。そこから一攻一防のせめぎ合いが始まる。仏彼白石に入門する前から、霍平川《フオピンチュワン》は既に相当な実力の持ち主だった。相手が三重の勁力を使ってもなお互角に戦えているのを感じ、フッと安堵の笑みを浮かべた。

だが次の瞬間、黄七《ホアンチー》が狙いを変え、息も絶え絶えな孫翠花《スンツイホワ》に右袖を伸ばした。驚いた霍平川《フオピンチュワン》と楊秋岳《ヤンチウユエ》が同時に声を上げ、二人で黄七《ホアンチー》の四重目を阻む。だがそれと同時に、霍平川《フオピンチュワン》が胸元の「膻中《だんちゅう》」と「気海《きかい》」に強い衝撃を感じた。黄七《ホアンチー》が持っていた箸で彼の経穴を突いたのだ。

霍平川《フオピンチュワン》が体をずらして箸をわきに挟み、二の腕に力を込めて箸をへし折る。だがその間に黄《ホアン》七《チー》の五重目が隣にいた楊秋岳《ヤンチウユエ》の胸元に命中し、楊秋岳《ヤンチウユエ》が苦しそうに呻いた。

袖が巻き起こす強烈な風による攻撃、それが〝武当五重勁〟の恐ろしさだ。影も形もない攻撃はそれだけでも厄介だが、黄七《ホアンチー》はこの技を極限まで鍛え上げ、もはや江湖で太刀打ちできる者はいない。霍平川《フオピンチュワン》の武功をもってしても、完全に防ぎきるのは不可能だ。

孫翠花《スンツイホワ》を抱えながら、楊秋岳《ヤンチウユエ》がふらつく足取りで数歩退く。その場に妻を横たわらせると、剣を抜いて黄七《ホアンチー》の額めがけて突き出した。

元武当の弟子だった楊秋岳《ヤンチウユエ》は、〝武当五重勁〟こそ習得していないものの、その技を操るための内功や心法の扱いは心得ている。太極の勁力を破る一番手っ取り早い方法が、眉間の中央にある「攢竹《さんちく》」を突くことだ。太極拳は「目で手を観察し、目で手を導く」技だ。眉間を刺せば、視界が阻害され、太極の要である調和と均等が崩れる。そうなれば〝武当五重勁〟の威力を阻むことができるだろう。

楊秋岳《ヤンチウユエ》が剣を向けた瞬間、黄七《ホアンチー》の顔に冷徹な笑みがよぎった。楊秋岳《ヤンチウユエ》は罠だと感付くが、時すでに遅し、勢いがついた体はもう止まれない。助太刀しようと構えていた霍平川《フオピンチュワン》も、「攢竹」を狙う楊秋岳《ヤンチウユエ》の意図が読めずに傍《かたわ》らで控えていたため、黄七《ホアンチー》の不気味な笑みに気付けなかった。

と、その時、

「いやあ、家を燃やすってなかなか楽しいもんだな。特に他人のぼろ屋を燃やすのは実に気分がいい」

と、誰かが話すのが聞こえた。そして、

「性格が悪いよ」

ともう一人がため息をつくのが聞こえる。

黄七《ホアンチー》の顔色がサッと変わる。それを見た楊秋岳《ヤンチウユエ》は突然剣先の向きを変え、黄七《ホアンチー》の右手に向かって振り下ろした。先ほどまで構えの姿勢を取っていた黄七《ホアンチー》は、二人の会話に気を取られたせいで楊秋岳《ヤンチウユエ》に先手を取られたことに気付き、とっさに両手で剣を摑もうとする。

いつもの陰気な顔に戻っていた楊秋岳《ヤンチウユエ》が、表情を変えずに黄七《ホアンチー》の手首めがけて斬りつけた。

黄七《ホアンチー》の指が剣先に触れたその瞬間、指先が空《くう》を爪弾くような奇妙な動きをしたかと思うと、爪と剣身がぶつかる甲高い音が響いた。振動が剣を伝い、楊秋岳《ヤンチウユエ》の全身に広がる。とっさに武器を手放そうとしたが、黄七《ホアンチー》が剣に送り込んだ内力が彼の手を引きつけて放さない。

爪が剣を弾く音はまだ続いている。耳に激痛が走るのを感じ、激しい吐き気に襲われた霍平《フォピン》川《チュワン》は、息を止め黄七《ホアンチー》の背中の「脾兪《ひゆ》」を狙いに行く。

剣を立て続けに数十回弾いた後、黄七《ホアンチー》が凶悪な笑みを浮かべて手を止める。次の瞬間、解放された楊秋岳《ヤンチウユエ》が、白目を剝きながら霍平川《フォピンチュワン》の胸元に剣を向けた。

黄七《ホアンチー》が剣を不気味に弾いていたあの面妖な技は、相手を操る邪術だったのだ。

その時になって、先ほどわざと聞こえるようにでたらめな会話していた方多病《ファンドゥオビン》と李蓮花《リーリエンホワ》がようやく駆けつけたが、目の前で楊秋岳《ヤンチウユエ》と霍平川《フォピンチュワン》が戦っているのを見て、目を丸くする。

袖を翻し、その場から立ち去ろうとする黄七《ホアンチー》に気付き、方多病《ファンドゥオビン》が大声で呼び止めながら、袖から短い棍棒を取り出した。

空を切る音と共に、黄七《ホアンチー》の肩めがけて棍棒が打ち下ろされる。

一方の李蓮花《リーリエンホワ》は、踵を返し、妓楼の中に逃げ込んだ。それを見た方多病《ファンドゥオビン》が、また心の中で悪態をつく。あの野郎！　こっちだってまだ万全な状態じゃないのに、また見捨てやがって……最後の言葉が終わらないうちに、黄七《ホアンチー》が彼の棍棒を爪で弾いた。

「気を付けろ！　奴は人を操る邪術を使うぞ！」

楊秋岳《ヤンチウユエ》の攻撃を防ぎながら、霍平川《フォピンチュワン》が血相を変えて叫ぶ。

方多病《ファンドゥオビン》が反応する間もなく、弾かれた棍棒から突如七つの音が鳴り響いた。胸に打撃を七度食らったような衝撃を受け、方多病《ファンドゥオビン》の顔が激痛で歪む。それを見た黄七《ホアンチー》が激しく笑い出した。棍棒だと思っていた方多病《ファンドゥオビン》の武器は、作りが精巧な笛だった。それを弾いたことによって、振動が筒の中で増幅し、技の威力が何倍にも跳ね上がってしまったのだ。

これにはさすがの霍平川《フォピンチュワン》も驚き、楊秋岳《ヤンチウユエ》に隙を見せてしまう。一方、地面に横たわっている孫翠花《スンツイホワ》はいつ死んでもおかしくない状態だ。

こちらの形勢はかなり不利だと言わざるを得ない。

と、その時、妓楼の中から一人の女が慌てふためきながら飛び出してきた。

痛みを堪えながら方多病《ファンドゥオビン》がその女性に目をやる。顔中に頬紅を塗り、唇は血のように赤い女性は、真っすぐ孫翠花《スンツイホワ》の方へ駆けていった。そして地面に跪《ひざまず》くと、持っていた白い紙の塊を震えながら広げる。紙の中から出てきたのは一つの小瓶で、彼女は瓶の中身を孫翠花《スンツイホワ》に飲ませた。そして、こんどは紙の方を持ち上げ、震える声で何やら呟き始めた。

「四神聡《ししんそう》、印堂《いんどう》、翳明《えいめい》、十宣《じゅっせん》……四神聡、印堂、翳明、十宣……」

それを聞いた方多病《ファンドゥオビン》が、迷わず黄七《ホアンチー》の頭上にある「四神聡」を突きに行く。

「ち、違う違う！　あなたじゃない！」

女性は驚いた声を上げると、霍平川《フォピンチュワン》を指差しながらまた同じ内容を唱え始めた。

「四神聡、印堂、翳明、十宣……」

方多病《ファンドゥオビン》が苦笑する。一体誰が彼女をよこしたのかは知らないが、なんとも滑稽な策である。

女の言うとおりに、霍平川《フォピンチュワン》が楊秋岳《ヤンチウユエ》の「四神聡」を封じる。途端に楊秋岳《ヤンチウユエ》の目がぐるりと回転し、動きが緩慢になった。

　この策が功を奏したのを見て、

「俺にはないのか？」

と方多病《ファンドゥオビン》が女に向かって叫ぶ。

　先ほどから痛みを堪えながら黄七《ホアンチー》の猛攻を笛で受け止めているが、それもかなり限界に近い。方多病《ファンドゥオビン》は自分にも助言をくれることを願った。

　だが女は首を振り、紙を掲げて書かれた内容を読み始める。

「梅子宝《メイシアオバオ》は私が助け出した。張小如《ジャンシアオルー》はお前が幼女に手を出したことを知って、裏庭の井戸に身を投げた。何《ホー》未亡人は、お前が他にも三人の女を囲っていると聞いて、訴えてやると言っていた。陳西康《チェンシーカン》、この好色魔め！　ここが年……年……」

　女性が突然言いよどむ。読めない文字があるのか、ひどく焦っている様子だ。

「年貝の納め時だ！」

方多病《ファンドゥオビン》がたまらず吹き出す。恐らく「年貢の納め時」と書かれているのだろう。

「愚かな遊女如きが、よくも私を愚弄したな！」

最初は驚いた黄七《ホアンチー》も、聞けば聞くほど怒りがこみ上げ、喚きながら女のうなじに狙いを定めた。

それを見た方多病《ファンドゥオビン》が、黄七《ホアンチー》の背中に向けて勢いよく笛を横に払う。

黄七《ホアンチー》はフンッと鼻を鳴らしながら、方多病《ファンドゥオビン》の攻撃を左袖で防ぎ、右手で女の首を掴もうとした。

楊秋岳《ヤンチウユエ》の経穴を封じ終えた霍平川《フオピンチュワン》が助けに向かおうとするが、女が手を後ろに伸ばし、うなじを押さえるのが見えた。

あの女子《おなご》、なかなか素早い動きをする……霍平川《フオピンチュワン》がそう思ったのも束の間、黄七《ホアンチー》が彼女の手の上からうなじを掴んだ。だが次の瞬間、霍平川《フオピンチュワン》は自分の目を疑った。

女は掴まれたまま、指を黄七《ホアンチー》の右手に絡《から》めると、器用にも商陽《しょうよう》、二間《じかん》、三間《さんかん》、合谷《ごうこく》、陽溪《ようけい》、偏歴《へんれき》、温溜《おんる》、下廉《げれん》、上廉《じょうれん》、手三里《てさんり》の十個の経穴を封じた。黄七《ホアンチー》の右手が瞬時に痺れ、指一本動かせなくなる。すると女は、手を掴んだまま後ろへのけぞり、横へ倒れた。そして勢いよく片足を上げ、つま先で黄七《ホアンチー》の膝の内側にある陰陵泉《いんりょうせん》を突き、膝で下腹部の丹田《たんでん》を蹴り上げる。

思いもよらない動きに黄七《ホアンチー》の目が驚きと恐怖に見開かれる。次の瞬間、

「ごふっ！」

方多病《ファンドゥオビン》の笛が黄七《ホアンチー》の背中に深々と突き刺さり、黄七《ホアンチー》の口から鮮血が吹き出す。頭からその血を被った女性は、その場に力なくへたり込んだ。

笛を回収した方多病《ファンドゥオビン》は女をしげしげと見つめ、ハッとしてため息をついた。

「おかしいと思ったんだ。あんな状況で割り込んでこられる女がいるはずないもんな。やっぱりお前だったんだな、この大嘘つきめ！」

方多病《ファンドゥオビン》よりもだいぶ時間をかけて観察したあと、霍平川《フオピンチュワン》が長いため息をついた。

「さすがは李《リー》先生、噂通り聡明なお方だ」

頬紅と血を袖で拭った李蓮花《リーリエンホワ》は、まだ恐怖も冷めやらぬといった様子で、

「ええと……」

と、しどろもどろになっている。

「何が『ええと』だ！　それにしても、さっきの点穴はなかなかすごかったぜ。どこで学んだんだ？」

方多病《ファンドゥオビン》がその場にどっかと座りながら、大きく息をつく。

知り合って六年になるが、李蓮花《リーリエンホワ》が敵を組み伏せるのを見たのはこれが初めてだ。黄七《ホアンチー》が油断していたのは大きな勝因だが、十個の経穴を同時に封じ、そこからの突きと蹴りはまるで流れるように自然だった。あれが偶然できた動きとはとても思えない。

「ある社《やしろ》にいたご老人から教わったんだ。〝彩鳳羽《さいほうう》〟という技だよ」

真面目に答える李蓮花《リーリエンホワ》に向かって、方多病《ファンドゥオビン》が明からさまに信じていない顔で手を振る。

「誰が信じるかってんだ。どうせなら、崖から飛び降りた時に木にひっかかって、ちょうどその木の洞の中にいた達人に教えてもらったっていう方がまだ面白いぜ」

「本当なのに……」

李蓮花《リーリエンホワ》が心外そうに呟き、方多病《ファンドゥオビン》があきれた目をする。

「さっきみたいなちまちました技が得意みたいだが、いかんせんお前は内力がなさ過ぎる。もし摑んだのが俺だったら、そう簡単には動きを封じられなかっただろうな」

「おっしゃるとおりで」

李蓮花《リーリエンホワ》が頷く。

仏彼白石が使う鎖で霍平川《フォピンチュワン》が黄七《ホアンチー》を拘束した後、しばらくして楊秋岳《ヤンチウユエ》が意識を取り戻した。そしてもはや息をしていない孫翠花《スンツイホワ》を抱き上げ、顔面蒼白で李蓮花《リーリエンホワ》を見つめる。

「気の流れを止める薬を飲ませた。一日二日は死人のように見えるだろうけど、彼女に死んではほしくないなら、目覚める前に医者に傷口をちゃんと診てもらったほうがいいよ」

李蓮花《リーリエンホワ》が小さくため息をついて、優しく答えた。

それを見ていた方多病《ファンドゥオビン》が危うく咳き込みそうになり、またからかいの言葉を口にしようとしたが、李蓮花《リーリエンホワ》が黄七《ホアンチー》に近付くのを見てやめた。

「陳《チェン》先生」

自分の前にやってきた李蓮花《リーリエンホワ》を見て、黄七《ホアンチー》が目に怒りを宿しながら冷たく笑う。

そんな彼の前に座り、かつて武当最強と謳われた男の目を真っすぐ見据えながら李蓮花《リーリエンホワ》が問う。

「十数年前、あなたは熙陵の宝の在りかが記された地図を手に入れ、地下宮殿に侵入しましたね。そしてそこから脱出したあなたは、この町にとどまった。当時、あの地下宮殿で何があったのですか？」

黄七《ホアンチー》は質問には答えず、冷ややかな目をこちらに向ける。

「何も知らないひよっこが。殺すならさっさと殺せ。無駄話をする気はない」

「もしかして、迷香と女性に関係が？」

小さく微笑む李蓮花《リーリエンホワ》の言葉に、黄七《ホアンチー》の眉がピクリと動いた。それに気付いた李蓮花《リーリエンホワ》が穏やかな口調でゆっくりと続ける。

「当時のあなたはまさに全盛期で、誰もがその武功と人徳を称えた。そんなあなたが突然人が変わったようになり、こんな小さな町で色香に溺れるなんて、よっぽどの理由があったはずです。小如《シアオルー》の先生の外見と実力をもってすれば、心を寄せた相手に迷香を使う必要などないでしょう。

ように、あなたを心から愛する女性も少なくなかったはずです。もしや、あなたは熙陵で……」

　そこまで言って、李蓮花《リーリエンホワ》が小さくため息をつく。

「熙陵で、体中に迷香を纏《まと》った美しい女性と出会ったのでは？」

　そのせいで理性のたがが外れて、武当の一番弟子から人でなしに成り下がったんだな!?　近くで聞いていた方多病《ファンドゥオビン》が、心の中で李蓮花《リーリエンホワ》の話を勝手に補う。

　二人の会話を注意深く聞いていた霍平川《フオピンチュワン》も、何か考えている様子だった。

　李蓮花《リーリエンホワ》を睨んでいた黄七《ホアンチー》が突然高笑いをする。

「ははは！　本当に知りたいか？」

　李蓮花《リーリエンホワ》が頷く前に、方多病《ファンドゥオビン》が素早く首を縦に振る。

「知りたければ教えてやろう。私が数々の罠をくぐり抜け、鬼の門を開けて観音像の扉に辿り着いたとき、そこに一人の女が立っていた。彼女の足元には、食べ残した男どもの残骸が、至るところに血まみれで転がっていたよ……」

　そう話す黄七《ホアンチー》の口元には変わらず冷たい笑みが浮かんでいる。

「人を、食ってたのか？」

　方多病《ファンドゥオビン》がぞくりとする。

　黄七《ホアンチー》がまた高笑いをした。

「墓に閉じ込められていたんだぞ。食わなきゃ、食われるだけだ。あの時、彼女はちょうど人の肉塊を口にしていた、だが私はそれが驚くほど美しく見えたんだ。いや、彼女はもともと美しかったのだろう。だから他の男たちも、自ら彼女に食われることを選んだに違いない。

私は彼女を助け出し、ここの民家に閉じ込めた。そして毎日彼女を眺めたよ。一日ひと目見るだけでも幸せだった。たとえ彼女に生きたまま食われても本望だと思えた……」

李蓮花《リーリエンホワ》と方多病《ファンドゥオビン》が顔を見合わせる。二人の脳裏に、観音像の扉の向こうで見た数百年前の白骨の姿が浮かんだ。あの白骨女性が生きていた頃も、きっと見る者を魅了する美貌の持ち主だったに違いない。

黄七《ホアンチー》の語るその女性に何か思い当たる節があるのか、霍平川《フオピンチュワン》の目がキラリと光る。

「私は彼女を仙女のように大事にしていたのに、彼女は家から逃げ出すことばかり考えていた。そして私はもう一度地下宮殿に行ってほしいと頼まれた。観音像の扉を開け、前王朝の皇帝が持っていた玉璽と宝を手に入れてほしいと。だが私は断った。それを渡したら、彼女はきっとここを出ていく。だから、ある日の夜、私は……」

突然黄七《ホアンチー》の目に異様な光が宿り、不気味で耳障りな笑い声を上げた。

「私は薬を使って、彼女を手に入れたのさ！」

得意げに笑う黄七《ホアンチー》に、李蓮花《リーリエンホワ》たちが軽蔑の眼差しを向ける。

「その女はどうなった？」

霍平川《フオピンチュワン》の問いに、黄七《ホアンチー》の笑い声がピタッと止まる。

「どうなった、だと？」

黄七《ホアンチー》の声に怒りがこもった。

「逃げられたよ。鎖で繋《つな》いで、部屋の中に閉じ込めても、結局逃げられた。あれは恐ろしい女だ。あの美貌のためなら、命を差し出す男はごまんといる……」

「まさに魔性の女だな。そいつはまだ生きてるのか？」

方多病《ファンドゥオビン》が驚いた声で聞く。

「生きているに決まっているだろう」

黄七《ホアンチー》が冷たく言い放った。

「彼女の……名前は？」

眉間にしわを寄せながら問う李蓮花《リーリエンホワ》に向かって、黄七《ホアンチー》が小馬鹿にしたように笑う。

「江湖で彼女の名前を知らない者などおらんよ」

それを聞いた霍平川《フオピンチュワン》が、ついに核心を突いた。

「その女性の苗字は、もしや角《ジアオ》ではないか？　〝虞美人《ぐびじん》〟角麗譙《ジアオリージアオ》。最近なにやら牛馬羊の名がついた組織を作り、そこの幇主になったと聞く」

黄七《ホアンチー》が楽しそうに笑う。

「一度あの女に会ってみるべきだよ、お若いの。初めて彼女を目にしたお前たちの顔が見てみたいものだ。はははっ！」

「それって、魚龍牛馬幇のことか？」

方多病《ファンドゥオビン》の問いに、霍平川《フオピンチュワン》が頷く。

「どうやら、このたび熙陵で起きたことは、王玉璣《ワンユージー》と風辞《フォンツー》の二人を捕らえて終わりとはいかないらしい。消えた『観音の涙』に、杉林の中で目撃された婆娑歩、そして当時地下宮殿から生還した角麗譙《ジアオリージアオ》。彼女が前王朝の熙成帝や芳璣帝とどんな関係があるかは分からないが、今回の件は一筋縄ではいかないようだ」

李蓮花《リーリエンホワ》が頷き、

「厄介なことになったね」

と呟いた。

霍平川《フォピンチュワン》が小さく呻き、李蓮花《リーリエンホワ》と方多病《ファンドゥオビン》に向かって抱拳礼をする。

「お二方、急を要する事態ゆえ、一刻も早く紀漢仏《ジーハンフォー》様と雲彼丘《ユンビーチウ》様に報告せねばならない。私はこの者を連れて先に失礼する」

「もちろんだ。さっさとそいつを連れていってくれ。俺は女は好きだが、女に乱暴を働く男は大嫌いなんだ」

方多病《ファンドゥオビン》が頷き、ひらひらと手を振る。隣にいた李蓮花《リーリエンホワ》も同じく頷いて手を振ったが、心ここにあらずという様子だ。

霍平川《フォピンチュワン》が李蓮花《リーリエンホワ》に視線を向け、もう一度抱拳礼をする。そして黄七《ホアンチー》の肩を摑み、大股で町の外へ出ていった。

二人の背中が遠ざかっていくのを見送った後、楊秋岳《ヤンチウユエ》も黙って妻を抱きかかえ、医者の所へ急いだ。

しばらくして、

「あれ？　みんな行っちゃったのかい？」

李蓮花《リーリエンホワ》が驚いた声を上げた。

「名残惜しいのか？」

方多病《ファンドゥオビン》が横目で見ながら問うと、李蓮花《リーリエンホワ》が黙って首を横に振る。

「だったら何を考えてたんだ？」

「角麗譙《ジアオリージアオ》は、やっぱり綺麗なんだなって」

そう言って、李蓮花《リーリエンホワ》が微笑む。

「会ったことがあるのか？」

方多病《ファンドゥオビン》が驚いて聞くと、李蓮花《リーリエンホワ》が小さく、

「あるよ」

と頷いた。

一瞬きょとんとした方多病《ファンドゥオビン》だが、すぐに天を仰いで大笑いする。

「はっ、お前の言うことなんか、誰が信じるかってんだ！」

八、高妙な医術

あれから十日ほど経った。

百川院にいる紀漢仏《ジーハンフォー》のもとに、熙陵で起きた事件の顚末《てんまつ》が届いた。

前王朝の玉璽を手に入れるため、葛藩《ゴーパン》と駐屯兵に扮して方多病《ファンドゥオビン》と李蓮花《リーリエンホワ》を欺こうとした王玉《ワンユー》璣《ジー》と風辞《フォンツー》を捕らえた。だが百川院に連行する道中、護送部隊が何者かの襲撃を受け、二人は行方不明、仏彼白石の弟子が十数名負傷した。玉璽は霍平川《フォピンチュワン》が破壊し、地下宮殿の秘密は朝廷へ伝えられた。霍平川《フォピンチュワン》は黄七《ホアンチー》を連れて院に戻り、雲彼丘《ユンビーチウ》にこれまでのことを報告しに向かっている。

朴鋤にいる楊秋岳《ヤンチウユエ》の妻孫翠花《スンツイホワ》は回復が思わしくなく、高熱を出してそのまま還らぬ人となった。

方多病《ファンドゥオビン》は負傷し、李蓮花《リーリエンホワ》はこれといった怪我はしていない。そして本物の葛藩《ゴーパン》は、やはり熙陵に向かう道中で殺害されていた。

霍平川《フオピンチュワン》が熙陵に駆けつけた時点で、すでに地下宮殿の謎は解き明かされていた。結局のところ、李蓮花《リーリエンホワ》が今回の事件でどんな役割を担ったのかは、はっきりしていない。だが王玉璣《ワンユージー》と風《フォン》辞《ツー》を連れ去った人物が誰なのか、紀漢仏《ジーハンフォー》には心当たりがあった。

蓮花楼と笛飛声《ディーフェイション》の関係は分からずじまいだったが、彼の関心はすでに他のことに移っていた。

百川院は数棟の建物から成っている。そのうち西の一棟は通常よりも高い位置に窓があり、他の質素な建物とは違って、窓台にはいくつも鉢植えが置かれている。

清潔な服に着替えた霍平川《フオピンチュワン》が、その建物の前までやってきて、叩き金で扉を数回叩く。そして、中に向かって、

「霍平川《フオピンチュワン》です」

と、恭しく来訪を告げた。

扉の向こうから書物を閉じる音が聞こえ、続けて、

「入りなさい」

という穏やかな声が聞こえた。

霍平川《フオピンチュワン》が扉を押し開ける。最初に目に入るのは、小さな黒いついたてだ。簡素な調度品が多い百川院には珍しい。上質な光沢を放ち、鳳凰のもとに無数の鳥が集う「百鳥朝鳳図《ひゃくちょうちょうほうず》」が描かれている。古い物なのか、所々に破損が見られるが、相当高価な品に違いない。

ついたての向こうには、積み上がった書物の山がいくつもあった。机や椅子の上にも本が乱雑に置かれているが、どれも埃一つついていない。

霍平川《フォピンチュワン》が入ってきたのを見て、本の山に埋もれていた一人の男性が顔を上げ、

「〝婆娑歩〟を使う者が現れたそうですね？」

と問いかけた。

霍平川《フォピンチュワン》が頷く。そして積み上がった本の上に腰掛けると、熙陵で見聞きした事を話し始めた。

部屋の主は時々質問をはさみ、霍平川《フォピンチュワン》がそれに答える。真剣に耳を傾けているこの者は雲彼丘《ユンビーチウ》。その昔、四顧門で李相夷《リーシアンイー》の軍師を務めていた人物だ。

霍平川《フォピンチュワン》の話を聞き終えた後、雲彼丘《ユンビーチウ》は長いため息をつき、穏やかな笑みを浮かべた。

「江湖にはまだまだ私たちの知らない優秀な人物がたくさんいるのですね。あの黄七《ホアンチー》道士を生け捕るなんて、李蓮花《リーリエンホワ》という人も、ただの医者ではないようだ」

当時、李相夷《リーシアンイー》のもとで腕を振るい、齢二十三で〝美諸葛《びしょかつ》〟の二つ名を持っていた雲彼丘《ユンビーチウ》も、今では三十を超えている。麻布の服と草履《ぞうり》という簡素な出で立ちで、もみあげには白髪がちらほらと見える。十年前と変わらず穏やかな気品を漂わせているが、その顔は実際の年齢よりもやつれているように見えた。

「私が気になっているのは、『観音の涙』を持ち去った人物と、杉林の中で王玉璣《ワンユージー》たちを倒した者の正体です」

そこまで言った後、霍平川《フォピンチュワン》は少し考えてから、声をひそめて問う。

「二人は同一人物だと思いますか？」

問われた雲彼丘《ユンビーチウ》は答える。

「恐らく別人でしょう。〝婆娑歩〟を使った人物が、墓の中の巨石を破壊できるほどの内力を持っていたのなら、風辞《フォンツー》の気脈（体内の気の流れ）を封じられなかったはずがありませんから」

それを聞いた霍平川《フォピンチュワン》がため息をつく。

「たった数日の間に、二人もの達人があの山を訪れたということですか……」

雲彼丘《ユンビーチウ》が小さく微笑み、話題を変える。

「そういえば、黄七《ホアンチー》道士が熙陵で角麗譙《ジアオリージアオ》に会った、というのは本当ですか？」

「ええ。なんでも、見る者を惑わす色香を放っていたとか」

霍平川《フォピンチュワン》が頷きながら答えると、雲彼丘《ユンビーチウ》が蒼白な顔で小さく咳き込んだ。

「当時、門主と金鴛盟の本殿で彼女を見たことがあります。そう、あれは確かに……」

そこまで言うと、何を思ったのか雲彼丘《ユンビーチウ》は口をつぐんだ。

「お体の具合はどうですか？」

心配そうに問う霍平川《フォピンチュワン》に向かって、雲彼丘《ユンビーチウ》がやや自嘲気味に微笑む。

「心配には及びませんよ。熙陵の件は決して軽視してはなりません。今日中に書簡を二通したためますので、それを武当の紫霞《ズーシア》当主と魚龍牛馬幇の角麗譙《ジアオリージアオ》幇主に届けてください」

霍平川《フォピンチュワン》が頷き、雲彼丘《ユンビーチウ》がさらに続ける。

「遠回しに探るよりも、二人を当院に招いて直接聞いた方が手っ取り早い。武当の楊秋岳《ヤンチウユエ》に黄七《ホアンチー》、〝碧玉の書生〟王玉璣《ワンユージー》、〝断頭刀〟風辞《フォンツー》、そして魚龍牛馬幇。彼らと熙陵に一体どんな関係があるのかをね」

その言葉に、霍平川《フオピンチユワン》が姿勢を正した。

「なるほど、おっしゃる通りです。仏彼白石たる者、回りくどい方法よりも、単刀直入に切り込むべきですね」

そんな霍平川《フオピンチユワン》を見て、雲彼丘《ユンピーチウ》がフッと笑う。

「同じ四顧門の仲間なのですから、そうかしこまらなくても大丈夫ですよ。君の性格なのでしょうが、何でもかんでも相手に合わせる必要はありません」

雲彼丘《ユンピーチウ》の言葉に、霍平川《フオピンチユワン》は頷くべきかどうか分からず、やや気まずそうな顔をした。

「君は、あの李蓮花《リーリエンホワ》という人物からどういう印象を受けましたか？」

「正直、つかみ所のない男と言いますか……驚くほど聡明だと思えば、あきれるほど間が抜けている時もあります。武功は並以下のはずなのに、気付けば難なく強敵を組み伏せている。私にはあの者がよく分かりません」

声低く答える霍平川《フオピンチユワン》。ふと、雲彼丘《ユンピーチウ》の目に微かな光がよぎった。

「彼は、武器を使っていましたか？」

「いいえ。私が見た限りは」

霍平川《フオピンチユワン》が首を横に振り、雲彼丘《ユンピーチウ》が眉をひそめる。どうも李蓮花《リーリエンホワ》という男は、当初彼が想像していた人物像とだいぶ違うようだ。

「妙ですね……どの流派かも分からないのですか？」

雲彼丘《ユンピーチウ》の質問に、霍平川《フオピンチユワン》はしばらく考えてから答えた。

「どの流派にも見えませんでした。分かったのは、経穴を狙うのが恐ろしく的確で、内力がひどく弱いとしか」

雲彼丘《ユンピーチウ》が頷く。

「神医と呼ばれるほど医術に精通している人間なら、経穴の位置を正確に把握しているのも不思議ではありませんね」

一方その頃、〝美諸葛〟から「医術に精通している」と評価された李蓮花《リーリエンホワ》は、方《ファン》家の客間にいた。何やら自信ありげな笑みを浮かべ、彼を訪ねてきた女性の脈を真剣に測っている。

隣にはうちわを持った方多病《ファンドゥオビン》が腰掛け、煎じ薬を温めている炉の火をパタパタとあおいでいる。やや不機嫌そうな彼は、李蓮花《リーリエンホワ》の診察を受けている自分の叔母、〝武林の第三美女〟こと何《ホー》暁鳳《シアオフォン》をギロリと睨みつけた。相手はそれに気付いていないのか、先ほどから李蓮花《リーリエンホワ》に甘い視線を送っている。

自分の母親より十歳年下の叔母は、蓮花楼の主が来たと聞くや否や、突然めまいがすると言い出し、李蓮花《リーリエンホワ》の腕の中に倒れ込んだ。そして今も潤んだ瞳で目の前の「神医」を見つめている。だが方多病《ファンドゥオビン》は、彼女がやや落胆していることを見抜いていた。噂の神医は確かに見た目は悪くないが、想像していた瀟洒《しょうしゃ》な美男子にはほど遠かったようだ。

「何《ホー》……お嬢様の病状ですが」

李蓮花《リーリエンホワ》が穏やかな目を何暁鳳《ホーシアオフォン》に向ける。

「特に心配には及びません。私がお出しする薬を服用すれば、すぐに治りますよ」

方多病《ファンドゥオビン》が面倒くさそうに頷く。まったく、叔母上は一体何を考えてるんだ？　そもそも、脈を測り終える前に薬を煎じ始める医者がどこにいるんだよ！　と内心悪態をつきながら、よりいっそう力強くうちわであおいだ。

ぐつぐつと湯気が立ちのぼる黒い液体を眺めながら、方多病《ファンドゥオビン》の脳裏に先日李蓮花《リーリエンホワ》と交わした会話が蘇る。

「蓮花《リエンホワ》、どうしてお前は、あの四つの経穴を突けば黄七《ホアンチー》の邪術が解けるって知ってたんだ？」

「うーん……正気を失った患者が、それで治ったのを見たことがあるんだよ」

李蓮花《リーリエンホワ》がやや上の空で答える。だが方多病《ファンドゥオビン》があきれた顔をするので、今度は真剣な顔でもう一度繰り返した。

「本当だって。気が触れた人がそれで治ったのを……」

「それ以上言うな！　俺はもう二度と、お前の言うことを信じねえからな！」

李蓮花《リーリエンホワ》の言葉を遮り、方多病《ファンドゥオビン》は頭を抱えながら叫んだ。

目の前で徐々に焦げていく液体を眺めながら、これを飲んだ叔母が二ヶ月ほど寝込んでしまえばいいと方多病《ファンドゥオビン》は願った。そうすれば、李蓮花《リーリエンホワ》の腕の中に倒れ込むのがどれほど危険な行為か、嫌でも思い知るだろうから。

第三章

花嫁衣装に散る骸骨

郭大福（グオダーフー）　采蓮荘の園主。
郭禍（グオフオ）　郭大福の息子。
蒲蘇蘇（プースースー）　郭禍の妻。
姜（ジアン）　郭大福の乳母。
郭乾（グオチエン）　郭大福の父。
郭坤（グオクン）　郭大福の叔父。成人後も兄の郭乾に養われていた。
王黒狗（ワンヘイゴウ）　薛玉を管轄する県令。

熙陵の件が一段落し、方家《ファン》の屋敷で数日過ごした李蓮花《リーリエンホワ》は、蓮花楼が恋しくなったと言って家に帰っていった。

李蓮花《リーリエンホワ》が去った後、何暁鳳《ホーシアオフォン》は丸々三ヶ月も下痢《げり》と嘔吐《おうと》が止まらなかったが、それが李蓮花《リーリエンホワ》から出された薬を飲んだせいだとは口が裂けても言えなかった。

数日後、一品墳で起きた事件の報告をすべて終えた方多病《ファンドゥオビン》が意気揚々と李蓮花《リーリエンホワ》の下を訪ねた。だがそこには李蓮花《リーリエンホワ》はおろか、蓮花楼は影も形もなかった。その日、痩せ細った貴公子が空き地を指差しながら「あのカタツムリ野郎！　また家ごと消えやがって！」と喚く姿を屏山の大勢の住民が目撃した。

数日前、蓮花楼の主が二頭の牛を買って家ごと引っ越したことは、町民のほとんどが知っており、中には引っ越しを手伝った者もいた。

なぜ引っ越すのかと聞くと、なんでも自分が助けた相手から、全財産を譲ると言われ、そんなものは受け取れないので早急に行方をくらます必要があると答えたのだそうだ。それを聞いた町民は、今どき彼のような清廉潔白で無欲な人も珍しいと、大層感心したらしい。

空き地に向かって思いつく限りの悪態をついた後、方多病《ファンドゥオビン》は空を仰いで大きくため息をついた。もはや慣れっこになっていたが、こうなっては、こちらから李蓮花《リーリエンホワ》を探し出すのは至難の業だ。次にどこで会えるかは、本人のみぞ知る、のだから。

一、不吉な花嫁衣装

薛玉《せつぎょく》というにぎやかな町から十里離れた場所に、采蓮荘《さいれんそう》という荘園がある。薛玉と聞いてピンとこなくても、采蓮荘の名前を知らない者はいない。そこには「采蓮池」と呼ばれる有名な池があるからだ。

緑豊かな山を背に、碧《あお》い水をたたえた直径五里の池には、四本の小川が流れ込んでいる。一年中暖かな気候に恵まれたこの美しい場所で、何よりも目を引くのは世にも珍しい水色の蓮の花だ。池一面に咲き誇る秀麗な蓮を一目見ようと、各地の文人や貴族たちが訪れることから「采蓮池」の名前がついた。

約五十年前、とある人物が大金を払い、采蓮池をまるごと買い取った。そして池の周りを塀で囲み、その真ん中にある島に「采蓮荘」という名の屋敷を建てた。現園主の名前は郭大福《グオダーフー》、少々野暮ったい名前だが、本人は風流を嗜《たしな》む雅人だと自負している。

生薬の商いをしている郭大福《グオダーフー》は、商売も順調で豊かな暮らしを送っているが、彼には大きな悩みの種があった。それは息子の郭禍《グオフオ》だ。郭禍《グオフオ》は字を兮之《シージー》と言い、「禍兮福之所倚、福兮禍之所伏(禍福はあざなえる縄の如し)」という言葉から取った縁起の良い名前だ。そんな郭禍《グオフオ》は三歳で『詩経』をそらんじることができ、五歳で『論語』を読むことができた。郭大福《グオダーフー》にとっては目に入れても痛くない大事な息子だ。

郭禍《グオフオ》が十一歳になった時、郭大福《グオダーフー》は息子を百川院に送り、仏彼白石随一の風雅人と名高い〝美諸葛〟の雲彼丘《ユンビーチウ》に弟子入りさせた。師匠の下で文学と武功を学び、希代の侠客とまではいかなくとも、卓越した人物になってほしいと願ってのことだ。

だが先月、修業を終えて戻ってきた息子を見て、郭大福《グオダーフー》は大いに頭を抱えた。やれ戦いだ、勝負だと喚きながら武器を振り回す息子は、子どもの頃に学んだことをすべて忘れ、文字すら読めなくなっていたのだ。「蓬莱《ほうらい》」を「蓮菜《れんさい》」と読んだり、「孔子《こうし》」を「子牛《こうし》」と聞き間違えたりと、学のない乱暴者になってしまった息子に郭大福《グオダーフー》は困り果て、先祖に合わせる顔がないと心底落胆した。

悩んだ郭大福《グオダーフー》は、息子が少しでもまともになるよう、知識と教養のある嫁をあてがうことにした。そして莫大な結納金を出して、薛玉で最も有名な才女顧惜之《グーシージー》と縁談をまとめたのだが、病弱だった彼女は郭《グオ》家の門をくぐる前に病死してしまい、銀数万両が水の泡となった。

仕方なく次は町の妓楼で一番人気のある遊女の蒲蘇蘇《プースースー》に縁談を持ちかけた。妓楼出身でも蒲蘇《プースー》蘇《スー》は体ではなく芸事を売る清倌《せいかん》であり、詩作が得意なことでも有名だった。なにより遊女なので、顧惜之《グーシージー》よりも格段に美しく、それには郭禍《グオフオ》も大喜びだった。だが新婚の喜びも束の間、嫁に迎えてひと月も経たないうちに、蒲蘇蘇《プースースー》は采蓮池で遺体となって発見されたのだ。

わずか一ヶ月のうちに郭禍《グオフオ》と関わった娘が立て続けに二人も亡くなり、郭《グオ》家の嫁になると祟《たた》りが起こるという噂がたちまち町中に広がった。それだけでも郭大福《グオダーフー》にとっては厄介なのに、死者が出たことで采蓮池にも傷がつき、屋敷を訪れる者が激減したことがさらに彼を悩ませた。

五月中旬、池の蓮が咲き始めた頃になっても、采蓮荘に往年のにぎわいはなく、屋敷の中は静まりかえっていた。

妻を亡くした郭禍《グオフオ》は、ほとんどの時間を剣術の練習に費やしていた。郭大福《グオダーフー》が丹精して育てていた裏庭の銀杏の木や、高価な寿山石《じゅざんせき》の庭石がその犠牲になったが、当の息子は腕が上達したと大層喜んでいる。

ここ最近、郭大福《グオダーフー》は連日静かな屋敷と帳簿を眺めては、ため息をついていた。幼い頃に母を亡くし、妻にも先立たれ、今度は息子の嫁までもが理由も分からず命を落とした。もしや若い頃、一度だけ偽の薬を売ったことが、今になって一族に祟りとして降りかかったのか？　いや、妻や蒲蘇蘇《プースースー》はまだしも、母が死んだとき自分はまだ乳飲み子だったのだから、やはり祟りなどではないはずだ。そう考えながら、郭大福《グオダーフー》は目の前の池に向かって再びため息をついた。

「旦那様」

お茶を運んで来た侍女の秀鳳《シウフォン》が、郭大福《グオダーフー》に声をかけた。

「池を見たいと言う男性が外にいらっしゃっています。本来ならお屋敷には入れないのですが。最近はお客様もめっきり減っていますし、旦那様のご意見をお伺いしたく……」

本来なら屋敷に入れないということは、おおかた貧乏人なのだろう。郭大福《グオダーフー》はしばらく考えた後、ややうんざりした顔で手を振った。

「入れてやれ。蘇蘇《スースー》が死んでから、縁起が悪いと言って誰も池に近寄らないからな。その男が池を見て無事に帰ったと分かれば、他の者も安心して……」

そこまで言いかけたとき、大きな水音と共に目の前の池から一人の人間が浮かび上がった。

「ぷはっ！　ええと、ここはどこ？」

突然現れたその人物は、水面から顔を出し、

「どこかに階段はないのかい？　おーい、誰か！」

と、困惑した顔で辺りを見回す。

驚いた秀鳳《シウフォン》が悲鳴を上げ、手に持ったお茶を落とした。それで我に返った郭大福《グオダーフー》が、池の中に現れた男を指差し、

「し、侵入者だ！　賊だ！　賊を捕まえろ！」

と、大声で使用人たちを呼ぶ。

池の中の男は、ますます困惑した顔をした。そして辺りを見回し、ハッとする。

「賊!?　もしかして私のこと？」

秀鳳《シウフォン》は恐怖で顔を引きつらせているが、男の顔を見て、さらに慌てふためいた。

「旦那様！　こ、この人です！　先ほど池を見たいと訪ねてきた李《リー》様です！」

予想外の言葉に、郭大福《グオダーフー》がずぶぬれの男に不審の目を向ける。

「君は誰だ？　なぜそこにいる？」

問われた男は、気まずそうに咳払いをした。

「その、お屋敷の外にかかっている橋の上で滑《すべ》ってしまって……」

郭大福《グオダーフー》と秀鳳《シウフォン》が驚いて目を見開く。どうやらこの男は、屋敷の外で川に落ち、そのまま采蓮池まで流されてきたらしい。

「君は、蓮を見にきたのか？」

郭大福《グオダーフー》の質問に男が頷く。

「ええ。そんなところです。実は……」

「ところで、君は詩を書くかね？」

男の言葉を遮って、郭大福《グオダーフー》が期待に目を光らせて問いかけた。

唐突な質問に、男が素《す》っ頓狂《とんきょう》な声を上げる。

「へ？　詩、ですか？」

水に流されてきた男の格好を見て、おおかた貧乏な書生だと思った郭大福《グオダーフー》は言った。

「こうしよう。この荘園は、貴族や文人しか立ち入れないのだ。だが、君が蓮の詩を書いてくれるのなら、ここに数日滞在させてやってもいい」

「蓮の詩なんて、昔からいろんな人が書いているでしょう……」

男が戸惑いを露わにする。

「それはそうだ。だが、今年の青い蓮を書いた詩はまだないだろう？」

取って付けたような笑みを浮かべる郭大福《グオダーフー》を見て、男は合点がいく。池から死体が上がったせいで、采蓮荘の名声は一気に地に落ちた。郭大福《グオダーフー》は蓮の詩を書かせ、それを広めることで荘園の評判を取り戻したいのだろう。

男はしばらく悩んだ後、一度小さく頷くと、自信に満ちた目で、

「わかりました」

と答えた。

それを聞いた郭大福《グオダーフー》は大いに喜び、

「おい、誰か！　李《リー》先生を部屋に案内して差し上げなさい。それから、着替えの用意もだ」

詩が書けると言ったおかげで、たちまち賊から賓客《ひんきゃく》に早変わりした男は、水の中で本物の文人さながらの上品なお辞儀をした。

この全身ずぶぬれの男こそ、薛玉に引っ越してきたばかりの李蓮花《リーリエンホワ》だ。先日、牛に引かせていた蓮花楼から、木の板が一枚落ちてしまった。ひとまず予備の板で修理をしたが、無地の板では味気ない。そこで蓮の模様を彫ろうと、手本になる花を探して采蓮荘にやってきた。しかし、誤って川に落ちてしまい、流されてきたというわけだ。たどり着いた先で詩人としてもてなされるとは、さすがの彼でも予想していなかっただろう。

「李《リー》先生、こちらへどうぞ」

秀鳳《シウフォン》に連れられ、李蓮花《リーリエンホワ》は客間の前までやってきた。

「部屋に新しいお召し物をご用意しましたので、お好きなものをお選びください」

李蓮花《リーリエンホワ》が頷きながら部屋に入ろうとすると、躓《つまず》いて危うく転びそうになった。

「当園の扉の敷居はやや高くなっていますので、くれぐれもお気を付けください」

つんのめった李蓮花《リーリエンホワ》をとっさに支えながら、秀鳳《シウフォン》が告げる。

「すみません、助かりました」

李蓮花《リーリエンホワ》が申し訳なさそうに足元を見ると、彼女の言うとおり、ここの敷居は一般の家よりも一寸ほど高くなっている。普段の感覚で歩くと間違いなく躓いてしまうだろう。

広い客間には上品な調度品が置かれている。窓を開けると、部屋の一部が池に張り出しているらしく、すぐ目の前が采蓮池という、なんとも贅沢な光景が広がっている。壁には水墨画や書作品の掛け軸がいくつも飾られ、窓辺には、客人がいつでも筆を執れるよう、書の道具一式が並んだ机が置かれていた。

秀鳳《シウフォン》が部屋を出た後、李蓮花《リーリエンホワ》は衣装箱を開けてみた。中に入っていた服は、どれも方多病《ファンドゥオビン》が好みそうな、精巧な刺繡《ししゅう》が施された上質の絹織物ばかりだ。しばらく悩んだ李蓮花《リーリエンホワ》は、上品な服の中から、一番作りが凝っている白い服を選んだ。新しい服を身につけ、鏡の前に立ってみる。思いのほか文人らしい見た目に、満足げな表情を浮かべた。

着替えが終わり、部屋の中をぐるりと見回した。壁には見事な筆跡で「人面蓮花相映《じんめんれんかあいえい》じて紅《くれない》なり」や「蓮花旧《れんかきゅう》に依《よ》って春風《しゅんぷう》に笑《え》む」、「千樹万樹蓮花開《せんじゅばんじゅれんかひら》く」などと書かれた書作品が至るところにかけられており、役人や荘園主、貴族の署名が並んでいる。作品をしばらく眺めた後、李蓮花《リーリエンホワ》は窓の外に目を向けた。風にそよぐ蓮の葉と、その間から時折顔を出す淡い青色の蓮が実に愛らしい。赤い蓮とは違い、より清楚で涼しげな雰囲気を纏《まと》っている。

その時、池の中から黒い煙が立ちのぼった。何事かと李蓮花《リーリエンホワ》が窓から顔を出すと、蓮の間を一艘《そう》の小舟がゆっくりと進んでいるのが見えた。舟を漕《こ》いでいるのは褐色の服を着た老婦人で、何やらぶつぶつと呟いている。小舟の前方には火鉢が置いてあり、中には死者に送るための冥銭《めいせん》が煙を上げて燃えていた。

冥銭が燃え尽きると、蓮に向かって眉をひそめていた老婦人が突然罵るような口調で何か言い始めた。だが、訛《なま》りがひどく、何を言っているのか分からない。興味が湧いた李蓮花《リーリエンホワ》は、窓の桟《さん》をまたいで座り、老婦人に声をかけた。すると向こうがこちらに気付き、舟を窓の下までつけたので、李蓮花《リーリエンホワ》はひょいと飛び乗った。

老婦人は苗字を姜《ジアン》と言い、郭大福《グオダーフー》の乳母だと話した。郭《グオ》家ではかれこれ五十年以上働いており、先ほどの冥銭は郭禍《グオフオ》の死んだ妻、蒲蘇蘇《プースースー》のために燃やしていたらしい。そんな彼女と李蓮花《リーリエンホワ》はとりとめのない世間話を交わした。醤油売りがいかに量を誤魔化しているかについて熱く議論を交わした後、姜《ジアン》婆さんはすっかり目の前の若者が気に入ったようだ。おかげで彼女から郭《グオ》家について色々知ることができた。

郭大福《グオダーフー》の祖父は苗《ミャオ》族出身で、郭《グオ》家に入り婿《むこ》として迎えられ、若い頃に薛玉へやってきた。生薬の生業も祖父の代から始まったらしく、商売の方は順調だが、子沢山ではなかった。そして郭大福《グオダーフー》の父親の代から、郭《グオ》家は立て続けに三人の妻が不可解な死を遂げ、しかもその死はどれも采蓮池と関わりがあるというのだ。

郭大福《グオダーフー》の祖父には二人の息子がいる。郭大福《グオダーフー》の父郭乾《グオチエン》と叔父の郭坤《グオクン》だ。郭乾《グオチエン》は父親と同じく有能で、商いの才能があったが、郭坤《グオクン》は生まれつき知能が低く、成人後も兄の郭乾《グオチエン》に養われていた。それ以外はいたって平穏な暮らしを送っていた郭《グオ》家は、郭乾《グオチエン》が結婚したことをきっかけに、采蓮池を購入し、一族ともども采蓮荘へ移り住んだ。だが荘園に引っ越してからわずか一ヶ月足らずで、郭乾《グオチエン》の妻許《シュー》氏が池に落ちて亡くなった。生まれてひと月も経たない郭大福《グオダーフー》を残して。

妻を失った悲しみに打ちひしがれた郭乾《グオチエン》は、従者のほとんどを解雇し、屋敷に十年間引きこもってしまった。その後、成人した郭大福《グオダーフー》が迎えた妻の王《ワン》氏も、結婚した一年後に同じく溺死《できし》した。そして今回、郭禍《グオフオ》の妻蒲蘇蘇《プースースー》までもが池に落ちて死んだ。これは郭《グオ》家が祟られているか、さもなくば水の妖怪を怒らせたに違いないと姜《ジアン》婆さんは言う。

「若奥様の遺体は、あなたが見つけたのですか？」

李蓮花《リーリエンホワ》が遠慮がちに聞くが、その目は興味津々だった。

「蘇蘇《スースー》様は、あんたの部屋の窓の真下で亡くなってたよ」

そう言って、姜婆《ジアン》さんは窓の方に向かって顎《あご》をしゃくった。

「あの窓の真下で？」

李蓮花《リーリエンホワ》が驚き、姜婆《ジアン》さんが頷く。

「あの客間は、もとは大旦那様のお部屋だったんだよ。でも大奥様が窓の下で溺死した姿で見つかってね。それ以降はあそこを客間にして、大旦那様は西の間に移り住んだのさ」

それを聞いた李蓮花《リーリエンホワ》がぶるっと身震いをする。

「も、もしかして……郭《グオ》家の三人の奥様は皆、あの部屋の窓の下で溺れ死んだのですか？」

李蓮花《リーリエンホワ》の質問に、姜婆《ジアン》さんが頷きながらため息をつく。

「あの辺は、せいぜい人の腰までの深さしかない。どう考えても溺れるはずがないんだよ。化け物の仕業だとしても、あそこが客間になってから、三十人以上は泊まってる。けど死人は一人も出ちゃいない。でも殺人だとしたらもっと話が通らない。なんたって、大奥様が亡くなった二十年以上も後に奥様が亡くなり、そのまた二十数年後に若奥様が亡くなったんだからね。一人は文人の家の出で、一人は漁師の娘、蘇蘇《スースー》様に至っては妓楼の清倌だ。もちろんお互いに会ったこともないし、何の繋《つな》がりもないんだよ」

姜婆《ジアン》さんの話に、李蓮花《リーリエンホワ》がため息をつく。

「だからあなたは、ここで冥銭を燃やして、供養をしているんですね？」

「三人とも本当に良い人たちだったよ。使用人のあたしらにも優しくしてくれてね。もし本当に妖怪や幽霊の仕業なら、この命に代えてでもそいつらを地獄にたたき落としてやるけどねえ！」

姜婆《ジアン》さんが声を荒らげる。李蓮花《リーリエンホワ》は彼女に尊敬の眼差しを向けながら、少し考えた後、ゆっくりと立ち上がった。

「三人の奥様が皆この池で亡くなったことは分かりました。ちなみに大旦那様はなぜお亡くなりに？」

「大旦那様は、奥様が池で見つかった一ヶ月後に亡くなったよ。きっと大奥様の事を思い出したんだろうね。ああ、おいたわしや……」

「それは、お気の毒に」

悲しそうな顔をする姜婆《ジアン》さんを見て、李蓮花《リーリエンホワ》はもう一度ため息をついた。


その日の夜、郭大福《グオダーフー》に言われて秀鳳《シウフォン》が部屋を訪ねてきた。李蓮花《リーリエンホワ》が書いた詩を彼女に渡すと、旦那様が別室で李《リー》先生と夕食を共にしたいとおっしゃっています、と告げられる。

喜んで招待に応じた李蓮花《リーリエンホワ》は、秀鳳《シウフォン》の案内で采蓮荘の西にある建物へ向かった。

建物の中で待っていた郭大福《グオダーフー》が、詩を侍女から受け取る。そして中身を一読した後、満足そうな顔で李蓮花《リーリエンホワ》を上座に導き、李蓮花《リーリエンホワ》はややぎこちない動きで案内された席に腰掛けた。

二人がいるのは、池の畔《ほとり》に建っている小さな建物だ。四面に大きな窓があり、外には采蓮池が広がっている。涼しげな風が吹き抜ける部屋の真ん中には大きな卓が置かれており、贅の限りを尽くした料理の数々が隙間なく並べられている。美味しそうな匂いが李蓮花《リーリエンホワ》の鼻腔をくすぐった。

美しい景色に豪華な食事、郭大福《グオダーフー》が李蓮花《リーリエンホワ》の書いた詩を声高らかに読み上げてさえいなければ、文句のつけどころがなかっただろう。

「郭門《かくもん》の青翠《せいすい》に覆《おお》われ、八里《はちり》の玉飾《ぎょくしょく》家を彩る　芭蕉《ばしょう》の影に美酒を仰ぎ、花上《かじょう》の灯は心を奪う」

李蓮花《リーリエンホワ》の詩を朗読し終えた郭大福《グオダーフー》は、

「いやあ、実に素晴らしい！　これほどの文才、将来が楽しみだな！」

と大いに喜んだ。

そして二人は上品に杯を交わし、料理に箸を伸ばした。

しばらく料理を楽しみ、雑談を交わした後、

「ご令息の奥方様がお亡くなりになったと伺いました」

と李蓮花《リーリエンホワ》が鶏の足にかじり付きながら質問した。

よりによって一番聞かれたくない事を持ち出され、郭大福《グオダーフー》の箸を持つ手が止まる。そして、

「あれは、不幸な事故だった」と答えた。

鶏の足をしゃぶりながら、李蓮花《リーリエンホワ》がもごもごと続ける。

「実は数年前、試験を受けに上京した時、蘇蘇《スースー》と会ったことがあるのです」

驚く郭大福《グオダーフー》をよそに、李蓮花《リーリエンホワ》はさらに続けた。

「郭《グオ》家に嫁いだと聞いて、私も喜んだのですが、まさかこんなことになるとは」

そう言って、李蓮花《リーリエンホワ》は残念そうにため息をつく。

「彼女の最期は、どんな様子でしたか？　変わらず、美しかったですか？」

なるほど、この者は単に蓮を見にきたのではないな、と郭大福《グオダーフー》は合点がいく。美しい蒲蘇蘇《プースースー》に

思いを寄せていた男は少なくない。彼女が亡くなったことを知ってさぞ悲しかったのだろうと、郭大福《グオダーフー》が李蓮花《リーリエンホワ》に同情の目を向ける。

「蘇蘇《スースー》は、花嫁衣装を着て死んでいたよ。生きていた頃と同じように、変わらず美しかった」

残念そうに語る郭大福《グオダーフー》を前に、方多病《ファンドゥオビン》が聞いたら、きっと腹を抱えて笑っただろうなと李蓮花《リーリエンホワ》は内心思った。もちろん、彼にとって蒲蘇蘇《プースースー》は縁もゆかりもない他人だ。

「花嫁衣装を着ていた？　嫁いでから十数日も経っているのに？」

李蓮花《リーリエンホワ》が不思議そうに問うと、郭大福《グオダーフー》が一つ咳払いをして、やや得意げに語り始めた。

「私の祖父は苗族出身でね、あれは祖父が故郷から持ってきた伝統的な花嫁衣装なのだよ。金銀の装飾がふんだんに使われ、見事な刺繍が施されている。様々な人に譲ってほしいと言われたが、いくら金を積まれても無理な話だ。もはや家宝も同然の代物だからね。私の妻もたいそう気に入っていて、時々衣装箱から出して着ていたものだ。あの花嫁衣装は、どんな女性をも魅了してしまうのさ」

「そんなすごい花嫁衣装がこの世に存在するのですか？」

李蓮花《リーリエンホワ》が驚きの声を上げる。郭大福《グオダーフー》は得意満面になり、手をたたいて侍女を呼んだ。

「翠《ツイ》！」

「はい、旦那様」

背の高い、十六前後の賢そうな侍女がこちらにやってくる。

「郭禍《グオフオ》の部屋から蘇蘇《スースー》の花嫁衣装を持ってきてくれ。酒を酌み交わしながら、花嫁衣装を愛でるのもまた一興だ」

「承知いたしました」

翠《ツイ》が部屋を出て行くと、

「家宝とは言ったが、実は私の母と妻も、あれを着て亡くなったのだよ……」

郭大福《グオダーフー》がぽつりと呟いた。そして意気消沈した顔になり、酒を一口飲んで続ける。

「至宝とは、不幸がつきまとう定めなのかもしれないな」

それを聞いた李蓮花《リーリエンホワ》が、意味ありげに囁《ささや》く。

「もしかすると……」

「何だね？」

突然低い声で話しかけられ、郭大福《グオダーフー》は背筋がゾクリとするのを感じながら聞き返した。

すると李蓮花《リーリエンホワ》はもったいぶるように咳払いをすると、酒を一口飲んで、

「もしかすると、この池に化け物がいるのかもしれませんよ」

と答えた。

郭大福《グオダーフー》が眉をひそめる。

「母が死んだ後、池を隅々までさらったが、出てきたのはせいぜい小魚やエビぐらいだ。断じて化け物などはいない」

それを聞いた李蓮花《リーリエンホワ》がほっとため息をつき、「それは良かった」と答えた。

そこから二人は話題を変え、李蓮花《リーリエンホワ》の詩を気に入った郭大福《グオダーフー》は、彼に明日は三首書いてくれと頼んだ。

李蓮花《リーリエンホワ》はもちろん快諾した。さながら自分は李白の再来、杜甫の生まれ変わり、曹植が憑依《ひょうい》

したとでもいうような、自信満々な顔で。

二、不気味な顔

李蓮花《リーリエンホワ》が客間に戻った頃には、すでに真夜中になっていた。

郭大福《グオダーフー》という人物は、やや見栄っ張りなところはあるが、悪い人間ではなさそうだ。景色のいい部屋に泊まって、美味しい料理にありつけたのだ。たまには池に落ちるのも悪くはないなと、ほろ酔い加減で気分が良くなった李蓮花《リーリエンホワ》は思った。

それにしても、彼が家宝だと自慢する花嫁衣装は実に見事だった。あれほど豪奢《ごうしゃ》で精巧に作られた服には滅多にお目にかかれない。鳳冠霞帔《ほうかんかひ》と呼ばれる、漢民族の真っ赤で華やかな婚礼衣装とはまた違う魅力を持っている。

郭大福《グオダーフー》に言われて侍女の翠《ツイ》が持ってきたのは、一着の露草色の衣装だった。暗がりの中でも美しい光沢を放つ上質な絹地には、華やかな錦織りで草花や人間、動物などの模様が全体に織り込まれている。よく見ると、そこには人々の暮らしの様子や、空に二羽の鳳凰が舞うなんとも幻想的な光景が描かれていた。

きゅっと締まった襟元には、銀でできた首飾りが七本も垂れ下がっている。胸元には金と銀の飾り玉で作られた花びらに、花蕊《かずい》が金でできた大輪の花があしらわれ、腰帯には数珠状に連なった玉石が使われている。体に沿うように裁断された細身の衣装は、足元へ行くにつれてどんどんしぼられ、下の縁には鈴の付いた銀の鎖がすだれのように揺れていた。

男性の目には、もはや金銀財宝の塊にしか見えないような代物だが、若い女性がこの服を前にしたら、袖を通した自分の姿を想像せずにはいられないだろう。

だが李蓮花《リーリエンホワ》は、この裾の細い豪華な裙衣《くんい》が奇妙に感じられてならなかった。三人の女性が身につけ、全員が命を落としたのは、はたして本当にただの偶然だろうか？

寝台に横たわり、窓の外にぼんやりと見える蓮の池に向かって、あくびを一つする。ふと、郭《グオ》大福《ダーフー》に渡した詩が頭に浮かんだ。果たして彼は詩に隠されたからくりに気付いただろうか？　そう考えながら、夜空の星を眺めてうつらうつらしていると、ふいに窓の縁からゆっくりと人の顔が現れた。

半分だけ覗いているその顔は、こちらを静かに見つめている。李蓮花《リーリエンホワ》もそれを見つめ返しながら、自分は夢を見ているのだろうなと思った。だがその顔が再び動き、またゆっくりと窓の後ろに隠れるのを見て、彼はようやくまどろみから我に返った。

急いで寝台から降りた李蓮花《リーリエンホワ》が窓から身を乗り出すが、外にはもう何も見えない。だが先ほどまで確かに正体の分からない顔が半分だけ突き出ていたのだ。ボサボサの髪に黒ずんだ肌、血走った目だけがギラギラと光り、無感情な視線をこちらに向けながら。

化け物？　李蓮花《リーリエンホワ》が小さくため息をつく。怪奇の類なんて今まで一度も目にしたことがないし、顔が消えた時、微かに足音が聞こえた。正体がなんにせよ、二本足で歩く生き物であったことは間違いない。だが、たとえそれが人間だったとして、なぜこんな夜中に化け物に扮《ふん》して覗きにきたのだ？

窓の真下には人が一人立てるほどの湿地があり、そこから先は池に続いている。下を覗くと、そこに一列の足跡が残っているのが見えた。

真っ暗闇の中では足跡を辿《たど》ることもできない。仕方なく李蓮花《リーリエンホワ》は再び寝台に戻った。

一体何だったのだろう？　なぜこんな時間に窓の外に現れたのか？　郭《グオ》家で起きた三つの事件と関係があるのか？　窓の外から聞こえてくる蛙の声に耳を傾けながら、頭の中に疑問が浮かんでは消えた。そして、李蓮花《リーリエンホワ》はゆっくりと眠りについた。


翌日の朝、昨夜見た顔と関連があるかもしれない事件が起こった。侍女の翠《ツイ》が死んだのだ。

今までに亡くなった三人と同じく、あの花嫁衣装を着て、李蓮花《リーリエンホワ》が泊まっている客間の窓の下で息絶えた状態で発見された。だが一つ違うのは、胸元にあった金と銀で作られた花が消えていたということだ。

それを知った郭大福《グオダーフー》は激怒し、軍巡鋪《ぐんじゅんほ》（街の消防や治安維持を行う機関）に調査を依頼した。そして屋敷にやってきた官吏は、昨日ここを訪ねてきたばかりだという素性の分からないよそ者、李蓮花《リーリエンホワ》を真っ先に拘束した。

彼が屋敷に来た翌日に事件が起き、しかも昨晩は特に怪しい物音は聞こえなかったと本人は言う。経験豊富な官吏たちは、それならこの者が犯人で間違いないと踏んだのだ。

「貴様、手枷《てかせ》を外して逃げるつもりか!?　おい！　こやつを牢屋に連れていけ！」

壊れた木製の手枷に針金を巻いている李蓮花《リーリエンホワ》を見て、采蓮荘に到着するなり県令の王黒狗《ワンヘイゴウ》が怒鳴った。

李蓮花《リーリエンホワ》の隣にいた衙役《がえき》（役所の小役人）が、急いで駆け寄る。

「ご報告いたします！　手枷が壊れてしまったので、直しているところです。終わったら、すぐにはめ直しますので」

それを聞いた王黒狗《ワンヘイゴウ》がますます憤慨し、声を荒らげながら衙役を蹴った。

「たわけが！　罪人に修理させているのか！」

蹴られた衙役はよろめきながら、

「自分は不器用なもので……」

と申し訳なさそうに答える。

こちらにやってきた王黒狗《ワンヘイゴウ》を見て、李蓮花《リーリエンホワ》が顔を上げ、

「あと少しで直りますから」

とさらに申し訳なさそうに答える。

「さっさとせんか！」

いら立ちを露わにしながら、王黒狗《ワンヘイゴウ》が衙役の方を振り返る。

「こいつの名は？　いったい何者だ？」

「李蓮花《リーリエンホワ》という貧乏書生だそうです」

「どうやって侍女を殺したのだ？」

「それは分かりません」

王黒狗《ワンヘイゴウ》と衙役が会話している隣で、李蓮花《リーリエンホワ》が修理した手枷を自分にはめ直した。だが彼の細い腕では、拘束具の穴から簡単に抜けてしまいそうだ。それを見た王黒狗《ワンヘイゴウ》が、イライラしながら

手を振る。

「もうよい。本官が来たからにはもう逃げられんからな」

そう言って王黒狗《ワンヘイゴウ》は椅子にどっかと座り、

「それで、貴様は昨日どうやって翠《ツイ》を殺した？　正直に言わないと承知せんぞ！」

と凄《すご》んだ。

手枷を外した李蓮花《リーリエンホワ》が困惑した顔で首をかしげる。

「ええと、翠《ツイ》とは？」

「侍女の翠《ツイ》だ！　若くて見目もいいから、言い寄ったのだろう？　それで断られた腹いせに溺死させたのだな！」

息巻く王黒狗《ワンヘイゴウ》を前に、一体何を言っているのかさっぱり分からないという様子で、李蓮花《リーリエンホワ》はぽかんと彼を見つめる。

同じ部屋の中にいた郭大福《グオダーフー》が、取り繕った笑みを浮かべながら口を開いた。

「確かに李《リー》先生とは昨日まで面識がありませんでしたが、私めが思うに、先生はそんなことをするような方ではないかと……」

郭大福《グオダーフー》を無視して、王黒狗《ワンヘイゴウ》が李蓮花《リーリエンホワ》に吠える。

「昨夜何をしていたのか、正直に申せ！」

「昨夜……ええと、昨夜は寝ていました。それ以外は本当に何も……」

王黒狗《ワンヘイゴウ》が机をバンと勢いよく叩く。

「何も知らんと申すか！　如何にして翠《ツイ》が死んだのかも知らんと言うのだな？　この卑劣漢が！

誰か、夾棍《きょうこん》(木の棒で足を挟む拷問具)を持って参れ!」

「し、知ってます、知ってますとも!」

拷問されそうになり、李蓮花《リーリエンホワ》が慌てて答える。

「ほう? 何を知っているのだ? 洗いざらい吐いてもらうぞ!」

「翠《ツイ》の遺体を見れば、思い出せるかと……」

身を乗り出す王黒狗《ワンヘイゴウ》に向かって、李蓮花《リーリエンホワ》がやや困ったように言う。

「ふむ、まあいいだろう。証拠がある以上、いくらあがいても無駄だからな」


王黒狗《ワンヘイゴウ》、李蓮花《リーリエンホワ》、郭大福《グオダーフー》の三人は衙役と共に、昨夜夕食をとった建物へやってきた。部屋の床に横たえられた翠《ツイ》の遺体は、花嫁衣装を着たまま、全身がぐっしょりと濡れている。

李蓮花《リーリエンホワ》が遺体を隅々まで観察する。胸元にあった大きな花飾りがなくなっていること以外、服に乱れたところはない。体はびしょ濡れだが、あごの下に小さなかすり傷がある以外、目立った外傷はなさそうだ。首がやや曲がっているのを見て、李蓮花《リーリエンホワ》は一品墳で目にした女性の白骨を思い出した。

「彼女は……」

そう呟きながら、李蓮花《リーリエンホワ》は顔を上げ、困惑した顔を王黒狗《ワンヘイゴウ》に向けた。

「彼女の死因は、頸骨《けいこつ》の骨折です」

王黒狗《ワンヘイゴウ》の眉がピクリと動く。

「でたらめを言うでない! 貴様が泊まっていた部屋の窓の下で死んでいたのだぞ、まだ言い逃れをするつもりか⁉」

一喝された李蓮花《リーリエンホワ》が黙り込む。すると隣にいた衙役が遺体に近づき、頭をつま先で小突いた。

「王《ワン》様、確かに変です。首が右にしか傾きません」

「本当に骨が折れておるのか？」

王黒狗《ワンヘイゴウ》の質問に、衙役は顔をしかめながら手を伸ばし、翠《ツイ》の頭をクイッと動かした。

「完全に折れてはいないようですが、骨が少しズレているようです」

それを聞いた王黒狗《ワンヘイゴウ》は、怒りの形相で李蓮花《リーリエンホワ》を指差した。

「李蓮花《リーリエンホワ》！　貴様、か弱い女性の首を折って池に沈めたのか！　極悪卑劣な殺人鬼め！」

罵声を浴びせられた李蓮花《リーリエンホワ》は、

「もし本当に私が首を折ったのなら、なぜわざわざ自分の部屋の外に遺体を放置するんです？」

と困った顔で弁明した。

とっさに答えが見つからず、王黒狗《ワンヘイゴウ》が押し黙る。しーんと静まりかえる部屋の中、李蓮花《リーリエンホワ》が再び口を開いた。

「それに……」

「それに何だ⁉」

突然、近くで大きな声が聞こえ、李蓮花《リーリエンホワ》がビクッとする。

よく通る声の主は、郭大福《グオダーフー》の息子郭禍《グオフオ》だった。長身で体格が良く、勇ましい顔をこちらに向けている。

「それに、ずっと不思議に思っていることがあるんです」

李蓮花《リーリエンホワ》がぶつぶつと続ける。

「ここ采蓮荘では、五十年のうちに女性が池で溺れて亡くなった事故が三件も起きたと聞きました。ですが、郭《グオ》園主の奥様は確か、漁師の娘でしたよね？」

そう言って、李蓮花《リーリエンホワ》が郭大福《グオダーフー》に目を向ける。

「漁師の娘が、池で溺れたりするでしょうか？」

郭大福《グオダーフー》が口をぽかんと開けて絶句する。言われてみれば、妻の実家は漁を営んでいる。だが郭《グオ》家に嫁いでからというもの、漁どころか釣りもやったことがないので、すっかり忘れていたのだ。

「もしも郭《グオ》園主の奥様が溺死ではないのなら、ひょっとして……」

「三人は、皆誰かに殺されたというのか⁉」

李蓮花《リーリエンホワ》よりも先に郭大福《グオダーフー》が叫んだ。

王黒狗《ワンヘイゴウ》の眉が再びピクリと動く。それを見た李蓮花《リーリエンホワ》は、言ったのは私ではなくこの人だとでも言うように王黒狗《ワンヘイゴウ》に向かって肩をすくめた。

「本件にはまだ色々と疑問が残っているようだな。だが李蓮花《リーリエンホワ》、貴様が一番疑わしいことには変わりない！　詭弁《きべん》を弄《ろう》したところで、罪からは逃れられんぞ！」

王黒狗《ワンヘイゴウ》の言葉に、ますます困った顔をする李蓮花《リーリエンホワ》。すると隣にいた郭禍《グオフオ》が声を張り上げた。

「本当に犯人がいるのであれば、俺が必ず捕らえてみせる！　それが仏彼白石の弟子としての責務だからな！」

いつから仏彼白石は悪者を捕まえる所になったのだ？　師門をそのように解釈していると雲彼《ユンビー》丘《チウ》が知ったら、彼の顔色はますます悪くなるだろうな、と李蓮花《リーリエンホワ》は思った。

その時、別の衙役が急ぎ足で部屋に現れ、消えた花飾りが李蓮花《リーリエンホワ》の泊まっている客間から見つかったと報告した。なんでも、机の上に無造作に置かれていたらしい。

王黒狗《ワンヘイゴウ》が李蓮花《リーリエンホワ》を横目で睨み、ニヤリとする。それを聞いた李蓮花《リーリエンホワ》も困惑した。朝起きた時、机の上に花飾りなんてなかったはずだ。

「机の上に私が書いた詩はありましたか？」

李蓮花《リーリエンホワ》が衙役に尋ねると、

「詩？　何の詩だ？　机にはこの花飾り以外、何もなかったぞ」

と答えた。

それを聞いた李蓮花《リーリエンホワ》が苦笑する。一体どういうことだろうか。朝起きた後、詩を一首書いて、そのまま机の上に置いておいたはずだ。

彼が困惑しているところに、今度は姜《ジアン》婆さんが現れ、部屋に入ってくるなり方言で衙役に向かってなにやら喚き始めた。李蓮花《リーリエンホワ》には彼女の方言が理解できなかったが、そばにいた王黒狗《ワンヘイゴウ》と郭大福《グオダーフー》が納得した表情を見せた。どうやらあの花飾りは、姜《ジアン》婆さんが今朝、池の枯れた葉っぱを取り除いているときに拾ったのだそうだ。そして船で李蓮花《リーリエンホワ》の部屋の下を通った際、彼が王黒《ワンヘイ》狗《ゴウ》に拘束されたことなど知らない彼女は、旦那様に渡してくれと声をかけながら、花飾りを窓から投げ入れたらしい。

部屋の中に花飾りがあった謎は解けたが、李蓮花《リーリエンホワ》の詩が消えた理由については依然分からないままだ。

花飾りを手に取った王黒狗《ワンヘイゴウ》が、その重さに驚く。苗族の伝統的な装身具の一つに、平たい板状の胸飾りがある。この花飾りはそれと同じ用途で作られた物のようだが、花自体が金と銀で作られている上に、下部には銀でできたチョウの垂れ飾りが揺れている。少なく見積もっても二十両はあるだろうか。所々水草や汚れが絡まっているのを見るに、池から拾い上げたのは間違いなさそうだ。

「姜婆《ジアン》さん、これは池のどこで拾ったのだ？」

王黒狗《ワンヘイゴウ》の質問に、姜婆《ジアン》さんは花飾りを一目見て、

「物置小屋の裏だよ。大旦那様が大奥様に贈ったあの鏡岩がある所さ」

と答えた。

郭大福《グオダーフー》の祖父は生前、妻のために人の背丈ほどもある銅鏡を作らせ、それを采蓮荘の敷地内にある玉石にはめ込んだ。玉石と言っても、見た目はただの大きな岩だ。物置小屋からそう遠くない所にあり、周りは雑木林に囲まれた静かで景色のいい場所だ。物置小屋は二軒あり、池の縁に沿って並んで建てられていて、間を通る小道はそのまま蓮の池へと続いている。

「物置小屋？　あそこは客間からかなり離れている。なぜ花飾りがそんな所に？」

訝しがる郭大福《グオダーフー》をよそに、息子の郭禍《グオフオ》は部屋を出て物置小屋へ向かった。それを見た一行も彼の後を追いながら、采蓮荘の東側へと移動する。

当初、二つの物置小屋は書物や掃除道具を保管するために建てられたのだが、どちらも空き家になって随分経つ。采蓮荘は広く、母屋と物置小屋が離れているので、不便だったのだ。

「この辺は、建設時に設計を間違えてしまいまして。設計図と比べて実際の空き地が狭かったものだから、二軒の建物の間がこれぐらいしか残らなかったのですよ」

郭大福《グオダーフー》が王黒狗《ワンヘイゴウ》に説明する。

彼の言うとおり、小屋は一軒目の裏口に二軒目の入口が向かい合う形で建っており、両者の間を通る小道は、人が一人通れるほどの幅しかない。それに地面が傾斜しているので、小道はかなり急な坂になっている。

「そこで拾ったんだよ」

姜《ジアン》婆さんが小道の向こうに見える池を指差して言った。

「浅いところに落ちてたからね、手を伸ばしたら簡単に拾えたよ」

李蓮花《リーリエンホワ》が小屋の扉を押すと、意外にも扉はすんなりと開いた。中はクモの巣だらけで、長いこと使われていないのは間違いないようだ。床には足跡がいくつも残っているが、あまりにも数が多くて乱雑なため、誰の物かは判別できそうにない。隅っこに紙が数枚落ちており、そのうちの一枚はかなり古い物なのか、色がだいぶ黄ばんでいた。他の紙はどれも真新しく、よく見ると、李蓮花《リーリエンホワ》が今朝書いた詩も混じっている。

一体誰が彼の書いた詩をわざわざこんな所に運んだのだろう？　衙役よりも一足先に紙を拾い上げた李蓮花《リーリエンホワ》は、古びた方の紙をしげしげと眺めた。そこには丁寧な字で「晶の時、境岩の位方、嫁衣の尹口、木目見えて」と書かれており、署名の代わりに月が一つ描かれている。白い紙の方は、李蓮花《リーリエンホワ》の書いた詩が一枚、物の値段が書かれた帳簿のような内容の紙が一枚、そして残りは先ほどの「晶の時」と同じ内容が書かれた紙が数枚あるだけだ。

一通り見た後、李蓮花《リーリエンホワ》は王黒狗《ワンヘイゴウ》をチラリと見て、慎重に声をかけた。

「どうやらこの殺人犯は、花嫁衣装を着ている女性だけを狙っているようですね」

「そんなこと、貴様に言われなくとも分かっておる！」

いら立ちを隠しきれない王黒狗《ワンヘイゴウ》に向かって、李蓮花《リーリエンホワ》がさらに続ける。

「それなら、囮《おとり》を使って犯人をおびき出せるかもしれません」

「下手をすれば命が危ういのだぞ。誰がそんな役をやりたがる？」

王黒狗《ワンヘイゴウ》が顔をしかめながら問うと、李蓮花《リーリエンホワ》がすかさず答えた。

「私がやりましょう」

その場にいた全員が李蓮花《リーリエンホワ》に視線を向ける。

「危険すぎる。ここは仏彼白石の弟子である俺が……」

郭禍《グオフオ》が勇ましく名乗り出ようとしたが、彼が言い終わらないうちに、王黒狗《ワンヘイゴウ》がバンと机を叩いた。

「いいだろう！　衙役を見張りにつけよう。もし犯人が現れなければ、その時は貴様が翠《ツイ》を殺したと認めるのだぞ！」

まだ自分が囮をやると言いたそうにしている郭禍《グオフオ》の腕を引っ張り、郭大福《グオダーフー》が目配せをする。李《リー》蓮花《リエンホワ》ならまだしも、お前があの花嫁衣装を着られるわけがないだろうと言いたいようだ。当の郭禍《グオフオ》は父親の意図には微塵も気付かず、悪を成敗すると息巻いている。

そんな彼をよそに、他の者たちは犯人を捕らえる算段をし始めた。算段とは言っても、何かあれば李蓮花《リーリエンホワ》が叫び、それを合図に衙役たちが一斉に取り囲んで捕まえるというだけだ。王黒狗《ワンヘイゴウ》はかなり満足した様子で、夜にまた来ると言い残して采蓮荘を後にした。

一方の郭大福《グオダーフー》はまだ不安そうな顔をしている。李蓮花《リーリエンホワ》の囮作戦も多少は理にかなっていると思えるが、先ほどの作戦会議には郭《グオ》家全員が参加していた。もし犯人が身内の者なら、計画は全部筒抜けだ。罠だと知っていても現れるような愚か者なのか？　それとも外部の人間の仕業か？　そうだとしたら、その者はどうやって花嫁衣装を着た女性がいることを知り、すぐさま駆けつけて殺すことができたのだ？

そんな父親の懸念など知らない郭禍《グオフオ》は、李蓮花《リーリエンホワ》のようなか弱い書生では、とうてい犯人に太刀打ちできない、自分も現場に潜伏し、殺人犯をこの手で捕らえてみせると決意を新たにしたのだった。

三、殺人犯

その日の夜、夕食をとった李蓮花《リーリエンホワ》は、花嫁衣装と睨めっこしていた。

四人の女性がこれを着て亡くなったことを思うと、袖を通すことを多少なりとも躊躇《ちゅうちょ》してしまう。

しばらく経ってから、彼はようやく重い腰を上げ、ゆっくりと衣装を身につけた。そして少し考え込み、今度は部屋の窓を開け、お茶を一杯淹《い》れる。椅子に腰掛けてお茶を楽しんだ後、彼はのんびりと立ち上がり、銅鏡のはめられた岩のある、物置小屋の方へ歩いていった。

深夜というにはまだ少し早い時間帯だ。客間がある建物の外には四人の衙役が見張りについている。彼らが身を隠している場所を通った時、茂みの向こうから鶏の足を噛みながら愚痴を言い合う声や、蚊を叩きつぶすパシッという音が聞こえた。

物置小屋の方にも衙役が数名見張りをしているはずだが、鏡岩の前までやってくると、ゴー、ゴーッという大きな音が辺りに響いていた。よくよく聞いてみると、どうやら鼾《いびき》の音だと分かり、李蓮花《リーリエンホワ》はやれやれとため息をついた。

銅鏡の前に立ち、そこに映っている自分の姿をしばらく眺める。露草色の花嫁衣装が、月明かりに照らされキラキラと輝いている。これが女性ならさぞ美しかっただろうな、と李蓮花《リーリエンホワ》は思った。男の自分が着ては、ただの滑稽《こっけい》な仮装にしか見えない。

周りを見回したが、犯人らしき人影はまったく見当たらなかった。あくびを一つした李蓮花《リーリエンホワ》は、その場に腰掛けようとしたが、いかんせん服が窮屈すぎてしゃがむことすらできない。仕方なく彼は、二軒の小屋の周りをグルグルと歩いた。途中、見張り役の衙役が何人かいたが、皆、気持ちよさそうに寝ており、李蓮花《リーリエンホワ》は彼らの上を跨いで通った。

そんな李蓮花《リーリエンホワ》を、鏡岩の陰からじっと見ている者がいた。昼間、犯人を捕まえると息巻いていた郭禍《グオフオ》だ。

彼は、花嫁衣装を着て物置小屋の周りをグルグルまわっている李蓮花《リーリエンホワ》を困惑しながら眺めていた。敵をおびき出そうという割には、いささか緊張感がなさ過ぎる。だが、もしそうでないなら、あの人は一体何をしているんだ？　郭禍《グオフオ》が首をかしげていると、突然背後に気配を感じた。素早く振り返ると、木の向こうに見える池の上に、ボサボサの髪が生えた黒い顔がこちらを覗いていた——いや、覗いているように見えた。なぜなら真っ黒な眼窩《がんか》には何もなく、ぽっかりと穴が空いているだけだったからだ。

突如現れたその顔を目にした途端、郭禍《グオフオ》は背筋に寒気が走り、自分の歯がカチカチと音を立てるのが聞こえた。叫びたくても、声が出ない。化け物の存在など信じていないが、それなら今、目の前にいるあいつは一体何者なのだ？

体がこわばり、動けないでいる郭禍《グオフオ》の目の前で、「顔」が音もなくゆっくりと遠ざかっていく。二丈ほど離れたところで、彼はようやく気付いた。あれは化け物なんかじゃない。人間だ！

よく見ると、その人物はこちらに背を向けているようだった。背中に袋を担いでいて、そこから髪の毛が生えた何かが、二つの目をこちらに向けている。

相手はなおも音を立てずに移動していた。おそらく、池に大きな木桶《きおけ》でも浮かべて、それに乗っているのだろう。この地域では、子どもたちが木桶に乗って蓮池の中を行き来しながら蓮の実を採ることがある。この池は外の川と繫がっているので、水の流れに乗って、音もなく移動できるのだ。

それにしても、あいつは一体誰だ？　怖さはだいぶ収まったが、体の震えは止まらず、声も出ない。一歩も動けずに、木桶が遠くへ漂っていくのを見つめていると、それは二軒の物置小屋の間にある小道の前に止まった。

袋を背負った人物が、木桶から小道に降り立ったのが見える。そして背中を曲げ、おぼつかない足取りで坂を上り、こちらへゆっくりと近づいて来た。

郭禍《グオフオ》がますます首をかしげる。あの動き、見たことがあるぞ。まさか……

その人物は鏡岩の前までやってくると、銅鏡に何か貼り付け、そのままそばにある雑木林の中に身を隠した。

ちょうどその時、物置小屋の向こうから現れた李蓮花《リーリエンホワ》が、鏡に貼られた何かに気付いた。彼は銅鏡に近づき、それをしげしげと眺める。

「晶の時……」

李蓮花《リーリエンホワ》のつぶやきを聞いた郭禍《グオフオ》がハッとする。それは小屋で見つけた紙に書かれていた言葉だ。先ほどの人物は、銅鏡にそれを書いた紙を貼り付けたのか。まさか「彼」は数十年前にも同じことを？　間違いない、郭《グオ》家の女性たちを手に掛けたのはあの人だったのだ！　だがなぜ？　どうしてそんなことを？　さっぱり分からない……

突然、不気味な笑い声が辺りに響いたかと思うと、木の陰に隠れていた人物が勢いよく飛び出してきた。そしておぞましい笑い声をあげながら、髪の生えた何かを李蓮花《リーリエンホワ》に向かって高く掲げる。

「きひひ……！　こいつは死んだ、死んだんだ。お前を落としはしない！　永遠に、こいつと落としはしないぞ！」

男が掲げた物を見て郭禍《グオフオ》が目を見開く。それは干からびた本物の人間の首だった。あれは一体誰の首だ？

予想外の出来事に驚いた李蓮花《リーリエンホワ》が、小さく悲鳴を上げ、踵《きびす》を返して逃げ出す。ここから母屋へ戻るには、二つの道がある。一つは物置小屋を迂回《うかい》し、雑木林の中にある小道を通り、庭園に出てから母屋を目指す道。そしてもう一つは、小屋の中を突っ切り、その先にある開けた道を通って直接母屋へと向かう方法だ。

李蓮花《リーリエンホワ》は迷うことなく後者を選んだ。迂回して庭園を通るよりも早いし、何よりさっきの男は雑木林の中から現れたのだ。あそこに仲間がいないとは言い切れない。

ようやく郭禍《グオフオ》の震えが止み、彼は急いで鏡岩の後ろから這い出た。そして逃げる李蓮花《リーリエンホワ》に向かって何か叫ぼうとしたとき、再び全身が凍り付くような光景を目の当たりにした。

手前の物置小屋に入った李蓮花《リーリエンホワ》が、向かい側の小屋に移ろうと敷居を跨いだ。だが細い裾のせいで足が上がらず、敷居に躓いて、勢いよく転んだのだ。とっさに両腕を出すが、坂でバランスを崩した李蓮花《リーリエンホワ》は、向かい側の小屋の敷居に首をしたたか打ち付けた。そしてそのまま坂を転がり、池へ落ちると、ピクリとも動かなくなってしまった。

一部始終を目の当たりにした郭禍《グオフオ》は、体から血の気が引くのを感じた。まさか死んだ女性たちも同じように転び、転がっていったのか？　自分の妻、蒲蘇蘇《プースースー》もあそこで首を打ち付け、池に転がり落ちて溺れてしまったのだろうか。そして目の前にいる首を持った男が、彼女たちを死に追いやった張本人だったと言うのか⁉

「誰か！　早く！　彼を助けるんだ！」

先ほどまで声が出なかったのに、怒りで我に返った郭禍《グオフオ》はあらん限りの声で叫んだ。それと同時に勢いよく起き上がり、首を振り回している男に近づくと、腕をむんずと掴む。

首根っこを掴まれた猫のように大人しくなった男を見て、郭禍《グオフオ》はまだその人物がやったことを信じられずにいた。この人がこんなことを――事故を装った殺人方法を思いつけるはずがない。だってこの人は、人並みの思考すら持ち合わせていないのだから！

郭禍《グオフオ》が腕を掴んでいる人物は、郭大福《グオダーフー》の父の弟、つまり彼の大叔父にあたる郭坤《グオクン》だった。

郭《グオ》家に五十年以上潜んでいた殺人鬼は、この生まれつき障害のある大叔父だったというのか？

雑木林の中で寝ていた衙役たちが郭禍《グオフオ》の叫ぶ声で目を覚ました。最初は驚き、混乱していたが、彼らは郭坤《グオクン》を縛り上げると、李蓮花《リーリエンホワ》の救助に向かった。

水に浸かった李蓮花《リーリエンホワ》を二人の衙役が引き上げようと試みる。だが花嫁衣装だけで三十斤以上もある上に、水を吸ってさらに重くなっているので、一向に引っ張り上げることができない。いくら岸辺で水が浅いとはいえ、このままでは本当に溺死してしまう。

騒ぎを聞きつけた王黒狗《ワンヘイゴウ》と郭大福《グオダーフー》がやってきた。だが犯人が捕まったと聞いて喜ぶ王黒狗《ワンヘイゴウ》とは違い、郭大福《グオダーフー》は納得がいかないという顔をしている。駆けつけた衙役に郭坤《グオクン》を預けた郭禍《グオフオ》は、急いで小道を駆け下りた。そして自慢の怪力で李蓮花《リーリエンホワ》を摑み、一気に水から引き上げる。幸いにも外傷はなさそうだが、李蓮花《リーリエンホワ》の両目は閉じたまま、目を覚ます気配がない。

「どうやら、郭《グオ》家の女を四人も殺害した犯人は、身内の郭坤《グオクン》だったようだな！　五十年間解決できなかった難事件を解き明かしたこの見事な手腕、誰もが認める清廉公正な官吏とはまさに本官のことよ！」

上機嫌で語る王黒狗《ワンヘイゴウ》の隣で、郭大福《グオダーフー》が呆けたように郭坤《グオクン》を見つめている。七十年間ずっと錯乱状態だった老人が犯人だって？　何人もの衙役に取り押さえられ、体中に巻き付けられた鉄の鎖で、老いて痩せ細った郭坤《グオクン》は体を起こすことさえできないでいる。

突然、郭坤《グオクン》がすがるように郭大福《グオダーフー》の脚衣を摑み、悲惨な声を上げながら子どものように泣き出した。

それを見た王黒狗《ワンヘイゴウ》が、容赦なく郭坤《グオクン》を蹴り上げる。

「残酷な殺人鬼め、今度は泣き落としか？　おい、こいつをひっぱたけ！」

「はっ！」

返事と共に衙役の一人が前に出て、郭坤《グオクン》の頬を力いっぱい平手で打った。

「王《ワン》様、正式な尋問でもないのに、勝手に刑罰を与えるのはまずいのでは？　それに、郭坤《グオクン》は事件の元凶ではありませんよ」

どこからともなく声が聞こえ、王黒狗《ワンヘイゴウ》が驚いて辺りを見回す。

「李蓮花《リーリエンホワ》、貴様か！　おのれ、死んだふりをして本官を驚かすとは！　おい、誰か……」

声の主を発見した王黒狗《ワンヘイゴウ》が、怒りも露わに部下を呼ぶ。当の李蓮花《リーリエンホワ》は楽しそうな笑みを浮かべながら、ゆっくりと体を起こした。服から滴る水滴が地面に水たまりを作っている。

「知りたくないのですか？　郭坤《グオクン》が手にしている首の持ち主が誰なのかを？」

「なっ、何だと？」

思いもよらない言葉に、王黒狗《ワンヘイゴウ》が目を丸くする。

「貴様は知っていると言うのか？　本官を愚弄するつもりなら、容赦はせぬぞ！」

睨みをきかせてくる王黒狗《ワンヘイゴウ》に向かって李蓮花《リーリエンホワ》が肩をすくめる。

「そんなことするつもりはありませんよ」

「フン、どうだか！」

「かいかぶりすぎです」

素っ頓狂な返事に、王黒狗《ワンヘイゴウ》はもはや爆発寸前だ。郭大福《グオダーフー》はあんぐりと口を開けながら、二人のやりとりをただ眺めている。

そんな二人を前に、李蓮花《リーリエンホワ》はその場で正座する。池の水と泥で汚れた服を惜しそうに一瞥した後、彼は姿勢を正して穏やかに微笑んだ。

「実は、姜《ジアン》婆さんから郭《グオ》家のご夫人が三代にわたって池で溺死したという話を聞いたときから、私は犯人が郭坤《グオクン》だと思っていました」

李蓮花《リーリエンホワ》が郭坤《グオクン》をチラリと見る。

「蓮池は確かに深い所もありますが、客間に隣接する部分の水深は非常に浅く、そこで溺死するなんてさすがに無理があります。それに、死んだ者の中には漁師の娘もいた。となると、可能性は二つしかありません」

一息置いて、李蓮花《リーリエンホワ》が再び口を開く。

「一つは、溺れる前に怪我をして、池から上がれなかった。そしてもう一つは、誰かが彼女たちを殺害し、溺死を装った。前者のような偶然が四人に起きることはさすがにあり得ない。なので答えは明白です。これは、殺人事件だ」

笑みを絶やさないまま、李蓮花《リーリエンホワ》はさらに続けた。

「ですが同時に、皆さんは疑問に思うはずです。最初の事件が起きてから今に至るまで、五十年もの月日が経っていて、しかもそれぞれの間隔は二十年も離れている。まったく繋がりのない女性を殺害するために、五十年も郭《グオ》家に潜伏している人物がいるなんて、普通はあり得ない。しかし、もしこれが殺人事件なら、犯人は明白なんですよ」

気がつけば、その場にいる郭坤《グオクン》以外の全員が李蓮花《リーリエンホワ》の言葉に聞き入っていた。

「つまり、それは采蓮荘で五十年以上暮らしている人物。もちろん、姜《ジアン》婆さんではありませんよ。彼女が大旦那に仕え始めた時はまだ十代前半です。その後姜《ジアン》家に嫁入りした彼女が、夜な夜な蓮池に行っていたら、家族が気付かないはずがありません。それなら、答えは簡単です。姜《ジアン》婆さんと同じぐらい長い年月をここで過ごし、なおかつ好き勝手に行動しても怪しまれない人物、それが郭坤《グオクン》です」

「だ、だが、叔父は生まれつき精神に障害がある。彼がこんなことをするはずは……」

震える声で言う郭大福《グオダーフー》に向かって、李蓮花《リーリエンホワ》がニッコリと微笑む。

「ええ、ですから私は郭坤《グオクン》が元凶ではないと言いました。彼は自分が何をしているのか分かっていません。なぜなら、最初の事件の犯人は別にいるからです。恐らく彼はそれを目撃し、ずっと真似しているだけでしょう」

「ま、真似だと？　それはどういう意味だ？」

王黒狗《ワンヘイゴウ》が驚きの声を上げる。

「つまり最初の被害者、郭《グオ》家の大奥様が殺害されたとき、郭坤《グオクン》は現場でそれを見ていた。それ以降、同じような場面に出くわすたびに、彼は犯人の行動を逐一再現していたのですよ。まるで遊戯を楽しむかのようにね」

李蓮花《リーリエンホワ》がゆっくりと説明を続ける。

「恐らく、彼がその行動を起こす誘因となるのが、この花嫁衣装でしょう。郭《グオ》家に代々伝わるこの美しい服に惹かれない女性なんてそうはいません。周りが寝静まった頃にこっそりこの服を着て、銅鏡の前で自分の姿を眺めた人は郭《グオ》家の奥様に限らず、侍女にも何人かいたはずです。そしてそれを見た郭坤《グオクン》が、大奥様を殺害した犯人と同じことをする。亡くなってしまった四人は皆、先ほどの私と同じように、物置小屋を突っ切って逃げようとして、敷居に躓いて転び、蓮の池に落ちて溺死してしまったのでしょう」

「敷居だと?」

郭大福《グオダーフー》が驚きながら隣り合う物置小屋に目を向ける。

「あそこの敷居がどうしたと言うのだね?」

「この服、裾がとても細いですよね」

李蓮花《リーリエンホワ》が自分の着ている服の裾を軽く引っ張った。郭大福《グオダーフー》と郭禍《グオフオ》が頷く。

「この二軒の小屋の敷居は、采蓮荘のどの建物の敷居よりも高くなっているんです。しかも裏口の方が入口よりもさらに一寸ほど高いのではないかな?」

それを聞いた王黒狗《ワンヘイゴウ》が早速部下に測りに行かせると、まさに李蓮花《リーリエンホワ》の言うとおりだった。

「私も敷居が高いことは知っていましたが、当初高さが違うことまでは気付かなかった。だから裏口の敷居に躓いてしまったんです。でも、たとえ気付いたとしても、とっさには対応できなかったでしょうね。何せこんな細い裾では足も上手く上げられない。上げられたとしても、この鈴が付いた鎖に引っかかって、結局は二つの敷居の間で転んでしまうでしょう」

説明を聞いた郭大福《グオダーフー》が大きく身震いをする。それが本当なら、敷居と服の裾が殺人の凶器ということになるではないか!

「こんな狭い場所で前のめりに転んだら、背が低い女性なら額が、翠《ツイ》のように背が高ければ、首が敷居に激突していたはずです。窮屈な服のせいで体を丸めることもかなわず、さらに大量に付けられた装飾品の重みが加わっては、力のない女性には体を支えることすらできなかったはずです。自分の体重と三十斤前後の花嫁衣装、そして走って転んだ時の勢いも相まって、敷居にぶつかった時の衝撃は相当なものだったでしょう」

李蓮花《リーリエンホワ》がため息を一つつく。

「たとえ死ななかったとしても、昏倒《こんとう》するか、首の骨が折れていたでしょうね。翠《ツイ》の遺体の顎にあった擦り傷と、胸元からなくなっていた花飾りを覚えていますか？　恐らく顎の傷は敷居にぶつかった時にできたもので、花飾りは転んだ拍子に鎖が切れて坂を転がり落ちたのでしょう。それを姜《ジアン》婆さんが拾ったのです」

一呼吸置いて、李蓮花《リーリエンホワ》がゆっくりと続ける。

「かなり急な坂なので、彼女自身も同じように池の中へ転がり落ちてしまった。首に重傷を負い、こんなに重い衣装を身につけた状態では、身動きも取れず、水に浸かったまま溺死してしまったのでしょう」

真剣に話を聞いていた王黒狗《ワンヘイゴウ》が眉をひそめる。

「いや待て。それならなぜ遺体が客間の窓の下で見つかったのだ？　遺体がひとりでに動いたわけでもあるまいし」

李蓮花《リーリエンホワ》が蓮の生えていない場所を指差す。

「この采蓮池には川の水が流れ込んでいます。蓮は底流がある場所を避けるので、自然と水の通り道ができる。ここにもちょうどその流れがあるでしょう？　溺死した彼女たちは皆、この水流に客間の下までゆっくりと押し流されていったのですよ。あそこは水の流れが緩やかになっていて、蓮が群生しているので、遺体が引っかかってそれ以上進まないのでしょう。郭坤《グオクン》も水流に乗って池の中を移動しているようですしね。これは采蓮荘の人なら誰しもご存じなのでは？」

そこまで言うと、李蓮花《リーリエンホワ》は郭坤《グオクン》の持っていた首を見てもう一つため息をついた。

「もちろん、郭坤《グオクン》本人が最初の事件を真似て、亡くなった彼女たちをそこまで運んだ可能性もあります」

「確かに郭坤《グオクン》は普通ではないが、必ずしも模倣だとは限らないだろう？　たまたま最初の被害者を驚かせて殺してしまい、同じことを繰り返したのかもしれんぞ」

王黒狗《ワンヘイゴウ》が疑問を投げかける。まがりなりにも県令だ。強欲で怠慢なところはあるが、決して愚かではないようだ。

「晶の時、境岩の位方、嫁衣の尹口、木目見えて」

李蓮花《リーリエンホワ》が銅鏡に貼られた紙の文字を読み上げ、ため息をつく。

「それは一体どういう意味なのだ？」

郭大福《グオダーフー》がたまらず口を挟んだ。

「これは女性を誘う恋文ですよ。気付かなかったのですか？」

そう言って李蓮花《リーリエンホワ》はニヤリと笑った。意味深長な笑みに郭大福《グオダーフー》がビクッと驚く。

「な、何？　恋文だと？」

「ここに書かれた内容が何を意味するのか、本当に誰も分からないのですか？」

李蓮花《リーリエンホワ》が立ち上がり、銅鏡から紙を引きはがして皆に見せる。

郭禍《グオフオ》がかぶりを振り、王黒狗《ワンヘイゴウ》と郭大福《グオダーフー》は眉をひそめて首をかしげた。周りにいた衙役たちも真剣な目つきで紙を睨んでいる。

「この丁寧に書かれた『晶』という字。もう少し崩して書くと……」

そう言いながら、李蓮花《リーリエンホワ》が小石を拾って、土の上に文字を書き始めた。

「ほら、こうすると『晶の時』よりも、よっぽど興味深いでしょう？」

周りの人たちが地面に書かれた文字を覗き込む。そこには「明月の時」の四文字が書かれていた。

「何!?　こ、これは……」

王黒狗《ワンヘイゴウ》の声には驚きと困惑が入り交じっていた。

「郭坤《グオクン》の行動が模倣だとすれば、この紙の文字も、彼が書き写したものでしょう。でも彼は文字の意味が分からず、見よう見まねで書いたので、意味の分からない内容になってしまった」

李蓮花《リーリエンホワ》の説明を聞いた郭大福《グオダーフー》が頷く。

「それならば、この『境岩』も間違いだろう。本来はきっと『鏡岩』だったはずだ」

そんなやりとりを交わす二人の隣で、郭禍《グオフオ》がぶつぶつと「鏡岩の位方」を復唱する。他の人たちが何も言わないのを見て、李蓮花《リーリエンホワ》が咳払いをした。

「最初が『明月の時』という四文字なら、他も全部四文字だと仮定してみたらどうでしょう。『鏡岩の位方』は五文字ですが、もしこの『位方』が一つの字だとしたら……」

「傍《そば》か！」

王黒狗《ワンヘイゴウ》がハッとして叫び、李蓮花《リーリエンホワ》が頷いた。

「ええ、この『位方』が『傍』なら、二言目は『鏡岩の傍』になる。だんだん面白くなってきましたね？」

「なるほど！　明月の時、鏡岩の傍。確かに待ち合わせの言葉らしいぞ。であれば『尹口』は『君』。つまり『嫁衣の君』になるから、これは花嫁衣装を着た、あなたという意味だな！」

嬉しそうに手を叩き、王黒狗《ワンヘイゴウ》が自信満々に答える。

「その通り。ここまで来ればもう簡単ですね。『木目見える』も同じ理屈で……」

「相見《あいまみ》えるか！」

今度は郭大福《グオダーフー》が叫んだ。

明月の時、鏡岩の傍、嫁衣の君、相見える。これで紙に書かれた妙な言葉の謎がすべて解けた。

「これはとある男性が、月の昇る夜に女性を誘い出す文です」

李蓮花《リーリエンホワ》が結論を述べる。

この十六文字は、明らかに郭坤《グオクン》が書いたものではない。王黒狗《ワンヘイゴウ》はしばらく考え込んだ後、諦《あきら》めたようにため息をついた。

「なら、一人目の被害者は一体誰に殺されたというのだね？」

「さすがにそこまでは分かりませんね」

李蓮花《リーリエンホワ》が肩をすくめるが、王黒狗《ワンヘイゴウ》は聞こえていないのか、ぶつぶつと独り言をつぶやき始めた。

「だが郭坤《グオクン》の持っている首は一体誰の……いや、もし郭坤《グオクン》が誰かの模倣をしていると言うのなら、五十年前に起きた最初の殺人事件でも、犯人は手に首を持っていたということか？」

「だから、そこまでは知らないと……」

李蓮花《リーリエンホワ》が言い終わらないうちに、王黒狗《ワンヘイゴウ》が彼の胸ぐらを勢いよく摑んだ。

「貴様が知っていようがいまいが、本官には関係のないことだ！　いいか、三日待ってやる。それでもまだ知らぬと言うなら、刑罰は免れんと思え！」

凄まれた李蓮花《リーリエンホワ》が必死に手を振る。

「いや、だから私は本当に知らないって……」

「おい！　夾棍《きょうこん》を持ってこい！」

「ここへは持ってきていません！」

部下の返答に、王黒狗《ワンヘイゴウ》が凄む。

「それなら、こいつをひっぱたけ！」

あまりにも理不尽すぎる命令に、隣で聞いていた郭禍《グオフオ》が激怒し、王黒狗《ワンヘイゴウ》の腕を摑んで李蓮花《リーリエンホワ》から引き剝がした。

「この悪徳役人が！　事件の解決を無理強いする官吏がどこにいる⁉　これ以上李《リー》先生に狼藉《ろうぜき》を働くつもりなら、この俺が容赦しないからな！」

「郭禍《グオフオ》！　王《ワン》様になんてことを！」

息子の言動に、郭大福《グオダーフー》が顔面蒼白で叫ぶ。だが父親の狼狽《ろうばい》など微塵も気にとめず、郭禍《グオフオ》は王黒《ワンヘイ》狗《ゴウ》を摑んでいた手を離すと、

「俺の師匠は、あんたみたいな民から搾取することしか考えていない小役人が大嫌いなんだ！」

と吐き捨てた。

郭禍《グオフオ》に摑まれて暴言を吐かれ、面目丸つぶれの王黒狗《ワンヘイゴウ》は、郭大福《グオダーフー》を指差しながら顔を真っ赤にして叫んだ。

「よく聞け！　三日以内に犯人を挙げられなかったら、貴様ら全員を牢屋にぶち込んでやるからな！」

「そ、そんな……」

わなわなと震える郭大福《グオダーフー》の顔からは、すっかり血の気が引いていた。にもかかわらず、脅しに怒った郭禍《グオフオ》が、再び王黒狗《ワンヘイゴウ》の胸ぐらを摑んで持ち上げる。それを見た郭大福《グオダーフー》は、半ば放心したようにその場に跪《ひざまず》き、息子にもうやめてくれと叫んだ。

騒ぎに集まって来た采蓮荘の使用人たちも、牢屋送りにされると聞いて大いに混乱した。ある者はその場で泣き崩れ、ある者は跪いて許しを乞う。瞬く間に周りは阿鼻叫喚《あびきょうかん》の場と化した。

このままでは一向に収拾がつきそうにないので、李蓮花《リーリエンホワ》がため息を一つついて口を開いた。

「もし郭禍《グオフオ》が手伝ってくれるなら、三日でなんとかなるかもしれません」

その場にいた全員の目が李蓮花《リーリエンホワ》に向けられる。一瞬の戸惑いがあった後、郭禍《グオフオ》は王黒狗《ワンヘイゴウ》を放し、

「何でも手伝いますよ！」

と、返事をした。

「郭坤《グオクン》が首を持っているということは、ひょっとしたらその人物が殺される場面を目撃していたかもしれません。それなら、先ほど彼が犯人の行動を模倣したように、当時の人物を目にすれば、同じくこの首に関する出来事を再現してくれるかも」

そう言って李蓮花《リーリエンホワ》は申し訳なさそうに郭禍《グオフオ》を見た。

「なので、私がこの首の持ち主を演じるので、郭禍《グオフオ》には大奥様の役をやってもらいたい」

先ほどまで頷きながら説明を聞いていた郭禍《グオフオ》は、最後の言葉に激しく動揺した。

「お、俺にばあちゃんの役をやれと⁉」

動揺する郭禍《グオフオ》に向かって、李蓮花《リーリエンホワ》が穏やかに頷く。

「武功に長けた君がいれば、たとえ危険な目に遭っても、きっと切り抜けられるはずだよ」

郭《グオ》家のために体を張ってくれた李《リー》先生の頼みだ。もちろん全力で協力はするが、本当に妙な事を考えつく人だな、と郭禍《グオフオ》は心の中で呟いた。

周りから困惑の目を向けられる中、李蓮花《リーリエンホワ》が楽しそうに微笑む。

「では、約束通り三日間の猶予をください。三日後、明月の時、鏡岩の傍で、相見えましょう」

最後の言葉に、その場にいた全員の背筋がゾクリとした。あり得ないとは思いながらも、本当に人ならざる何かが、鏡岩の傍にいるような気がしたからだ。

四、三日間

李蓮花《リーリエンホワ》が王黒狗《ワンヘイゴウ》と交渉した結果、ひとまず郭坤《グオクン》は采蓮荘に置いておくことになった。そしてこれからの三日間、李蓮花《リーリエンホワ》が何をしようとも郭大福《グオダーフー》たちは決して口出しをしないこと、すべては三日後、明月の時まで待つということで話がついた。李蓮花《リーリエンホワ》は必ず結果を出すと言っているが、周りの者たちは皆、半信半疑だ。

結論が出なかった場合、王黒狗《ワンヘイゴウ》は郭坤《グオクン》を捕らえて、五十年以上続いた怪事件に終止符を打つ算段でいる。郭大福《グオダーフー》は、死んだ母や妻、それに息子のことを考えては険しい顔でため息をついている。一方の郭禍《グオフオ》はやる気満々で、常に李蓮花《リーリエンホワ》の後について回り、彼に全幅の信頼を寄せている様子だ。

騒ぎが収まり、客間に戻った李蓮花《リーリエンホワ》がまずしたのは、寝ることだ。ぐっすりと眠った彼が目を覚ました頃には、すでに約束した三日間の半分が過ぎていた。彼が気持ちよく寝ていた間、起こすのも悪いと思い、郭禍《グオフオ》は気を揉みながら絶えず部屋の前を行ったり来たりするしかなかった。

ようやく寝台から降りた李蓮花《リーリエンホワ》は、のんびりと衣装箱の中身をあさる。そして白い服を二着引っ張り出すと、さらに長い時間をかけて両者を見比べた。結局どちらを着るか結論が出なかったらしく、目をつぶって適当に摑んだ方をこれまたゆっくりと身に着ける。開いている客間の窓から郭禍《グオフオ》が見ているのに気付いてか気付かずか、彼がそろそろ我慢の限界に達したところで、やっと李蓮花《リーリエンホワ》が部屋から出てきた。

二人が最初に向かったのは郭大福《グオダーフー》の書斎だ。采蓮荘が完成した当初からあった部屋らしく、郭《グオ》乾《チエン》と郭大福《グオダーフー》が蒐集《しゅうしゅう》した水墨画や書、骨董品がすべてここに集められている。部屋の中を眺めている李蓮花《リーリエンホワ》の後ろから、郭禍《グオフオ》がたびたび顔を出してきたが、李蓮花《リーリエンホワ》は何も言わず、好きなようにさせた。

書斎の中には書棚がいくつか置かれている。一番奥にあるのは郭大福《グオダーフー》の祖父が所有していた物で、その手前が父の郭乾《グオチエン》、そして三つ目は郭大福《グオダーフー》本人が使っているらしい。李蓮花《リーリエンホワ》が、それぞれの書棚に置かれていた物をいくつか引っ張り出す。そこには水墨画や書だけでなく、帳簿のような物もあった。絵や書はどれも見事な物ばかりだ。

それらの作品を真剣に眺めた後、李蓮花《リーリエンホワ》は草書体で書かれた書を一つ手に取り、

「幾行《いくこう》か塞《さい》に帰り尽くも、念《おも》う爾《なんじ》は独り何《いず》くにか之《ゆ》く……この次は何て書いてあるのか読めないな」

と言って郭禍《グオフオ》に見せた。

目の前に出された詩を見て、郭禍《グオフオ》が顔をしかめる。

「うーん、暮れの、箱？　呼ぶ夫の……寒い……ごちゃごちゃした何か？」

もともと文字があまり読めない上に、崩した草書体で書かれていてはなおのこと分からないだろう。李蓮花《リーリエンホワ》はそんな郭禍《グオフオ》を笑うでもなく、彼と一緒になって流れるような文字と睨めっこをした。

「たしかにごちゃごちゃしているね。この部分なんか、人の鼻に見えないかい？」

「鼻って、あはは！　リ、李《リー》先生、今はまず事件の調査を……」

李蓮花《リーリエンホワ》の発言に郭禍《グオフオ》が吹き出すが、自分たちがここに来た目的は忘れていなかったようだ。

名残惜しそうに書をしまった李蓮花《リーリエンホワ》は、書斎の中をぐるりと見回し、窓を開けた。ここからも采蓮池が見えるが、客間よりも花はまばらだ。真剣に窓の外を見つめている李蓮花《リーリエンホワ》を見て、郭禍《グオフオ》も真似して辺りを見回したが、特に気になる物はなかった。

しばらくして、李蓮花《リーリエンホワ》がようやく窓から離れ、「蚊が多いな」とだけ呟いた。

そして書斎にはもう用はないという様子で扉へ向かう。

そんな李蓮花《リーリエンホワ》の背中を見つめながら、郭禍《グオフオ》はただ首をかしげるばかりだった。

書斎を出た後、荘園の中をのんびりと歩き、景色を眺めながらしばらく考え込んだ李蓮花《リーリエンホワ》は、続いて鏡岩の方へ向かった。

晴れ渡る空の下、草花が風に揺れ、微かに鳥の囀《さえず》りが聞こえる。木々に囲まれた物置小屋の周りは、静かで涼しく、夜とは違って不気味さは微塵も感じられなかった。

李蓮花《リーリエンホワ》は物置小屋の周りをゆっくりと歩き始めた。ぴたりと後ろについてきている郭禍《グオフオ》を除けば、辺りには人っ子一人いない。

ふとその時、李蓮花《リーリエンホワ》が鏡岩の前で足を止め、目を細めて鏡ではなく後ろの岩をじっと見つめた。鉄のように黒い岩は、どの部分が玉石なのかまったく分からない。手を伸ばして岩に触れながら、李蓮花《リーリエンホワ》は後ろにいる郭禍《グオフオ》に質問した。

「これは、元々どんな岩だったんだい？」

「姜婆《ジアン》さんの話によれば、荘園を建てるときに発見された物らしいです。でも玉としての価値はほとんどなかったので、じいちゃんが面白がって銅鏡をはめ込んだのだとか。満月の夜になると、鏡に反射する月の光が辺りを明るく照らし出すんです。正直この岩のどこに玉があるのかは、父さんも分からなかったそうですよ。でも姜婆《ジアン》さんが言うには、灰色で、何層にも重なっているらしいので、鏡で隠れているんじゃないですかね？」

それを聞いた李蓮花《リーリエンホワ》が満足そうに頷きながら、岩を軽く叩いた。そして今度はのんびりとした足取りで、あの日の夜、郭坤《グオクン》が飛び出してきた雑木林の中へ入っていく。地面には冬の間に落ちた枯葉が一尺ほど積もっており、頭上は生い茂った木々の葉が空を覆い隠していた。

ふと、どこからか甘い香りが漂ってくる。辺りを見回すと、ひときわ大きな木のそばに茉莉花の低木が茂みになって生えているのが見えた。その向こうには小さな淡褐色の花がたくさん咲いている背の高い茂みがあり、一番奥には青々としたクスノキが数本、池の縁に沿って生えている。

「大奥様が亡くなったのはいつ頃？」

「七月か八月だったと思います。蓮の花が満開だったたって姜婆《ジアン》さんが言ってたので」

李蓮花《リーリエンホワ》はまたもや満足そうに頷き、雑木林の奥へと進んでいった。郭禍《グオフオ》が急いで後ろから追いかける。采蓮荘は島の上に建てられているので、このまま進んでも行き着く先は水辺だ。そんな郭禍《グオフオ》の困惑をよそに、李蓮花《リーリエンホワ》は木々の間をどんどん進んでいく。しばらく歩き続け、白い服が土ですっかり汚れてしまった頃、二人は雑木林を抜けて池の前に出た。

やや残念そうな顔をして、李蓮花《リーリエンホワ》が目の前の池を見つめる。彼が何を考えているのかさっぱり分からない。郭禍《グオフオ》は暇そうにあくびを一つした。するとそれに驚いたのか、池の魚たちが小さな水音を立てて、一目散に逃げていった。

それを見た李蓮花《リーリエンホワ》が、突然笑ったかと思うと、今度は池に向かって大きく伸びをした。

「うーん。ここは本当にいい場所だね。蓮の実にレンコン、魚やカエルだって捕れる」

「野生のアヒルもいますよ」

郭禍《グオフオ》がやや投げやりに答える。李蓮花《リーリエンホワ》は特に気にせず、池へと続く坂道をしげしげと眺めた。

「この辺は土地が少し高くなっているんだね。だから小屋の間にある道も坂になっていたんだ。確かに景色はいいけど、家を建てるのにはあまり向いてないね」

李蓮花《リーリエンホワ》の意図が読めず、郭禍《グオフオ》はただ困惑顔で頷くしかなかった。

これで満足したのか、李蓮花《リーリエンホワ》がゆっくりと来た道を引き返し始める。そのまま客間まで戻ってくると、今度は大きな木の桶を引っ張り出した。何か重大な発見をしたのかと期待した郭禍《グオフオ》だが、李蓮花《リーリエンホワ》に目の前で扉を閉められてしまう。そしてしばらくすると、中から水の音が聞こえてきた。

木桶に汲んだ水で体を洗い、清潔な服に着替えた李蓮花《リーリエンホワ》は、さっぱりした気分で寝台に寝転がり、のんびりと本を読み始めた。それを窓から茫然と見ていた郭禍《グオフオ》が言葉を失う。まさか李《リー》先生は、事件の調査ではなく、ただ朝の散歩をしていただけなのか？　これでは、約束の三日が過

ぎたら、郭《グオ》家にいる者たち全員が牢屋に入れられてしまう！　お、俺はどうすればいいんだ⁉

約束の三日はあっという間に過ぎていった。

あの日以降、食事の時間に出てくる以外、李蓮花《リーリエンホワ》は部屋で本を読むだけで、特に何もしなかった。

郭大福《グオダーフー》が郭禍《グオフオ》に何度も様子を見に行かせたが、その度李蓮花《リーリエンホワ》はいつも同じ医学書を読んでいた。しかも郭禍《グオフオ》が見るに、読んでいる箇所も毎回同じだった。

ついに三日目の夜がやってきた。

昼間は涼やかで青々とした木々も、夜になり、月が昇り始めると不気味な雰囲気を醸し出し始める。

十数人の衙役を引き連れ、時間通りにやってきた王黒狗《ワンヘイゴウ》の隣では、郭大福《グオダーフー》が愛想笑いを浮かべている。他の者たちは皆、戦々恐々といった面持ちで事態を遠巻きに見守っている。郭坤《グオクン》もその場にいたが、彼は食事も取らずに午後からずっと、その場で何時間も草むしりをしていた。

月がさらに高く昇り、銅鏡に反射した光が、雑木林の前にある空き地を照らし出す。

空き地には体の前に花嫁衣装を縛り付けた郭禍《グオフオ》と、水の入った木桶を持った李蓮花《リーリエンホワ》が立っていた。手でも洗うのかと思った郭禍《グオフオ》だが、次の瞬間、李蓮花《リーリエンホワ》が桶を持ち上げ、頭から水をかぶった。そしてずぶぬれになった李蓮花《リーリエンホワ》は、鏡岩の前までやってくると何やら詩を口ずさみ始めた。

「幾行《いくこう》か塞《さい》に帰り尽くも、念《おも》う爾《なんじ》は独り何《いず》くにか之《ゆ》く。暮雨に相い呼ぶも失《な》し、寒塘《かんとう》に下らんと欲しても遅し。渚雲低くして暗に度り、関月冷《ひやや》かにして相随《あいしたが》う。未だ必ずしも矰繳《そうしゃく》に逢わず、孤飛自ずから疑うべし……」

群からはぐれた雁の孤独、不安や恐怖の感情を書いた詩を唱えながら、鏡岩の前で行ったり来たりする李蓮花《リーリエンホワ》の姿に、皆が困惑して顔を見合わせる。だがその時、郭坤《グオクン》が「ヒヒッ」と奇妙な叫び声を上げたかと思うと、草むらの中から木の枝を拾い上げた。そして李蓮花《リーリエンホワ》に駆け寄ると、彼めがけて枝を振り下ろす。

とっさに阻止しようとした王黒狗《ワンヘイゴウ》だが、これも再現の一部だということを思い出して展開を見守る。すると目の前で李蓮花《リーリエンホワ》が声を上げて倒れ、郭坤《グオクン》が彼をどこかに引きずっていくのが見えた。李蓮花《リーリエンホワ》を木の下まで運ぶと、気を失っているふりをした彼に向かって郭坤《グオクン》が怒ったように怒鳴り始める。

「落としはしない！　落としはしないぞ！　正直に言え、お前とあいつは……ギャアアア！　ば、化け物！」

恐ろしい叫び声と、「化け物」という思いもよらない言葉に、その場にいた全員が目を見開いた。

「化け物！　化け物！」

皆が凝視する中、郭坤《グオクン》が叫びながら、再び李蓮花《リーリエンホワ》に向かって枝を勢いよく振り下ろす。

これにはさすがの李蓮花《リーリエンホワ》も予想外だったようで、枝を避けようと目を開いた。それと同時に、郭坤《グオクン》を止めようと郭禍《グオフオ》が飛び出してくる。

「おい！　あんた……」

だが制止の言葉を言い終わらないうちに、花嫁衣装を目にした郭坤《グオクン》は、両手で李蓮花《リーリエンホワ》の頭を持って叫んだ。

「見ろ！　こいつは化け物だ！　こいつはもう死んだ。死んだんだ！　お前たちに落とさせはしない！」

グイッと首を引っ張られ、李蓮花《リーリエンホワ》がたまらず声をあげる。

それに驚いた郭坤《グオクン》がハッと手を離し、死人がしゃべったことが信じられないという様子で彼の顔をまじまじと見つめた。

思いもよらない展開にすっかり度肝を抜かれた王黒狗《ワンヘイゴウ》だったが、ようやく我に返り、衙役たちに急いで郭坤《グオクン》を取り押さえるよう命じる。

「李蓮花《リーリエンホワ》、これは一体どういうことだ？」

それには答えず、李蓮花《リーリエンホワ》はゆっくり起き上がると、郭大福《グオダーフー》に視線を向けた。

「郭《グオ》園主、郭坤《グオクン》に字の書き方を教えたのは誰ですか？」

「私の父だが」

「彼とあなたのお父様の仲は良かったですか？」

「ああ、叔父と父は昔から仲が良かったよ」

郭大福《グオダーフー》の言葉に、李蓮花《リーリエンホワ》がため息をつく。

「では、あなたのお父様の行動を、郭坤《グオクン》が真似したことは？」

核心を突いた質問に、郭大福《グオダーフー》が絶句し、隣にいた王黒狗《ワンヘイゴウ》が驚きの声を上げる。

「何だと、まさか貴様は!?」

李蓮花《リーリエンホワ》が眉を寄せながら、心苦しそうな声で続ける。

「もちろん、これはあくまでも私の推測です。確かに郭坤《グオクン》には障害がある。ですが、だからといって、誰彼構わず真似したりはしないと思うのです。彼が真似するのは、一番慣れ親しんだ相手。たとえば普段から彼に何かをやらせては、うまくできたことを褒《ほ》めていた人物とか」

「だからといって、郭乾《グオチエン》が殺人犯だと断定するのは……」

王黒狗《ワンヘイゴウ》が苦い顔をする。

「ひとまず、郭坤《グオクン》が真似した相手が郭乾《グオチエン》かどうかは置いておきましょう」

そう言って、李蓮花《リーリエンホワ》がいつもの笑みを浮かべた。

「まずは先ほどの再現で死んだ人物について話しましょう。首があるということは、誰かが死んだという証拠。ですが姜《ジアン》婆さんも郭《グオ》園主も、ここ五十年間、采蓮荘を訪ねた客人は誰一人亡くなっていないと言っています。たとえ誰かが嘘をついていたとしても、人が失踪したなら、何かしらの騒動はあったはず。誰一人覚えていないなんて、あり得ません。つまりこの死んだ人物は、正式な客人ではなかった。少なくとも、荘園にいるほとんどの者には存在を知られていなかったはずです」

郭大福《グオダーフー》が頷く。五十年前の采蓮荘は、今ほど外からの客を迎え入れてはいなかった。郭乾《グオチエン》は商いに忙しく、友人もわずかしかいなかったので、訪ねてくる者自体、少なかったのだ。

「それでは、誰からも存在を知られていなかったこの人物は、一体どうやってここにやってきたのでしょう？」

突然の問いに、皆が互いに顔を見合わせる。それを見た李蓮花《リーリエンホワ》がフッと笑った。

「不思議ですか？」

全員が頷く。李蓮花《リーリエンホワ》の笑みがさらに深まった。

「では、私はどうやってここに入ってきたのでしょう？」

その言葉に、郭大福《グオダーフー》がハッとして叫んだ。

「池に流れ込んでいる川から入ってきたのだな！」

李蓮花《リーリエンホワ》が頷く。

「誤って落ちて流されたのか、それとも自分から泳いで入ったのかは分かりませんが、塀を越えてしまえば、泳いでこっそり島に上がるのは難しくありません」

話を聞いていた王黒狗《ワンヘイゴウ》が怒りの声を上げる。

「まったく、どんな推理かと思えば！　そんなの、そこらにいる小童でも入ってこられるだろう！」

「子どもではありません」

「なぜ分かるのだ？」

「子どもに字は書けませんし、詩もそらんじなければ、女性を誘惑したりもしない」

思いもよらない言葉に、周りの人たちが目を丸くする。

「ゆ、誘惑だって？」

動揺する郭大福《グオダーフー》に向かって微笑んだ李蓮花《リーリエンホワ》は、書斎がある方角に目を向けた。

「郭《グオ》園主、書斎にある絵や書作品は、もちろんあなたもよくご存じですよね？」

「わ、私は……」

予想外の質問に郭大福《グオダーフー》がたじろぐ。恐らく彼が興味を持っているのは、貴族や著名人の作品だけだろう。李蓮花《リーリエンホワ》はそれを知りながら、彼に向かってもう一度微笑んだ。

「それ以外にも、作者の署名がない絵や書が乱雑に積まれていました。あれは大旦那様の所有物だったのですか？」

「あ、あれは……書斎にある大部分の作品は、私の母の物だ」

李蓮花《リーリエンホワ》が納得した顔で頷く。息子に「大福《ダーフー》」というありふれた名前を付けるような男だ。郭《グオ》乾《チエン》の文学的素養はそれほど高くないはずだと彼は予想していた。

「郭《グオ》家で書かれた作品のほとんどは、蓮が題材になっています。その中でも采蓮荘に関する書は、明らかに女性の筆遣いでした。おそらくそれは、あなたのお母様、許荷月《シューホーユエ》が書いたものですね？」

郭大福《グオダーフー》が再び頷く。周りの者たちは皆、話の意図を理解できないという顔で二人を見ているので、李蓮花《リーリエンホワ》は彼らに向かって同じように微笑んだ。

「書斎にある貴族や著名人の作品は、どれも郭《グオ》園主が集めた物でしょう。それよりも以前の物は、おそらく荘園の方たちがご自身で集めたり、書いたりした物だ。でも、その中に他とは違う作品がいくつかあるのですよ」

そう言って、李蓮花《リーリエンホワ》が侍女の秀鳳《シウフォン》から一本の巻物を受け取る。

「郭乾《グオチエン》は生薬を生業にしていた。だからなるべく間違いがないよう、彼の字はどれも一筆一筆きちんと書かれた楷書体です。郭坤《グオクン》に教えたのもその書体でしょうね。ですが郭乾《グオチエン》自身は芸術や文学に興味がなかった。故に書斎にある絵や書のほとんどは許《シュー》夫人の物でした。そして夫人も楷書を使いますが、彼女の字は郭乾《グオチエン》よりも秀麗で繊細です。そうなると、この書は一体どこから来た物で、誰が書いたのでしょうね？」

李蓮花《リーリエンホワ》が手に持った巻物を皆の前で開いていく。そこには先ほど彼が鏡岩の前で読んだ、そして郭禍《グオフオ》が書斎で「ごちゃごちゃしている」と形容した、唐の詩人崔塗の「孤雁」という詩が書かれていた。

「これは草書体で書かれている上に、縁起のいい内容でもなければ、名人の作品でもない。文学に造詣のない郭乾《グオチエン》への贈り物とは思えません。それにこれは、帰る場所をなくした孤独な自分を憐れむ心情の吐露、もしくは相手に助けを求めているような内容です」

そう言いながら、李蓮花《リーリエンホワ》は巻物をゆっくりとしまう。

「ですが、これが書斎の中にあったということは、郭乾《グオチエン》か許《シュー》夫人のどちらかが保管していたはずです。使用人が主人の書斎に物を置くはずがありませんからね。そうなると、やはり許《シュー》夫人の可能性が一番高いでしょう」

「う、うむ……」

反論の言葉が思い浮かばない郭大福《グオダーフー》は、ただ唸るしかなかった。

「それなら、この草書体で書かれた詩は一体どこから来て、誰が書いたのか？　その者は何のためにこれを許《シュー》夫人に渡したのか？　当時、夫人に近づいた者がいるのは間違いないでしょう。郭《グオ》乾《チエン》や使用人たちに気付かれることなく采蓮荘にやってきて、夫人とは詩で気持ちを伝えるような間柄だったこの人物は、果たして誰なのか？」

李蓮花《リーリエンホワ》の言葉に、郭大福《グオダーフー》がたまらず叫んだ。

「き、君は私の母が姦通《かんつう》していたと！？　荘園に男を住まわせていたと言いたいのかね⁉　そんなことはあり得ない！」

「いえいえ、そうは言ってません。今となっては、本当のことなんて誰にも分からないのですから」

李蓮花《リーリエンホワ》が慌てて首を横に振る。

「あくまでも私の推測ですが。当時、たまたまここにやってきたその男――ひとまず男と仮定しましょう。彼は偶然夫人と出会った。そして理由は分かりませんが、夫人はその事を誰にも言わずに、男を荘園でかくまった。この『孤雁』は、彼が夫人の同情を引くために書いたのかもしれません。夫人は文人の家の出ですし、彼の才能を認めてこの詩を手元に残したのでしょう。ですが、私がこの男の動機が不純だと感じたのは、この『孤雁』ではありません」

そこまで言うと、李蓮花《リーリエンホワ》は微かに顔をしかめた。

「『明月の時、鏡岩の傍、嫁衣の君、相見える』。郭坤《グオクン》が写し間違えるほど、もとの文字が判別しづらかったということは、同じく草書体で書かれていた可能性が高い。つまり、男はこれを書いて夫人に渡し、花嫁衣装を着て、夜会いに来てほしいと誘ったのです。夫のいる女性に対して、このような要求はいささか不適切ではないでしょうか？　そして恐らく郭乾《グオチエン》は、この誘い文句が書かれた紙を見つけ、それを持って物置小屋に向かったのでしょう」

話を聞いていた王黒狗《ワンヘイゴウ》がハッとする。

「そうか、その時郭坤《グオクン》も一緒にいて、兄が手紙を持ち出すのを見ていたのだな。だからそれを模倣して、誰かの部屋から紙を物置小屋まで持っていったり、内容を書き写したりしたのか」

李蓮花《リーリエンホワ》が頷く。

「郭乾《グオチエン》は夫人の言動から、第三者の存在を薄々感じていたのでしょう。そしてある日、恋文を見つけて怒りが頂点に達した郭乾《グオチエン》は、刀か何かを持って鏡岩に行き、鏡に文を張り付けて雑木林の中に隠れた。後の展開は先ほどご覧になった通りです。恐らく池から上がってきた男を、郭乾《グオチエン》は木の棒で殴り倒した。そして木の下へ男を引きずって行った後で、何かに気付いた郭乾《グオチエン》は『化け物』と叫んだ」

郭坤《グオクン》が化け物と叫んでいた事を思い出し、その場にいた人たちは背筋が寒くなるのを感じた。

「何が化け物だ、自分が化け物のくせに」

怖さを紛らわそうとしたのか、王黒狗《ワンヘイゴウ》が小さく悪態をつく。

「とにかく、郭乾《グオチエン》は男の首を切り落とした。そしてちょうどその時、花嫁衣装を着た夫人が現れたのでしょう。それを見て激昂した郭乾《グオチエン》は、首を持って夫人に詰め寄った。『こいつはもう死んだ、駆け落ちなどさせるものか！』とでも言ってね。驚いた夫人は恐怖のあまり逃げ出し、敷居に躓いて池の中へ転がり落ちた」

李蓮花《リーリエンホワ》の推理を聞き終えた郭大福《グオダーフー》は、驚愕の表情を浮かべ、もはや言葉も出ない。その隣で王黒狗《ワンヘイゴウ》が声を上げる。

「つまりあの敷居は、人を殺めるためにわざと高くした訳ではなかったのだな？」

「おおかた、ただの偶然でしょう。人を殺すために、わざわざ家を二軒建てて条件の厳しい罠を仕掛けるなんて、効率が悪すぎますから」

「なるほどな。それで、その男の体はどこへ行った？　なぜ首があって、体がないのだ？　まさか犬に食われたとでも言うのか？」

王黒狗《ワンヘイゴウ》の質問に、李蓮花《リーリエンホワ》は少し考えた後、

「私の推測が間違っていなければ……」

と言って、ゆっくりと鏡岩の方へ歩いていった。

「郭禍《グオフオ》、君の刀でこの岩を切ってみてくれないか？」

呼ばれた郭禍《グオフオ》が頷き、刀を抜いて岩を横から思いっきり斬りつけた。見事な一太刀が岩に直撃し、「ガキンッ！」という音と共に刀が真ん中で二つに折れてしまったが、岩の方は表面が少し削れただけだ。

王黒狗《ワンヘイゴウ》と郭大福《グオダーフー》が同時に困惑の声を上げ、使用人に松明《たいまつ》で岩を照らすよう命じた。黒く、ゴツゴツした表面とは違い、欠けた部分は灰色で、ツルツルと光沢を放っている。もしや、これが玉なのだろうか？

「これは、瑪瑙《めのう》です」

李蓮花《リーリエンホワ》が申し訳なさそうな声で続ける。

「瑪瑙は赤色が最も上等だと言われていますが、これは灰色の瑪瑙なので、あまり価値はありません。瑪瑙は地中の奥深くで溶けた岩石が吹きだして固まり、中の空洞に外から中へと沈殿物が層になって蓄積していくことでできると聞いたことがあります。ですから、これほど大きい瑪瑙なら、ひょっとしたら中にはまだ空洞が残っているかもしれません」

「空洞？　この中は空洞だというのか？」

周りにいた者たちが一斉に驚く。

「いいえ、ただの推測です。瑪瑙は鋼の刀よりも硬いんです。実際に割ってみないことには分からな……」

李蓮花《リーリエンホワ》が言い終わらないうちに、郭禍《グオフオ》が銅鏡の縁を両手で摑んだ。そして息を吐いて大声を上げながら力をこめると、鏡ごと岩を勢いよく揺らし始める。人々が見守る中、岩が二、三回揺れた後、突如「ガチャン」という大きな音と共に銅鏡が岩から外れた。

辺りからどよめきが起こる。その場にいた全員の視線が、銅鏡に隠されていた岩の一面に注がれた。高さ八尺、奥行きと幅がそれぞれ六尺と七尺はあるだろうその大きな岩の中は、本当に空洞だったのだ。しかもただの空洞ではない、穴の側面にはびっしりと水晶がついており、松明の光で美しく輝いている。だがよく見ると、大小様々に突き出ている水晶の間に、所々何やら奇妙な物が挟まっていた。

「人の骨だ！」

衙役に松明を高く掲げるよう命じ、穴の中を覗き込んだ王黒狗《ワンヘイゴウ》が叫ぶ。郭大福《グオダーフー》の顔色が真っ青になり、暗がりでもはっきり分かるほど震えていた。

銅鏡を地面に置き、郭禍《グオフオ》がため息をつく。

「体が見つかったな」

王黒狗《ワンヘイゴウ》の命令で、衙役たちが岩の中から骨を取り出して、地面に並べた。そして郭坤《グオクン》の持っていた首と合わせると、一体分の遺骨が完全に揃った。鏡岩の中からは骨以外にも、錆《さ》びた馬刀が一振り、そして朽ちてボロボロになった布きれが何枚か見つかった。

「おや？」

遺骨を眺めていた李蓮花《リーリエンホワ》が怪訝な声を上げる。

「この人物、指が六本ありますよ？」

それを聞いて周りの人たちが集まってくる。すると今度は衙役の一人が叫んだ。

「み、耳の穴が四つある！」

王黒狗《ワンヘイゴウ》が近づいて見ると、確かに頭の両側にそれぞれ二つずつ耳の穴らしき物があった。まさかこの人物は、生前耳が四つあったというのだろうか？

「これは尻尾か⁉」

今度は郭禍《グオフオ》が叫び、全員の視線が骸骨の臀部《でんぶ》に向けられる。彼の言うように、骨盤らしき骨の下から、三寸ほどの奇妙な骨が尻尾のように伸びていた。

「なるほどね。私も妙だと思っていたんですよ。奥さんが恋文を受け取っただけで、その相手を殺すなんて、いくら何でもやり過ぎじゃないかって。おそらく郭乾《グオチエン》には、この者が人間ではなく、化け物に見えたのでしょうね」

「こ、これは一体、な、何の化け物だ⁉」

感心したように言う李蓮花《リーリエンホワ》の隣で、郭大福《グオダーフー》が歯をガチガチ震わせている。

「よく見ると、手足の指も普通の人間より長いし、指の間に水かきのような膜があります。恐らく泳ぎが得意だったのでしょう。ですが常人よりも耳が一組多く、尻尾が生えていて、指も二本多かったせいで、彼は人目を避けて暮らさざるを得なかった」

李蓮花《リーリエンホワ》が同情に満ちた目で遺骨を見つめながら続ける。

「采蓮池の真ん中に建てられた采蓮荘なら、招かれた客人以外は滅多に近づけない。この物置小屋は長いこと放置されていて、周りは雑木林に囲まれている。お腹が空けばレンコンや池の魚を食べればいい。身を隠すにはもってこいの場所です。ただ、とある理由で意外にもすぐに見つかってしまったのでしょう」

「とある理由？」

首をかしげる郭禍《グオフオ》に、李蓮花《リーリエンホワ》が背後の茂みを指差した。

「あそこの茶色い小さな花を咲かせている雑草は、ヨモギと言うんだ」

「ヨモギ？」

今度は周りにいた全員が首をかしげる。

「ヨモギは蚊よけの効果があるんです。この草は湿気が苦手で、日光を好みます。荘園の中を一通り見てみましたが、池に近くて日当たりが良く、かつ水面から一定の高さがあって土が乾燥している場所はここしかありませんでした。涼しくて蚊がいない場所を探している人がいたら、自然とここに足が向くのではないでしょうか？」

李蓮花《リーリエンホワ》が穏やかな笑みを浮かべた。

「恐らくその日、許《シュー》夫人はここで涼んでいたのでしょう。そして偶然この者と出会ってしまった。優しい夫人は彼を化け物扱いせず、こっそりかくまってあげた。それから二人は時々ここで本を読んだり、字を書いたのかもしれません。夫人は男の才能を気に入り、男は夫人に恋をした。それで彼はある日、人目を盗んで夫人の部屋に恋文を残し、それを郭乾《グオチエン》が見つけてしまった……」

そう言いながら、李蓮花《リーリエンホワ》が眉根を寄せる。

「そして、悲劇はその夜に起きた。逃げた夫人が池に落ちたことに気付かなかったのか、郭乾《グオチエン》は男の死体を切断し、瑪瑙の中に隠した。ただ頭だけは水晶に引っかかって上手く入れられず、別の場所に隠したのでしょう。

それが終わり、今度は妻が死んでいることに気付いた彼は、彼女の死体をここに残しておくことはできないと考えた。隠した方の死体まで見つかってしまう恐れがありますからね。

だから彼は木桶を使って妻の死体を自分の部屋の下まで運び、そこで溺死した風を装った。ただ彼の唯一の誤算は、一部始終を郭坤《グオクン》に見られていたということです」

小さく首を横に振り、李蓮花《リーリエンホワ》がゆっくりと続ける。

「妻の死に打ちひしがれ、使用人のほとんどを解雇して荘園にこもったというのも、半分は岩の中に隠した死体が見つかるのを恐れたからではないでしょうか。ですが二十数年後に、郭《グオ》園主の奥様が許《シュー》夫人とまったく同じ状態で亡くなった。郭坤《グオクン》が自分を真似て殺人を犯したとは夢にも思わない郭乾《グオチエン》は、激しい恐怖にさいなまれ、そのまま還らぬ人となった」

翠《ツイ》が死んだ夜、李蓮花《リーリエンホワ》が窓の外で見た顔というのは、首を背負って外を通った郭坤《グオクン》だったのだろう。

王黒狗《ワンヘイゴウ》が郭大福《グオダーフー》と顔を見合わせる。しばらくして、二人は大きなため息をついた。李蓮花《リーリエンホワ》の推理はあくまでも推測に過ぎないが、郭坤《グオクン》が誰かを真似て人を殺したのは間違いない。それに、五十年前に鏡岩の中に死体を隠せる者など、郭乾《グオチエン》を除いて他に誰がいるだろうか？　犯人が誰なのかはもう疑いようがないだろう。だが当時、なぜ許《シュー》夫人はその人物を荘園にかくまったのか？二人の関係が本当はどうだったのか？　この人物の正体が誰で、郭乾《グオチエン》が彼を殺したのは、妻を誘惑された怒りか？　それとも化け物を見た恐怖ゆえか？　それらはもはや誰も知る由のないことだ。

それでも李蓮花《リーリエンホワ》の推測を聞いた彼らは、皆、拳を固く握りしめ、鏡岩から漂う気配に寒気を覚えずにはいられなかった。

偶然、事故、隠匿《いんとく》、恋情と恐怖によって引き起こされた悲劇。隠された罪は、数十年もの間、思いもよらない形で、幾度も郭《グオ》家の者たちに報復し続けていたのだから……

五、四日目以降

采蓮荘の事件が解決し、王黒狗《ワンヘイゴウ》は師爺《しや》（文案などをつかさどる補佐員）に数万字の上奏書を書かせて大理寺に届けさせた。中身はもちろん、彼が衙役を率いて采蓮荘で三日三晩張り込み、郭坤《グオクン》の動向から、六本指の怪人殺人事件の真相を突き止めたというものだ。

今回の件で相当な衝撃を受けた郭大福《グオダーフー》は、高熱を出して数日寝込んでしまった。そんな父親に元気を出して欲しいと思ったのか、郭禍《グオフオ》が郭大福《グオダーフー》のお気に入りの書作品で文字の勉強をし始めたので、これには郭大福《グオダーフー》も大いに喜んだ。そして息子に詩の読み方を教えようと張り切ったが、ある日、折句について話していた時、李蓮花《リーリエンホワ》の書いた詩を読んでいた郭禍《グオフオ》があることに気づいた。

「郭門《かくもん》の青翠《せいすい》霧に覆《おお》われ、八里《はちり》の玉飾《ぎょくしょく》家を彩る　芭蕉《ばしょう》の影に美酒を仰ぎ、花上《かじょう》の灯は心を奪う
……郭門《かくもん》、八里《はちり》、芭蕉《ばしょう》、花上《かじょう》……郭《グオ》、八《は》、芭《ば》、花《か》？」

息子の言葉に、郭大福《グオダーフー》が驚く。

「今何と言った？」

「父さん、これは折句だよ」

そう言って、郭禍《グオフオ》は至極真面目な顔で先ほどの言葉を繰り返した。

「郭《グオ》、八《は》、芭《ば》、花《か》……郭《グオ》はバカ」

それを聞いた郭大福《グオダーフー》は、またもや床に臥せってしまい、三日間高熱にうなされたという。その後、昔ほど詩や書作品を集めることに興味がなくなった代わりに、生薬の商売にますます力を入れるようになったそうだ。

一方、采蓮荘で三日間過ごした李蓮花《リーリエンホワ》は、四日目には薛玉に置いてきた蓮花楼へ戻った。数日も離れていると、やはり家が恋しくなるものだ。窓や扉は無事だろうかと一抹の不安を抱きながら自宅の前にやってきた李蓮花《リーリエンホワ》は、目の前の光景に目を丸くした。出かける前はあちこちガタがきていた蓮花楼が、驚くほどきれいに修繕されていたのだ。落ちてしまった木の板までしっかり補修され、美しい模様まで彫られている。

少し考えた後、李蓮花《リーリエンホワ》は軽く襟を正すと、笑みを浮かべながら蓮花楼の扉を軽く叩いた。

「ごめんください」

声に応えるように、ギーと音を立てながら扉が開き、灰色の僧衣を着た年配の僧侶が現れた。僧侶は穏やかな顔で李蓮花《リーリエンホワ》に手を合わせる。

「お待ちしておりましたよ、李蓮花《リーリエンホワ》様。拙僧は普慧《プーフィ》と申します」

「お初にお目にかかります、普慧《プーフィ》大師」

「この度は、神医として名高い李《リー》様に、私どもの住職を診ていただきたくお願いに参りました。

住職の病はかなり深刻で、診察した医者は皆為す術がないと……どうか私と共に寺へ来ていただけないでしょうか？」

普慧《プーフイ》の笑みには微かな焦りの色が浮かんでいる。目の前の僧侶と、様変わりした蓮花楼を交互に見て、李蓮花《リーリエンホワ》はため息をついた。

「ええ、もちろん。場所はどこです？」

「普渡寺《ふどじ》です」

普慧《プーフイ》が手を合わせて深くお辞儀をする。

寺の名前を聞いたとたん、李蓮花《リーリエンホワ》の顔色が微かに変わり、彼は小さく苦笑した。

「普渡寺か……」

「どうかされましたか？」

怪訝そうに問う普慧《プーフイ》に向かって、李蓮花《リーリエンホワ》がニッコリと微笑む。

「一人の命を救わば、その徳は七重の塔を建てるに勝ると言います。牛を二頭用意していただければ、いつでも出発できますよ」

「牛を二頭？」

困惑する普慧《プーフイ》を横目に、李蓮花《リーリエンホワ》は目の前の蓮花楼を指差した。

「ここに来てからろくな目に遭ってないのでね。ついでに引っ越ししようと思いまして」

第四章

読経に揺れる微かな灯

無了（ウーリアオ）　仏州、清源山中にある普渡寺の住職。
普神（プーシェン）　普渡寺の僧侶。寺で唯一剣術を扱える。
古（グー）　普渡寺の料理長。
阿瑞（アールイ）　百川院の女中。

「阿発《アーファー》、阿瑞《アールイ》を見なかったかい？　あの子、今度はどこをうろついてるんだい」

白髪交じりで小太りの中年女性がまな板の上の冬瓜《とうがん》を切りながら、隣で薪割りをしている青年に問う。

「彼丘《ビーチウ》様から今月分の食材費をもらったから、あの子が立て替えてくれていた分を渡そうと思ったのに」

ぼやく女性に向かって青年は手を止め、少し考えてから答えた。

「たしか、隣の寺に野菜を届けに行ったって聞いたよ。お金をもらって、そのまま実家に帰ったんじゃゃない？」

それを聞いた女性が、フン、そうかいと返事をする。そしてぶつ切りにした冬瓜を器に移すと、青年に向かってニヤリとする。

「話は変わるんだけどね、最近変な事があったんだよ」

「へえ、実は俺も妙な出来事に遭ったんだ。そっちからどうぞ」

「あたしが書庫の外に植えたヘチマがあるだろ？　なんと、先月から花が咲き始めたんだよ！あとひと月は先のはずなのに」

大げさに目を見開く女性に向かって、青年があきれた顔をする。

「なんだ、そんなの別に珍しいことじゃないだろ？　それよりも俺の話の方がすごいぞ」

そう言って彼は手にしていた斧《おの》を置いて、声を低くして続けた。

「書庫の中で、赤い光がゆらゆら揺れるのを何度も見かけたんだよ。それも決まって満月の夜にね。昨晩もその光を見たから、思い切って中を覗いたんだ。そしたら、何が見えたと思う？」

青年が女性に近づき、耳元で囁《ささや》く。

「上半身しかない、女のお化けがいたんだよ！」

「何をバカなこと言ってるんだい！　ここは百川院だよ！　武林の達人が大勢いる場所に、お化けなんて出るわけがないだろ！」

女性がぶるっと体を震わせて叫ぶ。だが青年は大真面目な顔で、

「本当だって！　今朝もう一度見に行ったら、書庫の中はきれいさっぱり何もなかった。でも昨日の夜は本当に体が半分しかない女の人が、地面を這《は》いずり回ってたんだよ！　後ろ姿しか見えなかったけど、あれは間違いなくお化けだね！　仏様に誓ってもいい！」

と言い切った。

「それはあんたが寝ぼけてたからだろ！」

あきれたように笑いながら、女性が手にした包丁をまな板に向かって振り下ろす。

「いいから、さっさと阿瑞《アールイ》を見つけてきな」

一、僧侶は嘘をつかない

緑が生い茂り、麓《ふもと》に川が流れる仏州、清源山。一見何の変哲もない小さな山だが、そこには他と違うところが二つある。一つは、仏彼白石が拠点にしている「百川院」があること。今や江湖で知らない者はいない、誰もが敬う聖地といっても過言ではない場所だ。

そしてもう一つは、普渡寺と呼ばれる寺が山中に鎮座していることだ。

普渡寺の住職は名を無了《ウーリアオ》と言い、優しく温和な和尚だ。普慧《プーフイ》の言う、医者も為す術がないほどの重病を患っている高齢の住職というのが彼である。

かつて、無了《ウーリアオ》は江湖で名の知れた強者だったらしい。しかし、十数年前に普渡寺の住職として清源山に隠居した。それ以降、滅多に外出もせず、毎日自身の禅室から三丈ほど離れた仏塔の周りを散歩したり、武術の鍛錬をしたりと、静かな日々を過ごしている。そんな穏やかで、心優しい住職が重病で倒れたと聞いて、寺中の皆が心配しているのだ。

太陽を背にした仏塔が、部屋の中に静かな影を落としている。五丈ほどの高さがある質素な塔は、厳かで穏やかな雰囲気を纏っていた。ちょうど朝課の時間で、寺の中には僧侶たちの経を唱える声が響いている。

目の前で穏やかな笑みを浮かべている和尚を睨みながら、李蓮花《リーリエンホワ》がため息を一つついた。

「『僧侶は嘘をつかない』という言葉があるのを知らないのかい?」

「そうでも言わねば、李《リー》門主は来てくれぬであろう?」

ニッコリと笑う無了《ウーリアオ》に向かって、李蓮花《リーリエンホワ》はもう一度ため息をついた。

「病気は嘘だったんだね？」

「この通り、健康そのものじゃよ」

李蓮花《リーリエンホワ》はあからさまに顔をしかめた。

「病気じゃないのなら、私は失礼するよ」

そう言って、彼は本当に立ち上がり、扉の方へ歩いていった。

「李《リー》門主！」

無了《ウーリアオ》が背後から呼び止めようとするも、李蓮花《リーリエンホワ》はそれを無視して扉に手を掛ける。

「李蓮花《リーリエンホワ》！」

無了《ウーリアオ》が呼び名を改めると、李蓮花《リーリエンホワ》がようやく足を止めた。そして満足した顔で戻ってくると、目の前にある椅子の座面を軽くはたいて、ゆっくりと腰掛ける。

「それで、私に何の用かな？」

李蓮花《リーリエンホワ》が戻ってきたことに安堵の表情を見せた無了《ウーリアオ》は、その場で立ち上がり、穏やかな笑みを見せる。

「十年前の戦いの結果を聞くつもりはない。だが、失踪したおぬしを案じている者が大勢いるというのに、彼らとはもう二度と会うつもりはないのか？」

「会ったところで何になる？」

李蓮花《リーリエンホワ》が同じく笑顔で返す。

「会えば、未練が消え、心身に平安をもたらす。会わなければ……」

無了《ウーリアオ》が言いよどむ。

「会わなかったら、寿命が縮むとでも？」

フッと笑う李蓮花《リーリエンホワ》に、無了《ウーリアオ》が真剣な眼差しを向ける。

「拙僧は少しばかり医術の心得がある。以前、屏山《へいざん》で偶然おぬしを見かけた時、三経に傷を負っていることはすぐに分かった。一刻も早くおぬしの友人たちを訪ね、知恵を合わせて方法を探さねば、恐らく……」

「恐らく？」

しばらく黙り込んだ後、無了《ウーリアオ》がゆっくりと続ける。

「恐らく、二年と持たんだろう」

再び沈黙が辺りを包み込む。李蓮花《リーリエンホワ》が何も言わないのを見て、無了《ウーリアオ》が再び口を開いた。

「おぬしがなぜかつての仲間たちに会いたがらないのか、拙僧には分からぬ。もしや、彼丘《ビーチウ》が原因か？　この十年間、彼丘《ビーチウ》は百川院に閉じこもったままだ。あの者の苦しみも、同じく常人には計り知れぬ。おぬしの寛大な心で、彼丘《ビーチウ》を許してやることはできぬのか？」

李蓮花《リーリエンホワ》が小さく笑う。

「和尚は謎解きがお好きなようだけど、残念ながらどれも違うよ」

扉の向こうから声がして、一人の沙弥《しゃみ》（仏門に入ったばかりの若い僧）がお茶を運んできた。話題を変えようと思ったのか、無了《ウーリアオ》が沙弥に笑いかける。

「定縁《ディンユエン》、普神《プーシェン》師甥にここへ来るよう伝えておくれ」

「普神《プーシェン》師叔は部屋で座禅をしておられます。お邪魔するわけには……」

定縁《ディンユエン》と呼ばれた沙弥が恭《うやうや》しく答える。無了《ウーリアオ》が頷いたのを見て、定縁《ディンユエン》は部屋から出ていった。

「普神《プーシェン》は、この寺で唯一剣術を扱える僧侶でな。子どもの頃からここで暮らしておるが、相夷太剣と一度手合わせするのが普神《プーシェン》の夢なのだよ」

「それは、残念だね。李相夷《リーシアンイー》は十年も前に死んでしまったよ」

「相夷太剣もかね？」

無了《ウーリアオ》の問いに、李蓮花《リーリエンホワ》が小さく咳払いをする。

「生きていた頃に剣譜（剣術を記した秘伝書）の一つも残さなかったのは、彼の落ち度だね」

あくまでもしらを切り通す李蓮花《リーリエンホワ》に、無了《ウーリアオ》が苦笑する。

するとその時、突然バキバキッ！　という大きな物音が辺りに響き渡った。二人が窓の方を向くと、寺の裏庭に生えていた五、六丈はある大木の樹冠が折れ、その下の小屋に突き刺さっていた。小屋の中から二人の僧侶が血相を変えて飛び出し、目の前の光景を見て茫然としている。無《ウー》了《リアオ》と李蓮花《リーリエンホワ》もその場に駆けつけ、集まってきた僧侶たちと折れた木を見上げた。

よく見ると、折れた部分に虫食いの痕がある。恐らく脆《もろ》くなっていたところを、強風に煽られて折れたのだろう。思わぬ出来事だったが、怪我人も出なかったので、無了《ウーリアオ》は用のない僧侶たちに朝課に戻るよう命じた。


寺の中を散歩すると言う無了《ウーリアオ》に、李蓮花《リーリエンホワ》も付き合うことにした。しばらく歩いた後、無了《ウーリアオ》が寺で精進料理を食べていかないかと提案した。厨房の料理人が作る野菜料理は絶品なのだそうだ。李蓮花《リーリエンホワ》が快く招待に応じようとした時、一人の沙弥が慌てた様子でやってきた。なんでも薪小屋からずっと煙が上がっているので、様子を見に来て欲しいそうだ。精進料理はまたの機会ということになり、李蓮花《リーリエンホワ》は落胆しながら寺を後にした。

余談だが、先ほどの騒ぎで駆けつけた僧侶たちは、重病で寝込んでいたはずの無了《ウーリアオ》が元気になったのを見て、李蓮花《リーリエンホワ》の医術に心底感心したそうだ。

寺を出た李蓮花《リーリエンホワ》が振り返ると、仏塔の方から微かに黒い煙が上がっているのが見えた。それを見上げながら彼は小さくため息をつくと、今度はあくびを一つして、蓮花楼の方へ足を向けた。

普慧《プーフイ》が牛を四頭調達してくれたので、薛玉から清源山まで十数日かけて引かれてきた蓮花楼は今、普渡寺の目の前に置かれている。綺麗に補修された木板を撫でながら、李蓮花《リーリエンホワ》は普慧《プーフイ》の気配りに満足げな笑みを浮かべた。

見違えた我が家に入っていった李蓮花《リーリエンホワ》が、何やら探し物をし始めた頃、蓮花楼の前を一頭の早馬が通り過ぎた。馬上の人物は寺の前に鎮座している建物には目もくれず、土埃《つちぼこり》を巻き上げながら山の向こうに消えていった。だがもし彼が李蓮花《リーリエンホワ》の姿を目にしたら、きっと驚いていたに違いない。百川院目指して馬を駆るその人物は、ついこの前、采蓮荘で共に事件を解決した郭禍《グオフオ》だったのだから。

二、暗闇での邂逅《かいこう》

「彼丘《ビーチウ》師匠！　彼丘《ビーチウ》師匠！」

静かな百川院に、獅子の咆哮《ほうこう》のような声が響き渡る。

一人の男性が紀漢仏《ジーハンフォー》の部屋に駆け込み、すぐさま裏口から飛び出したかと思うと、次は白江鶉《バイジアンチュン》の部屋を突っ切り、続けて雲彼丘《ユンビーチウ》の部屋の窓から室内へと飛び込んだ。そして書き物をしていた雲彼丘《ユンビーチウ》の肩を摑むと、

「師匠！」

と耳元で叫ぶ。

「弟子には文字を教えるな」という李相夷《リーシアンイー》の指示を守ってそばに置いていた弟子——郭禍《グオフオ》に向かって、雲彼丘《ユンビーチウ》は明からさまに眉をひそめた。十一歳の郭禍《グオフオ》が師門に入った時、すでに自室に閉じこもっていた雲彼丘《ユンビーチウ》は、彼に学問を教えることも、武術を伝授することもなかった。そんな郭《グオ》禍《フオ》が武術を身につけられたのは、彼を可哀想に思った他の兄弟子たちが、代わりに指導したおかげだ。要領はあまり良くなかったものの、記憶力が抜群な彼は、十年で一人前の武人となった。

そんな実直で純真な郭禍《グオフオ》に対して、後ろめたさを感じていた雲彼丘《ユンビーチウ》は、かつて李相夷《リーシアンイー》が裏表のある相手を嫌っていたこともあり、弟子の不作法な振る舞いには極力目をつぶってきた。しかし、人を訪ねる時は扉から入るべきだということだけは教えておくべきだった、と後悔していた。

「郭禍《グオフオ》、君は実家に帰ったはずでは？」

「師匠、俺、嫁さんをもらったんです！」

見当違いな返答に苦笑する雲彼丘《ユンビーチウ》だが、その目に微かな陰がよぎった。

「それはおめでたいですね。知っていれば贈り物の一つでも用意したのですが」

「でも、嫁さんは死んじまったんです」

「そんな……」

途端に落ち込む郭禍《グオフオ》を見て、雲彼丘《ユンピーチウ》はとっさに掛ける言葉が見つからなかった。だが驚いたのも束の間、再び郭禍《グオフオ》に腕を摑まれ、耳元で叫ばれる。

「でもでも、実家ですごい人と会ったんですよ！　李蓮花《リーリエンホワ》と言うんですが、彼は郭《グオ》家の恩人なんです！　それで以前、師匠と白江鶉《バイジアンチュン》師伯がその名前を口にしていたのを思い出しまして。彼は今、どこに住んでるか知ってますか？　俺も父さんも、もう一度会ってお礼が言いたいんです！」

「李蓮花《リーリエンホワ》？」

興奮した様子でまくし立てられ、話の半分も理解できていない雲彼丘《ユンピーチウ》だが、その名前を聞いて内心ギクリとした。また李蓮花《リーリエンホワ》だと？

喚く郭禍《グオフオ》をよそに、雲彼丘《ユンピーチウ》が頭の中で考えを巡らせていると、突然何かが焦げたような臭いがして、窓から生暖かい空気が漂ってきた。二人が同時に外を見ると、一棟の古い建物から火の手が上がっている。建物の中から勢いよく炎が吹き出し、先ほどまで気付かなかったのが不思議なほど、凄《すさ》まじい勢いで燃え盛っている。

「南飛《ナンフェイ》、水だ！　急げ！」

外では紀漢仏《ジーハンフォー》がすぐさま駆けつけ、弟子たちに消火の指示を出す声が聞こえる。炎の間を縫うように建物の中に入っていったのは白江鶉《バイジアンチュン》だろう。その後から遅れてやってきた男が一人。まるで病人のように青黒い顔をしていて、鼻の頭に毛が数本生えた大きなほくろがある。お世辞にも見目麗しいとは言えないこの男こそが、仏彼白石の四人目、石水《シーシュイ》だ。

激しく燃える炎に向かって、石水《シーシュイ》が掌撃を数回放つ。すると彼の手のひらから冷気が勢いよく吹き出し、瞬く間に炎の勢いが弱まった。

外の騒ぎを目にした郭禍《グオフォ》が、かけ声と共に窓から飛び出す。そして兄弟弟子の阜南飛《フーナンフェイ》の下へ駆け寄り、二人で水の入った桶を抱えて消火にあたった。

一時間後、ようやく炎は消えたが、建物からはまだ黒い煙が絶え間なく立ちのぼっている。

何かが崩れる音と共に、白江鶉《バイジアンチュン》が険しい顔で中から出てきた。

「中はどうだった？」

紀漢仏《ジーハンフォー》が問うと、うちわで勢いよくあおぎながら、白江鶉《バイジアンチュン》は汗と煤《すす》まみれの顔で答えた。

「中で人が死んでる。自分で見てきなよ。煙のせいで危うく窒息《ちっそく》するかと思った」

「人が死んでいる？　誰が？」

紀漢仏《ジーハンフォー》が眉をひそめる。

「さあね。どうも焼かれる前に全身の皮膚を剝がれていたようだ。鶏の丸焼き状態で、人間かどうかすら見分けがつかないよ！」

白江鶉《バイジアンチュン》の言葉を聞いた紀漢仏《ジーハンフォー》の目に怒りが宿る。それを察した白江鶉《バイジアンチュン》は、そそくさと横に退いた。

紀漢仏《ジーハンフォー》と石水《シーシュイ》が焼け焦げた建物に足を踏み入れる。

そこは書物を保管している古い建物だった。若い頃の雲彼丘《ユンビーチウ》は、寝ても覚めても本を読みふける青年だった。実家が裕福だったこともあり、持っていた書物の数は途方もない。四顧門が解散し、百川院に拠点を移した際、蔵書の大半は失われてしまったが、それでも建物一軒に部屋一つ分の書物が残った。貴重な本は自分の部屋に保管し、残りをこの建物に収めていたのだが、今回火の手の回りが早かったのは、この大量の本のせいだろう。

まだところどころ炎がくすぶる室内に入ると、焼け焦げた大きな穴を床に見つけた。どうやら炎は床下から燃え広がったようだ。紀漢仏《ジーハンフォー》が覗き込むと、中は空洞で、かすかに炎がちらついている。さらに奥へ目を向けると、地下に続く道があることが分かった。荒々しく削られたその地下通路は、かなり奥まで続いているようで、路面に沿うように炎がちらちらと揺れている。鼻を突くこの異臭は油だろうか？　そして、最も臭いが強く、火元と思われる場所には、真っ黒に焦げた大きな塊が横たわっていた。白江鶉《バイジアンチュン》の言った通り、それは皮膚がほとんど剝ぎ取られ、赤黒く焼け焦げた死体だった。

「こりゃあ、皮膚を剝がれたんじゃない。煮えたぎる油を浴びて、水ぶくれになった皮膚が、服にくっついちまったんだ」

隣にいた石水《シーシュイ》が口を開いた。ネズミのような甲高い、特徴的な声だ。その声と異様な見た目のせいで、弟子たちですら彼を見ると震え上がる。

紀漢仏《ジーハンフォー》が頷き、地下道に向けて手を一振りすると、五本の指からほとばしった風が、中でまだくすぶっていた炎をすべて吹き消した。続いて彼は軽やかに穴に飛び込み、焼けた死体のそばに着地する。

「さすが、お頭」

背後で白江鶉《バイジアンチュン》が呟く。太った体で穴を通り抜けるのは無理なようで、地下道の調査は紀漢仏《ジーハンフォー》と石水《シーシュイ》に任せることにしたらしい。

どうやらそこは、自然にできた割れ目に沿って掘られた簡単な地下道のようだった。焼けただれて身元の判別もつかない死体をしばらく検分し、二人は思わず顔をしかめた。この死者は、皮膚が剝がれただけでなく、右手が手首から切り取られていて、胸元にも深い傷があった。胸に膨らみがあることから、恐らく女性だろうが、かなり悲惨な最期を迎えたことが分かる。

紀漢仏《ジーハンフォー》と石水《シーシュイ》は、顔を見合わせた後、並んで地下道を辿り始めた。二十丈ほど進むと、背後からの光はほとんど届かなくなり、周囲は暗闇に包まれる。通路にはまだ煙が充満しており、二人は息を止め、物音だけを頼りにゆっくりと奥へ進んでいった。

小半時ほど経っただろうか、どこからか足音が聞こえてきた。紀漢仏《ジーハンフォー》と石水《シーシュイ》が驚いて立ち止まる。こんな場所に人が？　二人がそれぞれ通路の両側に身を潜めていると、足音はますます近づいてきた。怖さを紛らわせようとしているのか、かすかに鼻歌が聞こえる。距離が五尺ほどまで縮まった瞬間、足音が突然ぴたりと止んだかと思うと、緊張感のない男の声が聞こえた。

「誰かいるのかい？」

紀漢仏《ジーハンフォー》と石水《シーシュイ》がギクリとする。相手の足音から判断するに、武功に長けた人物ではない。だが、一寸先は闇というべきこの場所で、五尺も離れた場所から気配を消している二人に気付くとは……直感か？　それとも……

そう思ったのも束の間、再び鼻歌が聞こえたかと思うと、相手は再び歩き出した。そして彼らの前を通り過ぎ、さらに四、五丈進んだ後、再び足音が止んだ。

「誰かいるのかい？」

同じ問いかけが聞こえ、紀漢仏《ジーハンフォー》と石水《シーシュイ》は内心苦笑した。どうやら男は自分たちの存在に気付いたわけではなく、少し進むごとに呼びかけを繰り返しているだけのようだ。

「そこの者」

紀漢仏《ジーハンフォー》が軽く咳払いをして声を掛ける。その隣で、石水《シーシュイ》が男の行く手を阻もうと、肩を狙って手を伸ばす。

「お、お化け！」

突然、男がそう叫んだかと思うと、たちまち走り出し、石水《シーシュイ》の手は空を摑んだ。悪態をつきながら、石水《シーシュイ》は素早く彼の武器である青雀鞭《せいじゃくべん》を取り出し、逃げていく男を鞭で搦《から》め捕《と》ると、グイッと引き戻す。

初対面で石水《シーシュイ》が武器を取った相手は、そう多くはない。この者で十一人目となるが、男はそれどころではない。慌てふためきながら「お化け！」と喚いた。

「どうか落ち着いてほしい。危害を加えるつもりはない。ただ、二、三聞きたいことがあるだけだ」

男が石水《シーシュイ》の初手をかわしたことにやや驚きながらも、紀漢仏《ジーハンフォー》は穏やかに話しかける。

「そなたは何者だ？」

「……通りがかりの者だけど」

石水《シーシュイ》の鞭にがんじがらめにされた男が答える。

「ほう。では、なぜこの地下道に？」

「いや、それがね、さっきまで家で気持ちよく昼寝してたんだよ。そしたら、家の前を早馬が駆け抜けて、あまりに凄まじい振動で床板が取れちゃってね。そこから下を覗いたら、地面に穴が開いてるのを見つけたんだ。それで、ちょっと下りて中を見てこようと思って……」

男の言葉に、紀漢仏《ジーハンフォー》と石水《シーシュイ》が眉をひそめる。

「てめえの家はどこだ？」

石水《シーシュイ》に突然話しかけられ、男は「わっ！」と驚き、しばらくしてから震える声で答えた。

「わ、私は引っ越してきたばかりなんだ。普渡寺の目の前に住んでるよ」

先ほど確かに郭禍《グオフオ》が早馬でやってきた。多少は信じられるかな、と考えながら、紀漢仏《ジーハンフォー》がさらに質問する。

「そなたの名は？」

「私は李《リー》……」

「ああ？　なんか聞き覚えのある声だな」

「そ、そうかな？　あはは」

石水《シーシュイ》に突然割り込まれ、男がへつらうように笑う。

「三つ目の質問だ。ずいぶんと怯えているようだが、なぜ一人でここまでやってきた？」

この通路がどこまで続いているかは分からないが、普渡寺まではかなりの距離がある。

「ははは……実は、道に迷ってしまって……」

男が乾いた笑いを上げる。だが紀漢仏《ジーハンフォー》は明らかに信じていない様子だ。

「てめえ、何者だ？」

石水《シーシュイ》が低い声で問い詰める。

「ええと、私は……私は……」

巻き付いた鞭がギュッと締まり、男は痛みに声を上げた。

「い、痛い！　私は、李蓮花《リーリエンホワ》という者だよ！」

「李蓮花《リーリエンホワ》？」

紀漢仏《ジーハンフォー》と石水《シーシュイ》が同時に驚きの声を上げる。

「医者の李蓮花《リーリエンホワ》か」

そう言って、石水《シーシュイ》が拘束を解く。だがその口ぶりからは、相手を敬う様子はない。

「私は紀漢仏《ジーハンフォー》と申す」

「俺は石水《シーシュイ》」

紀漢仏《ジーハンフォー》と石水《シーシュイ》がそれぞれ名乗ると、李蓮花《リーリエンホワ》は解放されたことでホッとしたのか、声に明るさが戻った。

「いやあ、どうもどうも。お二人の名前はかねがね……」

「互いに敵ではないことが分かったなら、今度こそなぜここにいるのか聞かせてくれないか？」

紀漢仏《ジーハンフォー》を言いくるめるのはそう容易ではないと分かっている李蓮花《リーリエンホワ》は、小さくため息をついた。

「実は、住職の診察中に妙なことが起きたんだ」

そう言って、李蓮花《リーリエンホワ》は普渡寺の木が倒れたことを話した。

「陽動作戦か……」

紀漢仏《ジーハンフォー》がつぶやき、李蓮花《リーリエンホワ》は頷いた。しかし、暗闇の中で頷いても伝わらないことに気付き、慌てて「その通り。さすがは紀《ジー》殿、ご明察だよ」と言う。

褒められた紀漢仏《ジーハンフォー》が眉をひそめる。李蓮花《リーリエンホワ》の声には聞き覚えがあるような気がするが、誰だったのか思い出せない。だが、「さすがは紀《ジー》殿」と言われ、なぜか強い違和感を覚える。

彼のそんな疑念をよそに、李蓮花《リーリエンホワ》は話を続ける。

「五丈もの大木の樹冠部分だけが折れるなんて、よっぽどの強風か、もしくは誰かに折られたとしか考えられない。もし誰かがやったのだとすれば、それができるのは普渡寺で一番目立つあの仏塔の上からだけだ」

一呼吸置いて、李蓮花《リーリエンホワ》が再び口を開く。

「仏塔の中には高僧の舎利（遺骨）が納められている。寺の中心に建てられた仏塔の周りは、普段から人の往来も多い。もし塔の中に誰かが隠れていたとしたら、真っ昼間に人目を盗んで塔から出てくることはまず無理だろうね。だから……」

「つまり、塔の中に誰かがいて、そいつが誰にも見つからずに外に出たいがために、木を折って注意を逸らしたと言いたいのか？」

李蓮花《リーリエンホワ》の話を遮って、石水《シーシュイ》が冷たく言い放つ。

「そんな話、誰が信じるか。塔の中にいたっていう人物は誰だ？」

論より証拠だと言わんばかりに、石水《シーシュイ》が問い詰める。

「いや、だから、あくまでこれは私の推測でしかないから……」

李蓮花《リーリエンホワ》が苦笑する。すると今度は紀漢仏《ジーハンフォー》が口を開いた。

「いや、あながちいなかったとも言い切れんぞ。現に、この通路が見つかったのだからな」

「うん？　だからなんだ？」

「この先が仏塔に通じていないと言い切れるか？」

紀漢仏《ジーハンフォー》の言葉に、石水《シーシュイ》が黙り込む。

「誰かが書庫からこの通路を通って仏塔に行った。そして、木を折って人々の注意を逸らし、仏塔を出て、再び百川院に戻ったとしたら？」

再び地下道を進み始めながら、紀漢仏《ジーハンフォー》が言う。

「百川院に内通者がいると言いたいのか？」

後を追いかける石水《シーシュイ》が声を低くして問いかけた。

「さあな」

淡々と返事をした後、紀漢仏《ジーハンフォー》は後をついてきた李蓮花《リーリエンホワ》に話しかけた。

「それにしても、推測だけでこの地下道を見つけるとは、李《リー》先生もなかなか鋭いな」

「いやあ、それほどでも。実は寺から出る時、薪小屋から煙が出ていると聞いてね。その後、仏塔からも煙が立ちのぼっているのを見たから、ひょっとしてその二ヶ所は繋《つな》がっているのではないかと思ったんだ。そしたら今度は、百川院の建物からも煙が出たっていうから、もしかしたら三つとも繋がっているかもと考えて……」

「それで、そなたは、本当はどこからこの通路に入ったのだ？」

相変わらず淡々とした声で紀漢仏《ジーハンフォー》が問いかける。

「ええと、私は……」

紀漢仏《ジーハンフォー》に問い詰められ、李蓮花《リーリエンホワ》が言いよどむ。

「普渡寺と百川院が繋がっていると考えたそなたは、地下通路がありそうな場所に当たりを付け、穴を掘ってここに下りてきた。違うかな？」

「えっと、あははは……」

「この道は確かに百川院に通じている。だから正直に答えてほしい。反対側は仏塔に通じているのだろう？」

淡々と質問する紀漢仏《ジーハンフォー》。李蓮花《リーリエンホワ》はしばらく黙り込んだ後、ため息をついて「はい」と答えた。

「李《リー》先生……もし我々の門主がこの場にいたなら、今頃洞窟内に罵詈雑言が響き渡っていただろうな」

「……はい」

ゆっくりと語る紀漢仏《ジーハンフォー》に、李蓮花《リーリエンホワ》が苦笑する。

「頭のいい奴がとぼけても、滑稽なだけだぜ」

石水《シーシュイ》に冷たく笑われ、李蓮花《リーリエンホワ》はへへっと苦笑するしかなかった。

地下道をさらに進むと、道が二方向に枝分かれしていた。両方の道を調べた結果、案の定片方は普渡寺の薪小屋に、もう片方は仏塔に続いていた。仏塔の出口は人為的なものではなく、古くなった石床がひび割れてできたようだった。薪小屋の床下にある方が本来の出口のようだが、上に薪が大量に積まれていて開かず、実質的な出口は仏塔だけだ。地形を把握した三人は、来た道を引き返すことにした。

「李《リー》先生、このまま進めば百川院だが、その出口に死体が横たわっている。恐らく誰かがここで人を殺め、通路を通って逃げたのだろう」

「え？　死体？」

紀漢仏《ジーハンフォー》の言葉に李蓮花《リーリエンホワ》が驚く。次の瞬間、何かを踏んだのか、李蓮花《リーリエンホワ》が「お化け⁉」と叫んで飛び上がった。

すかさず石水《シーシュイ》が鞭を取り出し、李蓮花《リーリエンホワ》が踏んだ物を巻き取って手元に引き寄せる。しばらくその形を確認した後、

「ただの鶏の骨だ」

と言って、骨を投げ捨てた。

「いやあ、お恥ずかしい」

通路の中に李蓮花《リーリエンホワ》のばつが悪そうな声が響いた。

三、変わりゆくもの

死体が横たわっていた場所に近づくにつれて、徐々に辺りが明るくなり始めた。紀漢仏《ジーハンフォー》と石《シー》水《シュイ》ほどの内力を持つ者なら、わずかな光で数丈先まで見通すことができる。隣を歩く李蓮花《リーリエンホワ》の顔を見た瞬間、二人の顔色がたちまち変わった。

「なっ⁉　そ、そなたは……！」

「私がどうかした？」

李蓮花《リーリエンホワ》はきょとんとした顔で、目をしばたたかせる。

「そなたは、一体誰なのだ⁉」

常に冷静沈着な紀漢仏《ジーハンフォー》の顔に、珍しく驚愕の色が浮かぶ。

「私は誰か？　天地より人は生まれ、人は人を生み、子々孫々続いてゆく。私は誰かという問題は、古より続く哲学の難問だ」

とんちんかんな答えをする李蓮花《リーリエンホワ》の顔をまじまじと見つめた後、紀漢仏《ジーハンフォー》は大きくため息をつき、

「いや、違うな」

と呟いた。

一方、石水《シーシュイ》は苦虫をかみつぶしたような顔をして大股で出口へと歩き、そのまま地上に上がると、どこかへ行ってしまった。

「私の顔がどうかしたのかい？」

李蓮花《リーリエンホワ》が困惑しながら、自分の顔に触れる。

「亡くなった知り合いに似ているのだよ。だがそなたとは違い、彼は立派な眉と玉のように白い肌をしていた。それに、まだ生きていれば今頃は二十八か二十九歳だっただろう。そなたは彼よりも若く見える」

李蓮花《リーリエンホワ》は、彼らが何を言っているのか皆目分からないという顔をした。

紀漢仏《ジーハンフォー》が再び歩き出す。二十丈ほど進むと、炎に焼かれ、片方の手を切られた無残な死体が目の前に現れた。

しゃがんで死体の様子を確認する李蓮花《リーリエンホワ》を見ながら、紀漢仏《ジーハンフォー》はこの者が李相夷《リーシアンイー》ではないと確信した。眉と肌色が違うだけでなく、李蓮花《リーリエンホワ》の鼻は低く、顔にはかすかにそばかすが見える。決して見た目が悪いわけではないが、絶世の美男子と謳《うた》われた李相夷《リーシアンイー》とは天と地ほどの差があ

った。それに、李蓮花《リーリエンホワ》の立ち振る舞いも李相夷《リーシアンイー》とは似ても似つかない。たとえ門主が生まれ変わったとしても、李蓮花《リーリエンホワ》のような性格にはならないだろう。顔がどことなく似ているのは、ただの偶然に違いない。

「この人は、油を浴び、手を切り落とされただけでなく、剣で刺された上、頭にも怪我をしているようだね」

李蓮花《リーリエンホワ》が死体を眺めながら呟いた。

「つまり、四回殺されたというわけだ」

紀漢仏《ジーハンフォー》が頷くが、その目はまだ李蓮花《リーリエンホワ》の顔を凝視している。その視線を無視しながら、李蓮《リーリエン》花《ホワ》は小さなため息をつき、辺りを調べ始めた。

近くには三本の太い枝を使って組み立てられた三脚があり、その真下に焚き火の跡が残っている。恐らく鍋をぶら下げて調理をするための物だろう。死体が浴びた油もここで加熱された可能性があるが、近くに鍋らしき物は見当たらない。辺りには木の枝や、鶏とアヒルの骨が散らばっていた。

頭上に開いた穴から中を見下ろしていた白江鶉《バイジアンチュン》が李蓮花《リーリエンホワ》の姿に気付いた。彼も目の前の李蓮《リーリエン》花《ホワ》と李相夷《リーシアンイー》は別人だと思ったが、紀漢仏《ジーハンフォー》ほどの確信は持てなかった。

地上ではすでに弟子たちが書庫を片付け、死体を運び出す準備をしている。

結局、死者の容姿も年齢も分からず、「自分もまだまだ勉強が足りないな」と呟きながら、李《リー》蓮花《リエンホワ》はその場から立ち去ろうとした。

紀漢仏《ジーハンフォー》は引き留める理由も見つからず、白江鶉《バイジアンチュン》に李蓮花《リーリエンホワ》を外まで送るよう指示した後、彼は一人自室に戻り、窓に向かって何ごとか考え始めた。

しばらくして、ギーと扉の開く音がして、振り返った紀漢仏《ジーハンフォー》は、扉の向こうに立っている人物を見て眉をひそめた。

「お前……」

白い服を着て髪を垂らした男は、部屋に入る前に何度か咳き込んだ。

「ええ、私です」

「部屋から出てきたのか？」

紀漢仏《ジーハンフォー》が淡々と問いかけたが、その声には不機嫌な響きが混じっている。

男が激しく咳き込む。だいぶやつれているが、〝美諸葛〟の名に恥じない端整な顔立ちは変わっていない。

「ごほ、ごほっ！　先ほど、門主の姿が見えました」

「あれは門主などではない。少しばかり顔が似ているだけだ」

顔色一つ変えずに紀漢仏《ジーハンフォー》が言い放つ。雲彼丘《ユンビーチウ》はゆっくりとかぶりを振った。

「いいえ、たとえ門主が灰になったとしても、私には分かります。あの顔のそばかすは、針の跡です。金針の刺脳……ごほっ、刺脳術です。当時、私は『碧茶《へきちゃ》の毒』を彼に盛った。あの毒は、私が独自に編み出した解毒薬を服用するか、金針を脳の奥深くまで突き刺し、毒を出すしか助かる道はありません」

咳き込みながら必死に訴える雲彼丘《ユンビーチウ》の言葉に、紀漢仏《ジーハンフォー》は愕然とした。

「つまり、あれは本当に門主だったというのか？　だが、あれから十年も経っているのだぞ。さすがに若すぎる……」

李蓮花《リーリエンホワ》はどう見ても二十代前半だ。十年前の戦いで重傷を負ったはずの門主が、若返ることなどあり得るのだろうか？

「忘れたのですか？　門主が〝揚州慢《ようしゅうまん》〟を習得していることを。私の『碧茶の毒』ですら〝揚州慢〟がもたらす気の巡りを突き崩せなかった。若さを保つ効果があったとしても、なんら不思議はないでしょう」

「毒を盛ったことは、はっきりと覚えているのだな」

「あ、あれは、一時の気の迷いで……わ、私は……」

淡々としゃべる紀漢仏《ジーハンフォー》とは対照的に、雲彼丘《ユンビーチウ》の声は震え、今にも泣き出しそうだ。

「だが、もし門主が本当に生きていたとしたら、なぜ百川院に戻ろうとしないのだ？」

「それは、もしかしたら……私たち全員が門主を、裏切ったと思って……」

雲彼丘《ユンビーチウ》が言い終わらないうちに、紀漢仏《ジーハンフォー》が勢いよく机を叩いた。

「それ以上は言うな、雲彼丘《ユンビーチウ》。でないと、さすがの私も我慢できずに、お前を殺してしまうやもしれん」

先ほどとは打って変わり、ゾッとするような声で凄まれ、雲彼丘《ユンビーチウ》はさらに激しく咳き込んだ。

「あ、兄者。私は……」

「二度とその呼び名で私を呼ぶな！」

恐ろしい形相で一喝《いっかつ》され、それ以上何も言えなくなった雲彼丘《ユンビーチウ》は、おぼつかない足取りで部屋を出ていった。

一人になっても、紀漢仏《ジーハンフォー》の顔は険しいままだった。李相夷《リーシアンイー》と笛飛声《ディーフェイション》が東海で戦った折、あろうことか雲彼丘《ユンビーチウ》は角麗譙《ジアオリージアオ》の美貌に惑わされ、李相夷《リーシアンイー》に毒を盛ったのだ。「碧茶の毒」は、内力を散らす、この世で最も凶悪な毒だ。しかも内力を奪うだけでなく、脳にまで損傷を与え、ひどい時はその場で気が触れて死に至る。

当時、雲彼丘《ユンビーチウ》は李相夷《リーシアンイー》に出した茶に毒を仕込んだだけでなく、四顧門の仲間たちを、もぬけの殻になった金鴛盟の主殿に誘導した。その結果李相夷《リーシアンイー》は単身、戦いへ赴くはめになり、東海の戦い以降、行方不明となった。

真相を知った白江鶉《バイジアンチュン》は激怒し、雲彼丘《ユンビーチウ》の胸を剣で貫いたが、死には至らなかった。その後、自責の念に駆られて自害しようとした雲彼丘《ユンビーチウ》を石水《シーシュイ》が救った。己の過ちを悔やみ、苦しむ雲彼丘《ユンビーチウ》を見て、四顧門は彼を破門するのを踏みとどまった。そしてこの十年間、戒めとして雲彼丘《ユンビーチウ》は自ら自室にこもったが、紀漢仏《ジーハンフォー》は彼を心から許すことはできなかった。

李蓮花《リーリエンホワ》は李相夷《リーシアンイー》かもしれない。その事実は紀漢仏《ジーハンフォー》を憤慨させ、雲彼丘《ユンビーチウ》をさらに苦しめた。しかし、当の本人は今、一人のんびりと蓮花楼の掃除をしている。昼食はどうしようか？　二里離れた町まで下りていって銅銭五枚の麺を食べるぐらいなら、百川院に残って昼ご飯をごちそうになった方がよかったな、などと考えながら。

半刻後、一人の男性が蓮花楼の前にやってきた。男は扉に手を当てたまま、扉を叩くわけでもなく、押し開けようともしない。ただその場に立ち尽くし、放心した様子で扉を見つめている。

李蓮花《リーリエンホワ》が掃き掃除を終え、隅々まで埃を拭き取った後も、男はまだ扉の前に立っていた。窓も拭き終わり、これ以上待っても埒《らち》があかないと思った李蓮花《リーリエンホワ》は、窓を開けて外に顔を出した。

「ええと、どなたかな？　よかったら中へどうぞ」

李蓮花《リーリエンホワ》に話しかけられ、扉の前にいた男——雲彼丘《ユンビーチウ》は明らかにたじろいだ。

「も、門主……」

雲彼丘《ユンビーチウ》の口角がひくつき、笑顔とも泣き顔ともつかない表情を浮かべる。

「……人違いだよ」

そう言って、李蓮花《リーリエンホワ》が窓をピシャリと閉めた。

閉じられた窓を見つめながら、しばらく黙った後、雲彼丘《ユンビーチウ》がゆっくりと口を開く。

「そうですよね……あなたをあんな目に遭わせておいて、自分はまだのうのうと生きているなんて。あなたに合わせる顔なんてありません……門主、あの時の私は自分を見失っていました。この罪は、どう償っても償いきれません」

そう言って、雲彼丘《ユンビーチウ》は腕を上げる。その手には小刀が握られていた。

雲彼丘《ユンビーチウ》が、自分の胸めがけて躊躇《ためら》うことなく刀を突き刺そうとしたその時、目の前の扉が勢いよく開き、それが肩に当たって雲彼丘《ユンビーチウ》は危うく転びそうになった。

「ああ、もう！　君は誰なんだ？　一体何がしたいんだ？」

予想外の質問に、雲彼丘《ユンビーチウ》があっけにとられた。

目の前にいるのは間違いなく李相夷《リーシアンイー》のはずだ。なのに、彼はもう自分のことなど忘れてしまったのか？　確かに、以前の彼ならこんなふうに声を荒らげたりはしない。だが、顔や身長、それに声も李相夷《リーシアンイー》とまったく同じだ。それなのに……

「だから、君は誰なんだい？」

恐る恐るこちらを観察するような目で見られ、雲彼丘《ユンピーチウ》はますます困惑する。手に持った刀に気付いたのか、たちまち李蓮花《リーリエンホワ》の顔に恐怖の色が浮かんだ。

「ちょ、ちょっと！　それで何をするつもりだい？」

慌てる相手を見つめながら、雲彼丘《ユンピーチウ》が混乱する。

「門主……？」

「喪主？　いや、誰も死んでない。ここは葬儀場でも葬儀屋でもないよ」

驚きを通り越して、呆けた顔で雲彼丘《ユンピーチウ》が再び問いかける。

「門主、私です、彼丘《ピーチウ》です。い、一体どうされたのですか？」

「え？　何？　美酒？」

本気なのか冗談なのか、雲彼丘《ユンピーチウ》は、ただただ困惑するばかりだ。

「私の名前は李蓮花《リーリエンホワ》だよ。少しばかり医術をかじってはいるけど、武功は得意じゃない。頭もそんなによくないんだ。それで、君が探している『喪主』とは、一体誰なんだい？」

李蓮花《リーリエンホワ》が真顔で尋ねる。とても冗談を言っているようには見えない。

「あなたは、李相夷《リーシアンイー》ではないのですか？」

「ちがうよ」

雲彼丘《ユンピーチウ》の問いに、李蓮花《リーリエンホワ》がきっぱりと首を横に振った。

「こんなにそっくりなのに」

李蓮花《リーリエンホワ》の顔をじっと見つめながら、雲彼丘《ユンピーチウ》が呟く。そんな彼を見て、李蓮花《リーリエンホワ》はやれやれというふうに肩をすくめ、穏やかに笑いかけた。

「ああ、それはたぶん、私が双子だからだろうね。私には李蓮蓬《リーリエンポン》という兄がいるんだ。でも、私の実家は貧しくてね、兄は生まれてすぐに通りがかった老人の養子にもらわれたんだよ。だから兄と会ったことはないけど、この世には私と同じ顔をした人間がもう一人いるのは知っている」

「李蓮蓬《リーリエンポン》？」

雲彼丘《ユンビーチウ》が半信半疑という様子で問い返す。もしその話が本当で、李相夷《リーシアンイー》が李蓮花《リーリエンホワ》の兄だったのなら、門主の本名は李蓮蓬《リーリエンポン》だったのか？

「本当のことだよ。私は嘘はつかない」

李蓮花《リーリエンホワ》が真顔で頷く。まだ混乱している雲彼丘《ユンビーチウ》は、一度深く息を吸い込んでから尋ねた。

「ご実家は貧しかったとのことですが、この家は実に不思議な形をしていますね。施されている彫刻も美しく、高価な物だとお見受けしましたが、一体どこで手に入れたのです？」

「これは普渡寺の無了和尚《ウーリアオ》からもらったんだよ」

「無了和尚《ウーリアオ》から？」

李蓮花《リーリエンホワ》の大真面目な答えに、雲彼丘《ユンビーチウ》が目を丸くする。すると李蓮花《リーリエンホワ》がやや気まずそうな顔でこう続けた。

「出家する前の無了和尚《ウーリアオ》は、江湖でも名だたる義賊だったんだよ。ある日、大怪我をした彼が私の家の前に倒れているのを見つけてね。私が、我が家に代々伝わる医術で彼の命を救ったんだ。その時彼は、木の板を大量に積んだ大きな馬車を強奪した直後だった。そしてその板を組み立ててできたのがこの建物さ。大きくて運ぶのが不便だからって、私にくれたんだよ。信じられないなら、そこの寺に行って無了和尚《ウーリアオ》に直接聞いてみるといい。私は断じて盗んでなんかいないから」

若い頃の無了《ウーリアオ》が有名な義賊だったことは雲彼丘《ユンビーチウ》も知っている。李蓮花《リーリエンホワ》の言葉を真に受けるべきか悩んだ雲彼丘《ユンビーチウ》だが、「無了《ウーリアオ》和尚に聞け」とまで言われると、信用してもいいのではないかと思い始めた。普段の頭脳明晰な雲彼丘《ユンビーチウ》なら、李蓮花《リーリエンホワ》の嘘八百に惑わされることなどないのだが、今の彼は完全に取り乱しており、何が真実かまったく判断できなくなっていた。

「も、もしあなたが門主なら、私のことを恨みますか?」

呆けた顔で李蓮花《リーリエンホワ》を見つめながら、雲彼丘《ユンビーチウ》は独り言のように問いかけた。

「私は、四顧門の皆に合わせる顔がありません……もっと早く、死ぬべきだったんです」

そう言って、雲彼丘《ユンビーチウ》はふらつく足取りで踵を返し、そのまま立ち去ろうとする。手にした刀はまだ心臓に向けられており、いつ自分を突き刺すとも分からない。

「あの、美酒……さん?」

李蓮花《リーリエンホワ》が声を掛ける。

「落ち込んでいるようだけど。せっかく訪ねてきたんだし、入ってお茶でもどうだい?」

「お茶を?」

放心した顔で振り返る雲彼丘《ユンビーチウ》に向かって、李蓮花《リーリエンホワ》が微笑みながら家の中を指す。その先には、注ぎ口から湯気が立ちのぼっている急須と、湯飲みが二つ置かれていた。それを目にした雲彼丘《ユンビーチウ》は、胸に熱い何かがこみ上げるのを感じ、気付けば蓮花楼に足を踏み入れていた。

掃除道具を隅に放り投げ、李蓮花《リーリエンホワ》が雲彼丘《ユンビーチウ》を中に案内する。椅子に腰掛けた雲彼丘《ユンビーチウ》が小刀を机の上に置いたのを見て、李蓮花《リーリエンホワ》はすかさずそれを取り上げ、棚の引き出しにしまった。二本の指で慎重に刀をつまむ李蓮花《リーリエンホワ》を見て、雲彼丘《ユンビーチウ》の口元がかすかに緩んだ。

「お茶をどうぞ」

李蓮花《リーリエンホワ》が笑顔で茶を勧める。穏やかな日の光が差し込む部屋の中、温かい茶を前に、心なしか気持ちも穏やかになる。雲彼丘《ユンビーチウ》は言われるまま湯飲みに口を付けた。

向かいに座る李蓮花《リーリエンホワ》も湯飲みを口元に運ぶ。しかし、時折雲彼丘《ユンビーチウ》の方を窺い、いきなり彼が自害しないかと心配しているようだった。

「私のこと、滑稽だと思いますか?」

李蓮花《リーリエンホワ》の視線に気付き、雲彼丘《ユンビーチウ》が苦笑する。そんな彼に向かって、李蓮花《リーリエンホワ》は微笑みながら首を振った。

「いいや。生きていれば、誰しも馬鹿をやるものさ。でもその方が、人生楽しいだろう?」

「なるほど、楽しいですか。それなら教えてください。一人の女のために、自分が最も敬愛する友に毒を盛り、そのせいで友は海に落ち、死体すら見つかっていない。そんな人間は、死んで然るべきだと思いませんか?」

「死んで然るべきだね」

李蓮花《リーリエンホワ》が即座に答え、雲彼丘《ユンビーチウ》が苦笑する。

「あの時、女はこう言いました。自分は笛飛声《ディーフェイション》と一緒に死ぬ。だから李相夷《リーシアンイー》が東海に来られないようにしてくれと。彼女は笛飛声《ディーフェイション》に十三年も思いを寄せていた。しかし相手にその気はなく、他人に殺されるぐらいなら自分が殺すと……私は、それを信じた。だからあなたを、いえ、門主を止めるために、毒を盛ったのです」

そこまで言うと、雲彼丘《ユンピーチウ》はあおるように茶を飲み干し、さらに続けた。

「門主の武功は計り知れない。だから一番強い毒を使うしかなかった。一時的に動けなくして、後で解毒薬を飲ませればいいと思っていた……なのに、すべては仕組まれていた。私が愚かだったばかりに……」

絞り出すように言い放った後、雲彼丘《ユンピーチウ》はもう一度先ほどの質問を口にした。

「もしあなたが門主なら、私のことを恨みますか？」

李蓮花《リーリエンホワ》が小さくため息をつき、穏やかな声で答える。

「私がその門主なら、当然君を恨んだだろうね」

その言葉に雲彼丘《ユンピーチウ》の体が震え、激しく咳き込み始めた。李蓮花《リーリエンホワ》が慌てて湯飲みに茶を注ぎ、雲彼丘《ユンピーチウ》に飲むよう促す。

「でも、もう十年も前の話だろう？　どんなにひどい出来事も、とっくに忘れているよ。違うかい？」

「本当に、忘れられるのですか？」

震える声で問う雲彼丘《ユンピーチウ》に向かって、李蓮花《リーリエンホワ》が穏やかに答える。

「ああ、本当だ。十年だよ？　その間にもっとひどいことや、悲惨な出来事を経験しているはずさ。そして気付くんだ。あの時は絶対に許せないと思っていたことも、今思えばそこまで大したことじゃなかったんだって。そして、だんだん忘れていくんだ」

「だったら、だったらどうして門主は戻ってこないのですか？」

雲彼丘《ユンビーチウ》が突然立ち上がり、李蓮花《リーリエンホワ》をまっすぐ見つめる。

「私が知るはずないだろう？」

きょとんとする李蓮花《リーリエンホワ》を見て、雲彼丘《ユンビーチウ》は再び混乱した。

「それよりもね、美酒さん」

そう言って、また雲彼丘《ユンビーチウ》の湯飲みに茶を注ぎ、李蓮花《リーリエンホワ》がゆっくりと続ける。

「昔のことよりも、今はもっと大事なことがあると思うんだ」

「大事なこと？」

李蓮花《リーリエンホワ》が安堵したような笑みを浮かべた。

「そろそろ町に下りて、麵か水餃子でも食べにいこうか？」

一瞬の間があった後、雲彼丘《ユンビーチウ》が窓の外を見上げる。もう昼時だ。

数刻後、雲彼丘《ユンビーチウ》と李蓮花《リーリエンホワ》は二里離れた町で陽春麵（具のない素朴な麵）をすすっていた。帰り際に李蓮花《リーリエンホワ》は新しい箒《ほうき》を買い、雲彼丘《ユンビーチウ》はそのまま百川院へと戻っていった。李蓮花《リーリエンホワ》が李相夷《リーシアンイー》だと確信して訪ねた雲彼丘《ユンビーチウ》だったが、自害の念はいつの間にか消えていた。そして、李蓮花《リーリエンホワ》には本当に李蓮蓬《リーリエンポン》という兄がいて、あの蓮花楼も無了和尚《ウーリアオ》から譲り受けたものだと、半ば信じ始めていた。

四、鍋の行方

雲彼丘《ユンビーチウ》と李蓮花《リーリエンホワ》が麺をすすっている頃、書庫の床に開いた穴の中にいた郭禍《グオフオ》は真剣な面持ちで考え込んでいた。

地下通路の死体は、熱せられた油を浴びてひどい水ぶくれができ、皮膚が剝げ落ちたらしい。だとすれば、その油はどこから持ち込まれたのか？　通路の中を隅々まで調べたが、どこにも油を熱するための鍋は見当たらない。

兄弟弟子の阜南飛《フーナンフェイ》が上から何度も呼びかけたが、郭禍《グオフオ》はそれには応じず、穴から出ようとしなかった。外が暗くなり、阜南飛《フーナンフェイ》が帰った後も、郭禍《グオフオ》は松明を頼りに一人で捜索を続けていた。

郭禍《グオフオ》は頭こそよくないが、根性は人一倍ある。その粘り強さのおかげで、数時間探した末に、紀漢仏《ジーハンフォー》たちも発見できなかった物を見つけた。それは真っ黒に焼け焦げた何かだった。踏み付けた際に柔らかい感触があったので、石ではなさそうだ。

郭禍《グオフオ》がその物体をじっと見つめていると、突然背後から「あっ」という声がした。驚いた郭禍《グオフオ》は素早く振り返り、両の拳を突き出して〝悪虎捕羊《あっこほよう》〟の構えを取った。

「くせ者!?」

背後にいた人物もびっくりして振り返り、あたりを見回しながら叫ぶ。

「くせ者？　どこだ!?」

慌てふためく相手の姿を見て、郭禍《グオフオ》はほっと息をついて構えを解いた。

「李《リー》先生！」

いつの間にか郭禍《グオフオ》の後ろに立っていたのは、李蓮花《リーリエンホワ》だった。雲彼丘《ユンビーチウ》と別れた後、昼間調べ損ねた場所をもう一度確認しようと、地下通路に降りてきたのだ。そこに黒い物体と睨めっこしている郭禍《グオフオ》がいたので、近付いて話しかけたというわけだ。

「李《リー》先生、どうしてここに？」

郭禍《グオフオ》が持前の大声で質問する。

「そういう君はなぜここに？」

「油を熱した鍋を探しにきたんです」

「奇遇だね。私も同じさ」

李蓮花《リーリエンホワ》が真面目に答えると、郭禍《グオフオ》は困った顔をした。

「でも、どこにも見当たらなくて……」

「それはそうと、紀漢仏《ジーハンフォー》はその後、弟子たちの点呼を取ったのかい？　いなくなった者はいなかった？」

李蓮花《リーリエンホワ》の質問に、郭禍《グオフオ》が頷く。

「もちろんです。院主様がすぐに確認して、百川院の弟子は全員無事だと分かりました。でも、数日前から厨房で手伝いをしていた女中がいなくなっているそうです。実家に帰ったって話ですけど……」

「それは妙だね。ここにあった死体が、その女中だった可能性はあるのかな？」

「さあ……」

郭禍《グオフオ》は首をかしげる。

李蓮花《リーリエンホワ》は後ろへ下がり、今朝死体を見た場所で立ち止まった。しばらくしてさらに数歩下がると、地面をじっと見つめ、ぶつぶつと呟き始める。

「朝、誰かが油の入った鍋を吊るし、火に掛けていた。そして二人の人間が、ちょうど今の私がいる場所に立ち、そのうちの一人がこうして足を上げ……」

そう言いながら、李蓮花《リーリエンホワ》が前方に向かって蹴るしぐさをする。

「熱々の油が入った鍋を蹴り上げ、目の前の人物に浴びせると、相手はその場に倒れた。地面にこぼれた油に火が引火したせいで、その人物は逃げ場を失い、もう片方の出口へと逃げるしかなかった……」

李蓮花《リーリエンホワ》の独り言を聞きながら、郭禍《グオフオ》がうんうんと頷く。

「俺もそう思ってました！」

「今言ったことは、全部でたらめだけどね」

「え？」

通路を行ったり来たりする李蓮花《リーリエンホワ》の後ろを、困惑顔の郭禍《グオフオ》が松明を持ってついていく。

死体の胸元には、薄くて鋭い長剣に刺された痕があり、額にはぶつかった時にできた大きな傷痕が残っていた。そして右手は手首から切り取られ、高温の油を全身に浴びて皮膚が剝げ落ちていた。一体誰があんなむごい仕打ちをしたのだろうか？

郭禍《グオフオ》が掲げていた松明が通路の壁にぶつかって、頭上から小石がパラパラと降り注いだ。

驚いた李蓮花《リーリエンホワ》はとっさに身をかわすと、小石の一つが、郭禍《グオフオ》が先ほど睨んでいた黒い物体に当たって跳ね返るのを目にした。

「あれは何？」

「たぶん、手だと思います」

「手？　切り落とされた手かい？」

驚く李蓮花《リーリエンホワ》に、郭禍《グオフオ》が頷く。

「はい、しかも油で揚げられています」

予想外の答えに、李蓮花《リーリエンホワ》はひゅっと息を呑んだ。油で揚がった手は、筋肉が収縮して、何かを掴んでいるように固く握られている。李蓮花《リーリエンホワ》は地面から折れた小枝を二本拾い、それで焦げた手の指をこじ開けた。開かれた手の中にあった物を見て、李蓮花《リーリエンホワ》の背筋がゾクリとする。しばらくの沈黙の後、彼は手をそっと通路の脇に置き、郭禍《グオフオ》から松明を借りて周囲を照らした。

岩壁には、何か硬い物で引っ掻いたような跡がいくつも残っている。一部は時間が経ってかすれてしまっているが、落書きも多く見られる。そしてその中に、歪んだ文字で「愛を喜べば憂いを生ず」と二度大きく書かれているのが目に入った。明らかに、普段、字を書き慣れていない者の手によるものだ。

「郭禍《グオフオ》、その女中を知っている人に、死体が彼女かどうか確認してもらえないかな？」

壁に書かれた「愛を喜べば憂いを生ず」の文を見つめながら、李蓮花《リーリエンホワ》が郭禍《グオフオ》に声を掛けた。

「それから、百川院の料理人に、昨日と今日の朝昼晩、それぞれどんな料理を出したのか聞いてきてほしい」

「分かりました！　王《ワン》おばさんと阿発《アーファー》なら、きっと阿瑞《アールイ》の顔も知っているはずです。そういえば、阿発《アーファー》が昨夜、ここで体が半分しかない女のお化けを見たって言ってましたよ」

李蓮花《リーリエンホワ》が頷いた。

「私は今夜、無了《ウーリアオ》和尚に夕食に誘われているから……」

「結果が分かったら普渡寺に行きます！」

「いや、厨房にいるかも……」

「厨房ですね！　分かりました！」

有無を言わせぬ勢いでそう言うと、郭禍《グオフオ》は元気よくその場から去っていった。

五、人肉の味

普渡寺、住職の禅室。

白米がよそわれた茶碗を手にしながら、無了《ウーリアオ》が何やら思案していた。ふと、窓を叩く音がして目をやると、李蓮花《リーリエンホワ》が笑顔で覗いている。

「これはこれは」

無了《ウーリアオ》は笑みを浮かべながら、立ち上がって窓を開けた。

「食堂では僧侶たちが我先にとご飯をかき込んでいるのに、茶碗の中をじっと見つめてどうしたんだい？」

李蓮花《リーリエンホワ》は窓のそばに立ったまま、のんびりと話を続ける。

「食堂を見てきたけれど、ここの料理はかなり質素だね。落花生に青菜、揚げ豆腐、あとは白米と塩だけ。昼間はあんなに精進料理を自慢していたのに」

「食べたい物があれば、今すぐ厨房の古料理長《グー》に作らせよう。彼の腕は一流じゃ。特に揚げ落花生は絶品でな」

「もしかして、その人は死体を揚げるのも得意なのかな？」

李蓮花《リーリエンホワ》がニッコリと笑う。

思いがけない言葉に、無了《ウーリアオ》が絶句する。長い沈黙の後、ようやく恐る恐る聞き返した。

「死体を、揚げる？」

李蓮花《リーリエンホワ》は上品な仕草で服の埃を払い、ゆっくりと窓を跨いで部屋の中に入ると、朝座っていた椅子に腰掛けた。

百川院と普渡寺を繋ぐ地下通路の中で焼け焦げた死体が見つかったことは、無了《ウーリアオ》もすでに知っていた。彼が先ほど茶碗を見つめ、考え込んでいたのも、その件で頭を悩ませていたからだ。

「その古《グー》料理長は、死体の揚げ物も作れるのかな？」

今日の出来事をもう一度詳しく伝えた後、李蓮花《リーリエンホワ》は再び問いかけた。

「それはどういう意味かな？」

問い返され、李蓮花《リーリエンホワ》は微笑む。

「百川院と普渡寺の間には地下通路があり、その片方の出口は仏塔と薪小屋に通じている。そして、今日百川院では焼け焦げた死体が見つかり、普渡寺では突然木が折れた。今朝は風もほとんど吹いていなかったし、注意深いあなたなら、とっくに気づいているはずだ。あの木は、人の手で折られたものだとね。

樹冠の部分だけが折れたということは、同じ高さ、つまり仏塔の上から誰かが掌撃を放ったとしか考えられない。その者が塔の中にいた理由も、なぜ木を折ったのかも分からないけど、塔が地下通路と繋がっている以上、焼け焦げた死体と何らかの関係がある可能性は十分にある」

李蓮花《リーリエンホワ》の説明を聞いた無了《ウーリアオ》は、小さく頷いた。

「今朝、確かに塔の中には人がいた」

「それは誰だい？」

「拙僧の武功では、人がいたことまでしか分からぬ」

穏やかに答える無了《ウーリアオ》をじっと見つめながら、李蓮花《リーリエンホワ》はしばらく黙り込んだ後、ゆっくりと口を開いた。

「嘘はいけない。あなたは塔にいた人物を知っているはずだ」

「ほう？」

無了《ウーリアオ》が苦笑を浮かべる。李蓮花《リーリエンホワ》は続けた。

「今朝私がここに来た時、ちょうど朝課の最中だったね。通常なら、寺の僧侶全員が参加するべき日課だ。仮病で欠席していたあなたは例外として、もう一人、朝課に行かなかった人物がいる」

「それは誰かね？」

「普神《プーシェン》だよ。普神《プーシェン》師甥をここに呼ぶようにあなたが言ったとき、沙弥《しゃみ》が彼は部屋で座禅していると答えた。つまり、彼も朝課には参加していなかったことになる」

李蓮花《リーリエンホワ》の言葉に、無了《ウーリアオ》は小さくため息をついた。

「そこまで気付いているとは、さすがは李殿《リー》と言うべきかの」

そう言って無了《ウーリアオ》は微笑み、李蓮花《リーリエンホワ》も同じく微笑み返した。

「朝課に参加しなかったからといって、地下通路にいたのが普神《プーシェン》だと断言はできない。確かなのは、木が折れた時、誰も彼の居場所を把握していなかったということだけだ。ただ、私が彼の名を出したのは、焼け焦げた死体が理由だ。まず、あの死体には剣で刺された痕があった。そして、刺した人物は百川院の者ではない。次に、地下通路はこの寺と百川院にしか通じていない。さらに、この寺で剣術に通じているは普神《プーシェン》だけだ。これらを踏まえると、あの刺し傷は普神《プーシェン》によるものだとしか思えない」

「なぜ百川院の者ではないと？」

無了《ウーリアオ》は笑みを浮かべたまま問いかけた。

「胸を刺されたということは、相手は死者の正面に立っていたはずだ。誰もいない地下道で、知り合いでもない人と向かい合うことなんてあるかな？　それに、あの傷は致命傷ではなかった。となると、どうも妙な話だよね？」

「何が妙なのだ？」

突然、外から低い声が聞こえた。

李蓮花《リーリエンホワ》と無了《ウーリアオ》が驚いて顔を見合わせる。声はさらに続いた。

「紀漢仏《ジーハンフォー》だ」

「白江鶉《バイジアンチュン》ですよ」

「石水《シーシュイ》」

やや笑いを含んだ声と、薄気味悪い声が名乗った後、最後に淡々とした声が、

「雲彼丘《ユンピーチウ》です。住職にお目にかかりたく存じます」

と締めくくった。

「これはこれは、皆様方にご来訪いただけるとは、実に光栄……」

無了《ウーリアオ》は扉を開け、四人を中に招き入れた。石水《シーシュイ》が冷ややかに笑う。無了《ウーリアオ》が挨拶の言葉を言い終わる前に、四人はまるで最初からこの部屋にいたかのように、さっさと席についた。

内心苦笑しながら、無了《ウーリアオ》が李蓮花《リーリエンホワ》を一瞥《いちべつ》する。「これも全て、以前のおぬしがさんざん傍若無人な振る舞いをしてきたせいだぞ」とでも言いたげな顔だ。

李蓮花《リーリエンホワ》は背筋をまっすぐに伸ばし、先ほどの話を続けた。

「書庫の床は、石板一枚で覆われているだけで、火で熱せられればすぐに割れてしまうような薄い代物だった。刺し傷が致命傷ではなかったのなら、彼女はいくらでも助けを呼べたはずだ。なのに、百川院の人間は誰もその声を聞いていない」

雲彼丘《ユンピーチウ》たちが頷き、李蓮花《リーリエンホワ》は再び口を開いた。

「女中の阿瑞《アールイ》は普通に話せたそうだから、もしあの死体が彼女だったのなら、なぜ一言も発さなかったんだろうね？　地下通路の壁には落書きがたくさん残っていた。もしかすると、彼女はそこで誰かを待っていたのかもしれない。目の前まで近づくほど信頼していた相手をね。そして、その相手に刺されても、彼女はなぜか助けを求めなかった」

李蓮花《リーリエンホワ》の言葉を聞きながら、その場にいる全員が考え込むように眉をひそめる。李蓮花《リーリエンホワ》はさらに続けた。

「昨夜、百川院の阿発《アーファー》が、書庫で体が半分しかない女のお化けを見たそうだ。もしかしたら、それは地下に降りようとしていた阿瑞《アールイ》だったのかもしれない。もし待ち合わせの相手が百川院の者だったなら、わざわざ人目を避けて、夜中に地下道で会う必要はないはずだ。

もちろん、彼女が待っていた相手が彼女を刺した本人とは限らない。でも、それだとなおさら助けを呼ばないのは不自然だ。それに刺したのが百川院の者だとすれば、生きている彼女をそのまま残して去るなんて合理的じゃない。彼女が外に出て、自分を告発する可能性だってあるんだからね。だから、彼女は百川院以外の者と会っていて、しかもその待ち人に刺された可能性が高いと思ったんだよ」

そこまで言うと、李蓮花《リーリエンホワ》は穏やかな笑みを浮かべた。

「つまり、彼女を刺したのは、百川院以外で剣術に通じた者。そして、唯一地下道で繋がっている普渡寺には、剣術に長けた人物が一人だけいる。それが普神《プーシェン》だ。彼女と会っていたのが彼なら、すべて説明がつく。女色を断つべき僧侶との逢い引きなら、人目を避けるのは当然だからね」

部屋の中が静まり返った。雲彼丘《ユンビーチウ》が誰よりも先に頷き、李蓮花《リーリエンホワ》はもう一度ニッコリと微笑んだ。

「それに、彼女と会っていたのが僧侶だという証拠はもう一つあるんだ。壁に書かれていた『愛を喜べば憂いを生ず』という文字は見たかい？」

紀漢仏《ジーハンフォー》が頷き、李蓮花《リーリエンホワ》は無了《ウーリアオ》をチラリと見やる。それに気付いた無了《ウーリアオ》が言葉を継いだ。

「それは『法句経《ほっくぎょう》』の『好喜品《こうきほん》』に出てくる詩偈《しげ》（仏教で詠まれる漢詩）の一節じゃな。天竺の修行僧、維祇難《いぎなん》大師が天竺の経典を翻訳したものじゃ」

そう言って、無了《ウーリアオ》はゆっくりと詩を唱えた。

「愛を喜べば憂いを生じ、愛を喜べば畏《おそ》れを生ず、愛を喜ぶ所無ければ、何を憂い、何を畏れる」

李蓮花《リーリエンホワ》は小さくため息をついた。

「愛は憂いと畏れを生む。愛するものがなければ、何を憂い、何を畏れる必要があるだろうか……仏教の詩を書いたということは、やっぱり相手は僧侶だから……」

「僕も僧侶の知り合いは大勢いるけど、そんな詩は初めて聞いたぞ」

白江鶉《バイジアンチュン》がフンと鼻を鳴らして言葉を遮る。李蓮花《リーリエンホワ》は笑顔を崩さず頷いた。

「そうだね。もちろん断言はできないけど、仏教徒でもない彼女が、意味もなくこの詩を壁に書くとは考えにくい。それに、今朝普神《プーシェン》は朝課に来ていなかった。どちらにせよ、彼はかなり怪しいと思うよ」

無了《ウーリアオ》がため息を一つつき、ゆっくりと口を開いた。

「妄言《もうげん》の戒を破った拙僧は、いずれ阿鼻地獄へ落ちるじゃろうな。正直に話そう、あの女性を刺したのは、普神《プーシェン》じゃ」

その言葉に、仏彼白石の四人が同時に驚きの声を上げた。無了《ウーリアオ》は最初から犯人を知っていたというのか？

「今朝、李《リー》殿が去った後、仏塔の中から大量の煙が立ちのぼっての。いずれ露見すると思ったのか、普神《プーシェン》がここへ来て罪を悔い改めたいと言ったのじゃ。あの子が一時の衝動で女性を刺したのは間違いない。じゃが、命までは奪っておらん」

そこまで言った時、突然、窓から誰かが飛び込んできたかと思うと、腕に抱えた何かを床に思い切り叩きつけ、叫んだ。

「こいつが地面に這いつくばって盗み聞きしてたから、ついでに捕まえときましたよ！　何が厨房だ、やっぱりここにいたんじゃないですか！」

勢いよくまくし立てた郭禍《グオフオ》が、李蓮花《リーリエンホワ》をギロリと睨む。

「それから、死体を確認した王《ワン》おばさんが、やっぱりあれは阿瑞《アールイ》に見えると言ってましたよ。あと、百川院で出された料理は、竹の子の豚肉炒めと……」

「ここ二日間で、揚げ豆腐が出されたかどうかだけ教えてくれればいいよ」

李蓮花《リーリエンホワ》が楽しそうに微笑む。

「揚げ豆腐はありません！」

郭禍《グオフオ》が大声で答えると、李蓮花《リーリエンホワ》はさらに目を細めた。

「やっぱりね。料理長、人肉は美味しかったかい？」

地面に這いつくばり、ガタガタと震えている坊主頭の男に向かって、李蓮花《リーリエンホワ》が優しく話しかける。静まり返った部屋の中で、男の歯がカチカチとぶつかる音だけが響いた。

「お、お俺は……こ、殺してねえ……」

心底怯えている男を見て、李蓮花《リーリエンホワ》はため息をついた。

「彼女を見つけたときの様子を教えてくれないかな？」

「お、俺が見つけたとき……あの女はもう、し、死んでたんだ……」

「胸元の刺し傷以外に、傷らしきものはあったかい？」

「ああ……石壁に頭をぶつけた痕があった。地面に血だまりができてて、胸からも血がたくさん流れてた。ま、間違いなく死んでたよ……」

「それで、君は死体の手を切り落として、油で揚げたんだね？」

淡々と質問する李蓮花《リーリエンホワ》の声に、料理長の震えはさらに激しくなった。

「お、俺は……俺は、ただ……」

「ずっと不思議に思っていたんだ。死体を前にして、どうして食べようなんて思ったんだい？」

李蓮花《リーリエンホワ》が不思議そうに尋ねる。

「そ、それは……」

顔中から冷や汗を流しながら、料理長は怯えきった目で李蓮花《リーリエンホワ》を見つめる。

「この前……ある女が、一緒に寝ていた男の手を切り落として……く、食ったのを見たんだよ……」

雲彼丘《ユンビーチウ》の体が無意識に震える。李蓮花《リーリエンホワ》は「えっ」と驚き、さらに質問する。

「その女というのは、誰だい？」

「し、知らねえよ……でも、ま、まるで仙女のように美しかった。お、男の指をかじって、飲み込む姿が……ほ、本当に綺麗で、綺麗で……だから、俺も……」

震えていた男が、突然獣のように唸った。

「俺も人を殺して、食ってみたくなったんだ！」

男の言葉に、李蓮花《リーリエンホワ》は恐ろしそうに肩をすくめた。

「それはきっとお化けに違いない」

「いや、違う……清源山の麓にある町で見たんだ。八ヶ月前……宿屋に泊まった時、夜中に厠《かわや》へ行こうと部屋を出たら、隣の部屋にその女がいたんだよ！」

激しく頭を振りながら、料理長は必死に訴えた。それを見ている雲彼丘《ユンビーチウ》の顔がますます蒼白になる。その隣で紀漢仏《ジーハンフォー》が小さく唸った。

「角麗譙《ジアオリージアオ》……」

「フン、あの妖女以外に誰がいる？」

白江鶉《バイジアンチュン》が鼻を鳴らして吐き捨てるように言い、李蓮花《リーリエンホワ》に顔を向ける。

「それはそうと李蓮花《リーリエンホワ》、君はなぜこの化け物に魅入られた男が、阿瑞《アールイ》の手を油で揚げたと思ったんだ？」

「鍋だよ。地下通路には三脚や焚き火、それに鶏やアヒルの骨まで落ちていたのに、鍋だけが見当たらなかった。誰かがそこでこっそり肉を揚げて食べていたのは明らかだから、別の何かで代用していない限り、その人物は鍋を持ち歩いていたことになる。

それに、地下道に木が生えているわけがないから、地面に落ちていた薪はきっと寺の薪小屋から持ち出された物だろう。薪が減っているのに誰も騒がないということは、薪を管理していた人物が怪しいということだ。そして最後の根拠は……」

一瞬、口をつぐみ、李蓮花《リーリエンホワ》は料理長の方を見た。

「揚げられた手の中に、揚げ豆腐が握られていたんだよ。恐らく、鍋の中に残っていた豆腐を、熱で収縮した手が偶然摑んだんだろうね。ここ数日、百川院では揚げ豆腐を出していないけど、普渡寺ではほぼ毎日作っていたそうだね。君なら怪しまれずに鍋を持ち出せるし、薪や油も自由に使える。しかも、地下道の出口は薪小屋の中にある。君がやったんじゃなければ、死人の手が勝手に動いて、油の中に飛び込んだとでも言うのかい？」

そう言って、李蓮花《リーリエンホワ》が目を見開く。

「私はお化けが苦手だから、それは勘弁して欲しいな」

床に膝をつき、頭を抱えながら、料理長が震える声で話し出す。

「ほ、ほんの出来心だったんだ。でも、いざ揚がった手を見たら、怖くて……とても食えなかった。本当だ、俺は食ってねえ！　昨晩、ただ手を切り落として、油で揚げただけなんだ……」

「なら今日の朝は？」

李蓮花《リーリエンホワ》が問いかける。

「今朝は……肉を食ってたことと、死体を調理したことが知られたらまずいと思って、みんなが朝課をしている間に地下道に降りたんだ。それで、死体を燃やそうとして熱した油をかけたんだが、服に血が染みこんでて、上手く燃え上がらなかった。だから服を脱がそうとしたら、皮膚ごとめくれて……それで、怖くなって逃げ帰ってきたんだよ。薪で出口を覆った後は、一度も下に降りちゃいねえよ」

「その地下通路に、もう一つ出口があったことは知ってるかい？」

「いいや、俺が知ってるのは、薪小屋の床下に深い隙間があるってことだけだ。ときどき、あそこに隠れて肉料理を作って食ってたんだ」

二人のやりとりを聞いていた無了《ウーリアオ》は、深いため息をついた。

「恐らく、普神《プーシェン》も今朝、地下道に降りて女性の様子を見に行ったのだろう。そして、おぬしが薪小屋の出口を塞《ふさ》いでしまったから、仕方なく仏塔から脱出するしかなかったのじゃな……」

そう言って、無了《ウーリアオ》は立ち上がり、穏やかな足取りで外へ出ていった。しばらくして、整った風貌の長身の若い僧侶と共に戻って来た無了《ウーリアオ》は、紀漢仏《ジーハンフォー》に向かって頷いた。

「後は任せる」

紀漢仏《ジーハンフォー》は静かに頷いた。これから、仏彼白石が普神《プーシェン》と料理長の取り調べを行い、七日のうちに判決が下されるだろう。投獄、武功の剝奪、丐幇《かいほう》に三年身を置くなど、それぞれの行いに応じた処遇が言い渡されるはずだ。

角麗譙《ジアオリージアオ》が人を食べていたという事実が忘れられないのか、雲彼丘《ユンビーチウ》の顔は一層やつれていた。この世のものとは思えない美貌を持ち、時に優しく、時に不気味な言動で、息をするように悪行と善行をやってのける女。それが妖女、角麗譙《ジアオリージアオ》だ。

李蓮花《リーリエンホワ》が普神《プーシェン》をじっと見つめる。凛々《りり》しい眉に力強い目、一見してまだ二十代前半の、将来有望な武林の若者である。

「なぜ彼女を刺したんだい？」

李蓮花《リーリエンホワ》の質問に、普神《プーシェン》は黙って首を横に振った。一瞬の間があった後、再び無言で首を振ったが、その目には悲痛な色が浮かんでいた。

それ以上は聞かず、李蓮花《リーリエンホワ》は長いため息をついた。普神《プーシェン》は本気で彼女を殺そうとしたのではないのかもしれない。しかし、どんな理由があったにせよ、阿瑞《アールイ》が彼のせいで死んだことには変わりない。その原因が胸の刺し傷による出血死なのか、それとも自分で壁に頭をぶつけて命を断ったのか、もはや知る術はない。起こってしまったことがすべてなのだ。

人生とはそういうものだ。あんなことも、こんなことも、絶対に起こるはずがないと思っていたことも、決して変わるはずがないと思っていることも……何一つ、確実なものなどないのだから。

　これで一件落着だと振り返った李蓮花《リーリエンホワ》は、仏彼白石の四人がまだ自分を睨んでいることに気付いた。慌てて彼は自分の格好を確認し、特におかしいところはないよ、という顔で四人に笑いかける。

「やれやれ、また夕飯の時間がやってきた」

李蓮花《リーリエンホワ》はそう言って伸びを一つすると、無了《ウーリアオ》の肩に手を掛けた。

「そういえば、精進料理をご馳走してくれるんだったよね？」

「え、いや……料理長がいないことには……」

「僧侶は嘘をつかない、だろ？」

そう言いながら、李蓮花《リーリエンホワ》は困った顔をする無了《ウーリアオ》を連れて、厨房へと向かった。

二人が部屋から出ていった後、仏彼白石の四人が互いに顔を見合わせる。

「僕は、あいつが門主ではないことを願うよ」

白江鶉《バイジアンチュン》が顎に手を当てて呟く。

「違うに決まってるだろ」

石水《シーシュイ》が目を閉じて冷たく言い放った。

紀漢仏《ジーハンフォー》は眉をひそめ、何も言わなかった。とうにわけが分からなくなっていた雲彼丘《ユンビーチウ》は、ただかぶりを振るしかなかった。

六、昔人《せきじん》は已《すで》に黄鶴《こうかく》に乗じて去り

翌日の早朝、ある疑問が頭から離れない雲彼丘《ユンピーチウ》は、李蓮花《リーリエンホワ》に会おうと、普渡寺の前までやってきた。だが、昨日まで蓮花楼があったはずの場所には、ただ青草がそよそよと風に揺れているばかり。日の光が差し込む室内で熱いお茶を飲んだあの木楼は、影も形も見当たらなかった。

しばらく空き地を見つめていた雲彼丘《ユンピーチウ》は、深いため息をついて、その場を後にした。

遠くの山を見上げると、そこには晴れ渡った空がどこまでも広がっている。だが、彼の心はどんよりと暗いままだった。普渡寺と百川院を繋ぐあの地下道は、一体誰が、何のために掘ったのか？　そして、八ヶ月前に角麗譙《ジアオリージアオ》が清源山にやってきた目的とは？

数ヶ月前、一品墳で起きた玉璽強奪騒動が頭をよぎる。あの事件には、前王朝の熙成帝、芳璣帝そして笛飛声《ディーフェイション》、角麗譙《ジアオリージアオ》、金鴛盟や魚龍牛馬幇までが関わっている。これは、何かとんでもないことが起こる前触れではないのか。

そして、十年間失踪したままの李相夷《リーシアンイー》は、果たして生きているのだろうか？　生きているのなら、いったいどこにいるのか……？

普渡寺から五里ほど離れた場所で、車輪の付いた建物がゴトゴトと揺れながら移動している。李蓮花《リーリエンホワ》は顔に大粒の汗を浮かべながら、二頭の牛と、馬とロバを一頭ずつ追い立てていた。晴れ渡る空の下、風に揺れる木の葉の音と、彼のかけ声だけが静かな山中に響いている。

「こら、喧嘩《けんか》しない！　だめだってば！　もう少し行けば草も、ニンジンもあるから……って、こらそこ！　隣の奴を嚙《か》もうとしない！　ここを越えたら放してやるから、言うことを聞いておくれよ……」

江湖で知らぬ者のいない蓮花楼を引っ張りながら、四頭の動物たちは互いに押し合い、睨み合いを続けている。そして、ついに馬が口を大きく開け、生意気なロバの首筋に思いっきり嚙みついた。

第五章

隻腕の幽霊

馬黄（マーホアン）　馬家堡の堡主。
馬秀秦（マーシウチン）　馬黄の息子。
小紅（シアオホン）　馬秀秦の世話係。
劉如京（リウルージン）　武功の達人。馬家堡の護衛。
王忠（ワンジョン）　剣術の流派「震剣」の門主。
何璋（ホージャン）　捕吏の頭。
張達（ジャンダー）　馬黄の一番弟子。
李思（リースー）　馬黄の二番弟子。
王武（ワンウー）　馬黄の末弟子。

碧い瓦と赤い壁に囲まれた庭園。花の香りが漂い、生い茂る木々の間で、時折鳥の囀《さえず》りが響く。

「秀秦《シウチン》？」

すだれのように垂れ下がる柳の枝葉の間から、若い女性の声がした。

「秀秦《シウチン》？　どこにいるの？」

木の葉の舞い落ちる音が聞こえるほど静まり返った庭園に、女性の澄んだ声が響く。

「ここだよ、母上」

奥から小さな返事が聞こえ、ハッとした女性が足早に庭園を横切った。

「またあの人の部屋に行ったのね？　まったくあなたは……きゃあっ⁉」

咎《とが》める声が突如悲鳴に変わり、女性は恐怖に歪んだ顔を手で覆った。

木々が生い茂る庭園の先、円弧状の門の後ろに、七、八歳くらいの男の子が立っている。こちらを見つめる男の子は、まるで大量の血しぶきを浴びたかのように、服からは鮮血がポタポタと滴り落ちていた。

「シ、秀秦《シウチン》……？」

我に返った女性は急いで駆け寄り、子どもを両腕で抱きしめた。

「一体何があったの⁉」

秀秦《シウチン》と呼ばれた男の子は、血まみれの小さな手を伸ばし、母の髪にそっと触れながら呟《つぶや》いた。

「母上、変なんだ。劉《リウ》おじさんが、腕だけになっちゃったんだよ」

「う、腕だけ？」

驚いた女性が顔を上げる。その額に秀秦《シウチン》の手が触れ、恐怖で真っ青になった顔に赤い血の痕《あと》がついた。

秀秦《シウチン》が小さな声で続ける。

「片方のね、腕しか残ってないの。他は全部どこかにいっちゃったの」

「腕しか残っていない……？」

母は口をぽかんと開け、息子を抱きしめながらその場にへたり込んだ。

「うん。腕だけになっちゃったんだ」

ゆっくりと答える秀秦《シウチン》の声が、木々のざわめきにかき消される。

庭園の古井戸に降り立った一羽の雀が、首をかしげながら目の前の部屋を見つめている。開いている扉の向こうでは、真っ赤な血だまりが床の上にゆっくりと広がっていった。

ふと、血だまりの横に、だいだい色をした一匹のトカゲが現れた。トカゲは扉の下まで這っていくと、そのままそこで動きを止めた。

一、馬家堡《ばかほ》

バン！　と、卓を叩く音が店内に響いた。清茶屋《せいちゃや》で食事をしていた客は迷惑そうに顔を上げたが、音を立てた人物を見ると、皆、口をつぐんだ。

手にした長剣を卓に叩きつけたのは、一人の年配の男だった。店の卓をへこませたことなど微塵も気にせず、男は立ち上がると、そばにいた店員の胸ぐらをむんずと掴んだ。

「劉如京《リウルージン》が死んだだと？　なぜ？　なぜだ？」

他の客たちの視線が集まる中、店員が怯《おび》えながら答える。

「ご、ご存じなかったのですか？　劉如京《リウルージン》は、昨日馬家堡で死んだんですよ。なんでも、片方の腕に髪が一房しか見つかっておらず、寝台は血まみれだったそうです。何よりも奇妙なのが、その部屋には馬《マー》家の頭がおかしい息子がいて、体中に血を浴びていたって話で……」

「劉如京《リウルージン》は武功の達人だ。長槍を扱う人間が易々と腕をもがれるはずがないだろう。〝四虎銀槍《しこぎんそう》〟の一人が……断じてあり得ない、断じて……！」

男の声が怒りと悲しみで震える。

「そいつに八つ当たりしても、どうにもならないだろう」

同席していた仲間にたしなめられ、男は店員を解放し、勢いよく椅子に腰掛けた。ホッとした店員は足早に厨房へと消えていった。あの様子だと、当分は出てこないだろう。

椅子に座り直した男は、まだ憤慨を抑えきれない様子だった。灰色の服を着たこの男の名は王《ワン》忠《ジョン》、そして彼をたしなめた紫の服の男は何璋《ホージャン》という。先ほど名前が出た劉如京《リウルージン》は、かつて共に〝四虎銀槍〟の一員だった男だ。

十年前、四顧門の中で最も勇猛だと称された〝四虎銀槍〟には、猪突猛進を地で行く四人の猛将がいた。そのうちの一人は金鴛盟《きんえんめい》との決戦で命を落とし、残りの三人は四顧門の解散と同時に散り散りになった。

槍術を捨て、剣術を習得した王忠《ワンジョン》は、自身の流派「震剣《しんけん》」を立ち上げた。一方の何璋《ホージャン》は〝捕花《ほか》二青天《にせいてん》〟のもとで捕吏《ほり》の頭として働いている。そして、劉如京《リウルージン》は師門の馬家堡《ばかほ》に戻り、護衛として隠居同然の生活を送っていた。

そんな中、王忠《ワンジョン》と何璋《ホージャン》は死んだと思われていた李相夷《リーシアンイー》が実は生きているという噂を耳にした。そこで門主を探す段取りを相談しようと、劉如京《リウルージン》も交えて馬家堡で会うことになったのだ。しかし、久々の再会の矢先、仲間が殺されたという知らせだ。王忠《ワンジョン》が取り乱すのも無理はないだろう。

「馬家堡に行くぞ」

湯飲みの茶を飲み干した何璋《ホージャン》は、銀子を一つ卓に置くと、脇目も振らずに店を出た。まだ半分以上茶が残っている急須を一瞥《いちべつ》して、王忠《ワンジョン》も後に続く。しばらくすると、二人を乗せた二頭の馬が店の前を駆けていった。

茶屋にいた客たちは小さくため息を漏らし、互いに顔を見合わせた。

「馬家堡もせわしないな。ついこの前、秀秦坊《シウチン》ちゃんのために医者を呼んだと思ったら、突然劉《リウ》如京《ルージン》が死んで、今度はあんなおっかない二人が現れるなんてよ」

客の一人がそう言うと、そばにいたもう一人が小声で囁《ささや》いた。

「ひょっとしたら、その医者ってのが劉如京《リウルージン》を殺すために、呼ばれたのかも知れねえぜ。さっきの二人がその医者を捕まえて尋問すれば、すぐに犯人が分かるんじゃないか？」


時を巻き戻して、昨日の朝、馬家堡。

「李蓮花《リーリエンホワ》はまだか？」

手遊びをしている息子を見つめながら、馬家堡の堡主、馬黄《マーホアン》が眉をひそめて守衛に問う。

「まだ到着しておりません」

守衛の返答に、馬黄《マーホアン》の顔が曇る。

「江湖一の神医と呼ばれ、死人を生き返らせることができる李蓮花《リーリエンホワ》だ。きっと秀秦《シウチン》の病も治せるはず……」

ちょうどその時、扉の外から声が聞こえてきた。

「李《リー》先生が到着しました！」

たちまち馬黄《マーホアン》の顔に喜びの色が浮かび、待ちわびた相手を迎えようと急いで立ち上がった。すると、汗だくの男が数人、何かを抱えながら部屋の中に入ってきた。

「李《リー》先生はどこだ？」

首をかしげる馬黄《マーホアン》の前で、男たちはかけ声と共に大きな麻袋を地面に置いた。

「あいたっ！」

袋の中からくぐもった声が聞こえ、中で誰かがもがいている。一人の男が近づき、袋をビリッと引き裂くと、隙間から一人の男が顔を出した。

「どうも、どうも……李蓮花《リーリエンホワ》です……」

苦笑を浮かべながら李蓮花《リーリエンホワ》が袋から出てきたのを見て、一瞬茫然とした馬黄《マーホアン》は、

「ばか者！　李《リー》先生になんてことをするんだ！　全員、鞭打ち二十回だ！」

と弟子たちを怒鳴りつけた。そしてすぐさま李蓮花《リーリエンホワ》の方に向き直り、恭《うやうや》しく抱拳礼《ほうけんれい》をする。

「どうか弟子たちの無礼をお許しください。ささ、李先生《リー》、どうぞおかけください」

年は二十五前後、穏やかでまさに神医といった知的な風貌《ふうぼう》だなと、馬黄《マーホアン》は李蓮花《リーリエンホワ》を見て、内心満足そうに頷いた。

「堡主、こちらの李先生《リー》が自分は病気など治せないと言って、柱にしがみついて動こうとしないので、私たちも仕方なく……」

李蓮花《リーリエンホワ》を運んできた男の一人が、恐る恐る続ける。

「渡した金一万両も、先生が誤って川に蹴落《けお》としてしまって。でも、お金を払った以上、連れて帰らないわけにはいかないと思って……」

「だから麻袋に押し込んで担いできただと？　そんな招待の仕方があるか！」

馬黄《マーホアン》が一喝《いっかつ》すると、李蓮花《リーリエンホワ》は気まずそうに咳払《せきばら》いをした。その隣で、弟子の男が必死に弁明する。

「さ、さすがにそんなことはしませんよ！　李先生《リー》が自分で袋の中に隠れたから、俺たちは運んできただけです」

あきれた馬黄《マーホアン》は、手を振って弟子たちに下がるよう命じると、振り返って、李蓮花《リーリエンホワ》に笑顔を向けた。

「李先生《リー》、この子が愚息の秀秦《シウチン》です。今回あなたをお呼びしたのも、秀秦《シウチン》の病を診ていただきたいからでして……」

そう言って、馬黄《マーホアン》は息子の病状を詳しく説明し始めた。袋から出てきた李蓮花《リーリエンホワ》は、始終笑顔で話を聞いている。

話が終わっても、李蓮花《リーリエンホワ》から質問も何もないのを見て、さすがは神医、わざわざ説明しなくても、既に秀秦《シウチン》の病名を見抜いているのだろうと馬黄《マーホアン》は内心納得した。

今年で七歳になる息子の秀秦《シウチン》は、二歳の頃からほとんど誰とも話さず、いつも一人で部屋にこもっては、一枚の紙を飽きもせず繰り返し折っているという。そんな秀秦《シウチン》は、屋敷の護衛を務める劉如京《リウルージン》を気に入っており、彼の部屋にはよく遊びにいくが、父の馬黄《マーホアン》と一緒に過ごすことはほとんどない。たまに話すことがあっても、劉《リウ》おじさんのことばかりらしい。

秀秦《シウチン》がこちらを見ながら、自分のおでこを指差した。李蓮花《リーリエンホワ》が自分の額に手をやると、そこに麻糸がくっついていることに気付き、急いで払い落とした。そして秀秦《シウチン》に何か言おうとしたが、男の子は既に窓の外に目を向けていた。

これが李蓮花《リーリエンホワ》と馬秀秦《マーシウチン》の初めての出会いだった。その日の午後、李蓮花《リーリエンホワ》が馬黄《マーホアン》と茶を飲んでいると、劉如京《リウルージン》の部屋に遊びにいっていた秀秦《シウチン》を母親が見つけた。そして、血まみれの息子と、大量の血が残された部屋を目にしたのだ。寝台の縁に右腕が一本、そして床の血だまりに一房の髪が残されている以外、劉如京《リウルージン》の姿はどこにも見当たらなかった。

翌日の午後、王忠《ワンジョン》と何璋《ホージャン》が馬家堡に到着した。劉如京《リウルージン》の件で馬家堡は騒然となり、不穏な空気に包まれる中、誰もが恐怖と疑惑を隠せずにいた。李蓮花《リーリエンホワ》は、事件を知って動揺し、体調が優れないと言って寝込んでいる。

だが馬家堡を襲った悲劇は、そこで終わりではなかった。その日の夜、馬黄《マーホアン》の妻が突如病に倒れ、意識不明の状態に陥った。しかし、李蓮花《リーリエンホワ》が床に臥《ふ》せっていて診察に応じられないため、やむを得ず馬黄《マーホアン》は真夜中に別の医者を呼び寄せた。

医者の診断によると、馬《マー》夫人は中毒症状を起こしており、解毒薬を飲ませないと命が危ないとのことだった。

そして翌朝、さらに事件が起きた。侍女が馬《マー》夫妻の部屋で、馬黄《マーホアン》と馬《マー》夫人が息絶えているのを発見したのだ。二人はまるで眠っているかのように寝台の上に横たわっており、部屋に争った痕跡はなく、扉もしっかり閉じられていた。

だが馬黄《マーホアン》の右肩には、腕を切り落とそうとして途中で諦《あきら》めたかのような、鋭い刃物による傷がいくつも残っていた。

部屋の中は、劉如京《リウルージン》の時と同じく血まみれだったが、奇妙なのは、馬黄《マーホアン》にだけ傷があり、夫人には一つも傷がなかったということだ。そして、馬黄《マーホアン》の右肩は骨と筋がほぼ断ち切られて、皮一枚で繫《つな》がっている状態でありながら、抵抗した跡はまったくなかった。恐らく肩を切られる前に意識を失っていたのだろう。

昨日の恐ろしい出来事に加え、今度は馬《マー》夫妻までもが殺され、人々は心底震え上がった。朝から馬家堡の中は混乱を極め、従者が数名逃げ出し、馬黄《マーホアン》の弟子たちは後継者を巡って争った。数十年間続いた馬家堡の平穏な日々は、突如終わりを迎えたのだ。

たった三日間のうちに、護衛と堡主夫妻の三人が命を落としたこの出来事は、瞬く間に江湖中に広まった。中には、馬黄《マーホアン》の腕が切られていたことから、劉如京《リウルージン》が化けて出て、自分と同じ方法で堡主夫妻を殺したと噂をする者まで現れ、人々はこの事件を「馬家堡の隻腕《せきわん》幽霊殺人事件」と呼ぶようになった。

二、五里霧中

「劉《リウ》の兄者は本当に死んだと思うか？」

馬黄《マーホアン》夫妻が亡くなった主寝室で、しばらく立ち尽くしていた王忠《ワンジョン》が何璋《ホージャン》に問いかけた。彼の目は血に染まった大きな寝台に向けられたままだ。

「片方の腕が残っているだけで、死んだとは言い切れないだろ？　俺は劉《リウ》の兄者が死んだなんて信じられねえよ」

「如京《ルージン》が生きていて、馬黄《マーホアン》夫妻を殺したとでも言いたいのか？」

淡々と問い返す何璋《ホージャン》に向かって、王忠《ワンジョン》が一瞬言いよどむ。

「だってよ、昔から劉《リウ》の兄者は、馬黄《マーホアン》と不仲だっただろ……」

「師弟と不仲だったとしても、如京《ルージン》の師匠に対する忠誠心はお前も知っているだろう。あいつが師門に汚名を着せるようなことをするはずがない。馬黄《マーホアン》が死んだから、あいつが生きていると思うだなんて、お前も耄碌《もうろく》したか？」

何璋《ホージャン》の言葉に、王忠《ワンジョン》が申し訳なさそうにうつむいた。忠誠心の強い劉如京《リウルージン》なら、同じ師門である馬黄《マーホアン》が危機に瀕すれば、いくら憎いといえども身を挺《てい》して助けようとするだろう。確かに、殺すなんてあり得ない話だった。

馬家堡の人々も、主寝室で話し込んでいる二人にかまっている暇はなかった。そもそも、捕吏の頭である何璋《ホージャン》が事件現場を調べるのを止める者はいない。二人は部屋の中をひとしきり見て回ったが、争った痕跡はまったく見当たらなかった。

「犯人は、部屋の中の物には何一つ触れていない。ここに詳しい人物だった可能性が……」

そこまで言ったところで、扉の方から誰かの声が聞こえた。

「あ、あの引き出し……」

何璋《ホージャン》が振り返ると、そこには、一人の男がやや申し訳なさそうな顔でこちらを見つめていた。

その男が引き出しを指差し、何か言おうとしたが、その前に王忠《ワンジョン》と何璋《ホージャン》が同時に声を上げた。

「門主？」

相手はますます申し訳なさそうに、自分の顔に手を当てた。

「ええと、私の名前は李蓮花《リーリエンホワ》だよ。この前も、失踪した四顧門の門主、李相夷《リーシアンイー》に似ていると言われたけど、私は元々こんな顔じゃなかったんだよ」

そう言いながら、李蓮花《リーリエンホワ》は部屋に入ると、血まみれの寝台を見てぶるっと身震いした。

「十二歳の時、崖から落ちて顔に大きな怪我を負ってしまってね。幸運にも、ある老人に助けられ、その老人が見事な医術を駆使して私をこの顔にしてくれたんだ」

すらすらと語りながら、李蓮花《リーリエンホワ》が穏やかに微笑む。

「誓って本当だ。私の医術も彼から学んだんだよ」

確かに一見すると顔は似ているが、門主のような冷艶な美しさは微塵もなく、立ち振る舞いも全くの別人だ。李蓮花《リーリエンホワ》の話を聞き、半信半疑ながらも王忠《ワンジョン》と何璋《ホージャン》は妙に納得した。

だが数ヶ月前、李蓮花《リーリエンホワ》は雲彼丘《ユンビーチウ》に、自分と李相夷《リーシアンイー》は双子の兄弟であり、李相夷《リーシアンイー》の本名は李蓮《リーリエン》蓬《ポン》で、幼い頃にとある老人の養子になったと説明していたことを彼らは知らない……

「先ほど、何と言った？」
しばらく李蓮花《リーリエンホワ》の顔を眺めた後、どうやら李相夷《リーシアンイー》ではなさそうだと判断したのか、いつもの冷静さを取り戻した何璋《ホージャン》が質問する。
「あの引き出しの鍵、六文字しか合っていないなと思って」
そう言って、李蓮花《リーリエンホワ》は寝台の傍にある、引き出しがいくつも付いた棚を指差した。引き出しには銅でできた丸い筒のような形をした錠前が付いていて、錠前には四つの文字が刻まれた輪が七つ並んでいる。これは近年流行しているもので、文字の書かれた輪を回して七文字の詩句を作れば鍵が開く仕組みだ。
目の前にある棚の一番下の錠前は、七文字の真ん中だけずれている。
雲母屏風燭影深（雲母の屏風《へいふう》燭影深し）
長河漸落暁星沈（長河漸《ようや》く落ち暁星沈む）
嫦娥応悔偸霊薬（嫦娥《じょうが》は応《まさ》に悔ゆべし霊薬を偸《ぬす》みしを）
碧海青天夜夜心（碧海青天夜夜の心）
唐の詩人、李商隠の「嫦娥」だ。これも近年流行している詩句だが、四つ目の輪に刻まれた「風、落、悔、天」が正しい位置にないため、鍵はかかったままだ。
詩歌にうとい王忠《ワンジョン》はただ首をかしげるばかりだったが、何璋《ホージャン》が錠前に近づいてじっと見つめる。
「この引き出しを、誰かが開けようとしたと言いたいのか？」
「いいや、ただ一文字合っていないと言っただけだよ」
何璋《ホージャン》の質問に対し、李蓮花《リーリエンホワ》は首を横に振りながら答える。

「開けようとして諦めたのか、それとも開けた後に文字を崩す暇がなかったのか……七文字中六文字も合っているのだから、諦めたとは考えにくい。恐らく、後者だろうな」

そう言って何璋《ホージャン》は鍵を開け、引き出しをゆっくりと手前に引っ張った。中には未使用の便箋《びんせん》の束が入っているだけで、他にめぼしい物は見当たらない。

引き出しを覗き込んだ李蓮花《リーリエンホワ》が何か言う前に、何璋《ホージャン》が便箋の束を取り出して軽く振ったが、何か挟んである様子もなかった。

王忠《ワンジョン》がもう一度部屋の中を見回す。事件が起きた時、この部屋の扉には鍵がかかっていなかった。犯人は扉から入ったはずだが、なぜ目撃者が一人もいなかったのだろう？

「李《リー》先生、馬《マー》夫人が毒に冒されたことと、殺害されたことには関係があると思うか？」

何璋《ホージャン》が再び李蓮花《リーリエンホワ》に質問した。

「関係あるだろうね。夫人が毒で昏睡状態になった翌日に、夫婦ともども亡くなった。馬《マー》堡主が抵抗せずに腕を切られたのも、同じ理由じゃないかな？」

「つまり、毒殺ってことか？」

李蓮花《リーリエンホワ》の返答に、王忠《ワンジョン》が口を挟み、何璋《ホージャン》が頷く。

「私もそう思う。夫人と同じく毒に冒されて意識を失ったから、腕を切られても馬黄《マーホアン》はまったく抵抗しなかったのだろう」

それを聞いた李蓮花《リーリエンホワ》がうんうんと頷きながら、

「それにしても、一体何の毒だろうね？」

と呟いた。

「分からないのか？」

何璋《ホージャン》が驚く。

「あんたは神医なんだろ？　何の毒かくらい分かるだろう」

王忠《ワンジョン》からも怪訝な顔をされ、李蓮花《リーリエンホワ》は一瞬だけ目を泳がせると、

「ああ、あれは、とても珍しい毒物だよ」

と答えた。

何璋《ホージャン》が頷きながら険しい表情を浮かべる。

「珍しい毒でなければ、馬黄《マーホアン》がやられるはずがない。だが、一体誰が、どうやって馬《マー》夫妻に毒を盛ったのだ？　それに二回とも成功するなんて、よほどの手練れなのか？」

「ひょっとしたら、三回かもしれない」

李蓮花《リーリエンホワ》がのんびりと付け足し、隣にいた王忠《ワンジョン》がハッとして頷いた。

「本当に奇妙な事件だね……」

そう呟く李蓮花《リーリエンホワ》の視線は、壁に残った血痕に注がれていた。寝台の後ろにある白い壁には、刀を振ったときに飛び散ったであろう血の痕が、右から左へ何本もついていた。

三人がそれぞれ物思いにふけっていると、突然、窓の外から子どもの小さな歌声が聞こえてきた。

「カマキリがトンボを食べちゃった。トンボがハエを食べちゃった。ハエがカタツムリを食べちゃった。カタツムリはからし菜を食べちゃった……カマキリも、トンボも、ハエも、カタツムリも、みーんないなくなっちゃった……」

あどけない子どもの歌声に、なぜか三人とも背筋が寒くなるのを感じた。無口な馬《マー》家の息子の目には、一体何が見えているのだろうか？　ひょっとしたら、あの子が理解できていないだけで、他の大人よりも遥《はる》かに多くのものを目にしているのかもしれない。

「カマキリがトンボを食べちゃった。トンボがハエを食べちゃった……」

同じ歌を口ずさみながら、部屋の外で秀秦《シウチン》が一人で遊んでいる。まだ誰も、あの子に両親が死んだことを告げていない。赤い服を着た若い侍女が茶碗を持ち、秀秦《シウチン》にご飯を食べさせようとしているが、彼はそれを無視し、草むらで何かを一心不乱に追いかけている。

「あの子は、馬黄《マーホアン》の実の息子じゃねえんだ」

王忠《ワンジョン》が唐突に口を開いた。

「劉《リウ》の兄者から聞いたんだ。馬《マー》夫人は同じ師門の弟子で、若い頃は相当な美人だったそうだ。そんな彼女は師匠と恋仲になり、十八で子どもを産んだ。だが、その後まもなく師匠が死んで、堡主を継いだ息子の馬黄《マーホアン》に嫁いだらしい。つまり、秀秦《シウチン》は馬黄《マーホアン》の息子じゃなくて、半分血の繋がった弟なんだよ」

思いもよらない事実に、李蓮花《リーリエンホワ》は目を見開いた。

「よく息子として受け入れることができたね」

「ははっ、他人の目なんて気にならないぐらい、馬《マー》夫人に惚《ほ》れていたんじゃねえのか？」

王忠《ワンジョン》が乾いた笑い声をあげた。

「いやいや、驚いた。そんなことが本当にあるんだねえ」

李蓮花《リーリエンホワ》はなおも信じられないという顔で首を振った。

「これは公然の秘密だ。馬黄《マーホアン》自身もそれを隠そうとしなかったし、秀秦《シウチン》をとても可愛がっていたそうだ」

淡々と話す何璋《ホージャン》の隣で、王忠《ワンジョン》がにやりと笑う。

「馬黄《マーホアン》が死んだ今、あの坊ちゃんがここの若様ってことだ。他の弟子たちを見るに、それを喜んでいるやつは……」

王忠《ワンジョン》が言い終わらないうちに、突然外から弾機《ばね》が跳ね、何かが風を切るヒュッという音が響いた。それと同時に、何璋《ホージャン》が手にしていた便箋を丸め、指で素早く弾く。秀秦《シウチン》めがけて飛んできた物体は、丸めた紙とぶつかり、そのまま地面に落ちた。何璋《ホージャン》が紙を飛ばしたのとほぼ同時に、王《ワン》忠《ジョン》は窓から外に飛び出していた。十年ぶりに再会したとは思えないほどの見事な連係だ。

「投げ矢だ」

王忠《ワンジョン》が地面に落ちていた矢を拾い上げて言った。

「七歳の子どもまで狙うとは。馬《マー》家に恨みを持つ者の仕業だろうか？」

何も気付かずに草むらで遊んでいる秀秦《シウチン》を見つめながら、何璋《ホージャン》が呟いた。

李蓮花《リーリエンホワ》が矢の飛んできた方向に目を向ける。夫婦の寝室の外には草木に囲まれた池があり、周りには柳の木が何本も植えられている。木々の向こうには小道が奥までいくすじも続いており、それぞれ馬黄《マーホアン》の弟子たちの部屋と繋がっている。そのさらに奥にあるのが使用人たちの部屋だ。

先ほどの矢は木々の間を飛んできた。その方角には十数軒の家屋が並んでおり、出入口は無数にある。矢の出どころを割り出すのはほぼ不可能だろう。

戻ってきた王忠《ワンジョン》が、手にした矢をじっと眺め、眉間にしわを寄せる。

「おい、これって……」

何璋《ホージャン》が矢を受け取り、同じく険しい表情になる。

「これは、如京《ルージン》の暗器だな」

「劉如京《リウルージン》は死んだのでは？」

李蓮花《リーリエンホワ》が不思議そうに尋ねると、王忠《ワンジョン》が深く息を吸い込んで、きっぱりと答える。

「だがこれは間違いなく、劉《リウ》の兄者の暗器だ」

すると、矢を見つめていた何璋《ホージャン》が呟いた。

「如京《ルージン》の暗器で間違いないが、これは彼が放ったものじゃない」

「なぜそう言い切れるんだい？」

李蓮花《リーリエンホワ》が驚いて聞く。

「彼は数十年前から投げ矢を使っているが、いつだって自分の手で飛ばしていた。こんな紙一枚分の重さしかない、手のひら大の投げ矢なんて、子どもでも投げられる。それなのに弾機の音がしたということは、暗器に慣れていない者が飛ばした証拠だ」

「なるほど。一理あるね」

何璋《ホージャン》の推理を聞いて、李蓮花《リーリエンホワ》が小さくため息をついた。

「このままだと、あのガキが危ないぞ」

窓の外にいる秀秦《シウチン》を見ながら王忠《ワンジョン》が言い、何璋《ホージャン》が頷く。

「一体誰が如京《ルージン》の腕を切り落とし、馬《マー》夫妻を殺したのかは分からないが、このままでは秀秦《シウチン》が危険だ。如京《ルージン》の安否も不明な今、ここは馬家堡の者たちを集め、出入口をすべて封鎖した方がいいだろう。そして、一人一人調べるのだ。その方が秀秦《シウチン》も安全だ」

何璋《ホージャン》の提案に、王忠《ワンジョン》が長いため息をつく。

「そうだな。次に犯人が秀秦《シウチン》を狙えば、その時は袋のネズミだ」

二人の会話を聞きながら頷いていた李蓮花《リーリエンホワ》は、ふと思い出したように真顔で尋ねた。

「でも、もし犯人が劉如京《リウルージン》の幽霊だったら？」

そして、絶句する王忠《ワンジョン》と何璋《ホージャン》をよそに、

「私は幽霊が苦手なんだ。それだけは勘弁してほしいなあ」

と独り言のように呟いた。

江湖の神医ともあろう者が、本気で幽霊を怖がっているのかとあきれた二人は、互いに顔を見合わせ、眉をひそめた。

「確か体調が優れなかったのだったな。そろそろ部屋に戻って休んではどうだ？」

何璋《ホージャン》の言葉に、李蓮花《リーリエンホワ》は明らかにホッとした様子で扉の方へ向かった。そして振り返りながら、

「まだ少し寒気がするし、私はこの辺で失礼するよ」

と言って、そのまま歩き去った。

「かなり名のある医者らしいが、ああも臆病で頼りないとはな」

首をかしげる王忠《ワンジョン》の隣で、何璋《ホージャン》がフンッと鼻を鳴らす。

「江湖に放った偵察によれば、李蓮花《リーリエンホワ》が死人を生き返らせたという話は、根も葉もない噂だ。奴が助けたという施文絶《シーウェンジュエ》と賀蘭鉄《ホーランティエ》は、どちらも李蓮花《リーリエンホワ》の友人らしいからな。おそらく死んだと

いうのも嘘だろう。人々を欺く、無能な臆病者め。この件が終わったら、あいつを仏彼白石に突き出して、相応の罰を受けさせてやる」

さすがは〝捕花二青天〟の腹心と言うべきか、何璋《ホージャン》の鶴の一声で、馬家堡の者たちはすぐさま屋敷の出入口を封鎖し、各自の部屋で待機することになった。馬黄《マーホアン》の弟子たちを連れて、何璋《ホージャン》がそれぞれの部屋を調べたが、見つかったのは使用人がこっそりくすねた物や侍女の恋文、洗濯し忘れた衣服くらいで、各自の受け答えにも怪しいところはなさそうだ。

その日の夜は、全員に外出禁止を言い渡して、何璋《ホージャン》自身が屋敷の見張り役を買って出た。何かあれば直ちに駆けつける構えだったが、特に何事もなく、静かに夜が明けようとしていた。

一方、李蓮花《リーリエンホワ》は自分の部屋で気持ちよく寝ていた。夢の中でネズミとカタツムリが喧嘩し、二年十ヶ月後にもう一度勝敗を決する約束をしたところで、突然、誰かに揺り起こされた。

「ゆ、幽霊……!?」

寝ぼけながら飛び起きると、目の前に顔面蒼白で汗まみれの王忠《ワンジョン》が立っていた。

「李蓮花《リーリエンホワ》！　何《ホー》の兄者が誰かに襲われて、意識が戻らねえんだ！　頼む、兄者を助けてくれ！」

王忠《ワンジョン》の言葉に、李蓮花《リーリエンホワ》は心底驚いた。何璋《ホージャン》の武功は〝四虎銀槍〟の中でも飛び抜けている。〝捕花二青天〟のもとで長年磨いてきた観察眼もある。さらに、何事にも動じず、疑ぐり深い性格の彼がそう簡単に襲われるなんて、到底考えられないことだ。どうやら馬家堡に潜む犯人は、李蓮花《リーリエンホワ》の想像を遥かに超える実力者らしい。

「何璋《ホージャン》に何があったんだ？」

李蓮花《リーリエンホワ》の質問を無視し、王忠《ワンジョン》は彼を軽々と担ぎ上げると、急いで何璋《ホージャン》のいる客間へと向かった。そして馬家堡の人たちが見守る中、李蓮花《リーリエンホワ》を部屋の中へ押し込んだ。

「昨日の夜、兄者と手分けして屋敷を見回ってたんだ。朝、庭園の方へ行ったら、兄者が倒れてたんだよ。体中が熱くて、目は開いているのに、一言もしゃべらねえんだ」

説明を聞きながら、何璋《ホージャン》の体に触れた李蓮花《リーリエンホワ》の目が険しくなる。

「王忠《ワンジョン》、今すぐこの部屋から出ていけ！」

突然声を荒らげた李蓮花《リーリエンホワ》に驚いた王忠《ワンジョン》が動けずにいると、李蓮花《リーリエンホワ》がもう一度叫んだ。

「早く出るんだ！」

わけが分からないという顔で、王忠《ワンジョン》は言われるまま部屋を出た。すると李蓮花《リーリエンホワ》がすぐさま王《ワン》忠《ジョン》の背後で扉をピシャリと閉めた。

頭の中が真っ白になりながら、王忠《ワンジョン》が扉の前に立ち尽くす。李蓮花《リーリエンホワ》の有無を言わせぬ雰囲気と冷酷な表情は、門主にとてもよく似ていた。だが、自分を部屋から追い出して何をするつもりなのだろう？　そう思い、王忠《ワンジョン》は扉に手をかけようとしたが、なぜか押し開ける勇気がなかった。

何璋《ホージャン》は李蓮花《リーリエンホワ》のことを嘘つきだと言った。果たして江湖の神医は本当に人を救えるのだろうか？　自分を追い出したのは、誰にも知られたくない極秘の医術を知っているからなのだろうか？　王忠《ワンジョン》の脳内に疑問が渦巻く。

そして扉は依然固く閉ざされたまま、中から物音は何一つ聞こえてこなかった。

三、嚙み痕

しばらくして、部屋の扉が開いた。王忠《ワンジョン》が中を覗くと、寝ている何璋《ホージャン》の頬にわずかながら赤みがさしていた。その隣で、李蓮花《リーリエンホワ》が銀針や薬瓶を片付けている。それを見て、さすがの王忠《ワンジョン》も首をかしげた。部屋に水はなかったはずだが、まさかあの大量の薬は飲み薬ではなく、全て塗り薬だってのか？　だが兄者の体には傷なんてなかったはずだぞ？

「兄者の様子は？」

ひとまず疑問は呑み込み、王忠《ワンジョン》は何璋《ホージャン》の容態を尋ねた。

「とても珍しい毒に冒されていたよ」

李蓮花《リーリエンホワ》はため息をつきながら答えた。

「一体何の毒なんだ？」

王忠《ワンジョン》が質問するが、李蓮花《リーリエンホワ》はさらっと話題を変えた。

「ひとまず気血の巡りは回復した。でもまだ体内に毒が残っているから、数日は目覚めないだろうね」

「くそっ！　一体誰が兄者を？　まさか本当に幽霊の仕業だっていうのか？」

歯ぎしりしながら唸る王忠《ワンジョン》に、李蓮花《リーリエンホワ》は何璋《ホージャン》の手を取って、彼の指を見せた。

「少なくとも、彼を襲った『何か』は、劉如京《リウルージン》の幽霊ではないようだ」

よく見ると、何璋《ホージャン》の右手の小指のまわりには、細く歯形のような傷がついていた。指を一周する傷痕は薄く、よく目を凝らさなければ気付かないほどだった。

「これはなんだ？」

「私にも分からない」

李蓮花《リーリエンホワ》は首を振り、王忠《ワンジョン》は目を細めながら傷痕をじっと眺めた。

「これは……小さな虫か獣の噛み痕か？」

「いい着眼点だね」

褒められた王忠《ワンジョン》は、眉間にしわを寄せ、考え込んだ。

「まさか、妙な虫が人を殺して回ってるって言うのか？　馬家《マー》が狙われているわけではなく、偶然、毒虫に噛まれただけだと？」

息巻く王忠《ワンジョン》に向かって、李蓮花《リーリエンホワ》はかぶりを振る。

「それは違うと思う。昨日、誰かが投げ矢で秀秦《シウチン》を狙ったのは間違いない。馬《マー》夫妻は殺せても、毒虫に暗器は使えないだろう？」

もっともな言葉に、王忠《ワンジョン》は苦笑した。

「兄者が倒れたんじゃ、もうお手上げだ。馬黄《マーホアン》の弟子どもは俺より馬鹿だからな。ここは仏彼白石の彼丘《ピーチウ》先生に来てもらうしかねえか」

肩を落とす王忠《ワンジョン》の言葉は無視して、李蓮花《リーリエンホワ》が質問する。

「君はここで、大きな虫が飛ぶのを見たことがあるかい？」

「せいぜい蛾《が》を数匹見たぐらいだな」

王忠《ワンジョン》が首を振りながら答える。李蓮花《リーリエンホワ》はもう一度何璋《ホージャン》の指の傷に目をやった。

「傷が小指を一周しているから、少なくとも『それ』の頭は小指よりも大きいはずだ。それに、小指に噛みついたということは、そいつ自体が飛べるか、もしくは何璋《ホージャン》が地面に手をついていたか……そうでなければ、誰かが彼の手に乗せたか」

「なるほど」

王忠《ワンジョン》が頷く。李蓮花《リーリエンホワ》は彼を一瞥《いちべつ》して、うーんと唸る。

「でも、人を噛めるほどの大きな羽虫がこの屋敷の中にいるかな？」

「実は、兄者も同じ事を考えていたんだ。そこで屋敷を封鎖する時、使用人頭に聞いてみたんだが、ここには毒虫はおろか、怪しい植物も生えていないって話だったぜ」

そう言うと、王忠《ワンジョン》は少し考えて、困惑の表情を浮かべた。

「となると、毒虫は犯人が用意したのか？　馬《マー》夫妻を殺害し、劉《リウ》の兄者と馬黄《マーホアン》の腕を切り、さらに秀秦《シウチン》まで殺そうとするなんて、犯人は何がしたいんだ？　父親が死んだことで堡主になったとはいえ、今ここで秀秦《シウチン》を殺して何の得がある？　四人も死んだ後で堡主の座に就いたら、自分が犯人だって言ってるようなもんだろ？」

次々と浴びせられる質問に、李蓮花《リーリエンホワ》は困った顔をした。

「君でも分からないのに、私が分かるわけないじゃないか」

話が行き詰まり、二人は寝ている何璋《ホージャン》に視線を向けた。先ほどよりだいぶ回復した様子の彼を見て、お互い無意識にため息をついた。

「兄者はお前が嘘つきだと言ったが、俺はそうは思わない」

「それはどうも」

朝日の眩しさが和らぎ、緑豊かな庭園には穏やかな光が降り注いでいた。とても殺人犯が潜んでいる場所とは思えないのどかな光景だ。

二人が殺され、一人が失踪し、もう一人は昏睡状態。それなのに犯人に関する手がかりは何一つない。まるで朝霧に漂う幽霊のようにつかみどころがなかった。


その日の午後。

「一匹のチョウともう一匹のチョウを足したら、何匹になるかな?」

白い紙で折ったチョウを二つ持ち出して、李蓮花《リーリエンホワ》が笑顔で秀秦《シウチン》に問いかける。

だが秀秦《シウチン》は李蓮花《リーリエンホワ》の方を見向きもせず、自分が持っているくしゃくしゃの紙で遊んでいる。

「一匹の虫ともう一匹の虫を足したら、何匹になるかな?」

李蓮花《リーリエンホワ》はそう言って、今度は紙で折ったカマキリを二つ取り出したが、馬秀秦《マーシウチン》は変わらず自分の手元を見続けている。

それでも李蓮花《リーリエンホワ》は笑顔を絶やさず、チョウとカマキリを両手に持って、もう一度質問した。

「二匹の虫にもう二匹足したら、何匹になるかな?」

ようやく秀秦《シウチン》が顔を上げ、李蓮花《リーリエンホワ》の方をチラリと見た。黒目がちなその瞳は、ぼんやりとした印象を与えるものの、母親に似て整った顔立ちをしている。

「一匹」

秀秦《シウチン》が小さく呟いた。

「二匹と二匹を足したら、四匹だよ。ほら、一、二、三……」

李蓮花《リーリエンホワ》は手にした折り紙を指差しながら数えてみせるが、秀秦《シウチン》の視線はとっくに自分の持っている紙の方に戻っていた。

馬黄《マーホアン》には、三人の弟子がいる。一番弟子の張達《ジャンダー》、二番目の李思《リースー》、そして末弟子の王武《ワンウー》だ。馬《マー》黄《ホアン》のもとで長年学んできた彼らは、武功や文才は似たり寄ったりで、三人とも大ざっぱでせっかちな性格をしている。李蓮花《リーリエンホワ》が午前中ずっとチョウとカマキリの折り紙を作り、午後は秀秦《シウチン》と遊んでいるのを見て、ついに我慢の限界に達したようだ。

「李《リー》先生、師匠と奥様は李思《リースー》が殺したに違いありません。何《ホー》様が目を覚ましたら、どうか彼にもそう説明してください」

張達《ジャンダー》の言葉に、李思《リースー》が声を荒らげて抗議する。

「でたらめを言うな！　俺が師匠たちを殺すはずがないだろ！　むしろ怪しいのはあんたの方じゃないのか？　事件があった夜、夜中にあんたが師匠の部屋の前を横切るのを見たんだからな！」

「厠に行ったんだ！　夜中に厠に行っただけで、犯人扱いされるのか⁉」

張達《ジャンダー》が反論する。すると今度は王武《ワンウー》が身を乗り出した。

「張《ジャン》師兄は李《リー》師兄が師匠たちを殺したと言うけど、証拠はないんだろ？　でもあんたが夜中に厠に行って、師匠の部屋の前を通ったのはおいらも見たぞ」

二人に詰め寄られ、張達《ジャンダー》は李思《リースー》を指差し、ものすごい剣幕で怒鳴った。

「李思《リースー》！　お前は師匠と奥様の秘密を知ったから、口封じを恐れて先に二人を殺したんだろう！　お前が何を考えてるか俺が知らないとでも思ったか？　師匠は死んだが、まだこの張達《ジャンダー》がいることを忘れるな！」

「秘密って？」

興奮して李蓮花《リーリエンホワ》の存在を忘れていた三人は、突然の質問にハッと我に返った。だがすぐに張《ジャン》達《ダー》が李思《リースー》を指差す。

「こいつは、師匠と奥様の秘密を知ったんですよ！　この前、酒を飲んでたら、こいつから、とんでもない秘密を知ったから、銀三百両で教えてやるって言われたんです」

李蓮花《リーリエンホワ》が李思《リースー》に視線を移す。当の本人は顔を真っ赤にしながら、唇をわなわなと震わせている。

「あ、あの時は酔っ払って、嘘をついたんだ。俺は、何も知らない……」

「へえ、君は酒癖が悪いのか」

李蓮花《リーリエンホワ》が納得したように言うと、李思《リースー》は机をバンと勢いよく叩いて、立ち上がった。

「誰の酒癖が悪いって⁉　武功はいまいちだが、酒の強さなら誰にも負けねえ！」

「でも酔うとでたらめを言うんだろ？」

きょとんとする李蓮花《リーリエンホワ》に、李思《リースー》は怒り心頭に発し、隣にいる王武《ワンウー》を指差した。

「こいつに聞いてみろ！　この馬家堡で、酒の強さで俺の右に出る者はいないんだからな！」

怒鳴り散らす李思《リースー》を見て、李蓮花《リーリエンホワ》が楽しそうに笑った。

「それは変だね、ついさっき君は、酔ってて嘘をついたって言ったのに……」

その言葉に李思《リースー》が言葉を失った。

「墓穴を掘ったな。正直に言ったらどうだ？　お前は何を知っている？」

張達《ジャンダー》が勝利を確信した顔で詰め寄る。李蓮花《リーリエンホワ》に申し訳なさそうな視線を向けられ、少しの沈黙の後、李思《リースー》は力が抜けたように椅子に腰を下ろした。

「本当かどうかは分からないけれど、以前師匠と酒を飲んだとき……」

そこまで言うと、李思《リースー》はまたしばらく押し黙り、慎重な声でこう続けた。

「師匠が言ったんだ。師匠は奥様を心から愛してるけれど……いつか殺してしまうかも知れないと」

「なんだって⁉」

張達《ジャンダー》と王武《ワンウー》が同時に驚く。

「どうして？」

李蓮花《リーリエンホワ》も目を丸くして尋ねる。

「奥様は、奥様は師匠が……師匠が自分の父親の大師匠を殺したことを知っているから」

「なんだと？」

李思《リースー》の言葉に、張達《ジャンダー》と王武《ワンウー》が再び驚愕の声を上げた。

「師匠が大師匠を殺しただって⁉」

驚く二人に向かって、李思《リースー》が乾いた笑いを返す。

「酔っ払いのたわ言じゃなければな。確かに、師匠は言ったんだ。大師匠は劉《リウ》師叔と奥様を可愛がって、息子の自分は居場所がなかった。そして大師匠が堡主を劉《リウ》師叔に継がせるつもりだと知った師匠は、大師匠と喧嘩になって、誤って大師匠を崖から突き落としたそうだ……」

衝撃の事実に、李蓮花《リーリエンホワ》が震える声で質問する。

「そ、それを馬夫人《マー》が目撃したのかい？」

「そこまでは聞いてない。師匠はただ、奥様が知っていると言っただけだ」

苦笑しながら答えた李思《リースー》は、三人の顔を見て、慌てて付け加えた。

「このことは誰にも話してないぞ。本当にただの酔っ払いのたわ言かも知れない。それに、師匠が奥様をどれほど愛していたか、秀秦《シウチン》をどれほど大事に思っていたかは、誰もが知っているだろう？」

李思《リースー》の言葉に、三人は黙り込んだ。すると、李蓮花《リーリエンホワ》が何か思い出したように、「あっ」と言って張達《ジャンダー》を見る。

「あの日の夜、君は厠へ行ったそうだけど。堡主の部屋の前を通ったとき、何か妙な物を見なかったかい？」

張達《ジャンダー》が首を横に振る。

「前を通った時、部屋にはまだ明かりが付いていて、窓から師匠が秀秦《シウチン》を膝に抱いて遊んでいるのが見えました。それ以外は何も」

それを聞いた李蓮花《リーリエンホワ》は、李思《リースー》と王武《ワンウー》に視線を移した。

「それなら、君たちはどうして真夜中なのに、張達《ジャンダー》の後をつけてたんだい？」

李思《リースー》と王武《ワンウー》がギクリとする。

「あ、後をつけてなんかいない！」

必死に否定する王武《ワンウー》の隣で、しばらく考え込んだ李思《リースー》が問い返した。

「なぜ俺たちが師兄の後をつけていたと？」

問われた李蓮花《リーリエンホワ》がニコリと笑う。

「君たちが住んでいる建物から堡主の部屋までの間には、たくさんの木々が植えられている。しかも、ここ数日は月が出ていなかった。厠へ向かう張達《ジャンダー》の姿を、それぞれの部屋にいた君たちが偶然見かけたというのは、少し無理がある。部屋の中でなければ、後をつけていたと考えるのが自然だろう？」

李蓮花《リーリエンホワ》の言葉に、李思《リースー》と王武《ワンウー》が互いに顔を見合わせる。今度は王武《ワンウー》が渋々口を開いた。

「お、おいらたちは後をつけてたわけじゃなくて。本当は……」

「本当は？」

李蓮花《リーリエンホワ》に促され、諦めた王武《ワンウー》が驚きの言葉を口にした。

「劉《リウ》師叔の幽霊を見たんだ」

「劉如京《リウルージン》の幽霊を見た？」

李蓮花《リーリエンホワ》が息を呑む。残る二人を見ると、張達《ジャンダー》は口をぽかんと開け、李思《リースー》は手を振りながらこう言った。

「俺は何も見てないぞ。王武《ワンウー》が劉《リウ》師叔の幽霊を見たって言ってるだけで、俺は庭園にいる張《ジャン》師兄しか見えなかった」

「本当だって。劉《リウ》師叔の幽霊が漂っていたのを見たんだ。すぐに消えちゃったけど、朝になったら師匠と奥様が死んだんだよ」

王武《ワンウー》がむきになって言うと、李蓮花《リーリエンホワ》が急に浮かない顔になる。

「劉如京《リウルージン》の幽霊か……私はお化けが大の苦手なんだよ。この世に幽霊がいるなんて、信じたくないなあ」

するとその時、秀秦《シウチン》が顔を上げて李蓮花《リーリエンホワ》を見た。それに気づいた李蓮花《リーリエンホワ》は、慌てて笑顔を向け、もう一度先ほどの質問をした。

「二匹の虫にもう二匹足したら、何匹になるかな？」

馬秀秦《マーシウチン》は視線を逸らさず、しばらく考えた後、か細い声で答えた。

「四匹」

それを聞いた李蓮花《リーリエンホワ》が満足そうに微笑む。

「君はとても賢いね」

四、幽霊探し

馬黄《マーホアン》夫妻殺害から四日が経過した。

何璋《ホージャン》はまだ意識が戻らず、王忠《ワンジョン》は日に日にいら立ちを募らせていった。もし今、彼の目の前に犯人が現れたら、きっとすぐにでも殴りかかっていただろう。だが依然として、犯人の居場所どころか、その正体すら摑めていない。ここ二日間、王忠《ワンジョン》は何もすることがなく自室で待機しており、気が張って寝付けないせいで、目がひどく充血していた。

一方の李蓮花《リーリエンホワ》は、毎日秀秦《シウチン》と一緒に過ごしていた。二人でチョウを捕まえたり、魚を釣ったり、折り紙を折ったりと、まるで馬《マー》家の事件は関係ないとでもいうかのようだ。

王忠《ワンジョン》は不満を隠せなかったが、李蓮花《リーリエンホワ》はもともと馬黄《マーホアン》が息子の病気を治すために呼んだ医者である。秀秦《シウチン》と一緒にいるのは自然なことだ。だが、だからといって王忠《ワンジョン》の怒りがおさまるわけではなかった。

馬家堡が封鎖されてから三日が経ち、野菜や果物がそろそろ底をつきそうになっていた。このまま犯人が見つからなければ、封鎖を解かなければならないだろう。だがそうなってしまったら、今までの苦労はすべて水の泡になる。何璋《ホージャン》が襲われて以来、人々は不安の中にいた。それでも、新しい事件は起きておらず、しばらく平穏な状況が続いていた。

四日目の午後、その日は特に天気が良かった。夕暮れ時、美しい夕焼けが馬家堡を照らし、屋敷全体が金色に輝いていた。その光景は、まるで不気味で恐ろしい日々の終わりを告げるかのようで、人々の顔にも明るさが戻り始めた。

庭の池のそばで、王武《ワンウー》が鍛錬に励んでいる。張達《ジャンダー》や李思《リースー》と比べると賢さではやや劣るが、武功の鍛錬においては三人の中で最も熱心だ。馬黄《マーホアン》の指導が良ければ、優秀な武人になっていたかもしれない。

「ハッ！　黒虎掏心《こっことうしん》！　猴子撈月《こうしろうげつ》！　フッ！」

かけ声とともに技を次々と繰り出す王武《ワンウー》の姿は、なかなか様になっている。

その時、草むらがかすかに揺れ、驚いた王武《ワンウー》は動きを止めた。

「そこにいるのは誰だ！」

呼びかけるも反応はなく、辺りは静まり返って、物音一つ聞こえない。

ふと、馬《マー》夫妻の悲惨な死に様が脳裏をよぎり、王武《ワンウー》の背中に寒気が走った。草むらに近づいて一喝したいが、足がすくんで一歩を踏み出せない。しばらく迷った末、彼は石ころを一つ拾い上げると、そっと草むらに投げ込んだ。

次の瞬間、そこから大量のハエがブワッと飛び出した。王武《ワンウー》は不思議に思いながら石を投げた場所を覗き込むと、たちまち顔が真っ青になり、

「ひいっ！　ま、まただ！　また人が殺された！」

と悲鳴を上げ、一目散に逃げ出した。

王忠《ワンジョン》と張達《ジャンダー》たちが駆けつけた時には、李蓮花《リーリエンホワ》が既に現場にいて、ハエのたかっている何かをじっと見つめていた。さっきまで一緒に遊んでいた秀秦《シウチン》は、乳母が連れていったようだ。

「一体、どうしたというんだ？」

王忠《ワンジョン》が大股で近づきながら問いかける。

考え事をしていたのか、突然話しかけられた李蓮花《リーリエンホワ》は驚いて聞き返した。

「え？　何がどうしたって？」

「王武《ワンウー》のやつが、また人が殺されたと言ってたぞ。死体はどこだ？」

李蓮花《リーリエンホワ》が草むらを見やる。

「ここにあるのは、腕だけだよ」

王忠《ワンジョン》が目を凝らして見ると、生い茂る草の中に腕が一本横たわっていた。切断されてからかなり時間が経っているようで、青白い肌には無数のハエがたかっている。しかし、腕の主はどこにも見当たらない。その光景は、劉如京《リウルージン》の部屋で見たものと全く同じだった。

「体の他の部分は？　いったい誰の腕だ？」

王忠《ワンジョン》の質問に、李蓮花《リーリエンホワ》がぼんやりと答える。

「これは女性の腕だね……」

隣で同じく腕を観察していた張達《ジャンダー》と李思《リースー》が、ハッとして声を上げた。

「これは、小紅《シアオホン》の腕だ！」

「小紅《シアオホン》？」

李蓮花《リーリエンホワ》が問い返す。

「秀秦《シウチン》の世話係です。奥様が嫁いできた時に一緒に来た侍女ですよ」

張達《ジャンダー》の言葉を聞いて、王忠《ワンジョン》は先日馬《マー》夫妻の居室の前で遊んでいた秀秦《シウチン》にご飯を食べさせようとしていた若い娘がいたことを思い出した。しかし、なぜ彼女が襲われたのだ？

「小紅《シアオホン》が部屋にいるか見にいってこい。もしいなければ、部屋を徹底的に調べろ」

張達《ジャンダー》が使用人に指示を出す。すると、李蓮花《リーリエンホワ》がぽつりと呟いた。

「他にも妙な物が落ちてるね」

よく見ると、腕のそばに奇妙な色と形をした物体が落ちている。どうやら何かの内臓のようだが、強烈に生臭い匂いを放っているにもかかわらず、ハエはほとんどたかっていない。四人がじっと観察していると、一匹のトカゲが現れ、その内臓を一欠片ついばむと、素早く草むらへ消えた。

「これは、小紅《シアオホン》が持ってきた物でしょうか？　見たところ、魚か蛇、あるいは鳥の内臓のようですね。しかし、なぜこんな物をここに？　おい、厨房から料理人を呼んで確認させせろ」

張達《ジャンダー》が指示を出している隣で、李蓮花《リーリエンホワ》がうーんと唸った。

「でも、ハエがたかっていない……」

そう言って李蓮花《リーリエンホワ》は顔を上げ、あたりを見回した。鍛錬場として使われている裏庭には、池の他にも竹のあずま屋や古井戸がある。それを見た李蓮花《リーリエンホワ》が「おや？」と首をかしげた。

「池のそばに井戸？」

「誰が掘ったのかも分からない古い井戸だよ。十数年前は、この池も今よりずっと広くて、井戸にも水があったんだ。今じゃ池も大半が干上がって、井戸もとっくに涸《か》れちまってる」

李思《リースー》の言葉を聞いて、李蓮花《リーリエンホワ》はなるほどと頷いた。それを見た三人は困惑した表情を浮かべる。

「何か分かったのか？」

「この先にあるのが劉如京《リウルージン》、張達《ジャンダー》、李思《リースー》、それから王武《ワンウー》が住んでいる建物で、池と木々を挟んだ向こう側に馬《マー》夫妻の部屋があるんだね……」

李蓮花《リーリエンホワ》の呟きを聞いた三人が顔を見合わせる。王忠《ワンジョン》はいら立ちを抑えようと咳払いをした。

「馬家堡に来て何日目だ？　自分のいる場所がどこかも分からなかったのか？」

「いやあ、小道が多くて入り組んでるからね。それに、ここからだと、馬《マー》夫妻の部屋から眺める景色とはだいぶ違って見えるから」

申し訳なさそうに答える李蓮花《リーリエンホワ》を見て、張達《ジャンダー》が小さく鼻を鳴らした。そして「ただの馬鹿じゃないか」と小声で呟いた。

張達《ジャンダー》の呟きが聞こえなかったのか、李蓮花《リーリエンホワ》は言葉を続ける。

「つまり、あの投げ矢はこの木々の間から放たれたってことだね」

「ああ。向こう岸へ矢を放ったなら、ここから撃った可能性は高い」

王忠《ワンジョン》が頷きながら池の向こうを見やる。

「要するに、この場所が怪しいんだな？」

李思《リースー》の問いかけに、李蓮花《リーリエンホワ》が真顔で、

「ここに幽霊がいる」

と呟いた。

予想外の言葉に、三人が李蓮花《リーリエンホワ》の方を向く。

「ふざけるな。幽霊が本当にいるなら、極悪人どもはとっくに祟《たた》りであの世に行ってるだろう。医者のくせに、よくもそんな馬鹿げたことが言えるな」

あきれた様子の王忠《ワンジョン》に、李蓮花《リーリエンホワ》は真剣な顔で答える。

「いや、幽霊はここにいる。間違いない」

王忠《ワンジョン》がついに我慢の限界に達し、大声で怒鳴った。

「いい加減にしろ！　毒を持つ生き物を使って人を殺し回ってるやつの仕業に決まってるだろ！」

「王《ワン》様の言うとおりですよ。ただ、犯人がここに潜んでいるのは間違いないのに、いまだ誰一人師匠を殺した人物の正体が分からないときている……」

冷ややかに言い放った張達《ジャンダー》がため息をついた。王忠《ワンジョン》が言葉に詰まり、唇をわなわなと震わせる。

「それならお前は分かったのか⁉」

一触即発の雰囲気の中、突然李蓮花《リーリエンホワ》が咳払いをして、ニコリと微笑んだ。

「私は分かったよ」

「ええっ⁉」

その場にいた全員が素っ頓狂な声を上げ、今度は何を言い出すのかとでも言いたげに、軽蔑の視線を李蓮花《リーリエンホワ》に向けた。

「本当さ」

李蓮花《リーリエンホワ》が真面目な顔で頷く。

「それなら犯人は誰なんだ？」

「幽霊を捕まえれば分かるよ」

「幽霊を捕まえる？」

王忠《ワンジョン》の声に好奇の色が混じる。

「ここに幽霊がいるのは間違いない。私が人の腕を切るのが好きな幽霊を捕まえてくるから、君たちは直接犯人を聞き出せばいい」

絶句する三人を前に、江湖の名医は大きなあくびをした。

「幽霊を捕まえるのは、夜になってからだ。それよりも、秀秦坊《シウチン》ちゃんに何も起きないよう、しっかり気を配っていることだ。馬《マー》堡主から頼まれた以上、彼を失望させるわけにはいかないからね」

厨房の料理人が確認した結果、草むらに落ちていたのは魚の内臓だと分かった。ハエが群がっていなかったのは、それが毒のあるフグのものだったからだ。昨夜はフグを調理したので、これらの内臓は厨房から持ち出されたものだと推測できる。小紅《シアオホン》の部屋には特に変わったところは見当たらなかったが、彼女は今朝から姿を見せておらず、草むらにあった腕が彼女のものかはまだ分からない。

夕食の後も、李蓮花《リーリエンホワ》は相変わらず秀秦《シウチン》と遊んでいた。そんな二人のそばで、王忠《ワンジョン》たちは李蓮《リーリエン》花《ホワ》が幽霊を捕まえに行くのを待ち続けた。月が高く昇り、押し寄せる眠気と闘いながら、折り紙を折っている二人をただ見つめるだけの時間が過ぎていく。

午前零時を回り、耐えられなくなった張達《ジャンダー》と李思《リースー》は、李蓮花《リーリエンホワ》の言葉を真に受けた自分たちを内心罵りながら部屋に戻った。残っているのは王忠《ワンジョン》と王武《ワンウー》だけになった。王忠《ワンジョン》はただ眠れないだけだが、王武《ワンウー》は李蓮花《リーリエンホワ》が本当に幽霊を捕まえるのではないかと、期待しているようだった。

夜中の一時を過ぎた頃、ようやく李蓮花《リーリエンホワ》が立ち上がった。

「秀秦《シウチン》、おいで」

名を呼ばれ、秀秦《シウチン》はビクッと小さく震え、体を後ろに引く。

李蓮花《リーリエンホワ》は、そんな彼を見つめながらもう一度穏やかな声で呼んだ。

「一緒においで」

しばらくして、秀秦《シウチン》は諦めたように黙って立ち上がり、李蓮花《リーリエンホワ》に手を引かれながら部屋を出た。

二人が向かったのは、昼間、王武《ワンウー》が鍛錬を行っていた池のそばの草むらだった。彼らから五丈ほど間をおいて、王忠《ワンジョン》と王武《ワンウー》が困惑しながら後を追いかける。月明かりに照らされ、遠くに見える李蓮花《リーリエンホワ》と秀秦《シウチン》は、そのまままっすぐ池の方へと歩いていく。

もしや、あの池に何かあるのか？　王忠《ワンジョン》がそう考えたのも束の間、突然「うわっ！」という李《リー》蓮花《リエンホワ》の叫びが聞こえ、彼が仰向けに倒れるのが目に入った。

　驚いた二人は急いで駆け寄ろうとしたが、彼らが動くよりも先に、木々の間から誰かが池のそばに降り立つのが見えた。次の瞬間、銀色の光がきらめいたかと思うと、風を切る鋭い音が響き、李蓮花《リーリエンホワ》の肩めがけて剣が振り下ろされた。

「やめろ！」

　間一髪のところで王忠《ワンジョン》が駆けつけ、大声で静止しながら手で剣を受け止める。練り上げられた内力が指先から放たれ、相手の手から剣がはじけ飛んだ。踵を返して逃げようとする相手に向かって、李蓮花《リーリエンホワ》が立ち上がりざまに叫ぶ。

「待つんだ、劉如京《リウルージン》！　私は嚙まれていない！」

　その声とほぼ同時に、相手の顔を見た王忠《ワンジョン》と王武《ワンウー》は驚愕の表情を浮かべた。

「劉《リウ》の兄者！」

「劉《リウ》師叔！」

　李蓮花《リーリエンホワ》に向かって剣を振り下ろし、この場から逃げようとした人物は、片腕を失った劉如京《リウルージン》だった。

　正体が割れたことで諦めたのか、劉如京《リウルージン》が立ち止まる。そして興奮と絶望が入り交じった目で王忠《ワンジョン》を一瞥し、口を開きかけた。

「私は……」

「十年ぶりだ、兄者！　やっぱり生きてたんだな！」

　劉如京《リウルージン》の言葉を待たず、王忠《ワンジョン》が彼の肩を摑み、喜びの声を上げる。久しぶりの再会に、事件のことなどすっかり吹き飛んでしまったようだ。

体中泥だらけの李蓮花《リーリエンホワ》が、にこにこしながら二人を見つめる。すると劉如京《リウルージン》が顔を上げて李《リー》蓮花《リエンホワ》の方を見た。

「李《リー》医師は、我らの門主にとてもよく似ている。危うく見間違えるところだったよ。それにしても、なぜ私の目的が殺しではないと分かったのだね？」

そう聞かれた李蓮花《リーリエンホワ》は、秀秦《シウチン》の手を引きながら穏やかに答える。

「ここは危ないから、客間に戻って話そうか」

劉如京《リウルージン》が頷く。一方で、一部始終を見ていた王武《ワンウー》は、まだ驚きが収まらない様子だった。

「師叔、生きてたんですね。ということは、あの夜、おいらが見たのは本当に師叔だったのですか？　あなたが師匠を……？」

劉如京《リウルージン》が苦笑する。

「かつての四顧門の〝四虎銀槍〟がどういう者たちの集まりか、王忠《ワンジョン》に聞いてみるといい。馬《マー》黄《ホアン》は甲斐性こそないが、根っからの悪人ではなかった。そんなやつを殺しはしない」

だが王武《ワンウー》はまだ納得していない様子だった。もし劉《リウ》師叔が殺していないのなら、どうして今まで隠れていたんだ？　それに、先ほど李《リー》先生に斬《き》りつけようとしたのは一体なぜなのか……？

客間に戻った後も、李蓮花《リーリエンホワ》は秀秦《シウチン》の手を離さなかった。

各々が椅子に腰掛けると、王忠《ワンジョン》が劉如京《リウルージン》の腕のない方の肩に目をやる。そこに巻かれた包帯から血が滲んでいるのに気付き、彼は沈んだ声で尋ねた。

「兄者、その腕は一体誰にやられたんだ？　そしてなぜあんたが他人を斬ろうとなんてしたんだ？」

王忠《ワンジョン》の質問に、劉如京《リウルージン》がゆっくりと口を開く。

「犯人は、私にとっても意外な人物だったんだよ……」

そう言って、劉如京《リウルージン》が顔を上げて李蓮花《リーリエンホワ》を見る。

「だが、私自身でもまだ信じられないでいるのに、李《リー》医師はどうやって知ったのだね？　そしてなぜ君は、私が腕を切ろうとしたのは彼を殺すためではなく、救うためだと分かったんだ？」

「救うため？」

王忠《ワンジョン》と王武《ワンウー》が同時に驚きの声を上げ、劉如京《リウルージン》が小さく頷く。

「犯人が使っている毒は恐ろしく強力だ。もし噛まれた場合、直ちに腕を切り落とさなければ、ほとんどの人間は一刻と持たないだろう」

「一体どんな毒なんです？　そして犯人は誰なんですか？」

王武《ワンウー》が愕然とした様子で問う。王忠《ワンジョン》も、腕を切り落としたのが犯人ではなく、劉如京《リウルージン》が相手を救うためにやったことだと知って、驚きを隠せないでいた。

「犯人は……」

劉如京《リウルージン》が李蓮花《リーリエンホワ》の顔を凝視する。李蓮花《リーリエンホワ》はニッコリと微笑むと、隣に座っている秀秦《シウチン》の手を摑んでひょいと挙げた。

「犯人はこの子だよ」

王忠《ワンジョン》と王武《ワンウー》が目を見開き、同時に驚きの声を上げる。

「秀秦《シウチン》が？　そんなバカな！」

「私も違うと思いたかったんだけどね……」

そう言って、李蓮花《リーリエンホワ》は秀秦《シウチン》の手を離すと、ため息をついた。

「でも、七歳の子どもというのは、私たちが思うよりも遥かにいろいろ理解しているものなんだよ。ただ、子どもはあくまでも子ども。まだまだ知らないことが多いからこそ、君はあんなことをしてしまったんだよね、秀秦《シウチン》？」

秀秦《シウチン》はうつむいたまま何も答えず、昼間に李蓮花《リーリエンホワ》が折ってくれた子ブタの折り紙を見つめている。だが、その顔にはかすかに恐怖の色が浮かび、口はぎゅっと結ばれている。

「秀秦《シウチン》、あの日、なぜあれに私を噛ませたんだね？　私は君に恨まれるようなことをした覚えはないのだが」

劉如京《リウルージン》に話しかけられ、秀秦《シウチン》は明らかに怖がっている様子で縮こまった。

「答えるんだ」

劉如京《リウルージン》の声が鋭くなる。ビクッとして李蓮花《リーリエンホワ》の袖を摑んだ秀秦《シウチン》は、しばらくしてからようやくか細い声で答えた。

「だって……劉《リウ》おじさんが、勉強しろって言うから。僕、勉強は嫌いなんだもん」

「そ、そんなことで？」

秀秦《シウチン》の答えに、劉如京《リウルージン》は怒りを通り越して、言葉を失った。

「母上が言ってたんだもん。僕が嫌がることをするやつは、みんな殺していいって」

李蓮花《リーリエンホワ》の服をギュッと摑みながら秀秦《シウチン》が呟く。王忠《ワンジョン》と王武《ワンウー》は首を横に振るしかなかった。

「なぜ母上も殺したんだ？」

「見られたから」

劉如京《リウルージン》の質問に、秀秦《シウチン》が口をすぼめて答える。

「飼っているあれを見られたからか？　それなら君の父上は？　たとえ血が繋がっていなくても、実の息子のように君を可愛がっていたはずだ。なのになぜ父上まで毒殺した？」

冷たく問う劉如京《リウルージン》に向かって、突然秀秦《シウチン》が声を荒らげる。

「あいつは父上なんかじゃない！　僕の本当の父上を殺したやつだ！　母上がそう言ってた！」

「じゃあ、何《ホー》の兄者は？　なぜ何璋《ホージャン》を襲った？」

たまらず王忠《ワンジョン》が質問する。

「あ、あいつは、僕を……捕まえようとしたから」

目に恐怖の色を浮かべたまま答える秀秦《シウチン》の頭を、李蓮花《リーリエンホワ》がぽんぽんと優しく叩いた。

「よく言えました。あとはおじさんが代わりに答えるからね」

その言葉を聞いたとたん、感情の乏しかった秀秦《シウチン》の顔が恐れと混乱で歪んだ。そして口を尖《とが》らせながら李蓮花《リーリエンホワ》の服を摑み、涙を流しながらわんわんと泣き始める。

「うわあん！　母上と、父上に会いたいよう……ううっ……」

泣きじゃくる子どもを前に、言いようのない怒りと悲しみを感じながら、四人の大人は、互いに顔を見合わせるしかなかった。

五、トカゲ

「李《リー》医師はなぜ秀秦《シウチン》が犯人だと分かったのだ？　正直言って、あれに嚙まれた後も、私はあの子が私を殺そうとしたことが信じられなかったよ」

そう話す劉如京《リウルージン》の隣で、王忠《ワンジョン》が秀秦《シウチン》を睨みながら大きくため息をついた。

「実際にこいつが人を殺してる場面に遭遇したとしても、俺は自分の目の方を疑うだろうね」

王武《ワンウー》はただ信じられないという顔で、七歳の子どもを見つめている。

秀秦《シウチン》をちらりと見て、李蓮花《リーリエンホワ》は小さくため息をついた。

「私だって、何でも知っているわけじゃない。ただ、劉如京《リウルージン》の死体が見つかっていない以上、死んだと断言するのは時期尚早だと思っていた。そして、恐らく自分で腕を切り落としたことと、その現場を秀秦《シウチン》が目撃していたはずだということは予想していた」

「なぜそう言える？」

王忠《ワンジョン》が首をかしげる。

「腕と一緒に髪まで切り落とすなんて、相当な手練れの太刀筋だ。〝四虎銀槍〟の劉如京《リウルージン》にそんな一撃を与えられる達人が、傷を負った彼を逃がしたり、現場にいた秀秦《シウチン》を放っておくとは考えにくい」

李蓮花《リーリエンホワ》が淡々と続ける。

「秀秦《シウチン》の体についた血は、腕を切ったときに浴びたものとしか考えられない。それに、この子はあの時『劉《リウ》おじさんが腕だけになった』と言った。他に誰かがいたとは言っていない。だから、十中八九、劉如京《リウルージン》が自分で切り落としたんだと思ったんだ」

そこまで言うと、李蓮花《リーリエンホワ》はかすかに眉を寄せた。

「でも、妙だと思った。なぜ劉如京《リウルージン》は秀秦《シウチン》の目の前で腕を切ったのか。自分の腕を切り落とす理由はいくらでも考えられるけれど、わざわざ子どもの前でやるというのはいささか不自然だ。けれど、馬《マー》夫妻が毒で命を落とし、馬《マー》堡主の腕が切られていたことで合点がいった。劉如京《リウルージン》が秀秦《シウチン》の前で腕を切らざるを得なかった理由は、同じく毒が原因だったんだ」

李蓮花《リーリエンホワ》は小さくため息をついた。

「不思議だったんだよ。馬《マー》堡主が腕を切られたとき、彼は既に意識を失っていた。殺すつもりなら、首や心臓を狙うはずなのに、なぜ腕だったのか？　もしかして腕を切ろうとしたのは、殺すためではなく助けるためだったのではないか？　部屋に残っていた血痕はどれも右から左へ飛び散っていたから、刃物を握ったのは左手のはず。けれど、利き腕ではなかったのか、うまく力が入らず、腕を切り落とせなかった」

そう言って、李蓮花《リーリエンホワ》は劉如京《リウルージン》をちらりと見た。

「だから、腕を切ろうとしたのは重傷を負った劉如京《リウルージン》である可能性が高いと思ったんだ。でも、その時点ではまだ毒を盛った犯人の目星はついていなかった。張達《ジャンダー》の話を聞くまではね」

「張《ジャン》師兄？」

驚いた王武《ワンウー》が声を上げ、李蓮花《リーリエンホワ》がニッコリと微笑んだ。

「彼は厠へ行ったとき、何を見たと言っていたかな？」

「ええと、確か師匠たちの部屋にまだ明かりがついていたと……」

懸命に思い出そうとする王武《ワンウー》に向かって、李蓮花《リーリエンホワ》が頷く。

「彼は他にも、馬《マー》堡主が秀秦《シウチン》を膝に抱いて遊んでいるのを見たと言った。つまり、馬《マー》夫妻が亡くなった夜、彼らの傍にいた最後の人物は、他でもない秀秦《シウチン》だったということになる」

「だからといって、秀秦《シウチン》が犯人だとは断定できないだろう」

王忠《ワンジョン》が口を挟むと、李蓮花《リーリエンホワ》は小さく笑った。

「もちろん、私もすぐに秀秦《シウチン》を疑ったわけではないよ。だから、一つ実験をしたんだ。私が折り紙でチョウとカマキリをそれぞれ二つ折って、『二匹の虫にもう二匹足したら、何匹になる？』と聞いたら、この子は一匹だと答えたんだ」

「二匹と二匹だから、もちろん四匹だよな」

王武《ワンウー》がすぐに答えるが、李蓮花《リーリエンホワ》は首を横に振った。

「カマキリは虫を食べる。だからチョウは食べられてしまう。残った二匹のカマキリが雄と雌だとしたら、今度は雄が雌に食べられて、最後は一匹だけになるんだ」

予想外の答えに、他の三人は驚きの声を上げた。

「でも、その後私が四匹だと言ったら、秀秦《シウチン》はすぐに四匹だと言い直した。つまり、この子は病気どころか、恐ろしく頭がいいんだよ。そして、折り紙が大好きだ……」

そう言って、李蓮花《リーリエンホワ》は王忠《ワンジョン》に視線を移した。

「馬《マー》夫妻の部屋にあった、鍵のかかった引き出しを覚えているかい？」

突然の質問に王忠《ワンジョン》が一瞬きょとんとするが、すぐに七文字のうち一文字だけずれていた錠前のことを思い出して、頷いた。

「ああ、覚えている」

「その引き出しに入っていた物は？」

「便箋……あっ！」

ハッとする王忠《ワンジョン》に向かって李蓮花《リーリエンホワ》が微笑む。

「そう、まっさらな便箋だ。秀秦《シウチン》がよく折って遊んでいる紙だよ。妙だと思わないかい？　貴重品が入っているわけでもないのに、なぜ鍵がかかっていたのか？　それに、鍵を開けるにしても、かけるにしても、一文字だけずれた状態で放っておくなんて、どう考えても理由が分からない。でも、もしそれが子どものやったことだとしたら？」

少し考えてから、他の三人が頷いた。

「なるほど、つまり初めから、錠前の文字が揃っていないことに理由などなかったのか」

「そういうことだ。そして、鍵をいじったのが秀秦《シウチン》だとしたら、この子はあの部屋にしばらく一人でいたことになる……」

李蓮花《リーリエンホワ》の言葉に、王武《ワンウー》は背筋に寒気を感じながら、恐る恐る問いかけた。

「そ、それってつまり……師匠と奥様を殺した後も、部屋に残ってたってことか？」

「いやいや、必ずしもあの夜とは限らないよ。それよりも前だった可能性もある……」

慌てて説明する李蓮花《リーリエンホワ》を、いつの間にか泣き止んでいた秀秦《シウチン》の言葉が遮った。

「母上が寝てて、開けられなかった」

李蓮花《リーリエンホワ》が秀秦《シウチン》の頭を優しく撫でた。

「とにかく、私は秀秦《シウチン》が怪しいとは思ったけれど、この子がどうやって猛毒を手に入れたのかまでは分からなかった。でも、今日の夕方、草むらに落ちていたフグの内臓と、それを食べるトカゲを見て、もしかしたらと思ったんだ」

そう言って、李蓮花《リーリエンホワ》は劉如京《リウルージン》に向かって微笑んだ。

「フグの内臓を食べるほどのトカゲなら、きっとそれ自体も猛毒を持っているはずだ。一緒に落ちていた腕が小紅《シアオホン》のものなら、彼女はトカゲに内臓を与えている最中に噛まれたのかも知れない。だけど、誰が彼女にトカゲの餌やりを命じたのか？　馬《マー》夫妻が亡くなった今、そんなことができるのは秀秦《シウチン》しかいないはず……そう考えたとき、劉如京《リウルージン》のある行動で、私は秀秦《シウチン》が犯人だと確信したんだ」

「兄者の行動？」

王忠《ワンジョン》が身を乗り出し、李蓮花《リーリエンホワ》は彼に目を向けた。

「馬《マー》夫妻の部屋にいたとき、誰かが秀秦《シウチン》に向かって投げ矢を放ったのを覚えているかい？」

「覚えてるぞ。あれは劉《リウ》の兄者の暗器だった」

そう答え、王忠《ワンジョン》は劉如京《リウルージン》を見た。

「そういえば、兄者の暗器を使ったのは一体誰だったんだ？」

聞かれた劉如京《リウルージン》は、少しばつが悪そうな顔をした。

「あれは劉如京《リウルージン》自身が放ったんだよ」

李蓮花《リーリエンホワ》が微笑みながら続ける。

「劉如京《リウルージン》が生きていて、重傷を負っているとすれば、弾機の力を借りる可能性は十分にある。そして彼が狙う相手は、当然自分を殺そうとした犯人だ。そう考えると、すべてつじつまが合う。劉如京《リウルージン》と馬《マー》夫妻の事件の両方に居合わせ、何璋《ホージャン》に警戒されずに近づけた人物で、さらに劉如京《リウルージン》が殺そうとした相手。犯人は秀秦《シウチン》以外にはあり得ないんだ」

李蓮花《リーリエンホワ》の推理が終わり、他の三人は長いため息をついた。すると今度は李蓮花《リーリエンホワ》が劉如京《リウルージン》に尋ねる。

「劉如京《リウルージン》、そろそろ教えてくれるかな？　なぜ君は腕を切り落とした後、姿をくらましたんだい？」

劉如京《リウルージン》が苦笑する。

「あの時、私は馬黄《マーホアン》が秀秦《シウチン》をそそのかしてトカゲで私を襲わせたのだと思った。だから、毒に気付いて腕を切り落とした後、窓から逃げて古井戸に隠れたんだ」

「なるほど。ひょっとして、ここにある涸れ井戸は全部地下で繋がっているのかい？」

李蓮花《リーリエンホワ》の質問に、劉如京《リウルージン》が頷く。

「ああ、井戸の底は干上がった川床と通じていて、天然の通路になっているんだ。それを利用して、夜は厨房で食べ物を頂戴し、部屋に戻って休んだ。昼間はずっと井戸の底で傷の回復に専念していたよ」

小さくため息をついて劉如京《リウルージン》は続けた。

「二日目の夜、食べ物を探しに外へ出た時、馬黄《マーホアン》の部屋から秀秦《シウチン》が一人で出てきたのが見えたんだ。こんな時間にあの子を一人で帰らせるなんておかしいと思って部屋を覗いたら、馬黄《マーホアン》と夫人が青白い顔で寝台に横たわっていた。急いで馬黄《マーホアン》の腕を切り落とそうとしたが、二人とも既に事切れていたよ」

残念そうに話す劉如京《リウルージン》が、馬秀秦《マーシウチン》を一瞥する。

「その時、ようやく気付いたんだ。私を襲ったのは秀秦《シウチン》自身の意思だったとね。心底恐ろしかったよ、そして同時に、この子を生かしておくわけにはいかないとも思った。だから翌日、馬黄《マーホアン》たちの復讐のためにも秀秦《シウチン》を殺そうとしたが、私の放った矢は何璋《ホージャン》に阻まれてしまった。さすがに旧友たちの前に姿を現すことはできなかった。理由はどうであれ、私は幼子を殺そうとしていたのだからな」

「草むらで見つかった腕はやっぱり小紅《シアオホン》のものだったのか？　あの子も兄者が助けたんだろう？」

王忠《ワンジョン》に聞かれた劉如京《リウルージン》は、小さく笑みを浮かべて頷いた。

「あの子もトカゲに噛まれたんだ。急いで腕を切り落としたが、今も井戸の底で意識が戻っていない」

「そんなに恐ろしい毒を持ってるなんて、一体どんなトカゲなんだ？」

劉如京《リウルージン》が眉をひそめる。

「トカゲなのは間違いないが、壁を登ることも泳ぐこともできず、足もそんなに速くない。体の一部が赤いこと以外は、私もよく分からないが、恐らく皮膚にも毒があるようだ」

それを聞いた王武《ワンウー》が驚く。

「そのトカゲなら、おいらもここで何度か捕まえたことがありますよ。確かに毒はありますが、人を殺せるほどの毒ではなかったはずです」

静かに首を振った劉如京《リウルージン》は、秀秦《シウチン》の名前を呼び、彼の方を見た。

「君はどうやってあれを飼っていたんだ？」

涙の痕が残っている顔をこわばらせたまま、秀秦《シウチン》は一言も話さない。

「魚を食べさせていたのかな？」

李蓮花《リーリエンホワ》が優しく問いかけると、秀秦《シウチン》は奇妙なものを見るような目で李蓮花《リーリエンホワ》をチラリと見て、諦めたように小さく頷いた。

「馬《マー》夫妻はフグが好物だったのかい？」

李蓮花《リーリエンホワ》の質問に、今度は劉如京《リウルージン》が頷いた。

「馬黄《マーホアン》は月に何度もフグ料理を作らせるほど、フグが大好物だ。厨房の料理人もフグをさばくのに長けている」

「なるほど。フグの内臓には猛毒がある。それをトカゲに食べさせることで、体内の毒性が強まったのかもしれないね」

独り言のように呟く李蓮花《リーリエンホワ》を見ながら、秀秦《シウチン》がきょとんとした顔をする。

「母上が言ってた。絲絲《スースー》にはブチ模様のお魚を食べさせるんだよって」

「絲絲《スースー》？　トカゲは、君の母上が飼っていたのか？」

劉如京《リウルージン》が驚いた声を上げる。

「父上が僕を堡主にしなかったら、絲絲《スースー》に嚙ませるって言ってた。僕の本当の父上を殺したからって」

七歳の子どもの口から語られる言葉に、大人たちは背筋に寒気を感じ、顔を見合わせた。

「母上が君に、絲絲《スースー》の育て方を教えたのかい？　それを使って、父上を……殺すために？」

「うん」

李蓮花《リーリエンホワ》の質問に、秀秦《シウチン》がためらうことなく頷いた。

「たかが馬家堡の堡主が、そんなに大事なのか？」

深く息を吸い込んだ劉如京《リウルージン》が吐き捨てるように言う。それを横目で見ながら、李蓮花《リーリエンホワ》が穏やかな声で秀秦《シウチン》に問いかけた。

「秀秦《シウチン》、堡主がどんなものか知っているかい？」

しばらく考え込んだ馬秀秦《マーシウチン》は、困惑の表情で李蓮花《リーリエンホワ》を見上げた。

「ほしゅは……殺したい人を殺せる。嫌いな人をみんな殺せる」

それを聞いた大人たちは再び顔を見合わせた。王武《ワンウー》はきつく眉をひそめ、劉如京《リウルージン》は今までにないほど暗い顔をしている。

「それも、母上が言ったのか？」

劉如京《リウルージン》の問いかけに、秀秦《シウチン》は何も答えなかった。李蓮花《リーリエンホワ》が小さくため息をつく。

「君はなぜ母上まで殺したんだい？」

「嫌いだから」

秀秦《シウチン》が間髪を容れずに答えた。

「劉《リウ》おじさんの部屋にいた絲絲《スースー》を見て、僕をぶったんだ。だから嫌い」

「嫌い」という言葉を口にしたとたん、秀秦《シウチン》の目に獰猛《どうもう》な色が浮かんだ。先ほどまで母に会いたいと泣いていたことが嘘のように、憎しみに満ちた顔をしている。

「君は、私のことも嫌いなのかい？」

李蓮花《リーリエンホワ》はもう一度ため息をつく。秀秦《シウチン》は何も答えず、李蓮花《リーリエンホワ》の視線から逃げるように、座ったまま背中をこちらに向けた。

「きっと私のことも嫌いなんだろうね。折り紙の虫を数えさせた時から、ほぼ毎日一緒にいたから、絲絲《スースー》たちに餌をやれなかったんじゃないかな？」

背中を向けたまま、秀秦《シウチン》は黙っている。

「小紅《シアオホン》が嚙まれたのも、そのせいなんだね……秀秦《シウチン》……」

李蓮花《リーリエンホワ》が名前を呼ぶと同時に、秀秦《シウチン》は突然立ち上がり、その場から逃げようとした。しかし、彼の腕は李蓮花《リーリエンホワ》にしっかりと摑まれている。秀秦《シウチン》が信じられないという表情で李蓮花《リーリエンホワ》を見たが、気に留めることもなく、李蓮花《リーリエンホワ》は諭すように続けた。

「絲絲《スースー》の死体なんて、そんな汚いもの、早く捨てなさい」

その時になって、王忠《ワンジョン》たちも秀秦《シウチン》が手にしている竹かごに気付いた。かごの蓋《ふた》は開けられ、体中がだいだい色をしたイボ状の突起に覆われたトカゲが一匹入っている。既に死んでいるようだ。

馬秀秦《マーシウチン》の手から竹かごを受け取った李蓮花《リーリエンホワ》は、顔をしかめながらそれを棚の上に置いた。そして得意げな顔でその場にいる人たちを見回した後、秀秦《シウチン》に憐れみの混じった視線を向けた。

「私はてっきり、君が毒薬を持っていると思ったんだ。だからこれ以上被害者が出ないように、ここ数日間ずっと傍にいたわけだけど、そのせいであのトカゲを餓死させてしまったようだね。本当に申し訳ないことをしたよ」

そう話す李蓮花《リーリエンホワ》を見つめる秀秦《シウチン》の顔には、凄まじい恐怖と憎悪の色が浮かんでいた。

「この子を、生かしてはおけん……」

劉如京《リウルージン》がぽつりと呟いた。それを聞いた李蓮花《リーリエンホワ》は、彼を一瞥してやや気まずそうな顔をした。

「既に仏彼白石の人間がこちらに向かっている。この子は彼らに任せればいい。君も、子ども殺しの罪で捕まりたくはないだろう？」

「これは我々一門の問題だ！　誰が仏彼白石に通報を⁉」

怒りを露わにした劉如京《リウルージン》が立ち上がる。

「わ、私じゃないよ」

慌てて否定する李蓮花《リーリエンホワ》の隣で王忠《ワンジョン》が苦笑しながら、「俺だ」と言った。

劉如京《リウルージン》は深いため息をつきながら、椅子に座り直した。

「王忠《ワンジョン》、門主が東海で失踪して以降、私はあの四人を絶対に許さないと誓ったのだ。今回のことも、我々身内で解決できる」

きっぱりと言い切る兄弟子に、王忠《ワンジョン》はただ苦笑するしかなかった。

十年前、金鴛盟との戦いでは四顧門が優位を保っていた。だが、李相夷《リーシアンイー》の腹心である仏彼白石の四人が指揮を誤ったせいで、主力部隊はもぬけの殻となった金鴛盟の本部に突入し、李相《リーシアン》夷《イー》が一人で東海の決戦に挑むことになってしまったのだ。結果的に、江湖に害をなす金鴛盟は壊滅したものの、門主は行方不明となった。四虎銀槍の一人として、劉如京《リウルージン》は仏彼白石の失態を許せず、怒りのあまり隠居を決意した。十年の時を経て、四人が江湖に名を馳せる侠客《きょうかく》となった今も、劉如京《リウルージン》の憎しみが消えたことは一度もない。

李蓮花《リーリエンホワ》は劉如京《リウルージン》と王忠《ワンジョン》を交互に見つめながら、たまらず口を開く。

「李相夷《リーシアンイー》は生前、頑固な人をことさら嫌っていたと聞く。もう十年前の話だし、それに……」

李蓮花《リーリエンホワ》が言いよどむ。

「それに何だ？」

冷たく問い返す劉如京《リウルージン》に、李蓮花《リーリエンホワ》はゆっくりと答える。

「それに、別に君が海に落ちたわけでもないし……」

「門主を危険にさらしたことが、どれほどの罪か分からないのか！　頭脳明晰を自慢していたくせに、雲彼丘《ユンビーチウ》は決して許されない間違いを犯したのだ！　私は賢くはないが、これだけは死んでも許せん！」

李蓮花《リーリエンホワ》の言葉を遮り、劉如京《リウルージン》が怒りを露わにする。激しい剣幕に気圧《けお》され、李蓮花《リーリエンホワ》は一瞬言葉に詰まる。そして小さくため息をついた。

「李相夷《リーシアンイー》という男は、なんとも罪作りなことをしたものだね……」

「それ以上門主を貶《おと》しめるのなら、お前の命もないと思え」

劉如京《リウルージン》に睨まれ、李蓮花《リーリエンホワ》はそれ以上何も言わず、ふるふると首を振った。


数日後、仏彼白石の者たちが到着し、隻腕の幽霊事件について調査を行った。その結果、ほぼ李蓮花《リーリエンホワ》の推理通りであることが判明した。些細なことから、馬秀秦《マーシウチン》が猛毒を持つトカゲに劉如《リウルー》京《ジン》を噛ませ、劉如京《リウルージン》はその場で腕を切断して逃亡。二日後、秀秦《シウチン》はさらに口封じを理由に母を、そして実父の復讐と称して義父を毒殺した。そして次は、屋敷を封鎖して警備をしていた何璋《ホージャン》にトカゲを捕まえてほしいと頼み、結果的に何璋《ホージャン》は噛まれて昏睡状態に陥った。侍女の小紅《シアオホン》は、劉《リウ》如京《ルージン》が言っていた涸れ井戸の底で無事に発見された。彼女は朝方、トカゲに餌をやりにいった際に誤って嚙まれたらしい。劉如京《リウルージン》が馬黄《マーホアン》や小紅《シアオホン》の腕を切ったのも、彼らを助けるためだったことが証明され、こうして、馬家堡の事件はすべて明らかになった。

秀秦《シウチン》は、仏彼白石に連れていかれることになった。結局、劉如京《リウルージン》はいくら秀秦《シウチン》を憎んでも、殺すことはできなかったようだ。そんな彼を「李相夷《リーシアンイー》が生きていればきっと大いに喜んだだろう」、「君の行動は、心優しい大人の対応だ」などと大いに称賛した李蓮花《リーリエンホワ》だが、その後、劉如京《リウルージン》に丁重に見送られ、蓮花楼に帰っていった。

こうして馬家堡を襲った嵐は、ようやく過ぎ去ったのだった。

六、揚州慢

李蓮花《リーリエンホワ》が馬家堡を去った二日後、何璋《ホージャン》も無事に目を覚ました。

王忠《ワンジョン》はしばらく馬家堡にとどまり、屋敷内に残っているトカゲの駆除を手伝うことにした。劉《リウ》如京《ルージン》の傷もだいぶ回復し、ようやく十年ぶりの再会を心から祝うことができそうだ。

目を覚ました後も、何璋《ホージャン》は物思いにふけったまま、しばらく一言も発しなかった。心配した王《ワン》忠《ジョン》と劉如京《リウルージン》が、具合が悪いのかと尋ねる。

「いや、体調に問題はないし、気血の流れも滞りない」

「なら、なんで黙ってるんだ？」

首をかしげる王忠《ワンジョン》に、何璋《ホージャン》はゆっくりと首を振り、しばらくしてから困惑した表情でこう言った。

「むしろ、以前よりも気の流れが良くなり、内力も強化された気がする……一体誰が、内力で毒を浄化してくれたのだ？」

それを聞いた王忠《ワンジョン》と劉如京《リウルージン》が顔を見合わせる。

「内力で浄化？　薬でじゃないのか？」

王忠《ワンジョン》の顔色が変わり、何璋《ホージャン》は頷きながら上半身を起こした。

「ああ。だがこの世の中にそれほどの内力を持つ者など、そうそういるはずがない」

「王忠《ワンジョン》、何璋《ホージャン》を治療したのは誰なんだ？」

驚いた声で問う劉如京《リウルージン》に、王忠《ワンジョン》は苦笑しながら答えた。

「李蓮花《リーリエンホワ》だよ」

しばらくの沈黙の後、何璋《ホージャン》が口を開いた。

「武術の鍛錬に費やした私の二十八年の人生を賭けてもいい。治療に使われたのは間違いなく〝揚州慢〟だった。こんな短時間で体内の毒を浄化できる心法は、〝揚州慢〟しかない」

それはまさに、李相夷《リーシアンイー》が江湖に名を轟《とどろ》かせた内功心法だ。

「それに、あいつの顔は門主にそっくりだったしな……」

王忠《ワンジョン》が考え込む。

「まさか、彼が本当に……？」

劉如京《リウルージン》が顔面蒼白になりながら呟いた。

だがすぐに、李蓮花《リーリエンホワ》の緩んだ顔やぼんやりとした眼差し、相手の顔色ばかり窺う姿が脳裏を

よぎり、彼らは、

「絶対にあり得ない」

と口を揃えて断言した。

　絶世の美貌にして、傲岸不遜、冷たく険しい表情の〝相夷太剣〟李相夷《リーシアンイー》に、どれほどの女が心を奪われただろう。そんな彼が、あんな体たらくなはずがない。

「もしかして、門主の親戚か何かか？」

「いや、同じ師門の弟子かもしれない」

「実の兄弟という可能性もある」

「とにかく、あいつは年も若いし、顔も武功も門主には遥かに及ばない。いや、武功に至っては、門主の足元どころか、絶望的なほどだね」

「ああ、あれは武功とすら呼べないな」

「門主と比べたら、李蓮花《リーリエンホワ》なんて、才能も人徳も、美貌も武功も、覇気《はき》もないただの平凡な男だ」

「何一つ取り柄がない」

「まったくだ」

「その通り！」

「あんなやつが門主だなんて、絶対にあり得ない……」


（第二巻に続く）

この作品はフィクションです。実在の人物や団体などとは一切関係ありません。

《著者紹介》

藤萍（テンピン）

小説家。彼女が描く武侠世界に魅了された読者からは「侠情の女王」と称されている。代表作に、本作『蓮花楼』のほか、『情鎖』、『我的花園』、「九功舞」シリーズ、「中華異想集」シリーズなどがある。

《訳者紹介》

浜見凪（はまみ・なぎ）

中日翻訳者。ゲームを中心に、漫画やドラマ字幕など、エンターテインメント作品を幅広く手がける。

蓮花楼《れんかろう》（一《いち》）

2025年3月25日　第一刷発行

著　者　藤萍《テンピン》

訳　者　浜見凪《はまみなぎ》

発行者　佐藤弘志

発行所　日販アイ・ピー・エス株式会社（NIPPAN IPS Co., Ltd.）

〒113-0034　東京都文京区湯島1-3-4

（出版事業課）TEL：03-5802-1859　FAX：03-5802-1891

https://www.nippan-ips.co.jp/

印刷・製本　シナノ印刷株式会社

Printed in Japan

ISBN978-4-86505-552-8